KB013448

얼터드 카본

리처드 K. 모건 | 유소영 옮김

ALTERED CARBON
얼터드 카본

황금가지

ALTERED CARBON
by Richard Morgan

/ 차 례 /

──────────── 1권 ────────────

──────────── 2권 ────────────

프롤로그

　동이 트기 두 시간 전, 나는 페인트칠이 벗겨진 부엌에 앉아 세라의 담배를 피우며 소용돌이 소리에 귀를 기울이며 기다렸다. 밀스포트 시내는 잠자리에 든 지 오래였지만, 저 멀리 리치에서 아직도 모래톱마다 물결이 철썩이는 소리가 해안의 텅 빈 거리를 몰아치고 있었다. 소용돌이에서 흘러온 옅은 안개가 얇은 모슬린처럼 도시 위에 내려앉았고 부엌 창문에도 희뿌옇게 끼어 있었다.

　화학물질 때문에 또렷한 정신으로, 나는 그날 밤에만 벌써 오십 번째 여기저기 찍힌 나무 테이블 위에 무기를 늘어놓고 있었다. 세라의 헤클러 앤드 코크 단분자총*은 탄창 넣는 부분이 열린 채 낮게 드리운 불빛 아래 둔한 광택을 내고 있었다. 단단하고 소음이 전혀 없는, 암살자의 무기였다. 탄창은 그 옆에 놓여 있었다. 세라는 종류를 구분하기 위해 탄창에 테이프를 둘러 놓았다. 녹색은 수면탄, 검정색은 거미독탄이었다. 대부분이 검정색 테이프였다. 녹색은 세라가 지난밤 제미니 바이오시스의 경비원들한테 거의 다 사용해서 거의 남아 있지 않았다.

세라에 비하면 나의 무기는 보다 둔탁했다. 커다란 은색 스미스 앤드 웨슨, 그리고 남아 있는 환각 수류탄 네 개. 탄을 두른 얇은 진홍색 띠는 금방이라도 금속 외피에서 떨어져 나와 리본처럼 피어오르는 담배 연기에 동참하려는 듯 희미하게 야광을 발하고 있었다. 현상의 뒤틀림, 어제 오후 부둣가에서 복용한 테트라메스*의 부작용이었다. 약을 하지 않으면 보통 담배를 피우지 않는데, 어째서인지 테트라메스는 언제나 흡연 욕구를 부추긴다.

멀리서 우르릉거리는 소용돌이 소리 사이로 무슨 소리가 들려왔다. 밤의 장막 위로 바삐 돌아가는 회전날개 소리였다.

은근히 스스로에게 짜증이 일어서 나는 담배를 비벼 끄고 침대로 향했다. 세라는 담요 한 장 아래 낮은 진동수의 사인 곡선 여러 개가 중첩된 모양으로 잠들어 있었다. 칠흑 같은 머리카락이 얼굴을 덮고 있었고, 기다란 손가락이 침대 옆으로 늘어져 있었다. 그렇게 서서 세라를 내려다보는 사이 무슨 소리가 바깥의 밤공기를 갈랐다. 할란스 월드* 궤도 진지*에서 리치를 향해 시험 발포를 하는 소리였다. 천둥처럼 하늘을 뒤흔든 총소리가 창문을 울렸다. 침대의 여자가 꿈틀거리더니 머리카락을 눈에서 걷어냈다. 액정 같은 시선이 내게 와서 머물렀다.

"뭘 보는 거야?"

잠기운이 남아 허스키한 목소리. 나는 살짝 미소 지었다.

"그런 표정 집어치우고. 뭘 보는 건지 말해."

"그냥 봤어. 이제 갈 시간이야."

세라는 고개를 들고 헬리콥터 소리에 귀를 기울였다. 얼굴에서 잠기운이 서서히 물러갔고, 그녀는 침대에 일어나 앉았다.

"무기는 어디 있어(Where is the ware)?"

이건 특파 부대*의 농담이었다(where와 ware가 똑같은 발음인 것을 이용한 농담 ― 옮긴이). 나는 옛 친구를 만날 때처럼 미소 짓고 방구석의 장을 가리켰다.

"총 갖다 줘."

"알겠습니다, 부인. 검정색, 녹색?"

"검정색. 저 자식들은 비닐 콘돔만큼도 못 믿겠어."

나는 부엌으로 가서 단분자총에 장전하고 내 무기에 시선을 한번 던진 뒤 거기 그대로 두었다. 대신 환각탄 하나를 집어 들고 다른 손으로 바꿔 들었다. 그리고 침실 문간에 멈춰 서서 양손에 각각 하나씩 총을 들고 어느 쪽이 더 무거운지 달아 보려는 듯 양쪽의 무게를 가늠했다.

"남근 대용물이십니까, 부인?"

세라는 이마 위로 낫처럼 늘어진 검은 머리칼 너머로 이쪽을 올려다보았다. 뽀얗게 윤기가 흐르는 허벅지 위로 긴 양말을 끌어 올리던 중이었다.

"총열이 긴 건 당신 거야, 닥."

"크기는 중요한 게……."

우리는 동시에 들었다. 바깥 복도에서 금속성의 챙 하는 소리가 두 번. 우리의 시선이 마주쳤다. 세라의 눈 속에서 나는 내 눈에 어린 충격을 볼 수 있었다. 다음 순간, 나는 장전된 단분자총을 세라에게 던졌다. 그녀가 한 손을 들어 총을 공중에서 낚아채는 순간, 굉음과 함께 침실 벽 전체가 무너졌다. 충격파로 내 몸은 구석 바닥에 나동그라졌다.

체열 센서로 아파트 안에 있는 우리 위치를 알아낸 다음 벽 전체에 흡착 폭탄을 붙인 모양이었다. 이번에는 단단히 작정을 한 것이다. 곤충의 눈 같은 가스 공격 장구를 쓴 땅딸막한 특공대원이 장갑 낀 손에 총열이 짧은 칼라시니코프를 들고 무너진 벽을 넘어 들어오고 있었다.

귀가 웅웅거렸다. 나는 바닥에 누운 채 그를 향해 환각탄을 던졌다. 뇌관을 빼놓은 데다 애당초 가스 마스크를 쓴 상대에게는 소용이 없었지만, 저쪽은 날아오는 폭탄을 미처 알아볼 겨를이 없었다. 그는 마스크 유리판 뒤에서 눈을 휘둥그렇게 뜨더니 칼라시니코프 개머리로 수류탄을 쳐내면서 뒤로 비틀비틀 물러섰다.

"폭발이다!"

세라는 폭파 충격을 막기 위해 두 팔로 머리를 감싼 채 침대 옆 바닥에 엎드려 있다가 엉터리 수류탄이 벌어 준 몇 초를 틈타 고개를 내밀고 단분자총을 뺐다. 벽 너머에 있던 사람들이 수류탄 폭발에 대비해 몸을 웅크리는 것이 보였다. 세라는 앞장섰던 특공대원에게 세 발을 쏘았다. 단분자 파편들이 모깃소리를 내며 방을 가로질렀다. 파편들은 전투 장구를 눈에 보이지 않게 갈가리 찢어 놓고 그 안의 살 속으로 파고들었다. 특공대원은 거미 독이 신경계에 파고들자 무거운 물건이라도 들듯 끙 소리를 냈다. 나는 씩 웃고 일어나려 했다.

세라가 몸을 돌려 벽 너머의 군인들을 겨냥하는 순간, 두 번째 특공대원이 부엌 문간에 나타나더니 자동소총으로 세라의 몸에 총알을 쏟아 부었다.

무릎을 꿇은 채, 나는 세라가 죽는 장면을 또렷이 보았다. 비디오를 프레임별로 느리게 재생하듯 장면 하나하나가 천천히 흘러갔다. 특공대원은 급속 연발 사격 시 반동이 심하기로 유명한 칼라시니코프를 단단히 지탱한 채 낮게 겨냥했다. 침대에서 흰 오리털 뭉치와 찢어진 천 조각이 튀더니, 뒤돌아서는 세라의 몸이 사격권 속으로 들어갔다. 다리 한쪽이 무릎 아래로 너덜너덜해졌고, 포화는 몸통으로 옮겨 갔다. 창백한 옆구리에서 주먹만 한 피투성이 살점들이 사방으로 튀었다. 세라는 집중 포화 속에서 바닥에 쓰러졌다.

나는 자동소총의 연사가 멈추는 순간 비틀거리며 일어섰다. 세라는 총탄에 망가진 얼굴을 가리려는 듯 얼굴을 아래로 한 채 쓰러져 있었지만 피투성이 아래의 끔찍한 상처를 숨길 수는 없었다. 나는 상대가 칼라시니코프의 총구를 미처 이쪽으로 향하기 전에 반사적으로 구석에서 튀어나갔다. 그리고 허리 높이로 돌진한 뒤 총을 막고 뒤로 밀어붙였다. 라이플 총열이 문기둥에 걸리는 바람에 상대는 총을 놓쳤다. 부엌 바닥에 한데 엉켜 쓰러지는 순간 등 뒤에서 라이플이 바닥에 떨어지는 소리가 들려왔다. 테트라메스로 인한 속도와 힘을 이용하여 나는 그의 몸에 올라타서 버둥거리는 팔을 옆으로 쳐내고 두 손으로 머리를 잡았다. 그리고 코코넛처럼 타일 바닥에 내려쳤다.

마스크 안의 눈이 갑자기 초점을 잃었다. 나는 머리를 들어 올려 다시 내려쳤다. 두개골이 움푹 꺼지는 것이 느껴졌다. 다시 들어 올리고 내려쳤다. 거대한 소용돌이 같은 소음이 귓전에 웅웅거렸고, 욕지거리를 내뱉는 내 목소리가 어디에선가 들려왔다. 네 번짼가 다섯 번짼가 내려치려는 순간 뭔가 등 뒤 견갑골 사이를 세게 쳤고, 신기하게도 내 앞에 있는 테이블 다리에서 파편이 튀었다. 찌릿한 통증과 함께 파편 두 개가 얼굴에 박혔다.

무슨 이유에서인지, 분노가 갑자기 내 속에서 빠져나갔다. 특공대원의 머리를 부드럽게 내려놓고 어리둥절한 손을 들어 파편에 맞은 뺨의 상처를 만지는 순간, 나는 총에 맞았다는 사실을 깨달았다. 총알은 내 가슴을 관통한 뒤 테이블 다리를 맞힌 모양이었다. 아연실색해서 내려다보니 셔츠 위로 검붉은 얼룩이 배어 나오고 있었다. 분명했다. 총알이 뚫은 구멍이 골프 공 하나가 들어갈 정도로 컸다.

깨달음과 함께 통증이 느껴졌다. 흉곽 속을 파이프 청소용 철수세미로 박박 문지른 것 같은 아픔이었다. 나는 신중하다고까지 할 수 있을 몸짓으로 손을 들어 구멍을 찾은 뒤 손가락 두 개로 막았다. 상처 속의 까칠까칠하게 부러진 뼈끝에 손가락이 닿았고 한 손가락 끝에서 고동치는 막 같은 것이 느껴졌다. 총알이 심장을 비켜 간 것이다. 투덜거리며 일어나려고 해 보았지만 투덜거리는 소리가 어느새 기침으로 바뀌면서 혀에서 피비린내가 느껴졌다.

"움직이지 마, 개자식아."

충격 때문에 심하게 일그러진 목소리. 젊은이의 목구멍에서 나온 외침이었다. 나는 상처 위로 몸을 굽히고 어깨 너머를 돌아보았다. 등 뒤 문간에 경찰복을 입은 젊은이가 방금 나를 쏜 권총을 양손으로 꽉 붙들고 있었다. 그는 눈에 띄게 떨고 있었다. 나는 다시 기침을 하고 테이블 쪽으로 돌아섰다.

눈높이에 은색으로 빛나는 스미스 앤드 웨슨이 채 2분도 안 되는 시간 전에 놓아둔 그 자리에 놓여 있었다. 아마 내 등을 떠민 건 그 시간이었을 것이다. 세라가 살아 있고 모든 것이 좋았던, 그때 이후 짧게 깎여 나간 한 조각의 시간이. 2분 전에 이 총을 집어 들 수도 있었다. 그럴 생각도 했다. 이제 와선 못할 게 없지. 나는 이를 갈며 가슴에 난 구멍을 더욱 세게 손가락으로 누르고 비틀비틀 몸을 세웠다. 그리고 빈손으로 테이블 가장자리를 짚고 경찰을 돌아보았다. 찡그렸다기보다는 씩 웃는 얼굴에 가까운 표정으로 악문 이 밑에서 입술이 까지는 것이 느껴졌다.

"이러지 마, 코바치."

나는 테이블에 한 걸음 더 다가가 허벅지를 대고 기댔다. 잇새로 거친 숨결이 씩씩거렸고 목구멍은 그르렁거렸다. 불에 그슬린 나무 위에서 스미스 앤드 웨슨이 황철광처럼 번쩍였다. 궤도 진지에서 저 바깥의 리치로 쏟아 붓는 에너지가 부엌을 청색으로 물들이고 있었다. 소용돌이가 부르는 소리.

"하지 말라고 했……"

나는 눈을 감고 테이블 위의 총을 움켜쥐었다.

1부

도착

니들캐스트 다운로드

저승에서 돌아오기란 힘든 일일 수 있다.

특파 부대에서는 저장 상태로 들어가기 전에 놓아 버리는 법을 가르친다. 조교들이 첫날부터 병사들의 머릿속에 박아 넣는 것이 바로 그것이다. 버지니아 비도라는 댄서와 같은 날렵한 몸매를 펑퍼짐한 군복 속에 감춘 채 신병 훈련실에서 우리 앞을 서성거리며 냉정한 눈빛으로 이렇게 말했다. '아무 걱정하지 마라, 그러면 마음의 준비가 된다.' 10년 뒤, 나는 뉴 가나가와 교도소 수용소에서 그녀를 다시 만났다. 그녀는 80년에서 100년 형을 앞두고 있었다. 죄목은 중무장 강도 및 유기체 손상*이었다. 감옥에서 끌려 나가면서 버지니아 비도라가 마지막으로 했던 말.

"걱정 마, 친구. 어차피 저장되잖아."

그녀는 고개를 숙이고 담배에 불을 붙이더니, 더 이상 신경 쓸 필요가 없는 폐 속으로 연기를 깊이 들이마시고 지루한 회의에 끌려가듯 복도를 따라 걷기 시작했다. 교도소 문 때문에 시야각은 좁았지만, 나는 그 걸음에서 자부심을 읽었고 주문처럼 버지니아의 말을 되뇌었다.

걱정 마, 어차피 저장되잖아. 이 표현이야말로 이중의 의미를 절묘하게 담은 이 거리의 지혜였다. 오차 없이 굴러가는 수형 제도라는 엄연한 현실에 대한 인식과, 정신이상이라는 암초를 피해 가기 위해 필요불가결한 현실 회피적인 자세. 저장 상태로 들어가는 순간에 느끼는 것, 생각하는 것, 그 순간의 내 존재는 나올 때의 나와 동일하다. 극심한 초조 상태라면 문제가 발생할 수 있다. 그러니 놓아 버려야 한다. 중립에 두어야 한다. 의식을 거두고 부유해야 한다.

시간이 있다면.

오른손은 상처를 더듬느라 가슴에 딱 붙이고 왼손은 있지도 않은 무기를 움켜쥔 상태로 나는 탱크에서 배출되었다. 중력이 망치처럼 엄습했고, 나는 부유 젤 속으로 다시 쓰러졌다. 양팔을 허우적거리다 한쪽 팔꿈치가 탱크 모서리에 세게 부딪혔다. 입속으로 쏟아져 들어온 젤 덩어리가 목구멍으로 넘어갔다. 입을 꾹 다물고 입구 모서리를 겨우 붙잡았지만 온통 젤투성이였다. 눈에도 들어갔고, 코와 목구멍도 따끔거렸고, 손가락 아래도 미끈거렸다. 해치를 움켜잡은 손이 몸무게 때문에 느슨해졌다. 고중력 훈련처럼 가슴이 눌리면서 몸이 다시 젤 속으로 파묻혔다. 좁은 탱크 속에서 내 몸은 격렬하게 버둥거렸다. 부유 젤이라니? 빠져 죽을 지경인데.

갑자기 팔을 단단히 붙잡은 손길이 몸을 똑바로 세워 주었다.

나는 쿨룩거리며 똑바로 앉았다. 가슴에 상처가 없는지 확인하려고 고개를 숙이는 찰나, 누군가 얼굴을 수건으로 대충 닦아 주어서 볼 수가 있었다. 기쁨은 나중에 만끽하기로 하고 일단은 코와 목구멍에서 탱크의 내용물을 빼내는 데만 집중하기로 했다. 나는 30초 정도 고개를 숙이고 앉은 채 젤을 토해내며 왜 모든 것이 이렇게 무겁게 느껴질까 의아했다.

"훈련치고는 과하지."

교도소에서 흔히 들을 수 있는 거친 남자 목소리였다.

"한데 특파 부대에서는 도대체 뭘 배웠지, 코바크?"

순간 깨달을 수 있었다. 할란스 월드에서 코바치는 꽤 흔한 이름이다. 다들 제대로 발음할 줄 안다. 한데 이 친구는 그렇지 않았다. 그는 할란스 월드에서 사용하는 아맹글릭*어가 변형된 언어를 사용하고 있었는데, 그 점을 감안하더라도 내 이름 마지막 음절을 슬라브식으로 '치' 대신 거칠게 '크'라고 발음하고 있었던 것이다.

게다가 모든 것이 너무 무거웠다.

벽돌이 냉동된 판유리를 깨뜨리고 지나가듯, 흐릿한 의식으로 나는 깨달았다.

외계다.

누군가 다케시 코바치(디지털 상태)를 빼내서 전송한 것이다. 할란스 월드는 글리머 태양계에서 인간이 살 수 있는 유일한 생태계이므로, 이건 아마 성간 니들캐스트*를 통해……

어디로 전송된 거지?

나는 올려다보았다. 싸늘한 네온 튜브가 콘크리트 천장에 달려 있었다. 나는 둔탁한 철제 관의 열린 해치 안에 앉아, 미처 옷 입는 것을 잊고 쌍엽기에 오른 저 옛날의 비행사처럼 세상을 두리번거리고 있었다. 닫혀 있는 육중한 철문 맞은편 벽에 늘어서 있는 스무 개 남짓한 철제 관 중의 하나였다. 공기는 서늘했고 벽은 칠이 되어 있지 않았다. 적어도 할란스 월드에서는 파스텔 톤으로 의식입력실 인테리어를 해 놓았고 직원들도 예뻤다. 어쨌든 사회에 진 빚을 갚고 나온 셈인데. 최소한 밝은 새 출발을 할 수 있도록 해 줘야 하는 거 아닌가.

'밝은'이라는 단어는 내 앞에 선 인물의 사전에는 없는 모양이었다. 2미터 정도의 키에, 현재의 직업에 종사하기 전에는 표범과 몸싸움을 하여 생계를 유지해 온 듯한 용모였다. 가슴과 팔에는 바디아머 같은 근육이 울룩불룩했고 그 위에 달린 머리에는 머리카락을 짧게 쳐서 왼쪽 귀까지 길게 나 있는 번개 모양의 긴 흉터가 드러나 있었다. 헐렁한 검은 옷에는 견장이 달려 있었고 가슴에는 둥근 로고가 붙어 있었다. 옷과 같은 색의 눈이 차갑고 침착하게 나를 쳐다보고 있었다. 일어나 앉는 것을 도와준 뒤, 그는 매뉴얼대로 팔이 닿지 않도록 뒤로 물러나 있었다. 오랫동안 이 일을 해 온 듯했다.

나는 한쪽 콧구멍을 누르고 반대쪽 콧구멍에서 젤을 킁 하고 빼냈다.

"여기가 어딘지 가르쳐 줘야 하는 거 아니오? 내 권리 같은 것도 알려 주고."

"코바크, 지금 당신한테는 아무 권리도 없어."

올려다보니 그의 얼굴에는 차가운 미소가 떠올라 있었다. 나는 어깨를 으쓱하고 반대편 콧구멍을 킁 하고 뚫었다.

"여기가 어디요?"

그는 알려 주기 전에 우선 여기가 어딘지 생각을 가다듬어야 하는 듯 네온 전등이 달린 천장을 올려다보며 잠시 망설이다 아까 나처럼 어깨를 으쓱했다.

"그러지. 안 될 것 없으니. 여긴 베이시티*요. 지구, 베이시티."

다시 얼굴에 미소가 떠올랐다.

"인류의 고향이지. 문명 세계 중에서 가장 오래된 지구에서의 체류를 즐기시길."

"원래 하던 일 쪽을 다시 생각해 보시지."

나는 침착하게 그에게 말했다.

의사는 바닥에 고무 바퀴가 달린 들것을 끌고 간 자국이 나 있는 길고 흰 복도로 나를 안내했다. 걸음이 상당히 빨랐기 때문에, 아직 젤이 뚝뚝 떨어지는 몸에 회색 수건 한 장만 달랑 두르고 있는 나는 부지런히 따라가야 했다. 여의사는 짐짓 환자를 돌보는 태도를 취하고 있었지만, 어쩐지 쫓기는 듯한 기색이었다. 팔에는 둘둘 말리는 서류를 한 뭉치 안고 있었고 다른 곳에도 가 봐야 하는 것 같았다. 하루에 의식 입력*을 몇 건이나 처리하는지 궁금했다.

"다음 날까지 최대한 휴식을 취해야 합니다. 이곳저곳 쑤시고 아린 곳이 있을 텐데, 그건 정상적인 현상이에요. 충분한 수면이 문제를 해결해 줄 겁니다. 증상이 되풀이되면……."

"알고 있습니다. 전에도 해 봤습니다."

다른 사람들과 부대낄 기분이 아니었다. 방금 세라 생각이 났던 것이다.

우리는 습기가 낀 유리창에 '샤워'라고 씌어 있는 문 앞에서 멈췄다. 의사는 나를 그 안으로 안내하더니 잠시 서서 나를 훑어보았다.

"샤워도 전에 해 봤습니다."

의사는 고개를 끄덕였다.

"끝나면, 복도 끝에 엘리베이터가 있어요. 석방실은 아래층입니다. 그리고 참, 경찰이 기다리고 있어요."

매뉴얼에는 새로 의식 입력을 마친 사람은 강렬한 아드레날린 충격을 피해야 한다고 되어 있지만, 의사는 내 기록을 이미 읽었는지 경찰과 만나는 것은 내 생활방식 상 별다른 사건이 아닐 거라고 짐작한 모양이었다. 나 역시 그런 자세를 가지려고 노력했다.

"무슨 일로?"

"이유는 나한테 말하지 않더군요."

그 말투에는 나한테 보여 주어서는 안 되는 짜증의 흔적이 배어났다.

"아마 당신 명성이 워낙 자자한 모양이지요."

"그럴지도."

충동적으로, 나는 새로 받은 얼굴에 미소를 지어 보았다.

"의사, 난 여기 와 본 적이 없습니다. 지구에는. 이쪽 경찰과는 한 번도 만난 적이 없소. 걱정을 해야 하나요?"

의사는 나를 쳐다보았다. 순간 그 눈에 떠오른 빛을 나는 읽었다. 두려움과 신기함, 실패한 인간 개조자에 대한 경멸이 섞인 감정이었다. 의사는 마침내 입을 열었다.

"당신 같은 사람이라면, 그쪽에서 오히려 걱정할 것 같군요."

"네, 그렇죠."

나는 조용히 말했다.

의사는 망설이다 손짓했다.

"탈의실에는 거울이 있어요."

그녀는 이렇게 말하고 떠났다. 아직 거울을 마주 볼 마음의 준비는 안 되어 있었던 나는 의사가 손짓한 방 쪽을 돌아보았다.

나는 샤워실에서 곡조도 맞지 않는 휘파람으로 불안감을 떨어내며 새로 얻은 몸 위에 비누칠을 하고 손으로 문질렀다. 이번 몸은 유엔(UN)령 기준으로 40대 초반, 수영 선수 같은 몸매였고, 신경계에 군용 조작 같은 것이 가해진 것 같았다. 신경화학적 강화 처리일 것이다. 나도 예전에 받은 적이 있었다. 흡연을 했는지 폐쪽에 뻐근한 느낌이 있었고 팔뚝에는 멋진 흉터가 남아 있었지만 그 외에는 불만거리를 찾을 수가 없었다. 살다 보면 나중에 약간 쑤시고 결리는 데가 있을 테지만 현명한 사람이라면 그냥 감수하고 사는 것이 옳다. 모든 몸에는 나름의 역사가 있다. 그런 것이 신경 쓰인다면 그냥 신테타나 파브리콘 사(社)의 제품을 기다려야 한다. 합성 신체도 입을 만큼 입어 봤다. 가석방 심사 때 사용하기 때문이다. 값은 싸지만 휑한 집에서 혼자 사는 기분이 들고 미각 회로가 제대로 되어 있는 경우가 없다. 뭘 먹든지 톱밥에 카레를 뿌려 놓은 뒷맛이 나는 것이다.

탈의실 벤치에는 깔끔하게 개어 놓은 여름옷이 한 벌 있었고, 벽에는 거울이 달려 있었다. 옷가지 위에는 단순한 쇠 시계가 놓여 있었고, 시계 아래에는 내 이름이 또박또박 적힌 흰 봉투가 있었다. 나는 심호흡을 한번 하고 거울을 마주 보았다.

이것이 항상 가장 힘든 부분이다. 20년 가까이 이 짓을 해 왔지만, 거울을 바라보는 순간 전혀 낯선 사람이 이쪽을 응시하고 있는 모습은 아직도 신경을 긁는다. 마치 입체 영상 속에서 하나의 이미지를 식별해 내는 느낌이랄까. 처음 얼마간은 타인이 창밖에서 나를 바라보는 느낌이다. 그러다 눈의 초점이 바뀌듯, 나 자신의 얼굴이 가면 뒤에서 빠른 속도로 떠올라 안쪽에 철썩 달라붙는다. 탯줄이 잘려 나가듯, 하지만 둘이 분리되는 것이 아니라 타자만 떨어져 나가고 이제 거울 속에는 내가 비친다.

나는 거울 앞에 서서 몸을 닦으며 얼굴에 적응했다. 코카서스 인종이라는 점이 내겐 신선했다. 만약 인생에도 최소 저항선(전선에서 적의 저항이 가장 덜한 지점 ─ 옮긴이)이라는 것이 있다면 이 얼굴은 절대 그 선 근처에는 있지 않았을 것이라는 인상이 강하게 들었다. 탱크 안에 오래 보관되어 있었던 몸 특유의 창백한 혈색에도 불구하고 거울 속의 얼굴은 풍상에 시달린 느낌이었다. 주름살투성이였다. 짧게 친 숱 많은 검은 머리에는 흰머리가 드문드문 나 있었다. 눈은 사색적인 파란빛이었고, 왼쪽 눈 밑에 희미하게 깔쭉깔쭉한 흉터가 있었다. 나는 두 흉터 사이에 무슨 관계가 있을까 생각하며 왼쪽 팔을 들어 거기 새겨진 사연을 살펴보았다.

시계 밑의 봉투에는 인쇄물 한 장이 들어 있었다. 복사물. 손으로 쓴 서명. 고풍스럽다.

그래, 여기는 지구다. 문명 세계 중에서도 가장 오래된 땅. 나는 어깨를 으쓱하고 편지를 훑어본 뒤 옷을 입고 새 정장 재킷에 서류를 접어 넣었다. 마지막으로 거울을 한번 힐끗 보고 나서 새 시계를 손목에 차고 경찰을 만나러 나갔다.

이곳 시간으로 4시 15분이었다.

의사는 긴 곡선 상담 카운터 뒤에 앉아서 나를 기다리며 모니터 앞에서 서류를 작성하고 있었다. 마르고 엄해 보이는 검은 옷차림의 남자가 그 어깨 너머에 서 있었다. 방 안에는 다른 사람은 없었다.

나는 한번 둘러본 후 검은 옷을 다시 바라보았다.

"당신이 경찰이오?

"밖에."

그는 문을 가리켰다.

"여기는 경찰 관할 구역이 아니야. 특별 허가를 받아야 여기 들어올 수 있지. 여기는 보안 병력이 따로 있어."

"그러면 당신은?"

그는 아까 아래층에서 의사가 나를 바라보던 눈빛과 똑같은 감정을 담은 눈으로 나를 쳐다보았다.

"내 이름은 설리번, 당신이 지금 석방되는 베이시티 중앙 교도소장이야."

"날 잃게 된 게 영 섭섭하신 모양이군."

설리번은 내게 찌르는 듯한 눈길을 보냈다.

"당신은 상습범이야, 코바치. 당신 같은 사람한테 좋은 살과 피를 낭비한다는 게 도저히 이해가 안 돼."

나는 가슴 주머니에 들어 있는 편지를 두드렸다.

"다행히 뱅크로프트 씨는 생각이 다른 모양이더군. 나한테 리무진을 보낸다고 했소. 그것도 밖에 있나?"

"내다보지 않았어."

카운터 위 어딘가에서 종소리가 울렸다. 의사가 입력을 끝낸 모양이었다. 의사는 돌돌 말리는 복사지 가장자리를 뜯더니 몇 군데에 서명해서 설리번에게 건넸다. 교도소장은 서류 위로 고개를 숙이고 눈을 가늘게 뜬 채 훑어보더니 자기도 사인을 하고 내게 건넸다.

"다케시 레프 코바크."

그는 탱크실에서 자기 부하가 했던 것처럼 내 이름을 잘못 발음했다.

"유엔 사법 협약을 통해 부여된 권한으로 나는 6주를 초과하지 않는 기간 동안 당신을 로렌스 J. 뱅크로프트에게 대여하며, 이 기간이 종료된 뒤 당신의 가석방 여부가 재검토될 것이다. 여기 서명하시오."

나는 펜을 들고 소장이 가리키는 옆에다 타인의 필적으로 내 이름을 서명했다. 설리번은 두 장의 종이를 위아래로 분리하더니 분홍색 종이를 내게 건넸다. 의사가 또 한 장의 서류를 집어 들었고 설리번은 받아 들었다.

"이것은 할란스 월드 법무부에서 다케시 코바크(디지털 상태)를 손상 없이 전송받은 뒤 현재의 몸에 입력했다는 것을 확인하는 의사의 증명서요. 증인은 본인과 폐쇄 회로 모니터. 전송 내역과 탱크 데이터를 기록한 디스크도 동봉되어 있소. 이 진술서에도 서명하시오."

나는 카메라가 어디 있나 싶어 고개를 들어 찾아보았지만 눈에 띄지 않았다. 하지만 굳이 입씨름할 가치는 없었다. 나는 두 번째로 내 새로운 서명을 써 넣었다.

"이것은 당신이 준수해야 하는 임대 계약서요. 꼼꼼하게 읽어 보시오. 단 하나의 조항이라도 위반할 시에는 즉각 저장 상태로 돌아가서 이곳이나 법무부가 지정하는 기타 기관에서 형기를 끝까지 마쳐야 하오. 여기 적힌 조항의 뜻을 이해하고 인정합니까?"

나는 서류를 집어 들고 빠르게 훑어보았다. 표준 양식이었다. 예전에 할란스 월드에서 대여섯 번 서명한 적이 있는 가석방 계약서가 약간 변형된 정도였다. 표현이 좀 더 딱딱했지만 내용은 동일했다. 즉 헛소리라는 얘기다. 나는 눈도 깜짝하지 않고 서명했다.

"좋소."

설리번의 뻣뻣한 태도는 약간 누그러진 것 같았다.

"당신은 행운아요, 코바크. 기회를 낭비하지 마시오."

이 친구들은 이런 소리 지겹지도 않나? 나는 말없이 서류를 접어서 주머니에 넣은 편지 옆에 쑤셔 넣었다. 돌아서려는데 의사가 일어나더니 작은 흰색 카드를 건넸다.

"코바치 씨. 적응하는 데 큰 문제는 없을 겁니다. 이건 건강한 몸이고, 당신도 이런 일에 경험이 많으니까. 혹시라도 심각한 문제가 생기면 이 번호로 연락하세요."

나는 스스로도 미처 깨닫지 못하고 있었던 기계처럼 정확한 동작으로 팔을 뻗어 작은 사각형 카드를 집어 들었다. 뉴라켐*이 작동을 개시하고 있었다. 내 손은 나머지 서류가 든 주머니에 카드를 집어넣었고, 나는 돌아서서 한마디 말없이 대기실을 가로질러 문을 열었다. 불손한 태도일지는 몰라도, 이 건물에 있는 사람 중에 감사의 마음을 불러일으킨 이는 아직까지 아무도 없었다.

당신은 행운아요, 코바크. 그렇고말고. 고향에서 180광년 떨어진 곳에 전송되어 6주 대여 계약으로 다른 사람의 몸을 빌려 입었으니. 여기 경찰이 진압봉으로 다스리고 싶지 않은 일을 처리하기 위해서. 실패하면 다시 저장소행. 운이 너무 좋아서 문을 나서면서 노래라도 부르고 싶은 기분이었다.

바깥 홀은 넓었지만 사람이 없었다. 고향의 밀스포트 철도역과 비슷한 인상이었다. 비스듬히 긴 투명판 천장 아래, 합금 유리로 된 바닥 포장이 오후의 햇빛을 받아 호박색으로 빛났다. 아이들 둘이 입구의 자동문으로 장난을 치고 있었고, 그늘진 한쪽 벽을 따라 청소 로봇 한 대가 웅웅거리고 있었다. 그 외에 움직이는 것은 없었다. 낡은 나무 벤치에 여기저기 떨어져 앉은 사람들이 소리 없이 얼터드 카본(altered carbon)* 상태의 추방에서 돌아올 친구나 가족들을 기다리고 있었다.

다운로드 중앙역.

이들은 새 몸을 입은 사랑하는 사람을 알아보지 못할 것이다. 알아보는 것은 고향으로 돌아온 사람들의 몫일 뿐, 기다리던 사람들에게 있어 재회의 감격은 지금부터 사랑하는 법을 배워야만 하는 새로운 얼굴과 몸 앞에서 서늘한 공포감에 빛바랠 것이다.

혹 몇 대 이후의 자손들이 어린 시절의 희미한 추억이나 가족 내에 전설처럼 전해 내려오는 이야기로밖에 남아 있지 않은 친척을 기다리고 있는 것일지도 모른다. 특파 부대에서 알고 지냈던 무라카미라는 친구는 한 세기 전에 저장소에 들어간 증조할아버지의 석방을 맞은 적이 있었다. 그는 위스키 1리터와 당구 큐대를 선물로 준비해서 뉴페스트로 갈 생각이라고 했다. 증조부가 가나가와 당구장에서 펼쳤던 활약상을 들으며 자라났던 것이다. 무라카미가 태어나기도 전에 저장소에 들어갔던 할아버지였다.

홀로 이어지는 계단을 내려가는데, 나를 맞으러 나온 환영위원회가 눈에 띄었다. 벤치 하나를 중심으로 키 큰 사람 셋이 비스듬한 햇빛 속에서 계속 자세를 바꾸며 허공을 둥둥 떠다니는 먼지 속에 소용돌이를 일으키고 있었다. 네 번째 인물은 팔짱을 끼고 다리를 죽 뻗은 채 벤치에 앉아 있었다. 넷 다 빛을 반사하는 선글라스를 쓰고 있어서 멀리서 보니 마치 모두 똑같은 가면을 쓰고 있는 것 같았다.

나는 이미 현관 쪽을 향하고 있었기 때문에 굳이 그쪽으로 방향을 틀지 않았다. 홀을 절반 정도 가로지르고 나서야 그쪽도 깨달은 모양이었다. 두 명이 방금 배를 채운 표범처럼 침착하고 날렵하게 내 앞을 막아섰다. 진홍색 모히칸 헤어스타일(스킨헤드처럼 머리를 박박 밀고 가운데 한 줄만 남겨 놓은 머리 모양 ─ 옮긴이)을 한 덩치 크고 거칠게 생긴 남자들이 몇 미터 앞에서 가로막았기 때문에, 그 자리에 멈추든지 얼른 빙 돌아가는 수밖에 없었다. 나는 멈춰 섰다. 아무리 공권력의 성질을 건드릴 계획이 있어도 새 몸을 입고 낯선 장소에 방금 막 도착한 상황을 택해서는 안 된다. 나는 오늘의 두 번째 미소를 띠었다.

"도와드릴 일이라도?"

둘 중 나이 많은 쪽이 나를 향해 무심히 배지를 흔들어 보이더니 공기에 접촉하면 녹이라도 슬 것처럼 얼른 집어넣었다.

"베이시티 경찰이오. 경감님이 당신과 할 이야기가 있다는군."

뭔가 기분 나쁜 호칭을 덧붙이고 싶은 충동을 참는 듯 말끝이 끊겼다. 동행해 줄까 말까 심각하게 고민하는 얼굴을 해 보이려고 했지만, 피할 길은 없었다. 그들도 알고 있었다. 탱크에서 나온 지 한 시간밖에 안 됐다면 무슨 일을 벌일 정도로 새 몸에 익숙하지 못하다. 나는 세라가 죽던 모습을 뇌리에서 지우고 앉아 있는 경찰 쪽으로 고분고분 따라갔다.

경감은 30대 여성이었다. 금색 선글라스 아래의 광대뼈는 아메린디언 조상에게서 물려받은 듯했고, 좌우로 긴 입가에는 냉소적인 미소가 걸려 있었다. 통조림 따개로 활용할 수 있을 듯한 콧등에 선글라스가 끼워져 있었다. 얼굴 주위를 감싸고 있는 짧고 부스스한 머리카락은 이마 위에서 뽀족 서 있었다. 특대형 전투 재킷으로 몸을 감싸고 있었지만, 재킷 아래로 튀어나온 검은 바지 차림의 긴 다리를 보건대 늘씬한 몸매의 소유자였다. 경감은 가슴 위에서 팔짱을 낀 채 거의 1분 동안 나를 쳐다보았다.

"코바치, 그렇지?"

"그렇소."

"다케시 코바치? 할란스 월드에서 온? 밀스포트에서 가나가와 저장소를 거쳐서?"

여자의 발음은 정확했다.

"계속 말씀하시지. 틀린 부분이 나올 때 지적하겠소."

긴 침묵이 흘렀다. 경감은 반사 렌즈를 통해 나를 가만히 응시하다가 팔짱을 풀고 한쪽 손을 무심히 살펴보았다.

"유머 감각 자격증이라도 갖고 있나, 코바치?"

"죄송하군. 집에 놓고 왔소."

"지구에는 무슨 용무로 왔지?"

나는 갑갑하다는 듯 손짓했다.

"이미 다 알고 계실 텐데, 안 그랬다면 여기 오지 않았을 것 아닌가. 나한테 할 말이 있는 거요, 아니면 저 친구들 교육용으로 데려온 거요?"

누군가의 손이 내 팔뚝을 단단히 붙잡았다. 경감은 거의 눈에 띄지 않을 정도로 고개를 약간 움직여 보였고, 내 뒤에 서 있던 경찰은 다시 팔을 놓았다.

"진정해, 코바치. 대화를 하자는 것뿐이니까. 그래, 로렌스 뱅크로프트가 당신을 빼냈다는 건 알고 있어. 사실 여기 온 것도 당신을 뱅크로프트 저택에 데려가기 위해서야."

경감은 갑자기 몸을 앞으로 내밀더니 일어섰다. 키가 내 새 몸과 거의 비슷할 정도로 훤칠했다.

"난 '유기체손상과'의 크리스틴 오르테가. 뱅크로프트 사건 담당이었지."

"'이었다'고?"

경감은 고개를 끄덕였다.

"수사는 종결됐어, 코바치."

"경고하는 거요?"

"아니, 사실을 말하는 것뿐이야. 그건 명백한 자살이었어."

"뱅크로프트는 그렇게 생각하는 것 같지 않은데. 자기가 살해당했다고 주장하고 있소."

오르테가는 어깨를 으쓱했다.

"나도 들었어. 그건 그 사람 권리지. 그 정도 인물은 자기 머리를 자기가 날려 버렸다는 걸 받아들이기 어려운 모양이야."

"어느 정도 되는 인물?"

"나, 참."

오르테가는 뭐라 말하려다 입을 다물고 살짝 미소 지었다.

"미안, 계속 잊는군."

"무엇을?"

다시 침묵. 크리스틴 오르테가도 이번에는 약간 침착함을 잃는 것 같았다. 다시 입을 여는 말투에 약간의 머뭇거림이 있었다.

"당신은 여기 사람이 아니지."

"그래서?"

"여기 사람이라면 누구든지 로렌스 뱅크로프트가 어떤 사람인지 알 테니까. 그뿐이야."

난생처음 보는 사람에게 왜 이렇게 서툴게 거짓말을 할까. 나는 일단 상대를 안심시키기로 했다.

"부자군. 권력자."

오르테가는 엷게 미소 지었다.

"좀 있으면 알게 될 거야. 그래, 같이 갈 건가 말 건가?"

주머니 속의 편지에는 운전사가 터미널 밖에서 나를 기다릴 거라고 적혀 있었다. 경찰에 대한 언급은 없었다. 나는 어깨를 으쓱했다.

"공짜 차는 거절해 본 적이 없소."

"좋아. 그럼 갈까?"

그들은 나를 호위해서 문까지 가더니 보디가드처럼 고개를 젖히고 렌즈 낀 눈으로 주위를 두리번거리며 먼저 나갔다. 오르테가와 함께 문을 나서자 따뜻한 햇살이 얼굴에 쏟아졌다. 햇빛에 찡그린 시야에 관리가 부실한 이착륙장 건너편 진짜 철조망 너머로 각진 건물들이 보였다. 삭막한 회백색 건물, 새천년 이전에 지어진 것 같았다. 묘하게 흑백사진처럼 보이는 벽 사이에 회색 철근으로 지어진 아치 모양의 다리가 여기서는 보이지 않는 육지의 어느 지점으로 이어지고 있었다. 역시 칙칙한 지상 자동차*와 비행 크루저가 비뚤비뚤 줄지어 있었다. 돌연 바람이 일면서 착륙장 바닥 틈을 비집고 자란 잡초의 꽃향기가 희미하게 흘러왔다. 멀리서 들려오는 도로의 소음은 익숙했지만, 그 외의 모든 것은 마치 시대극의 세트처럼 느껴졌다.

"……심판하시는 분은 오로지 한 사람뿐! 과학자들의 말은 믿지……"

출구 앞 계단을 내려서는데 빈약한 앰프박스에서 찢어지라 나오는 소리가 귀를 때렸다. 착륙장 주변을 둘러보니 포장 박스에 올라서 있는 검은 복장의 남자를 중심으로 사람들이 모여 있었다. 홀로그래피로 된 플래카드가 청중들의 머리 위로 이리저리 펼쳐져 있었다. 결의안 653조 결사반대! 부활할 수 있는 것은 오직 하느님뿐. 디지털 인간 저장*=죽음. 청중의 환호가 연사의 목소리를 삼켰다.

"이건 뭐요?"

"가톨릭교. 오래된 종교 분파지."

오르테가의 입술이 비틀려 올라갔다.

"그래? 처음 듣는데."

"당신은 못 들어 봤을 거야. 인간을 디지털로 변환하면 영혼을 잃는다고 믿는 사람들이지."

"그렇다면 널리 퍼진 신앙은 아니군."

"지구에만 있어."

냉소적인 말투.

"바티칸, 저들의 교회 본부에서 스타폴과 라티머에 극저온 수송선*을 두 대 파견했다지."

"나도 라티머에 가 봤지만 저런 건 못 봤소."

"우주선이 뜬 건 이번 세기 초야, 코바치. 도착하려면 아직 이삼십 년 더 남았어."

군중들을 끼고 걷는데, 머리를 뒤로 단정하게 넘겨 묶은 젊은 여자 한 사람이 내게 전단 한 장을 불쑥 내밀었다. 이 느닷없는 손길은 새 몸의 안정되지 않은 반사 신경을 자극했고, 미처 제어하기도 전에 나는 방어 자세를 취했다. 여자는 굳은 눈빛으로 전단을 내밀고 서 있었고, 나는 미안하다는 듯 미소 지으며 받아 들었다.

"그들에겐 그럴 권리가 없습니다."

여자는 말했다.

"아, 동의합니다⋯⋯."

"주 하느님만이 인간의 영혼을 구하실 수 있습니다."

"난……."

이때 크리스틴 오르테가가 내 팔에 한 손을 얹고 다년간의 경험이 우러나는 동작으로 나를 옆으로 이끌었다. 나는 예의 바르게, 하지만 못지않게 단호한 동작으로 손을 밀어냈다.

"시간에 쫓기는 거요?"

"이보다 쓸모 있는 일이 많아."

오르테가는 입을 꾹 다물고 역시 전단을 거부하고 있는 동료들 쪽을 돌아보았다.

"잠시 이야기를 나누어도 좋았을 텐데."

"그래? 내 눈에는 그 여자 목이라도 따려는 것처럼 보이던데."

"그건 이 몸 때문이오. 뉴라켐 처리가 된 몸인 것 같은데, 여자가 그걸 건드린 거요. 보통 사람들은 다운로드 직후에 몇 시간 누워 있어야 하잖소. 지금 약간 민감한 상태요."

나는 손에 쥔 전단을 내려다보았다. 기계가 우리의 영혼을 구원할 수 있는가? 전단은 거창한 질문을 던지고 있었다. '기계'라는 단어는 옛날 컴퓨터 디스플레이를 닮은 활자로 찍혀 있었다. 입체 활자로 된 '영혼'은 페이지 전체를 가득 덮고 있었다. 나는 해답을 얻기 위해 전단을 뒤집었다.

아니다!

"그럼 극저온 가사 상태*로 운반하는 건 괜찮고 인간을 디지털로 변환해서 전송하는 건 안 된다는 얘기군. 재미있는데."

나는 반짝거리는 플래카드를 돌아보며 생각에 잠겼다.

"결의안 653조는 뭐요?"

"이 결의안을 적용하는 최초의 재판이 유엔 재판소에서 진행 중이야. 베이시티 검찰은 저장 상태의 가톨릭교도 한 사람을 소환하려 해. 결정적인 증인이지. 하지만 바티칸은 이미 죽어서 하느님의 품으로 돌아간 사람이라고 주장하고 있어. 신성모독이라는 거야."

"그렇군. 당신은 확고하게 검사 편이고."

오르테가는 발걸음을 멈추고 나를 돌아보았다.

"코바치, 난 이 광신도들이 싫어. 2500년 동안 우리를 괴롭혀 온 자들이야. 이들은 역사상 그 어느 조직보다 더 많은 불행을 가져왔어. 젠장, 신도들에게 피임조차 허락하지 않는 데다 지난 5세기 동안 중요한 의학적 진보가 있을 때마다 반대하고 나선 사람들이야. 솔직히 그쪽 손을 들어 주고 싶은 부분은, 오로지 이 디지털 인간 저장 덕분에 이자들이 다른 인류와 함께 우주로 뻗어 나가지 못하게 되었다는 점 하나야."

나를 태우고 갈 차는 낡았지만 날렵해 보이는 록히드 미토마 제품으로, 경찰 표시로 보이는 마크를 달고 있었다. 샤리아*에서 록히드 미토마 제품을 타 본 적이 있었지만 그때는 온통 레이더를 반사하는 검정색으로 칠해져 있었다. 이 차의 빨강과 흰색 줄무늬는 그에 비하면 화려했다. 파일럿 역시 오르테가가 끌고 온 일당과 마찬가지로 선글라스를 낀 채 조종석에 꼼짝도 않고 앉아 있었다. 크루저 속으로 들어가는 해치는 이미 위로 열려 있었다. 크루저에 타면서 오르테가는 해치 테두리를 두드렸고, 엔진이 속삭이는 듯한 소리를 내며 잠에서 깨어났다.

나는 모히칸 헤어스타일 중 한 명을 도와 해치를 수동으로 내린 뒤 이륙하는 크루저 속에서 균형을 잡으며 창가 자리에 앉았다. 그리고 목을 빼서 발아래 군중들을 내려다보았다. 크루저는 100미터쯤 상승한 뒤 기체를 똑바로 하고 기수를 살짝 내렸다. 나는 형체 맞춤 의자에 몸을 묻었다. 오르테가가 이쪽을 쳐다보고 있었다.

"아직도 신기한가?"

"관광객 같은 기분이군. 한 가지 대답해 줄 수 있소?"

"가능하다면."

"음, 피임을 하지 않는다면 이 사람들은 엄청나게 많이 불어나고 있을 거 아니오. 요즘 지구는 그다지 활력 넘치는 동네가 못 되고. 그렇다면…… 왜 아직 가톨릭교도들이 우세를 점하지 못하고 있는 거지?"

오르테가와 부하들은 불쾌한 미소를 주고받았다. 내 왼쪽에 있던 남자가 대답했다.

"저장소 때문이지."

나는 목 뒷덜미를 손바닥으로 쳤다. 문득 이 몸짓이 여기서도 통용되는 건가 궁금했다. 스택*의 위치가 원래 목 뒤쪽이긴 하지만, 문화적 다양성이라는 것은 어디서나 똑같이 통하는 게 아니다. 나는 그들의 얼굴을 둘러보았다.

"저장소. 맞아, 그렇지. 가톨릭교도를 위한 특별 사면 같은 건 없나?"

"없소."

무슨 이유에서인지 이 짧은 대화로 모두들 친구가 된 분위기였다. 저쪽은 긴장을 풀고 있었다. 아까 그 경찰이 설명을 이었다.

"10년 형이든 3개월 형이든, 그들에겐 모두 마찬가지요. 사형선

고지. 절대 나오지 못하니까. 멋지지?"

나는 고개를 끄덕였다.

"깔끔하군. 그럼 몸은 어떻게 되지?"

맞은편의 남자가 갖다 버리는 손짓을 해 보였다.

"장기 적출 시장에 내다 팔지. 집집마다 달라."

나는 고개를 돌리고 창밖을 내다보았다.

"무슨 문제 있나, 코바치?"

나는 얼굴에 활기찬 미소를 떠올리며 오르테가를 바라보았다. 벌써 그들과 상당히 편해진 느낌이 들었다.

"아니, 아니. 그냥 그런 생각이 들어서. 꼭 다른 행성에 온 것 같다고."

이 말에 모두 웃음을 터뜨렸다.

선터치 하우스

10월 2일

다케시 상.

약간 혼란스러운 상황에서 이 편지를 읽게 될 거라고 생각하오. 이 점에 대해 진심으로 사과를 드리지만, 특파 부대에서 받은 훈련을 감안할 때 당신이라면 그런 상황에도 잘 대처하리라고 확신하오. 내가 절박한 상황만 아니었다면 절대 이런 입장에 처하게 하지 않았을 거라는 점을 분명히 하고 싶소.

내 이름은 로렌스 뱅크로프트요. 당신은 식민지 출신이므로 들어 보지 못한 이름일지도 모르겠소. 여기 지구에서 나는 돈 많고 권력을 지닌 사람이므로 그 결과 수많은 적을 만들었다는 사실만 말해 두겠소. 나는 6주 전 살해당했는데 경찰은 이를 자살로 처리했소. 살해 기도가 실패로 돌아갔으니 범인은 틀림없이 다시 시도할 것이며 경찰의 태도로 미루어 보건대 그때는 성공할지도 모르오.

이 모든 일이 당신과 무슨 상관이 있는지, 왜 여기 문제 때문에 186광년 떨어진 이곳까지 끌려와야 했는지 의문이 드실 것이오. 변호사들은 사립탐정을 고용하라고 충고했지만 나는 전 지구에 이름이 알려진 사람이라 여기 출신들은 믿을 수가 없소. 당신 이름은 레일린 가와하라에게서 들었는데, 8년 전 뉴베이징에서 당신이 가와하라의 일을 처리해 주었다고 하더군. 특파 부대에서는 이틀 만에 당신의 소재를 알아내 주었지만 제대 경위와 이후의 활동 상황을 고려할 때 당신에 대해서는 어떤 보증이나 약속도 해 줄 수가 없다고 답해 왔소. 따라서 당신은 소속 없이 개인으로 활동한다고 알고 있소.

석방 조건은 다음과 같소. 당신은 6주 동안 내게 고용되며 이 기간이 지나면 추가 수사가 필요할지 여부를 내가 다시 판단한다. 이 기간 동안 수사에 필요한 모든 비용은 내가 지불한다. 또한 이 기간 동안의 신체 대여료도 내가 책임진다. 수사를 성공적으로 마무리할 경우 가나가와에서의 잔여 형기(117년 4개월)는 취소되며 당신은 할란스 월드로 다시 전송되어 당신이 선택하는 신체로 즉시 석방된다. 다른 방안으로는, 현재 지구에서 입고 있는 신체에 대한 융자금 잔액을 내가 전액 지불하며 당신은 유엔 시민권을 받는다. 양쪽 다 10만 유엔 달러, 혹은 기타 화폐로 동일액을 당신에게 지급한다.

이 정도면 후한 조건일 거라고 생각하오. 단, 본인은 만만하게 볼 상대가 아니라는 점을 덧붙이고 싶소. 수사가 실패로 돌아가고 내가 살해당하거나 당신이 탈출을 기도하거나 계약 조건을 위반하는 사태가 발생할 경우, 신체 임대는 즉각 취소되며 당신은 여기 지구에서 나머지 형기를 채우게 될 것이오. 기타 법률 위반에 상응하는 형기가 추가될 수도 있소. 당신이 위와 같은 계약을 받아들이지 않는다면 즉각 저장소로 되돌아가게 되며, 이 경우 본인은 당신을 할란스 월드로 반송할 책임을 질 수가 없소.

이러한 조건을 기회로 받아들이고 나를 위해 일해 주기를 바라오. 그렇게 믿고 당신을 저장소에서 데려올 운전사를 보내 놓겠소. 이름은 커티스, 내가 가장 신뢰하는 부하 중 한 사람이오. 석방실에서 당신을 기다리도록 해 두겠소.

선터치 하우스에서 만나 뵙기를 희망하오.

로렌스 J. 뱅크로프트.

선터치 하우스는 어울리는 이름이었다. 베이시티에서 해안을 따라 남쪽으로 30분가량 비행하자 엔진 소리가 바뀌면서 목적지가 가까워졌다는 것을 알 수 있었다. 해가 바다 쪽으로 기울면서 오른쪽 창문으로 들어오는 햇빛은 따뜻한 금빛으로 바뀌어 가고 있었다. 크루저가 하강하기 시작할 때 밖을 내다보니 발아래 파도는 녹은 구릿빛이었고 머리 위 공기는 투명한 호박색이었다. 마치 벌꿀 통 안으로 착륙하는 기분이었다.

크루저가 한쪽으로 기울면서 선회하자 뱅크로프트 저택이 내려다보였다. 바닷가에 소규모 부대 하나가 통째로 들어갈 만한 타일 지붕의 넓은 저택이 깔끔하게 정리된 잔디와 자갈로 둘러싸여 있었다. 벽은 흰색이었고 지붕은 산호색이었으며, 군대는 있는지 없는지 하여간 보이지 않았다. 보안 시설도 겉으로는 전혀 드러나지 않았다. 크루저가 하강하는 동안, 저 멀리 경내 한쪽 가장자리를 따라 전기 울타리가 희미하게 눈에 띄었다. 저택에서 바라보는 전망을 거의 망가뜨리지 않는 정도였다. 훌륭했다.

조종사는 티끌 하나 없는 정원 상공 10미터도 채 안 되는 높이에서 쓸데없이 세게 착륙 브레이크를 밟았다. 크루저는 끝에서 끝까지 덜덜 떨더니 잔디를 구름처럼 헤치며 착륙했다.

나는 오르테가에게 비난하는 듯한 눈빛을 던졌지만, 그녀는 외면한 채 해치를 열고 내렸다. 잠시 후 나도 상한 잔디밭 위에 내려섰다. 그리고 뜯겨 나간 잔디를 한쪽 발부리로 더듬으며 시끄러운 엔진 소리 사이로 소리쳤다.

"왜들 이러는 거요? 자기가 자살했다는 것을 뱅크로프트가 인정하지 않는다고 열 받은 거요?"

"아니."

오르테가는 여기로 이사 올까 생각 중이기라도 한 듯 저택을 살펴보고 있었다.

"아니, 우리가 뱅크로프트에게 열 받은 건 그 때문이 아니야."

"그럼 왜?"

"탐정 노릇은 당신이 할 일이고."

젊은 여자 한 사람이 한 손에 라켓을 들고 저택 옆에서 나타나더니 이쪽으로 다가왔다. 20미터 정도 떨어진 곳까지 오더니, 그녀는 멈춰 서서 라켓을 겨드랑이에 끼고 두 손을 입에 갖다 댔다.

　"당신이 코바치?"

　태양과 바다, 모래밭에 잘 어울리는 미모였고 입고 있는 운동복 바지와 레오타드는 그 미모를 극대화하는 효과를 발휘하고 있었다. 발걸음을 움직일 때마다 금발머리가 어깨 위에서 살랑거렸고, 이쪽으로 외치는 순간 우유처럼 흰 이가 살짝 드러났다. 이마와 손목에는 밴드를 차고 있었는데 이마에 땀방울이 맺힌 것으로 봐서 단순한 겉치장은 아닌 것 같았다. 다리 근육은 탄탄하게 다듬어져 있었고, 두 팔을 들어 올리자 상당히 발달한 이두근이 보였다. 풍만한 가슴에 레오타드 앞자락이 터질 듯했다. 과연 원래 몸일까 궁금했다. 나는 외쳤다.

　"그렇습니다. 다케시 코바치. 오늘 오후에 석방됐습니다."

　"교도소에서 우리 쪽 사람과 만나기로 되어 있었을 텐데요."

　비난하는 투 같았다. 나는 양손을 벌렸다.

　"그랬죠."

　"경찰과 같이 오는 게 아니라."

　여자는 시선을 오르테가에게 향한 채 앞으로 다가왔다.

　"당신. 어디서 뵌 분인데."

　"오르테가 경감입니다. 베이시티 경찰, 유기체손상과."

　오르테가는 가든파티에라도 온 듯한 말투로 대답했다.

　"네. 이제 기억나네요. 우리 운전기사를 무슨 배기가스 규정 위반이랍시고 붙들어 놓은 것도 당신이군요."

적의가 뚜렷한 말투였다. 오르테가는 공손하게 대답했다.

"아니, 교통과에서 그랬겠죠, 부인. 그쪽 업무는 제 관할이 아닙니다."

우리 앞의 여인은 냉소 지었다.

"아, 그러셨겠지, 경감님. 그쪽 부서에 있는 당신 친구 분들 짓도 물론 아니겠지요."

목소리가 좀 누그러졌다.

"해 지기 전에 우리가 빼낼 겁니다."

나는 오르테가의 반응을 보기 위해 곁눈질을 했지만, 아무 반응이 없었다. 매와 같은 옆모습은 무표정할 뿐이었다. 내 시선을 더욱 사로잡은 것은 반대편에 서 있는 여인의 냉소였다. 그것은 추한 표정, 훨씬 나이 든 얼굴에 어울리는 표정이었다.

저 뒤쪽 저택 옆에는 어깨에 자동화기를 멘 덩치 큰 남자 둘이 서 있었다. 우리가 여기 도착했을 때부터 줄곧 처마 밑에 서 있다가 이제 그늘에서 걸어 나와 어슬렁거리며 이쪽으로 다가오고 있었다. 젊은 여인의 눈이 약간 커진 것으로 미루어 보아 체내 마이크로 호출한 듯했다. 훌륭하다. 할란스 월드 사람들은 하드웨어를 몸에 삽입하는 것을 아직 꺼리지만, 지구에서는 인식이 다른 모양이었다.

"당신은 별로 달갑지 않은 손님이에요, 경감."

젊은 여인은 얼음장 같은 음성으로 말했다.

"이제 갑니다, 부인."

오르테가가 무겁게 대답하더니 느닷없이 내 어깨를 두드린 뒤 다시 유유히 크루저 쪽으로 향했다. 절반쯤 갔을 때 그녀는 갑자기 멈춰 서서 돌아보았다.

"여기, 코바치. 잊을 뻔했군. 이게 필요할 거야."

오르테가는 가슴 주머니를 뒤져 작은 상자를 내게 던졌다. 반사적으로 받아 들고 내려다보았다. 담뱃갑이었다.

"다음에 보지."

오르테가는 크루저에 올라 해치를 닫았다. 유리창을 통해 그녀가 나를 바라보고 있는 것이 보였다. 크루저는 출력을 최대한 높이고 아래의 잔디를 헤집으며 이륙하더니 서쪽으로 틀어 바다를 향했다. 우리는 크루저가 사라지는 모습을 지켜보았다.

"대단하시군."

내 옆의 여자는 혼잣말처럼 중얼거렸다.

"뱅크로프트 부인?"

부인은 돌아섰다. 표정을 보아하니 오르테가 못지않게 나 역시 달가운 손님은 아닌 모양이었다. 동지처럼 굴던 오르테가의 태도를 보았는지, 부인은 못마땅한 듯 입술을 비틀고 있었다.

"남편이 당신을 태워 오라고 차를 보냈어요, 코바치 씨. 왜 차를 기다리지 않았죠?"

나는 뱅크로프트의 편지를 꺼냈다.

"여기는 차가 대기하고 있을 거라고 되어 있었습니다. 하지만 나와 보니 없더군요."

부인이 편지를 가져가려는 순간, 나는 얼른 편지를 치웠다. 상기된 얼굴로 나를 마주 보는 그녀의 가슴이 오르락내리락하며 시선을 빼앗았다. 탱크에 몸이 들어 있을 때도 자고 있을 때와 비슷한 수준으로 호르몬이 배출된다. 나는 갑자기 물이 가득 찬 소

방 호스처럼 발기되는 것을 느꼈다.

"기다리셨어야죠."

할란스 월드의 중력은 0.8g 정도라고 어디서 들은 기억이 났다. 이유 없이 갑자기 몸이 무거워지는 느낌이 들었다. 나는 갑갑한 숨을 내쉬었다.

"뱅크로프트 부인, 기다렸으면 아직도 거기 있을 거 아닙니까. 이제 들어가시죠?"

부인의 눈이 살짝 커졌다. 순간 그 눈 속에서 실제로 그녀가 얼마나 나이를 먹었는지 알 수 있었다. 문득 부인은 시선을 내리깔면서 평정을 되찾았다. 다시 입을 여는 목소리는 부드러워져 있었다.

"미안해요, 코바치 씨. 잠시 실례를 했네요. 보시다시피 경찰 쪽 태도가 그리 곱지 않았거든요. 워낙 정신없는 상황이었고, 다들 아직 신경이 약간 곤두서 있어요. 저희 상황을 생각해 보시면……."

"굳이 설명하실 건 없습니다."

"하지만 정말 죄송해요. 보통은 제가 이렇지 않은데. 저희가 말예요."

부인은 무장한 경비 두 명이 보통 때는 화환이라도 걸고 있다는 말을 하고 싶기라도 한 듯 주위로 손짓을 해 보였다.

"부디 사과를 받아 주세요."

"그럼요."

"남편이 바다 쪽 라운지에서 당신을 기다리고 있어요. 지금 가시죠."

저택 안은 산뜻하고 쾌적했다. 가정부가 베란다 문 앞에 대기하고 있다가 뱅크로프트 부인의 테니스 라켓을 말없이 받아 들었다. 우리는 대리석이 깔린 복도를 지났는데, 안목이 없는 내 눈에는 그저 낡아 보이는 그림들이 벽에 걸려 있었다. 가가린과 암스트롱 스케치, 콘래드 할란과 앤진 챈드라를 묘사한 감정이입주의 3차원 회화. 갤러리 끝의 대좌 위에는 부석거리는 붉은 돌로 만든 마른 나무처럼 생긴 것이 서 있었다. 나는 그 앞에서 멈췄고, 뱅크로프트 부인은 왼쪽으로 발걸음을 옮기려다가 되돌아왔다.

"마음에 드세요?"

"아주. 화성에서 가져온 거군요?"

곁눈질하자 부인의 표정이 변하는 것이 눈에 띄었다. 나를 다시 보는 표정이었다. 나는 부인의 얼굴을 자세히 보기 위해 돌아섰다.

"놀랐어요."

"많이들 그러죠. 저도 가끔은 재주가 있습니다."

그녀는 나를 찬찬히 쳐다보았다.

"정말 이게 뭔지 아세요?"

"솔직히 모릅니다. 예전에는 구조주의 미술에 관심이 있었죠. 이런 돌을 사진에서 본 적이 있습니다만⋯⋯."

"이건 송스파이어*예요."

부인은 내 옆을 지나 위로 솟은 가지 하나를 손가락으로 쓸어내렸다. 희미한 한숨 소리와 함께 체리와 겨자 같은 향이 은은하게 흘러나왔다.

"살아 있는 겁니까?"

"아무도 모르죠."

부인의 목소리가 갑자기 열의를 띠는 것이 마음에 들었다.

"화성에서는 키가 100미터까지 자라는데 뿌리가 이 저택만큼 굵은 것도 있어요. 몇 킬로미터 떨어진 곳에서도 노랫소리가 들리죠. 향도 마찬가지고요. 풍화된 모양으로 미루어 보건대 대부분 적어도 1만 년 이상 나이를 먹은 것으로 알고 있어요. 지금 이건 기껏해야 로마 제국이 세워졌을 때 정도?"

"돈이 많이 들었겠습니다. 지구까지 가져오려면."

"돈이야 문제가 아니지요, 코바치 씨."

다시 가면 같은 표정이 내려앉았다.

"계속 가시죠."

예정에 없던 지체를 만회하기 위해서인지, 우리는 빠른 걸음으로 왼쪽 복도를 걸었다. 한 걸음 내딛을 때마다 뱅크로프트 부인의 가슴이 얇은 레오타드 밑에서 출렁거렸고, 나는 뚱하게 오른쪽 벽에 걸린 작품들만 바라보았다. 역시 감정이입주의 작품이었다. 앤진 챈드라가 남근처럼 솟은 로켓 위에 가느다란 손을 얹고 있는 모습. 이쪽도 별 도움이 되지 않았다.

바다 쪽 라운지는 저택 서쪽 윙 끝에 자리 잡고 있었다. 뱅크로프트 부인의 뒤를 따라 나무로 된 수수한 문으로 들어서자마자 햇빛이 눈에 정면으로 비쳤다.

"로렌스, 코바치 씨예요."

한 손을 들어 눈을 가린 다음 둘러보니 라운지 안의 복층 위에 미닫이 유리문이 달려 있었고 그 너머는 발코니였다. 발코니에

한 남자가 기대서 있었다. 우리가 들어오는 소리는 틀림없이 들렸을 것이다. 생각해 보니 경찰 크루저가 도착하는 소리도 들었을 것이고 그것이 어떤 의미인지도 알았을 텐데, 그는 그저 거기 서서 바다만 바라보고 있었다. 저승에서 되돌아오면 가끔 그런 기분이 드는 법이다. 어쩌면 그저 오만인지도 모른다. 뱅크로프트 부인은 앞쪽으로 고갯짓을 했고, 우리는 문과 같은 종류의 나무 계단을 올라갔다. 그제야 벽이 바닥부터 천장까지 책으로 꽉 차 있는 것이 눈에 들어왔다. 햇빛이 책등에 오렌지 빛을 고르게 입히고 있었다.

우리가 발코니로 나가자 뱅크로프트는 이쪽을 돌아보았다. 손에는 책이 들려 있었고, 한 손가락이 책장 사이에 끼워져 있었다.

"코바치 씨."

그는 악수를 하기 위해 책을 왼손으로 들었다.

"드디어 만나게 되어 반갑소. 새 몸은 어떠신지?"

"좋습니다. 편안합니다."

"내가 직접 이것저것 챙기지는 않았지만 변호사에게…… 잘 맞을 만한 것을 고르라고 지시했소."

그는 지평선 저쪽에서 오르테가의 크루저를 찾으려는 듯 흘끗 뒤돌아보았다.

"경찰이 너무 귀찮게 군 건 아닌지."

"지금까지는 괜찮았습니다."

뱅크로프트는 독서가 같았다. 할란스 월드에는 얼레인 매리엇이라는 유명 익스피리어* 스타가 있는데, 그는 초창기 정착 시대의 잔인한 독재에 철퇴를 날리는 혈기 넘치는 젊은 퀠주의(主義)

철학자 역으로 유명한 사람이다. 퀠주의자*에 대한 묘사가 얼마나 정확한가 하는 점은 논란의 여지가 있지만 작품 자체는 훌륭했다. 나도 두 번 봤다. 그 역할에서의 매리엇이 좀 더 나이가 들었다면 뱅크로프트와 비슷할 것 같았다. 그는 날씬하고 우아했으며 머리를 온통 뒤덮은 회색 머리를 포니테일로 묶고 있었고 검은 눈은 냉정했다. 뱅크로프트가 들고 있는 책과 주위의 책장은 그 눈을 통해 바깥을 내다보고 있는 강력한 정신이 자연스럽게 외면으로 표출된 것처럼 보였다.

뱅크로프트는 아내의 어깨를 무심하게 만졌다. 지금 상태에서 그 모습을 보려니 어쩐지 울고 싶어졌다. 뱅크로프트 부인은 말했다.

"또 그 여자였어요. 경감 말예요."

뱅크로프트는 고개를 끄덕였다.

"걱정하지 마, 미리엄. 그냥 슬쩍 분위기를 보려는 것뿐이니까. 내가 이렇게 할 거라고 미리 경고했지만 그쪽에서는 내 말을 무시했어. 코바치 씨가 여기 왔으니 이제 그 사람들도 내가 농담이 아니었다는 걸 깨달은 거지."

그는 내 쪽으로 돌아섰다.

"이번 일에 경찰은 나한테 아주 비협조적이었소."

"네, 그랬으니 내가 여기 오게 된 거겠죠."

잠시 마주 보면서 나는 뱅크로프트에게 분노해야 할지 말아야 할지 생각에 잠겼다. 개발된 우주의 절반 거리까지 나를 끌고 와서 새로운 몸에 집어넣고 거부할 수 없는 제안을 내민 남자다. 돈 많은 사람들이 하는 짓이다. 그들에겐 권력이 있고 그 권력을 이용하지 않을 이유도 없다. 인간 역시 다른 모든 것과 마찬가지로 상품일 뿐이다. 저장했다가 운반해서 다른 용기로 옮겨 담는다. 아래쪽에 서명하시고.

하지만 선터치 하우스에서는 아직 아무도 내 이름을 엉터리로 발음한 사람이 없었다. 내게는 사실상 선택의 여지도 없다. 게다가 돈 문제도 있었다. 10만 유엔 달러라면 세라와 내가 밀스포트의 웨트웨어* 건에서 기대했던 것보다 예닐곱 배나 많은 돈이다. 유엔 달러는 유통되는 통화 중에서도 가장 견실한 돈으로 유엔령 내의 모든 세계에서 사용할 수 있다.

이 정도면 성질을 잠시 죽일 만한 가치가 있다.

뱅크로프트는 아내의 몸을, 이번에는 허리를 다시 무심하게 건드려 밀어냈다.

"미리엄, 잠시 우리 둘만 이야기 좀 하겠어. 코바치 씨는 궁금한 게 수도 없이 많을 텐데 당신한테는 지루할 거요."

"아니, 난 뱅크로프트 부인에게도 묻고 싶은 게 있습니다만."

안으로 들어가려던 부인은 내 말을 듣고 걸음을 내딛으려다 우뚝 멈췄다. 그리고 고개를 갸우뚱하며 뱅크로프트와 나를 번갈아 보았다. 뱅크로프트는 내 옆에서 몸을 약간 움직였다. 탐탁지 않은 모양이다. 나는 물러섰다.

"부인과는 나중에 이야기하죠. 따로."

"그러죠."

부인의 시선이 내 눈과 마주친 뒤 슬쩍 비껴갔다.

"난 지도실에 있을게요, 로렌스. 끝나면 그쪽으로 보내 줘요."

우리는 부인이 들어가는 모습을 지켜보았다. 문이 닫히자 뱅크로프트는 발코니에 놓인 안락의자를 가리켰다. 의자 뒤쪽에는 골동품이 된 천체망원경이 먼지를 뒤집어쓴 채 지평선을 바라보고 있었다. 발 아래 판자는 발길에 닳은 흔적이 뚜렷했다. 세월의 무게가 망토처럼 나를 덮었다. 나는 불편한 전율을 살짝 느끼며 의자에 앉았다.

"날 남성우월주의자로 생각하지 마시오, 코바치 씨. 250년 가까이 결혼 생활을 하고 보니 미리엄과의 관계에서도 남은 것이라고는 예의뿐이라오. 아내와는 따로 이야기해 주셨으면 감사하겠소."

"이해합니다."

진실을 살짝 벗어나는 말이었지만 이 정도면 괜찮다.

"뭘 좀 마시겠소? 술 종류라도?"

"아닙니다. 과일 주스 같은 거나 있으면 좀 주십시오."

다운로드 때 발생하는 불안정 현상이 나타나기 시작했고, 발과 손가락이 불쾌하게 저릿저릿한 것이 니코틴 의존증인 것 같았다. 세라에게서 한두 대씩 빌려 피우던 것을 제외하면 지난 두 몸을 거치는 동안 담배를 피우지 않았기 때문에 지금 와서 그 습관을 깨뜨리고 싶지는 않았다. 여기다 알코올까지 겹치면 끝장이 날 것이다.

뱅크로프트는 두 손을 무릎 위에 겹쳤다.

"그러지. 가져오도록 하겠소. 자, 무슨 이야기부터 시작하는 게 좋겠소?"

"당신이 뭘 기대하는지 우선 듣고 싶군요. 레일린 가와하라가 무슨 소리를 했는지, 여기 지구에서 특파 부대가 어떤 평판을 들고 있는지는 몰라도 내게서 기적을 기대하진 마십시오. 난 마법사가 아니니까."

"알고 있소. 특파 부대에 관한 문헌도 꼼꼼히 검토했소. 레일런 가와하라는 당신이 좀 깐깐해서 그렇지 믿을 만한 사람이라더군."

가와하라의 일 처리 방식이, 그 방식에 대한 나의 대응이 기억났다. 깐깐하다. 맞는 말이다. 어쨌든 나는 그에게 정석대로 말을 풀어놓았다. 이미 나를 쓰기로 한 고객을 상대로 판촉 활동을 벌이자니 우스웠다. 내 능력을 굳이 낮춰 말하는 것도 마찬가지였다. 범죄인들의 세계에는 겸손이란 게 흔하지 않으며 제대로 된 투자를 받기 위해서는 지금까지 확보한 이름값을 부풀리는 게 상례다. 특파 부대로 돌아온 기분이었다. 반질반질한 긴 회의 탁자를 사이에 두고, 부대원의 능력을 조목조목 설명하던 버지니아 비도라.

"특파 부대 훈련은 원래 UN 식민지 특공대를 위해 개발되었다. 하지만 이는……."

이는 특파 부대 모두가 특공대라는 얘기는 아니다. 정확하게는. 한데 애초 군인이란 뭔가? 특수부대 훈련 중에서 어느 정도가 육체에 각인되고 어느 정도가 두뇌에 각인될까? 육체와 두뇌, 그 둘이 분리되면 어떻게 될까?

뻔한 얘기지만, 우주는 넓다. 개척 세계 중에서 가장 가까운 곳도 지구에서 50광년 떨어져 있다. 가장 먼 곳은 그 네 배 떨어져 있고 식민지 개발은 아직도 진행 중이다. 어떤 미치광이가 전술핵이나 기타 생태계를 위협하는 장난감에 손대기 시작하면 어떻게 해야 하는가? 초공간 니들캐스트를 통해 과학계에서 아직도 정확한 용어 논란이 있을 정도로 거의 동시간에 정보를 전송할 수는 있지만, 퀠주의자 팔코너의 말을 빌리자면 그렇다고 빌어먹을 군대가 전송되지는 않는다. 펑 하고 터지는 순간 군대를 실은 우주선을 보낸다 해도 도착한 부대는 이긴 놈의 손자들밖에 취조하지 못한다. 유엔령을 그런 식으로 통치할 수는 없다.

좋다, 정예 전투 부대의 의식을 디지털로 변환해서 전송한다 치자. 전쟁에서 숫자가 중요시되었던 때는 오래전이고 지난 500년 동안 군사 대치에서 승리를 거두었던 쪽은 기동력 있는 소규모 게릴라 부대들이었다. 신경계를 강화하고 스테로이드로 근육을 발달시켜서 전투태세로 조정한 몸에 정예 디지털 군인들을 입력할 수도 있다. 그런 다음에는 어떻게 할 건가?

모르는 몸을 입고 모르는 곳에서 들어 보지도 못했을, 이해하지도 못할 이유로 전혀 낯선 사람들을 위해 전혀 낯선 사람들과 싸워야 한다. 기후도 다르고 언어와 문화도 다르고 야생 생태계와 식생도 다르며 대기도 다르다. 젠장, 중력조차 다르다. 아무것도 모른다. 현지에 대한 지식을 같이 주입한다 해도, 의식 입력 몇 시간 내로 목숨을 걸고 싸워야 하는 상황에서 자기 것으로 만들기에는 너무나 방대한 정보다. 이때 특파 부대가 필요하다.

뉴라켐, 사이보그 인터페이스, 기능 증폭. 이 모든 것은 육체적인 조작이며, 대부분 의식 자체는 건드리지 못한다. 하지만 전송되는 것은 의식뿐이다. 특파 부대 훈련은 바로 이 지점에서 시작됐다. 지구의 동양 문화권에서 수천 년간 전해 내려온 심리영(心理靈)적인 기술을, 훈련을 수료하는 즉시 정계와 군의 모든 공직에 취임하는 것을 금지할 정도로 완벽한 훈련 시스템에 접목시킨 것이다.

군인은 아니다. 아니, 정확하게는 아니다.

"나는 흡수 능력을 이용합니다. 접촉하는 것은 무엇이든 빨아들여 활용하지요."

나는 말을 마쳤다. 뱅크로프트는 앉은 자세를 바꿨다. 강의를 듣는 데 익숙하지 않은 사람이었다. 이제 시작할 때다.

"당신 시체는 누가 찾았습니까?"

"내 딸, 나오미요."

누가 아래쪽 방문을 열고 들어와서 그는 말을 끊었다. 얼마 뒤 아까 미리엄 뱅크로프트의 시중을 들었던 가정부가 눈에 띌 정도로 차가운 음료수 병과 목이 긴 잔을 올려놓은 쟁반을 들고 계단을 올라왔다. 선터치 하우스에 사는 다른 모든 사람들과 마찬가지로 뱅크로프트 역시 체내 송수신기를 장착하고 있는 모양이었다.

가정부는 쟁반을 내려놓고 기계적인 침묵을 지키며 음료를 따른 뒤 뱅크로프트에게 짧게 고개를 숙여 보인 후 물러났다. 뱅크로프트는 잠시 멍한 눈빛으로 그 뒤를 쫓았다. 저승에서 돌아오는 것. 만만한 사건은 아니다.

"나오미."

나는 부드럽게 화제를 되돌렸다. 그는 눈을 깜박였다.

"아, 그렇지. 뭘 가지러 여기 왔던 모양이오. 리무진 열쇠 같은 거겠지. 내가 워낙 자유방임인 데다가, 나오미는 막내라."

"몇 살입니까?"

"스물셋."

"아이들이 많습니까?"

"그렇소. 아주 많지."

뱅크로프트는 희미하게 웃었다.

"돈과 여유만 많다면 아이들을 세상에 탄생시킨다는 건 순수한 즐거움이오. 내겐 아들이 스물일곱, 딸이 서른넷 있소."

"모두 같이 삽니까?"

"나오미는 대체로 같이 살지. 나머지는 왔다 갔다. 지금은 대부분 가정을 이뤘소."

"나오미는 어떻습니까?"

나는 목소리를 약간 낮췄다. 머리가 없어진 아버지를 발견한다는 건 쾌적한 하루의 시작은 아니다. 뱅크로프트는 짤막하게 답했다.

"지금 심리 수술 중이오. 하지만 이겨 낼 거요. 나오미와도 이야기를 하셔야 하오?"

"지금은 아닙니다."

나는 의자에서 일어나 발코니 문으로 향했다.

"따님이 여기로 들어왔다고 했는데, 여기가 사건 현장입니까?"

뱅크로프트는 나를 따라 문간으로 왔다.

"그렇소. 누군가 여기 들어와서 입자총으로 내 머리를 잘라 냈소. 저 아래쪽 벽에 충격 자국이 보일 거요. 저기 책상 옆에."

나는 안으로 들어가서 계단을 내려갔다. 책상은 무거운 미러우드 제품이었다. 할란스 월드에서 유전자 코드를 전송해 와서 여기서 재배한 모양이었다. 홀에 있던 송스파이어 못지않은 낭비로 보였고, 취향은 한층 의심스러웠다. 할란스 월드에서는 미러우드가 세 대륙에 걸쳐 숲을 이루고 있으며, 밀스포트 운하의 선술집에 가 보면 미러우드를 깎아 만든 테이블이 없는 곳이 없다. 나는 미러우드 옆을 지나 장식 벽토로 된 벽을 관찰했다. 흰 표면에 검게 팬 자국은 분명 입자총의 빔에 탄 흔적이었다. 그을린 자국은 머리 높이에서 시작해서 아래쪽으로 짧게 호를 그리고 있었다.

뱅크로프트는 발코니에 그대로 서 있었다. 나는 윤곽만 검게 보이는 그의 얼굴을 올려다보았다.

"방 안에 총격의 흔적은 이것뿐입니까?"

"그렇소."

"그 외에 손상되었거나 깨졌거나 손댄 흔적이 있는 건 전혀 없습니까?"

"없소. 전혀."

뭔가 더 말하고 싶은 것이 분명했지만, 내가 질문을 끝낼 때까지 담아 두려는 것 같았다.

"경찰이 당신 시체 옆에서 무기를 발견했고요?"

"그렇소."

"이런 짓을 할 만한 무기를 갖고 계십니까?"

"그렇소. 내 총이오. 책상 밑 금고에 보관하지. 지문 기억식이오. 금고는 열려 있었고 없어진 건 없었소. 안을 보시겠소?"

"지금은 괜찮습니다."

경험상 미러우드 가구가 얼마나 옮기기 힘든지 알고 있었다. 나는 책상 아래 양탄자 한쪽 귀퉁이를 들어 올렸다. 바닥에는 거의 눈에 띄지 않는 이음매가 있었다.

"누구 지문으로 열리는 겁니까?"

"미리엄과 나요."

의미심장한 침묵이 흘렀다. 뱅크로프트는 한숨을 쉬더니 방 반대쪽까지 들릴 정도로 커다랗게 말했다.

"말씀하시오, 코바치. 괜찮으니까. 다들 그랬소. 내가 자살을 했거나 아내가 날 살해한 거라고. 그 외에는 다른 가능성이 없으니까. 앨커트래즈*의 탱크에서 끌려나오던 순간부터 계속 들어 온 말이오."

나는 방을 꼼꼼하게 둘러본 뒤 뱅크로프트의 눈을 바라보았다.

"음, 그런 결론을 내리면 수사는 편하겠지요. 깔끔하고 명료하니까."

그는 콧방귀를 뀌었지만 그 안에는 웃음기가 있었다. 은근히 이 남자가 좋아지기 시작하고 있었다. 나는 다시 올라가서 발코니로 나선 뒤 난간에 기댔다. 바깥 아래쪽 정원에서는 검은 옷을 입은 사람이 앞에총 자세로 앞뒤로 왔다 갔다 하고 있었다. 저 멀리 전류가 통하는 울타리가 반짝거렸다. 나는 잠시 그쪽을 응시했다.

"누군가 모든 보안 장치를 통과하고 여기 들어와서 당신과 당신 아내만 열 수 있는 금고에 침입한 다음 아무 소동도 일으키지 않고 당신을 살해했다고 믿기는 힘든 것이 사실입니다. 머리가 좋은 분이시니, 그렇게 믿는 이유가 있으실 테지요."

"아, 그렇소. 몇 가지 이유가 있소."

"경찰은 그 이유를 무시했고요."

"그렇소."

나는 돌아서서 그를 마주 보았다.

"좋습니다. 들어 보지요."

"그 이유를 지금 보고 있지 않소, 코바치 씨."

그는 내 앞에 우뚝 섰다.

"난 여기 이렇게 돌아왔소. 대뇌피질 기억장치를 제거한다고 날 죽일 수는 없소."

"원격 저장을 하시는군요. 그렇지 않다면 지금 여기 있을 수는 없으니. 업데이트 간격은 얼마나 됩니까?"

뱅크로프트는 미소지으며 뒷덜미를 두드렸다.

"48시간마다. 니들캐스트를 통해 여기서 앨커트래즈의 사이카섹 시설에 있는 보안 스택으로 직접 전송하오. 굳이 신경 쓸 필요도 없지."

"거기 클론도 보관해 두셨고요."

"그렇소. 여러 개."

보증된 영생. 나는 앉아서 잠시 그 점에 대해 생각에 잠겼다. 얼마나 좋은 것일까. 나라면 과연 그것이 좋을까. 나는 마침내 말했다.

"돈이 많이 들겠군요."

"별로. 내가 사이카섹 소유주니까."

"아."

"이제 아시겠지만, 코바치 씨. 나도 내 아내도 그 방아쇠를 당겼을 리가 없소. 둘 다 그래 봤자 나를 죽일 수가 없다는 걸 알고 있으니까. 개연성이 없어 보이긴 하지만 틀림없이 모르는 사람 짓이오. 원격 저장에 대해 모르는 자."

나는 고개를 끄덕였다.

"좋습니다. 그럼 알고 있는 사람은 또 누가 있죠? 범위를 좁혀 보죠."

뱅크로프트는 어깨를 으쓱했다.

"가족을 제외하고? 내 변호사, 오우무 프레스콧. 그리고 변호 사 조수 몇 명. 사이카섹 소장. 그 정도요."

"물론, 자살은 이성적인 행위일 경우가 드물죠."

"그렇소. 경찰에서도 그렇게 말하더군. 자기들 추리에 들어맞지 않는 다른 모든 사소한 골칫거리들까지 그걸로 몽땅 설명했소."

"어떤?"

뱅크로프트가 아까 말하고 싶었던 것이 바로 이것이었다. 설명 이 거침없이 이어졌다.

"내가 집까지 마지막 2킬로미터를 굳이 걸어와서 영내에 들어 온 다음 자살하기 전에 체내 시계를 조정해 놨다는 점 말이오."

나는 눈을 깜박였다.

"그게 무슨?"

"선터치 하우스의 경계에서 2킬로미터 떨어진 공터에 크루저가 착륙한 흔적을 경찰에서 발견했는데, 하필 그 지점이 편리하게도 저택의 보안 카메라 녹화 범위를 아슬아슬하게 벗어난 곳이었소. 또 한 가지 편리한 점은 바로 그 순간 위성의 관찰 범위에서도 벗 어났다는 거요."

"경찰에서 택시 운행 데이터는 확인했습니까?"

뱅크로프트는 고개를 끄덕였다.

"하긴 했소. 웨스트코스트 주법에 따르면 택시 회사에는 시간별 행선지 기록을 보관할 의무가 없소. 책임 있는 회사들은 물론 하지만, 안 하는 데도 있다는 거요. 오히려 그걸로 장사를 하는 곳도 있소. 고객 비밀 보장이라나. 어떤 고객에게는 그 점이 분명 유리하겠지."

뱅크로프트의 얼굴에 순간 쫓기는 듯한 표정이 스쳤다.

"예전에 그런 택시를 이용한 적이 있습니까?"

"가끔. 있소."

논리적으로 나와야 할 다음 질문이 잠시 허공에 맴돌았다. 나는 묻지 않고 기다렸다. 고객 비밀을 보장하는 택시를 이용해야만 했던 이유를 저쪽에서 먼저 대지 않는 이상, 다른 몇 가지를 확인할 때까지는 강요하지 않을 작정이었다.

뱅크로프트는 헛기침을 했다.

"문제의 차량이 택시가 아니었을 수도 있다는 증거도 있소. 경찰 말로는 지상 충격 분포라나. 보다 큰 차량에 부합되는 패턴이라는 거요."

"그건 착륙 시 충격이 어느 정도였는지를 판단하는 겁니다."

"알고 있소. 어쨌든 착륙 지점에서 내 발자국이 이어지고 있었고 내 신발도 시골길을 2킬로미터 걸어온 상태와 부합된다고 판단한 모양이오. 그리고 마지막으로 내가 살해당하던 날 밤 새벽 3시 직후에 이 방에서 전화를 건 기록이 있었소. 시간 확인 전화였소. 사람 목소리는 없고 숨 쉬는 소리만 녹음되었소."

"경찰도 알고 있습니까?"

"물론이오."

"경찰에서는 어떻게 해석하고 있습니까?"

뱅크로프트는 엷은 웃음을 띠었다.

"해석을 안 하지. 혼자 빗속을 걸어간 것도 자살자의 행동과 부합되고, 자기 머리를 날려 버리기 전에 체내 시계 칩의 시각이 올바른지 확인하는 것도 이상하지 않다고 보는 모양인지. 당신 말대로 자살은 이성적인 행위가 아니지. 그쪽은 그런 사례를 많이 갖고 있었소. 아마 세상에는 자살한 다음 날 새 몸을 입고 눈을 뜨는 무능한 인간들이 잔뜩 있는 모양이지. 어떤 경우인지 설명해 보라고 했더니, 제 몸에 기억장치가 달려 있다는 걸 까먹든가, 자살 순간에는 그게 별로 중요하게 생각되지 않았든가 한다는군. 지구에서는 유서가 있든 어떻든 상관없이 훌륭하신 의료 보장 체계 덕택에 곧장 다시 의식을 회복하게 된다오. 알 수 없는 권리 남용이지. 할란스 월드도 마찬가지요?"

나는 어깨를 으쓱했다.

"비슷합니다. 법적인 증인이 있는 유서일 경우 사망하도록 내버려 두지요. 그렇지 않을 경우 살리지 못하면 저장권 위반입니다."

"그거 훌륭한 절차로군."

"네. 살인을 자살로 조작하는 것이 힘들어지지요."

뱅크로프트는 난간에 몸을 기대고 나와 눈을 마주쳤다.

"코바치 씨, 나는 357살이오. 난 기업 전쟁과 그에 따른 사업의 붕괴에서 살아남았고 내 아이 둘의 죽음을 겪었으며 적어도 세 번 심각한 경제적 위기를 겪었는데도 이렇게 살아 있소. 난 목숨을 스스로 끊을 인간이 아니고, 설사 그렇다 해도 나라면 이런 식으로 서툴게 자살하지는 않을 거요. 내가 정말 죽을 의도였다면 지금 당신과 이렇게 이야기하고 있지도 않을 거요. 아시겠소?"

나는 뱅크로프트의 차갑고 검은 눈을 돌아보았다.

"네. 분명히 알겠습니다."

"좋소. 그럼 계속할까요?"

그는 시선을 돌렸다.

"네. 경찰 말인데요. 경찰은 당신을 별로 좋아하지 않는 것 같습니다만?"

뱅크로프트는 냉랭하게 미소했다.

"경찰과 난 관점의 차이가 있소."

"관점?"

"그렇소. 이쪽으로 오시오. 무슨 뜻인지 보여 드릴 테니."

그는 발코니를 따라 발걸음을 옮겼다. 뱅크로프트를 뒤따라 난간 앞을 걷는데, 문득 망원경이 팔에 걸려 몸통이 위를 향했다. 다운로드 후유증이 서서히 나타나는 모양이었다. 각도계 모터에서 우웅 하는 소리가 나더니 망원경은 다시 원래대로 돌아왔다. 구식 디지털 메모리 디스플레이 화면에 경통 각도와 초점 거리가 다시 떴다. 나는 저절로 원래대로 돌아가는 망원경을 잠시 지켜보았다. 오랜 세월 동안 쌓인 키패드 위의 먼지에 손자국이 찍혀 있었다.

뱅크로프트는 이런 소동을 못 보았는지, 점잖게 못 본 척하는 건지 말이 없었다.

"당신 겁니까?"

나는 기기 쪽으로 엄지손가락을 까딱하며 물었다. 그는 망원경을 흘끗 보았다.

"한때. 열을 올렸던 때가 있었소. 별들이 아직 응시할 만한 존재이던 시절이었지. 당신은 그 기분을 기억 못하겠지만."

의식적으로 오만하거나 잘난 체하는 것이 아닌, 거의 무심한 말투였다. 통신이 서서히 끊기듯 목소리의 초점이 흐려졌다.

"마지막으로 그 렌즈를 들여다본 게 거의 두 세기 전이군. 당시만 해도 이주선이 많이 다니던 시절이었지. 목적지에 무사히 도착했는지 마음을 졸이던 시절. 니들 빔이 되돌아오기를 기다리던 시절. 등대의 불빛처럼."

어느덧 그는 내 존재를 잊은 듯했다. 나는 그를 현실로 데려와 부드럽게 일깨워 주었다.

"관점의 차이라고 하셨는데?"

"그렇지, 관점."

그는 고개를 끄덕이고 자기 영지 쪽으로 한 팔을 휘둘렀다.

"저 나무 보이시오? 테니스 코트 너머에 있는 나무."

쉽게 눈에 띄었다. 저택보다 키가 큰 옹이진 괴물 같은 나무가 테니스 코트보다 더 넓은 그늘을 드리우고 있었다. 나는 고개를 끄덕였다.

"저 나무는 700년도 더 된 거요. 이 집을 샀을 때 조경 기술자에게 일을 맡겼는데, 그 친구는 저걸 베어 내자고 하더군. 저 언덕 위쪽에 집을 지을 구상이었는데 바다 조망이 나무 때문에 가로막히는 거였소. 난 그 친구를 해고했지."

뱅크로프트는 자기 말뜻을 내가 알아들었는지 확인하려고 뒤돌아섰다.

"코바치 씨, 그 기술자는 30대였는데 그 친구한테는 저 나무가 그저 방해물이었던 거요. 자기 일을 가로막는. 그 나무가 자기 인생의 스무 배가 넘는 기간 동안 이 세계의 일부였다는 사실은 전혀 의미가 없었던 거지. 경외심이란 게 없는 친구였소."

"당신이 그 나무로군요."

뱅크로프트는 평정하게 답했다.

"그렇지. 난 그 나무요. 경찰은 그 기술자처럼 날 베어내고 싶겠지. 그들에게 난 방해물이고, 그들은 나에 대한 경외심이 없으니까."

나는 내 자리로 돌아가 이 말을 곱씹어 보았다. 크리스틴 오르테가의 태도가 마침내 이해되기 시작했다. 뱅크로프트가 자신이 선량한 시민으로서의 일반적인 의무를 초월하는 존재라고 생각하고 있다면 경찰 내에서 우호적인 사람을 찾기란 힘들 것이다. 오르테가에게는 '법'이라는 이름의 나무가 하나 더 있으며 그런 시각으로 보면 뱅크로프트는 그 나무에 불경스러운 못을 치는 사람에 지나지 않을 거라는 말을 해 줘 봤자 별 소용은 없을 것 같았다. 양측 공히 이런 인간들은 많이 보았고, 이런 경우 우리 조상들이 했던 것 외에 다른 해결책은 없다. 법이 싫다면 법의 손길이 미치지 못하는 곳에 가서 사는 것이다. 그리고 나만의 법을 만든다.

뱅크로프트는 난간 옆에 그대로 서 있었다. 어쩌면 나무와 교감하고 있는지도 모른다. 나는 이런 질문은 잠시 접기로 했다.

"마지막으로 기억하는 건 뭡니까?"

그는 즉시 대답했다.

"8월 14일 화요일. 자정께 잠자리에 든 일."

"그게 마지막 기억 업데이트였군요."

"그렇소. 니들캐스트는 새벽 4시경 이루어졌지만 그때 난 잠들어 있었으니까."

"그럼 사망하기 전 48시간의 기억이 거의 다 날아간 거군요."

"그렇소."

최악의 상황이다. 48시간이라면 거의 무슨 일이든 일어날 수 있다. 달에 갔다가도 그때쯤이면 돌아와 있을 것이다. 나는 눈 밑의 흉터를 문지르며 이 상처가 어떻게 생겼을까 무심하게 다시 생각했다.

"그 시간 전에는 누가 당신을 죽일 만한 이유가 전혀 없었고요."

난간에 기대서 밖을 내다보고만 있는 뱅크로프트의 얼굴에 미소가 떠올랐다.

"내가 웃기는 말이라도 했습니까?"

그는 고맙게도 다시 의자로 돌아와 앉았다.

"아니, 코바치 씨. 이 상황은 전혀 웃기지 않소. 누군가 내가 죽기를 바라고 있다는 건 별로 유쾌한 기분은 아니지. 하지만 나 정도 위치에 있는 사람에게 적대감과 살해 위협은 일상의 일부라는 점을 이해하셔야 하오. 사람들은 날 부러워하고 미워하지. 성공의 대가라고 할 수 있소."

의외의 말이었다. 열 곳 남짓한 세상 사람들이 나를 미워했지만, 난 개인적으로 성공한 사람이라고 생각해 본 적이 없다.

"최근에는 없었습니까? 살해 위협 말입니다."

그는 어깨를 으쓱했다.

"그럴지도. 일일이 확인하지 않소. 미즈 프레스콧이 알아서 처리하지."

"살해 위협에 신경을 쓸 필요가 없다고 생각하시는 겁니까?"

"코바치 씨, 난 기업가요. 기회가 오고 위기가 닥치면 대처하는 게 내 일이오. 인생은 계속되지. 그런 걸 처리하라고 매니저를 고용하고 있소."

"편리하시겠습니다. 하지만 상황을 고려할 때 당신이나 경찰이 미즈 프레스콧의 파일을 살펴보지 않았으리라고는 믿기 힘든데요."

뱅크로프트는 한 손을 내저었다.

"물론 경찰이 나름대로 대충 조사했소. 오우무 프레스콧은 내게 말했던 그대로 경찰에 진술했소. 지난 6개월 동안 보통 때와 다른 편지는 전혀 없었다고. 난 프레스콧을 신뢰하기 때문에 그이상은 조사할 필요를 느끼지 못했소. 하지만 직접 파일을 훑어보고 싶으시다면야."

이 구세계의 온갖 패배자들이 보내온, 수백 미터는 될 독설들을 하나하나 살펴볼 생각을 하니 피로가 다시 도지는 것 같았다. 뱅크로프트의 문제에 대한 깊은 무관심이 온몸을 휩쓸었다. 나는 버지니아 비도라가 칭찬할 만한 의지력으로 이를 극복했다.

"음, 어쨌든 저도 오우무 프레스콧과 이야기를 해 봐야겠습니다."

"즉각 약속을 잡겠소. 몇 시가 좋으시겠소?"

체내 통신 기기에 대고 이야기를 하는 듯 눈의 초점이 안쪽으로 몰렸다.

나는 한 손을 들었다.

"직접 연락하는 편이 좋겠습니다만. 그냥 제가 연락할 거라고만 전해 주십시오. 그리고 사이카섹의 의식 입력 시설도 보고 싶습니다."

"그러시오. 그럼 프레스콧에게 당신을 그리 데려가라고 말해 놓겠소. 소장을 알고 있으니. 그 외에 다른 건?"

"신용 계좌도 필요합니다."

"그렇지. 내가 거래하는 은행에서 이미 디엔에이(DNA) 인식 계좌를 당신 앞으로 열어 놨소. 할란스 월드에서도 같은 시스템이라고 알고 있는데."

나는 엄지손가락을 입술로 빨다가 이걸로 확인하는 거냐는 듯 들어 보였다. 뱅크로프트는 고개를 끄덕였다.

"여기도 마찬가지요. 베이시티에는 아직도 현금만 통하는 지역이 있소. 당신이 그런 곳에서 시간을 보낼 일은 별로 없기를 바라지만, 혹시 가게 된다면 현금 인출기에서 돈을 인출할 수 있을 거요. 무기도 필요하시오?"

"당장은, 괜찮습니다."

버지니아 비도라의 기본 원칙 중 하나가 도구를 선택하기 전에 업무의 성격을 우선 파악하라는 것이었다. 뱅크로프트의 방벽을 그을린 단 한 줄의 충격 흔적은 이번 업무를 총기 난사의 살육전으로 보기에는 너무나 우아했다.

"글쎄."

뱅크로프트는 내 반응에 약간 어리둥절한 모양이었다. 셔츠 주머니에 손을 넣으려다 내 대답을 들은 그는 약간 어색한 손짓으로 어쨌든 명함을 꺼내서 내밀었다.

"내가 거래하는 무기상이오. 당신이 갈 거라고 이야기해 뒀소."

나는 명함을 받아 들고 읽었다. 화려한 글자체로 "라킨 앤드 그린, 03년 탄생한 무기상"이라고 적혀 있었다. 고풍스러웠다. 그 아래에는 숫자 한 줄이 적혀 있었다. 나는 명함을 주머니에 넣었다.

"유용할 때가 있겠죠. 하지만 일단은 신중하게 시작하고 싶습니다. 물러앉아 먼지가 가라앉을 때까지 기다려야죠. 그럴 필요가 있다는 걸 이해하시리라 생각합니다."

"물론이오. 당신이 최선이라고 생각하신다면. 난 당신의 판단을 신뢰하고 있소."

뱅크로프트는 나와 시선을 마주쳤다.

"하지만 우리의 계약 조건은 명심해 주시오. 나는 돈을 주고 용역을 산 거요. 난 신뢰를 깨뜨리는 데는 관대하지 못한 사람이오, 코바치 씨."

"그럴 거라고 생각합니다."

나는 피곤하게 대답했다. 레일린 가와하라가 신의를 저버린 부하 둘을 처리하던 모습이 떠올랐다. 그들이 지르던 짐승 같은 비명은 그 뒤 오랫동안 꿈자리를 괴롭혔다. 비명 소리를 배경으로 사과 껍질을 벗기며 이제 사람을 실제로 죽일 수는 없는 세상이니 고통만이 벌이 될 수 있다고 말하던 레일린. 당시의 기억을 떠올리자 이렇게 오랜 시간이 지난 지금에 와서도 얼굴에 경련이 일었다.

"나에 대해 파견 부대에서 하는 말은 헛소립니다. 난 계약을 지키는 사람입니다."

나는 일어섰다.

"시내에서 묵을 만한 곳을 추천해 주시겠습니까? 조용한 곳, 중가 호텔로."

"미션 스트리트에 그런 곳이 많을 거요. 거기까지 실어다 드리라고 하겠소. 커티스 말이오, 그때까지 풀려난다면."

뱅크로프트도 일어섰다.

"이제 미리엄과 이야기를 나누고 싶으실 텐데. 아내는 나보다 마지막 48시간에 대해 더 잘 알고 있으니 상세하게 물어보시오."

탄탄한 10대 소녀의 몸속에 들어앉은 노파의 눈빛을 떠올리자, 미리엄 뱅크로프트와 대화를 나눈다는 것이 갑자기 혐오스러웠다. 차가운 손길이 뱃속에서 팽팽한 줄을 튕기는 느낌과 함께, 귀두에 갑자기 혈액이 차올랐다. 아, 대단하군. 나는 맥빠진 음성으로 답했다.

"아, 그럼요. 좋습니다."

"불편하신 것 같네요, 코바치 씨?"

나는 여기까지 안내해 준 가정부를 어깨 너머로 흘끗 본 뒤 미리엄 뱅크로프트를 다시 돌아보았다. 두 사람의 몸은 같은 나이 또래였다.

"아닙니다."

나는 의도했던 것보다 더 거칠게 말했다. 부인은 입가를 잠깐 아래로 일그러뜨리더니 내가 오기 전에 살펴보고 있던 지도를 말아 올렸다. 등 뒤에서 가정부가 지도실 문을 묵직하게 닫았다. 뱅크로프트는 아내와 내가 이야기하는 데 동석하지 않는 것이 적절하다고 생각한 것 같았다. 하루 한 번씩만 서로 얼굴을 보는지도 모른다. 그 대신 바다 쪽 라운지 발코니에서 내려오자 마치 마술처럼 가정부가 등장했다. 뱅크로프트는 아까와 마찬가지로 가정부의 존재에 전혀 신경을 쓰지 않았다. 내가 방을 나설 때, 그는 미러우드 책상 옆에 서서 벽에 남은 총격 자국을 응시하고 있었다.

뱅크로프트 부인은 지도를 단단하게 말아 쥔 뒤 긴 통에 집어넣으며 올려다보지 않고 입을 열었다.

"음, 질문을 하세요."

"사건 발생 시 부인은 어디에 있었습니까?"

이번에는 나를 쳐다보았다.

"침대에 있었어요. 입증하라고 하지는 마세요. 혼자 있었으니까."

길쭉하고 바람이 잘 통하는 지도실 천정은 일루미늄* 타일이 깔린 둥근 아치 모양이었다. 허리 높이의 지도 전시대는 박물관 전시장처럼 모두 위쪽이 유리로 되어 있었고 줄줄이 늘어서 있었다. 나는 가운데 통로에서 빠져나와 뱅크로프트 부인과 전시대 하나를 사이에 두고 마주 섰다. 어쩐지 방어선을 마련해 놓는 것 같은 기분이었다.

"뱅크로프트 부인, 뭔가 잘못 이해하고 계신 것 같습니다만. 난 경찰이 아닙니다. 내 관심사는 범죄가 아니라 정보죠."

부인은 돌돌 만 지도를 통에 넣고 등 뒤로 양손을 돌려 전시대에 기대섰다. 내가 남편과 이야기하는 동안 상큼한 젊은이의 땀과 테니스복은 어딘가 우아한 욕실에 두고 나온 모양이었다. 지금은 검은 바지와 디너 재킷과 보디스를 결합한 듯한 옷을 흠잡을 데 없이 빼입고 있었다. 소매는 팔꿈치까지 아무렇게나 걷어 올렸고 손목에는 장신구가 없었다.

"내 말투가 죄지은 사람 같나요, 코바치 씨?"

"전혀 모르는 사람에게 결백을 증명해 보이려고 지나치게 열심인 것 같군요."

부인은 웃었다. 어깨를 오르락내리락하면서 웃는 상쾌하고 나직한 웃음소리. 좋아질 것 같은 웃음소리였다.

"솔직하지 못하셔라."

나는 내 앞의 전시대 꼭대기에 펼쳐진 지도를 내려다보았다. 왼쪽 꼭대기에 내가 태어나기 4세기 이전의 연도가 적혀 있었고, 내가 읽을 수 없는 언어로 표기되어 있었다.

"내 고향에서 솔직함이란 별로 훌륭한 덕목이 아닙니다, 뱅크로프트 부인."

"아니에요? 그럼 뭐가 훌륭하죠?"

나는 어깨를 으쓱했다.

"예절. 자제. 모든 상대방이 당황하지 않도록 하는 배려."

"따분하군요. 그렇다면 여기서는 문화 충격을 좀 느끼시겠는데요, 코바치 씨."

"고향에서 내가 훌륭한 시민이었다는 말은 안 했습니다, 뱅크로프트 부인."

"아."

부인은 전시대에서 떨어져 나와 내 쪽으로 다가왔다.

"네. 로렌스가 당신에 대해 조금 말해 줬어요. 할란스 월드에서 당신은 위험인물인 모양이더군요."

나는 다시 어깨를 으쓱했다.

"그건 러시아 말이에요."

"네?"

"지도 표기요."

부인은 전시대를 돌아 내 옆에 서서 지도를 내려다보았다.

"러시아에서 컴퓨터로 만든 달 착륙 지점 지도죠. 아주 귀한 거예요. 경매에서 구했는데. 마음에 들어요?"

"멋집니다. 남편께서 총에 맞던 날 밤 몇 시에 잠자리에 드셨습니까?"

부인은 나를 응시했다.

"일찌감치. 아까도 말했지만 혼자 있었어요."

목소리에 살짝 서 있던 날이 사라지고 다시 가벼운 어조로 바뀌었다.

"아, 이게 죄지은 사람의 말투처럼 들린다면, 코바치 씨, 말해 두지만 그렇지 않아요. 체념이죠. 약간의 씁쓸함이라고나 할까."

"남편에 대해서 씁쓸한 기분을 갖고 계십니까?"

부인은 미소했다.

"체념했다고 말했잖아요."

"둘 다 말씀하셨습니다."

"내가 남편을 죽였다고 생각하시는 건가요?"

"아직 아무 생각도 없습니다. 하지만 그럴 가능성도 있죠."

"그래요?"

"부인은 금고를 열 수 있습니다. 사건이 일어났을 때 저택 보안 시스템 내부에 계셨고. 거기다 지금 들으니 감정적인 동기도 있을 수 있겠군요."

아직 미소를 띤 채 부인은 말했다.

"그럴듯한데요?"

나는 그녀를 마주 보았다.

"심장이란 게 뛰고 있는 한. 그렇습니다."

"경찰도 한동안 비슷한 추측을 했죠. 하지만 그쪽은 심장이 뛰지 않는다는 결론을 내린 모양이에요. 안에서 담배는 피우지 말아 주세요."

손을 내려다보니 나도 모르는 사이 크리스틴 오르테가의 담뱃갑을 빼 들고 있었다. 막 갑에서 한 대를 꺼내려던 참이었다. 신경 때문이다. 새 몸에 배신당한 듯한 묘한 기분을 느끼며 나는 담배를 집어넣었다.

"죄송합니다."

"괜찮아요. 환경 조절 때문이니까. 이 안의 지도는 오염 물질에 아주 민감하답니다. 모르셨을 테니."

부인은 그걸 모르는 건 바보 멍청이뿐일 거라는 투로 말을 맺었다. 주도권이 슬슬 넘어가는 것을 느낄 수 있었다.

"경찰이 그런 생각을 하게 된 이유는……."

"그쪽에다 물어보세요."

부인은 뭔가 결단을 내린 듯한 태도로 등을 돌리고 내게서 멀어졌다.

"몇 살이시죠, 코바치 씨?"

"주관적으로는 마흔한 살입니다. 할란스 월드의 1년은 여기보다 약간 더 길지만 차이가 크지는 않습니다."

"그럼 객관적으로는?"

부인은 내 말투를 흉내 냈다.

"탱크 안에서 한 세기가량 있었습니다. 그러다 보면 시간 감각이 없어지지요."

이건 거짓말이었다. 나는 저장소에서 있었던 기간들을 날짜까지 정확히 알고 있었다. 어느 날 밤엔가 세어 본 뒤로 그 숫자를 잊을 수가 없었다. 이후 다시 들어갈 때마다 거기에 계속 보태 나갔다.

"지금쯤 정말 외롭겠군요."

나는 한숨을 쉬고 돌아서서 가장 가까이 있는 지도걸이를 살펴보았다. 둘둘 말린 지도 끝마다 라벨이 붙어 있었다. 모두 고고학적 제목이었다. 시르티스 미노르, 제3차 발굴, 동부 지구. 브래드베리, 원주민 유적지. 나는 지도 하나를 펼치기 시작했다.

"뱅크로프트 부인, 제 기분을 논할 필요는 없을 것 같군요. 남편께서 자살할 만한 이유가 혹시 있을까요?"

부인은 이 말이 끝나기도 전에 이쪽으로 휙 돌아섰다. 분노로 얼굴이 굳어 있었다.

"내 남편은 자살하지 않았어요."

얼음장 같은 음성.

"아주 확신하시는 것 같군요."

나는 지도에서 고개를 들고 미소 지었다.

"깨어 있지 않았던 사람치고는 지나친 확신인데요."

"도로 집어넣어요. 그게 얼마나 귀중한 물건인지……."

부인은 내 쪽으로 다가오며 외쳤다. 내가 지도를 다시 집어넣자 부인은 문득 입을 다물었다. 그녀는 침을 삼키고 뺨에 올라온 핏기를 다스렸다.

"지금 날 화나게 하려는 건가요, 코바치 씨?"

"그냥 주의를 좀 끌어 보려고 한 것뿐입니다."

우리는 잠시 마주 보았다. 뱅크로프트 부인은 시선을 내리깔았다.

"말했지만 난 그때 잠들어 있었어요. 그 외에 또 무슨 말을 해야 하죠?"

"남편께서는 그날 밤 어디 가셨습니까?"

부인은 입술을 깨물었다.

"모르겠어요. 그날은 회의 때문에 오사카에 갔다 왔죠."

"오사카는 어디 있죠?"

부인은 놀랍다는 듯 나를 응시했다. 나는 참을성 있게 말했다.

"난 여기 사람이 아니잖습니까."

"오사카는 일본에 있죠. 제가 알기로……."

"네, 할란스 월드는 일본계 게이레쓰(계열사)가 동유럽 노동력으로 개척한 곳이죠. 오래전 일이고 그때 전 태어나지도 않았습니다."

"미안해요."

"괜찮습니다. 3세기 전에 당신 조상들이 뭘 하고 있었는지는 부인도 아마 잘 모르실 테니까."

나는 입을 다물었다. 뱅크로프트 부인은 묘한 눈으로 나를 쳐다보고 있었다. 그제야 나는 말실수를 깨달았다. 다운로드 후유증이다. 진짜 멍청한 말이나 행동이 튀어 나오기 전에 얼른 잠을 좀 자야 할 것 같았다.

"내 나이는 3세기 이상이에요, 코바치 씨."

이 말을 하는 부인의 입가에 작은 미소가 떠돌고 있었다. 그녀는 수면에서 튀어 오르는 물고기처럼 매끄럽게 다시 주도권을 잡았다.

"겉모양에 속으면 안 되죠. 이건 내 열한 번째 몸이에요."

부인의 자세가 어쩐지 한번 봐 달라는 것 같았다. 나는 갓 깨어난 몸에 어울리지 않는 짐짓 초연한 태도로 슬라브계 특유의 광대뼈를 지나 앞가슴, 볼록 튀어나온 엉덩이, 반쯤 가려진 허벅지를 차례로 훑었다.

"멋지군요. 제 취향에는 좀 어린 감이 있지만, 말씀드렸듯이 난 여기 사람이 아니니까요. 남편 이야기로 돌아가겠습니다. 그날 남편께서는 오사카에 가셨다가 돌아오셨습니다. 물론 육체적으로 가신 건 아닐 테지요."

"그럼요. 거기도 예비 클론이 있으니까요. 그날 저녁 6시에 돌아오기로 되어 있었는데……."

"그래서요?"

부인은 자세를 약간 바꾸며 한쪽 손바닥을 내게 내밀었다. 애써 마음을 가라앉히고 있다는 느낌을 받았다.

"한데 늦더군요. 로렌스는 계약을 맺고 나면 늦게 들어오는 경우가 많아요."

"그럼 그날 어디에 계셨는지 아는 사람이 없습니까? 커티스는요?"

풍상에 시달린 돌 위에 얇게 덮인 눈처럼, 부인의 얼굴에는 아직 긴장이 어려 있었다.

"남편은 커티스를 부르지 않았어요. 의식 입력 시설에서 택시를 타려나 보다 했죠. 난 그 사람 보모가 아니에요, 코바치 씨."

"중요한 회의였습니까? 오사카 회의는?"

"아…… 아뇨, 그렇지는 않았던 것 같아요. 이후 남편과 이야기를 해 봤는데, 물론 기억은 못하고 있었지만 계약 건을 훑어보니 미리 잡혀 있던 일정이었어요. 일본에 기반을 둔 퍼시피콘이라는 해양 개발 회사였어요. 임대 재계약, 뭐 그런 건이었죠. 보통은 여기 베이시티에서 다 해결하지만, 그날은 특별 평가인단 회의가 있었거든요. 그런 건 직접 가서 해결하는 게 제일 좋죠."

해양 개발 평가인이 뭐 하는 건지 전혀 감이 없는 나는 알겠다는 듯 고개를 끄덕였다. 뱅크로프트 부인의 긴장감은 서서히 물러가는 것 같았다.

"정기적인 일정입니까?"

"그럴 거예요. 코바치 씨, 이런 내용은 경찰 기록에도 다 나와 있을 텐데요."

부인은 피곤한 듯한 미소를 지었다.

"그렇겠죠, 뱅크로프트 부인. 하지만 경찰에서는 내게 그런 정보를 알려 줄 이유가 없습니다. 난 수사권이 없는 사람이니까."

"도착하실 때 보니까 경찰과 퍽 친하신 것 같던데요."

부인의 음성에 순간 가시가 돋았다. 나는 부인이 시선을 피할 때까지 가만히 눈을 맞췄다.

"어쨌든, 필요한 게 있으면 뭐든 로렌스가 제공해 줄 거예요."

쉽게 답이 나올 것 같지 않았다. 나는 물러섰다.

"그러면 그건 뱅크로프트 씨에게 물어보기로 하죠."

나는 지도실을 둘러보았다.

"지도가 엄청나군요. 언제부터 모으셨습니까?"

심문이 끝나 간다는 것을 느꼈는지, 깨진 기름통에서 기름이 새어 나가듯 부인에게서 긴장감이 사그라들었다.

"평생 모은 거죠. 로렌스가 별을 쳐다보는 동안 땅만 내려다보던 사람도 있었으니까."

무슨 이유에서인지 뱅크로프트의 발코니에 버려져 있던 망원경이 떠올랐다. 과거의 시간과 집념에 대한 무언의 증언처럼, 이제 아무도 원하지 않는 유물처럼 저녁 하늘을 배경으로 각진 실루엣으로 외롭게 버려져 있던. 미리엄 뱅크로프트가 홀의 송스파이어를 쓰다듬어 깨웠듯이, 내가 건드리자 우웅 소리를 내며 깨어나 수 세기 전의 프로그램에 따라 다시 정렬되던 모습이 떠올랐다.

옛날.

갑자기 숨 막힐 듯한 압박감과 함께, 선터치 하우스의 모든 돌 틈에서 안개처럼 스멀스멀 옛것들이 쏟아져 나와 나를 둘러쌌다. 늙음. 늙음의 향기는 내 앞에 서 있는 믿기지 않을 정도로 젊고 아름다운 여인에게서도 흘러나오고 있었다. 목구멍이 쿡 하고 막혔다. 내 속의 무엇인가가 도망치려 했다. 달려 나가 신선한, 새로운 공기를 마시고 내가 학교에서 배웠던 모든 역사적 사실 이전으로 거슬러 올라가는 기억을 소유하고 있는 이 생물들에게서 떨어지고 싶었다.

"괜찮으세요, 코바치 씨?"

다운로드 후유증이다. 나는 애써 집중했다.

"괜찮습니다."

나는 헛기침을 하고 부인의 눈을 들여다보았다.

"이제 가 보겠습니다, 뱅크로프트 부인. 시간 내주셔서 감사합니다."

부인은 이쪽으로 다가왔다.

"뭐라도 좀……"

"아니, 괜찮습니다. 나가 보겠습니다."

지도실을 나가는 길은 영원처럼 느껴졌고 내 발걸음이 갑자기 두개골 속에서 메아리치기 시작했다. 한 걸음 내딛을 때마다, 전시된 지도 하나를 지나칠 때마다 그 노파의 시선이 등골에 와 닿는 것을 느낄 수 있었다.

담배 생각이 간절했다.

뱅크로프트의 운전사가 나를 시내까지 태워 줄 즈음, 하늘은 오래된 은의 질감이었고 베이시티는 불빛을 밝히기 시작하고 있었다. 자동차는 바다 위에 걸린 오래된 녹색 현수교 상공을 넘어 반도 모양의 언덕 위에 차곡차곡 쌓인 건물들 사이를 규정 속도 이상으로 누볐다. 운전사 커티스는 경찰에 구금당한 일이 아직도 못마땅한 모양이었다. 풀려난 지 몇 시간도 되지 않아 뱅크로프트가 나를 태워다 주라고 지시했기 때문에 가는 내내 침울하고 말이 없었다. 그는 근육질의 젊은이로 소년 같은 잘생긴 얼굴에 뚱한 표정을 띠고 있었다. 로렌스 뱅크로프트의 아랫사람들은 정부의 앞잡이들이 자기 임무 수행을 방해하는 데 익숙하지 않은 모양이었다.

나는 불평하지 않았다. 내 기분도 운전사와 별 다를 것이 없었다. 세라가 죽던 장면이 자꾸만 머릿속을 비집고 들어왔다. 어쨌든 간밤에 일어났던 일이었다. 주관적으로는.

크루저가 넓은 도로 상공에서 급브레이크를 거는 순간 우리 위쪽에 있던 사람이 깜짝 놀라 리무진 콤셋으로 접근 경보를 보내왔다. 커티스는 콘솔 위로 팔을 뻗어 신호 장치를 냅다 두드려 끄더니 고개를 치켜들어 지붕 유리 밖을 험상궂게 노려보았다. 우리는 약간의 충격과 함께 지상 교통의 흐름에 합류했고 곧장 왼쪽으로 꺾어 좁은 길로 들어섰다. 바깥 풍경이 나의 관심을 끌기 시작했다.

도시의 거리 풍경에는 공통점이 있다. 이제껏 내가 가 본 모든 세계의 밑바닥에는 동일한 패턴이 존재했다. 허영과 과시, 사는 사람과 파는 사람. 절걱거리는 정치 체제라는 기계 속으로 배어든 뒤 그 아래로 뚝뚝 떨어져 나오는 인간 행동 양식의 순수한 증류액처럼. 문명 세계에서 가장 오래된 지구의 베이시티 역시 예외는 아니었다. 길가에 늘어선 낡은 건물 정면의 거대하고 공허한 홀로그램에서부터, 거대한 종양처럼 어깨에 상품 광고 방송장비를 메고 있는 행상인들까지, 모두가 뭔가를 팔고 있었다. 길모퉁이에서 들고 나는 자동차가 제 앞을 스칠 때마다, 자동차라는 것이 존재했던 시절이면 언제나 그러했듯 차체에 기대서 흥정하려는 몸짓들, 음식 수레에서 흘러나오는 김과 연기가 느껴졌다. 리무진에는 음향 및 방송 차단 장치가 되어 있었지만 거리의 소음들, 길모퉁이에서 목청을 높이는 장사꾼의 외침, 소비 욕구를 부추기는 초저주파 음향을 동반한 음악이 유리창을 통해 귀에 들려오는 듯했다.

특파 부대에서는 인간 사회를 역으로 바라보는 법을 배운다. 우선 동일성을, 현재의 환경에 쉽게 적응할 수 있도록 근저에 깔린 공명 지점을 우선 찾은 뒤 세부적인 내용을 통해 차이점을 쌓아 나가는 것이다.

할란스 월드에서도 돈만 주면 탱크에서 배양한 갖가지 인종을 구할 수 있지만, 인종 구성의 기반은 슬라브계와 일본계다. 하지만 여기는 모든 얼굴이 각자 다른 윤곽과 색깔을 갖고 있었다. 키 크고 각진 윤곽의 아프리카인, 몽골인, 창백한 북유럽인이 보였고, 한번은 버지니아 비도라를 닮은 여자도 눈에 띄었지만 곧 인파 속으로 사라져 버렸다. 그들은 모두 강변의 원주민들처럼 리무진 옆을 스쳐갔다.

낯설다.

인파 속을 스쳐간 그 소녀처럼, 한 가지 인상이 떠오를 듯 말 듯 뇌리를 스쳤다. 나는 이맛살을 찌푸리며 생각에 집중했다.

할란스 월드의 밤거리에는 우아함이 있었고, 익숙하지 않은 눈길에는 마치 안무처럼 느껴지는 경제적인 움직임과 몸짓이 있었다. 그런 풍경과 함께 자란 나는 더 이상 볼 수 없게 되고 나서야 깨닫게 된 특징.

하지만 여기에는 그런 것이 없었다. 차창 밖으로 밀물과 썰물처럼 밀려왔다 빠져나가는 상업적 활동은 마치 두 대의 보트 사이에서 출렁이는 물결과 같았다. 사람들은 서로 밀치고 밀며 갈 길을 가다 빽빽한 지점을 만나면 갑자기 멈춰 서서 돌아가려 하지만 이미 물결에 휩쓸려 어쩔 수가 없었다. 터지는 긴장감, 근육질의 몸을 잔뜩 움츠리고 목을 죽 빼는 모습들. 두 번 싸움이 시작되려는 듯 비틀거리는 모습이 보였지만, 이 역시 철썩이는 물결에 휩쓸려 지나갔다. 마치 거리 전체에 페로몬 흥분제를 뿌려 놓은 듯한 풍경이었다.

"커티스."

나는 그의 무표정한 옆모습을 흘끗 보았다.

"방송 차단을 잠시 끊어 주겠나?"

그는 입술을 살짝 비틀어 올리며 나를 쳐다보았다.

"그러죠."

나는 뒤로 기대앉으며 다시 거리로 시선을 주었다.

"난 관광객이 아니야, 커티스. 이건 내 직업이야."

행상인들의 카탈로그가 정신착란으로 인한 환각처럼 밀려 들어왔다. 정해진 방향이 없는 전파들이 서로 중첩되어 상당히 상쇄된 상태로 끊임없이 스쳐갔지만, 그래도 할란인 기준으로는 과했다. 사창가 광고가 가장 뚜렷이 들려왔다. 디지털 수정을 통해 젖가슴과 근육의 윤곽에 에어브러시로 광택을 더한 오럴과 항문 섹스 장면의 연속이었다. 창녀의 얼굴이 하나씩 겹치며 바뀔 때마다 이름을 말하는 쉰 목소리가 배경에 깔렸다. 수줍은 어린 여자, 지배적인 여자, 우락부락한 근육질, 그리고 내겐 전혀 낯선 몇몇 성문화적 풍경들. 그 사이로 보다 섬세한 화학물질 목록 및 마약 장사와 장기 이식 매매자들이 펼쳐 보이는 초현실적인 영상들이 가끔 끼어들기도 했다. 종교적인 메시지를 전하는 방송도 두어 번 감지할 수 있었다. 그러나 산중의 영적 평화를 전하는 이런 이미지들은 마치 상품의 바다에 빠져 허우적거리는 인간들 같았다.

띄엄띄엄 들리던 말이 이해되기 시작했다.

"하우스 급이라는 말이 무슨 뜻이지?"

나는 세 번째 귀에 들어오는 표현을 커티스에게 물었다. 커티스는 삐딱하게 웃었다.

"품질 보증이죠. 하우스는 카르텔이에요. 해변을 따라 자리 잡은 비싼 고급 매춘굴이죠. 원하는 건 뭐든지 얻을 수 있다고 선전하는데. 하우스 출신 여자들은 보통 사람들이 꿈에서나 해 보는 서비스를 배워 나와요."

그는 길 쪽으로 고갯짓을 했다.

"하지만 속지 마세요. 저기 애들 중에는 하우스 출신 없어요."

"그럼 스티프*는?"

그는 어깨를 으쓱했다.

"속어죠. 베타타나틴*. 애들이 가사 체험을 하려고 이용하죠. 자살보다 싸니까."

"그렇겠군."

"할란스 월드에는 베타타나틴이 없어요?"

특파 부대에 있을 때 외계에서 몇 번 사용해 봤지만 고향에서는 금지되어 있었다.

"없어. 하지만 자살은 있지. 차단막 다시 올려 줘."

부드럽게 스쳐 가던 영상들이 순간 차단되면서 가구를 놓지 않은 방처럼 머릿속이 휑하게 비었다. 나는 그 느낌이 잦아들기를 기다렸다. 모든 잔상들이 그렇듯 곧 사라졌다.

"여기가 미션 스트리트예요. 다음 몇 블록은 모두 호텔이죠. 여기 내려 드릴까요?"

"추천해 줄 만한 곳 없나?"

"뭘 원하느냐에 따라 다르죠."

나는 커티스의 어깻짓을 흉내 내어 으쓱했다.

"밝고, 넓고, 룸서비스가 있는 곳."

커티스는 눈을 가늘게 뜨고 생각에 잠겼다.

"헨드릭스로 가 보시죠. 별관 타워가 있는데, 창녀들도 깨끗해요."

리무진은 속도를 냈고, 우리는 말없이 몇 블록을 지나쳤다. 그런 룸서비스를 위한 게 아니라는 말은 굳이 하지 않았다. 내키는 대로 결론을 내리면 그만이다.

내가 초대한 적도 없는데, 미리엄 뱅크로프트의 땀 맺힌 가슴골이 정지 영상으로 머릿속에서 덜렁거렸다.

리무진은 무슨 양식인지 알 수 없는 환한 건물 앞 길가에 멈췄다. 나는 차에서 내려 하얀 기타에서 왼손으로 짜내고 있는 음악의 환희에 취해서인지 얼굴을 일그러뜨리고 있는 거대한 흑인 모양의 홀로캐스트를 올려다보았다. 이차원 영상을 리마스터링한 인위적인 느낌 때문에 낡아 보였다. 호텔이 쇠락해서 그런 것이 아니라 전통의 상징이기를 바라며, 나는 커티스에게 감사를 표한 뒤 문을 닫고 리무진이 멀어지는 모습을 쳐다보았다. 리무진은 곧장 상승했고, 잠시 후 미등 불빛은 공중을 오가는 차량의 흐름

속에 섞여 들었다. 등 뒤의 거울 문을 향해 돌아서자, 문은 살짝 덜컹 하며 열렸다.

로비로만 판단한다면 헨드릭스는 내 요구 조건 중 두 번째는 틀림없이 만족시켜줄 것 같았다. 로비는 뱅크로프트의 리무진 서너 대 정도를 나란히 주차시키고도 청소 로봇이 그 사이사이로 돌아다닐 수 있을 정도로 넓었다. 첫 번째 요구 조건에는 약간 미치지 못했다. 반감기가 거의 다 돼 보이는 일루미늄 타일이 벽과 천정에 띄엄띄엄 붙어 있었는데, 거기서 뿜어 나오는 희끄무레한 빛은 침침한 어둠을 로비 한가운데로 몰아 놓는 역할을 할 뿐이었다. 로비를 주로 밝히는 것은 방금 들어온 길거리의 불빛이었다.

로비에는 사람이 없었지만, 반대편 벽의 카운터에서 푸른빛이 희미하게 발산되고 있었다. 나지막한 팔걸이 의자와 정강이에 부딪히기 딱 좋은 철제 모서리 테이블을 지나 그쪽으로 다가가니 벽 속으로 약간 들어간 모니터 스크린이 대기 상태로 기다리고 있었다. 스크린 구석에서 영어와 스페인어, 한자로 명령어가 깜빡였다.

말씀하십시오.

나는 주위를 돌아본 뒤 다시 스크린을 보았다. 아무도 없었다. 나는 헛기침을 했다.

명령어는 흐릿해지더니 바뀌었다. 언어를 선택하십시오.

"방을 구하려고 해."

호기심에 일본어로 말해 보았다.

스크린이 극적으로 살아나는 바람에 나는 뒤로 한 걸음 물러섰다. 소용돌이 속에서 색색의 조각이 빠르게 모이더니 검은 컬러와 넥타이를 맨 아시아계의 얼굴로 변했다. 얼굴은 미소 짓더니 다시 약간 나이 든 백인 여성으로 변하면서 딱딱한 정장 차림의 30대 금발 여성이 되었다. 호텔은 해당 고객 최적의 인간형을 생성하는 동시에 내 일본어가 신통치 않다는 것도 알아차린 모양이었다.

"안녕하십니까. 2087년 개장하여 오늘날까지 이어지는 헨드릭스 호텔에 오신 것을 환영합니다. 무엇을 도와드릴까요?"

나는 여성을 따라 아맹글럭어로 요구 사항을 되풀이했다.

"감사합니다. 객실은 많이 있으며, 방마다 베이시티에 대한 일반 정보와 관광 정보가 케이블로 연결되어 있습니다. 선호하시는 층과 객실 넓이를 말씀해 주십시오."

"타워 쪽 객실 서향으로 줘. 가장 큰 방으로."

얼굴은 줄어들어 구석으로 사라졌고, 호텔 객실 구조를 삼차원 뼈대로 표현한 조감도가 스크린을 채웠다. 커서가 깜빡이며 객실을 돌아다니다가 한쪽 구석에서 멈췄다. 문제의 객실은 빙글빙글 돌며 확대됐다. 스크린 한쪽 면을 따라 작은 글씨로 데이터가 떴다.

"워치타워 스위트룸, 방 세 개, 가로 14미터, 세로……."

"좋아. 그걸로 하지."

삼차원 지도가 마술처럼 사라지고 여자가 화면 전체를 다시 채웠다.

"얼마나 머무르실 겁니까?"

"아직 모르겠어."

"선불금이 필요합니다."

호텔 측은 미안한 듯 말했다.

"14일 이상 머무르실 경우 600유엔 달러를 지금 맡겨 주십시오. 14일이 지나기 전에 떠나실 경우 해당액을 환불해 드리겠습니다."

"좋아."

"감사합니다."

목소리 톤으로 미루어 어쩐지 헨드릭스 호텔에서 돈을 내고 숙박하는 손님은 드문 게 아닐까 하는 생각이 들었다.

"어떻게 지불하시겠습니까?"

"디엔에이 인증으로. 캘리포니아 제일 식민지 은행."

거래 내역이 화면에 죽 뜨는 순간, 뒷덜미에 차갑고 둥근 금속성의 물체가 닿는 것이 느껴졌다.

"맞아, 네가 생각하는 그거야."

침착한 목소리가 들려왔다.

"허튼짓을 하면 앞으로 몇 주 동안 경찰들이 네 스택 조각을 저 벽에서 떼어내게 될 거다. 영구적 사망* 말이야, 친구. 자, 두 손을 들어 올려."

나는 익숙하지 않은 전율이 총구가 닿은 지점에서부터 등골을 따라 흐르는 것을 느끼며 고분고분 따랐다. 영구적 사망이라는 협박을 들어 본 것도 오랜만이었다. 같은 침착한 목소리가 말했다.

"좋아. 자, 여기 내 동지가 몸수색을 할 거야. 움직이지 마."

"스크린 옆의 패드에 디엔에이 서명을 입력해 주십시오."

제일 식민지 은행 데이터베이스에 접속된 모양이었다. 나는 스키 마스크를 쓴 검은 옷차림의 날씬한 여자가 내 옆으로 와서 지잉 하고 회색 스캐너로 내 머리부터 발끝까지 훑는 동안 무표정하게 기다렸다. 목덜미의 총구는 꿈쩍도 하지 않았다. 총구는 이제 차갑게 느껴지지 않았다. 내 몸이 살가운 온도로 데운 것이다.

"깨끗해."

또박또박한 프로의 목소리였다.

"기본 뉴라켐 처리가 되어 있지만 비활성 상태야. 무기는 없어."

"그래? 단출한 여행을 즐기시는군, 코바치?"

심장이 가슴에서 툭 떨어져서 내장 위로 푹 내려앉았다. 단순 잡범이기를 바라고 있었던 것이다.

"난 그쪽을 몰라."

나는 몇 밀리미터 정도 고개를 살짝 돌리며 신중하게 입을 열었다. 총이 목을 쿡 찔러서 나는 멈췄다.

"맞아, 모르겠지. 자, 이제 잘 듣고 그대로 해. 밖으로 걸어 나가서……."

"30초 뒤에 계좌 접속이 끊깁니다. 디엔에이 서명을 입력해 주십시오."

호텔은 참을성 있게 말했다. 등 뒤의 남자가 내 어깨에 한 손을 얹으며 대신 답했다.

"코바치 씨는 객실 예약을 하지 않을 거야. 자, 코바치, 드라이브나 하러 가자고."

"결제가 이루어지지 않으면 호텔 관리상의 조처를 이행할 수가 없습니다."

스크린 속의 여자가 말했다. 막 돌아서려는 순간 그 구절의 말투가 어쩐지 발길을 붙잡았다. 나는 반사적으로 심한 기침을 내뱉었다.

"이건 또……."

기침을 하느라 몸을 앞으로 굽힌 자세로, 나는 한 손을 입으로 가져가서 엄지손가락을 빨았다.

"이건 또 무슨 수작이야, 코바치?"

나는 다시 몸을 세우고 스크린 옆의 키패드로 손을 뻗었다. 검은 감지기 매트 위에 침이 묻었다. 눈 깜짝할 사이 못투성이 손바닥이 머리 왼쪽을 강타하는 서슬에 나는 바닥에 무릎을 꿇고 두 팔을 짚으며 쓰러졌다. 부츠 한 짝이 얼굴을 걷어찼다. 나는 바닥에 나동그라졌다.

"감사합니다. 결제가 진행되고 있습니다."

안내 음성이 욱신거리는 머릿속에 흘러들어왔다. 일어서려고 했지만 부츠가 다시 갈비뼈로 날아들었다. 코피가 카펫 위로 뚝뚝 떨어졌다. 총열이 내 목을 단단히 눌렀다.

"어리석은 짓이었어, 코바치."

목소리는 살짝 평정을 잃은 듯했다.

"경찰이 우리를 추적할 수 있을 거라고 생각한다면 저장소에서 골이 상한 게 분명하지. 자, 일어나!"

그가 나를 일으켜 세우는 순간 천둥 같은 소리가 울렸다.

헨드릭스 호텔의 보안 시스템에 누가 도대체 무엇 때문에 20밀리미터 자동화포를 설치해야 한다고 생각했는지는 몰라도, 아무튼 입을 딱 벌릴 정도로 완벽한 설비였다. 천장에서 자동총좌가 스르르 내려오더니 나를 공격한 남자에게 3초간 총알을 퍼부었다. 경비행기 한 대 정도는 거뜬히 추락시킬 만한 화력이었다. 귀가 멀 듯한 총성이 메아리쳤다.

마스크를 쓴 여자는 문 쪽으로 달아났다. 총성이 아직도 귓전에 맴도는 가운데 총좌는 방향을 바꿔 그쪽을 향했다. 어둑어둑한 로비를 열 걸음쯤 달아났을까, 루비 색 레이저광이 여자의 등을 스치더니 좁은 로비 안에서 다시 집중 사격이 시작되었다. 나는 무릎을 꿇은 채 두 손으로 귀를 막았다. 실탄이 여자의 몸을 사정없이 꿰뚫었다. 여자는 팔다리가 흉하게 뒤틀린 채 쓰러졌다.

총격은 멈췄다.

정적 속에 화약 냄새만 흐를 뿐 움직이는 것이라고는 아무것도 없었다. 자동 총좌는 총열을 아래쪽으로 비스듬히 한 채 다시 대기 상태로 돌아갔고 포미에서 연기가 하늘하늘 흘러나왔다. 나는 귀에서 손을 떼고 일어나서 코와 얼굴이 얼마나 상했는지 조심스럽게 눌러 보았다. 코피는 줄어든 것 같았고 입 안에도 상처가 있었지만 흔들리는 이는 없었다. 두 번째로 부츠에 걸어챈 갈비뼈가 욱신거렸지만 부러진 데는 없는 것 같았다. 가장 가까이 있는 시체를 흘끗 보는 순간, 보지 말 걸 하는 후회가 일었다. 누가 대걸레를 가져와야 할 것 같았다.

왼쪽으로 엘리베이터 문이 조그맣게 딩동 소리를 내며 열렸다. 안내 음성이 말했다.

"객실이 준비됐습니다."

크리스틴 오르테가는 눈에 띄게 침착했다. 그녀는 허벅지 위로 묵직하게 뭔가 들어 있는 재킷 주머니를 철렁거리며 호텔 문을 성큼성큼 들어오더니 로비 한가운데 멈춰 서서 한쪽 뺨 안으로 혀를 굴리며 살육의 현장을 둘러보았다.

"이런 짓 자주 하나, 코바치?"

나는 부드럽게 말했다.

"한참 기다렸소. 지금 난 별로 좋은 기분이 아니오."

자동총좌가 작동하던 순간 호텔 측은 베이시티 경찰에 신고했지만, 상공에서 첫 번째 경찰차가 내려앉은 것은 족히 30분이 지난 뒤였다. 경찰이 침대에서 끌어낼 것이 분명했기 때문에 나는 굳이 객실에 올라가지 않고 있었고, 경찰이 일단 도착한 뒤에는 오르테가가 도착할 때까지 어디로 간다는 것이 불가능했다. 경찰 구급요원은 간단히 내 몸을 살펴보더니 타박상이 없다는 것을 확인하고 코피를 멈추는 스프레이를 건네주었다. 나는 로비에 앉아 새 몸으로 오르테가의 담배를 몇 대 피웠다. 한 시간 뒤 그녀가 도착했을 때도 나는 여전히 거기 앉아 있었다.

오르테가는 어깨를 으쓱했다.

"아, 뭐. 밤이 워낙 분주한 도시니까."

나는 그녀에게 담배를 내밀었다. 오르테가는 내가 무슨 심오한 철학적 문제라도 제기한 듯 담뱃갑을 쳐다보더니 받아 들고 담배한 대를 꺼냈다. 그녀는 담뱃갑 옆에 붙은 발화 패치를 무시하고 주머니를 뒤져 묵직한 석유 라이터를 꺼내 찰칵 열었다. 감식반이 새 장비를 들여오는 것을 쳐다보지도 않고 옆으로 비켜 준 뒤 라이터를 반대쪽 주머니에 집어넣는 동작이 마치 자동 항법장치라도 단 것 같았다. 주위 로비는 자기 일을 처리하는 능력 있는 사람들로 어느새 붐비고 있었다.

오르테가는 머리 위로 담배 연기를 뿜었다.

"그래, 아는 사람들인가?"

"젠장, 그만 좀 하시지!"

"무슨 뜻이지?"

"무슨 뜻이냐면, 난 저장소에서 나온 지 여섯 시간밖에 안 됐어."

언성이 점점 높아지고 있었다.

"마지막으로 우리가 만난 이후로 정확히 세 사람과 만났고. 게다가 난 평생 지구에 와 본 적이 한 번도 없소. 당신도 다 알고 있잖아. 좀 똑똑한 질문을 해 주시든지, 안 그러면 이만 자러 가겠소."

"좋아, 진정해."

오르테가는 갑자기 피곤해 보였다. 그녀는 내 앞의 의자에 몸을 묻었다.

"내 밑의 애들에게 프로라고 말했다면서."

"그렇소."

시체를 검색해 보면 어쨌든 알아낼 테니 이 정도는 경찰에게 알려 주는 것이 좋겠다고 생각했기 때문이었다.

"당신 이름을 알고 있던가?"

나는 열심히 기억을 더듬는 척 이마에 주름을 잡았다.

"이름을?"

오르테가는 답답하다는 듯 손짓했다.

"그래. 당신을 코바치라고 부르더냐고."

"아니었던 것 같은데."

"다른 이름은?"

나는 한쪽 눈썹을 치켜 올렸다.

"어떤 이름?"

얼굴을 덮었던 피곤함이 갑자기 걷혔다. 오르테가는 내게 차가운 눈길을 보냈다.

"됐어. 호텔 기억장치를 검색해 보면 알게 될 테니."

이런. 나는 느릿느릿 말했다.

"할란스 월드에서는 영장이 필요한 일인데."

"여기도 마찬가지야."

오르테가는 담뱃재를 양탄자 위에 떨었다.

"하지만 큰 문제는 아니야. 헨드릭스 호텔이 유기체 손상 죄에 걸린 게 이번이 처음은 아니니까. 한참 됐지만 전력이 있어."

"어째서 영업 취소가 되지 않은 거요?"

"걸렸다고 했지 유죄 판결을 받았다는 애긴 아니지. 법원에서 무죄 판결을 내렸어. 명백한 정당방위라고."

오르테가는 감식반 두 명이 정지 상태의 자동총좌에서 잔여물을 채취하는 쪽을 향해 턱짓을 했다.

"그때는 조용히 전기에 감전시켜 죽였는데. 이렇지 않았지."

"아, 물어보고 싶었소. 도대체 호텔에 이런 무기를 장착하는 사람이 누구요?"

"내가 무슨 정보 검색기야?"

오르테가는 별로 내 마음에 들지 않는 적의 어린 시선으로 나를 보다가 갑자기 어깨를 으쓱했다.

"오는 길에 요약 자료를 보니 기업 간 전쟁이 극심했던 몇 세기 전에 세워진 곳이더군. 이해가 되지. 온갖 범죄가 난무하면서 많은 건물들이 그 대책으로 시설을 개조했거든. 물론 대부분의 회사는 무역 붕괴 직후 파산했기 때문에 굳이 영업을 취소할 것까지도 없었어. 헨드릭스 호텔은 인공지능 시스템으로 변모해서 살아남았지."

"영리하군."

"그래. 내가 듣기로 당시 시장에서 일어났던 일을 실제로 조종했던 건 오로지 인공지능이었다더군. 상당수가 그즈음 덩치를 키웠어. 이 거리의 호텔 중에서도 많은 곳이 인공지능이야."

오르테가는 담배 연기 너머로 씩 미소 지었다.

"그래서 아무도 그런 호텔에 숙박하지 않는 거지. 유감이야. 이런 인공지능들은 인간이 섹스를 원하듯이 고객을 원하도록 프로그램되어 있다는 이야기를 읽은 적이 있어. 답답하겠지, 안 그래?"

"그렇군."

경찰 한 명이 다가와서 우리 근처를 서성거렸다. 오르테가는 방해하지 말라는 눈빛을 그에게 보냈다.

"디엔에이 샘플에서 신원을 알아냈습니다."

경찰은 머뭇머뭇 말하며 비디오 팩스를 꺼냈다. 오르테가는 팩스를 훑어본 뒤 입을 열었다.

"아, 아. 고귀하신 분이랑 같이 있었군, 코바치."

오르테가는 남자 시체 쪽으로 한 팔을 내저었다.

"가장 최근에 디미트리 카드민, 별명 쌍둥이 디미에게 등록된 신체야. 블라디보스토크 출신의 프로 청부 살인범."

"여자는?"

오르테가와 경찰은 시선을 교환했다.

"울란바토르에 등록돼 있어?"

"한 번에 다 잡았네요, 대장."

"개자식, 잡았군."

오르테가는 다시 힘을 얻은 듯 일어섰다.

"스택을 절제해서 펠 스트리트로 가져가. 디미는 자정 전까지 구치소에 다운로드시키도록 해."

그녀는 나를 돌아보았다.

"코바치, 당신도 유용할 때가 있군."

경찰은 더블브레스트 슈트 아래로 손을 집어넣어 담배라도 꺼내듯 무표정한 얼굴로 날이 묵직한 살상용 칼을 꺼냈다. 두 사람은 시체 쪽으로 다가가 옆에 무릎을 꿇었다. 정복 경찰들이 호기심 어린 얼굴로 다가왔다. 연골을 베는 질척이는 소리가 들려왔다. 잠시 후 나도 일어나 구경꾼들 틈에 끼었다. 아무도 내게는 관심을 보이지 않았다.

고난도 생체공학 수술과는 거리가 먼 광경이었다. 경찰은 두개골 하부로 접근하기 위해 시체의 척추 일부를 절제한 뒤 지금은 대뇌피질 저장 장치의 위치를 찾느라 칼끝으로 이리저리 헤집고 있었다. 크리스틴 오르테가는 두 손으로 머리를 움직이지 않도록 붙잡고 있었다.

"요즘은 예전보다 훨씬 깊숙이 설치해. 나머지 척추 뼈를 다 끄집어내 봐. 거기 있을 거야."

"하고 있습니다."

경찰은 투덜거렸다.

"여기 뭔가 보강된 것 같은데요. 지난번 노구치가 왔을 때 말했던 충격 완화 장치인 것 같습니다…… 빌어먹을! 여기 있는 줄 알았는데."

"아니, 봐, 각도가 틀렸어. 내가 한번 해 보지."

오르테가는 칼을 받아 들고 한쪽 무릎으로 두개골을 눌러 고정시켰다.

"젠장, 거의 다 찾았는데요."

"자네가 이리저리 쑤시는 꼴을 밤새도록 보고만 있으라고?"

오르테가는 고개를 들어 내가 지켜보고 있는 것을 보더니 살짝 고개만 끄덕여 보이고 깔쭉깔쭉한 칼끝을 꽂았다. 그런 다음 손잡이를 탁 하고 쳐서 뭔가를 떼어냈다. 그녀는 씩 웃으며 부하를 쳐다보았다.

"알아들었어?"

오르테가는 핏덩이 속에 손을 집어넣더니 엄지손가락과 나머지 손가락으로 기억장치를 끄집어냈다. 겉보기에는 별것 아니었다. 피범벅이 된 충격장치 외피는 담배꽁초 정도도 안 되는 크기로 한쪽 끝에 필라멘트처럼 꼬인 잭이 튀어나와 있었다. 가톨릭 신자들이 여기에 인간의 영혼이 담겨 있다는 사실을 어째서 받아들이지 않으려고 하는지 이해가 갔다.

"잡혔군, 디미."

오르테가는 불빛 쪽으로 기억장치를 들어 보인 뒤 칼과 함께 부하에게 넘겼다. 그리고 시체의 옷에다 손가락을 닦았다.

"좋아. 여자 쪽도 꺼내자고."

부하가 두 번째 시체에도 같은 조치를 취하는 것을 바라보며, 나는 오르테가 쪽으로 고개를 기울이고 중얼거렸다.

"그래서 여자 쪽 신원도 알아냈다면서?"

오르테가는 내가 너무 가까이 있는 데 놀라서였는지 불쾌해서 였는지 흠칫하며 나를 돌아보았다.

"아, 이쪽도 쌍둥이 디미야. 웃기지! 이 몸은 울란바토르에 등록되어 있는데, 그곳은 아시아의 다운로드 블랙마켓 중심지야. 디미는 남을 별로 믿지 않는 친구야. 믿을 만한 지원 인력을 늘 데리고 다니는데, 디미가 어울리는 족속들 사이에서는 진짜 믿을 만한 사람은 오로지 자기 자신뿐이지."

"나한테는 낯설지 않은 족속들이오. 지구에서는 자기를 복제하는 것이 쉽나?"

오르테가는 얼굴을 찌푸렸다.

"점점 쉬워지고 있어. 현재 기술력으로는 최첨단 의식 입력 프로세서가 욕실만 한 크기거든. 곧 엘리베이터만 해지겠지. 그다음엔 슈트케이스."

그녀는 어깨를 으쓱했다.

"진보의 대가야."

"할란스 월드에서는 항성 간 전송 신청을 하고 여행 기간 동안의 복제 보험을 든 다음 마지막 순간 전송을 취소하는 게 유일한 방법이오. 전송 증명서를 위조한 뒤에 일시적으로 복제본에서 다운로드를 받아야겠다고 요구하지. 지금 외계에 가 있는데 사업상 중대한 위기가 생겼다 등등의 핑계로. 전송역에서 원본 다운로드를 받고, 보험회사를 통해 한 번 더 다운로드를 받는 거요. 복제본 1은 합법적으로 역을 걸어 나가지. 그냥 마음이 바뀌었다고. 그러는 사람들도 많으니까. 복제본 2는 보험회사에 재저장 신고를 안 하는 거요. 돈이 많이 드는 게 흠이랄까. 뇌물도 많이 써야 하고 기계 사용 시간도 잔뜩 훔쳐야 하지."

부하가 들고 있던 칼이 미끄러져서 엄지손가락을 베었다. 오르테가는 눈동자를 굴리더니 꾹 참는 듯 한숨을 쉬었다. 그리고 나를 돌아보며 짤막하게 말했다.

"여기서는 더 쉬워."

"그렇소? 어떻게 하지?"

"그건……."

오르테가는 왜 지금 이 사람과 말하고 있는 건지 모르겠다는 듯 잠시 망설였다.

"왜 알고 싶은 거지?"

나는 씩 웃었다.

"남의 일에 관심이 많은 천성이라."

"좋아, 코바치."

오르테가는 두 손으로 커피 잔을 감쌌다.

"이렇게 하는 거야. 디미트리 카드민이란 사람이 어느 날 대형 의식 복구 및 재입력 회사를 찾아간다. 아주 신용이 높은 회사, 로이드나 카트라이트 솔라 같은 곳."

"여기도 있소?"

나는 내 방 창밖으로 펼쳐진 다리의 불빛 쪽으로 손짓했다.

"베이시티에도?"

경찰이 헨드릭스 호텔을 떠날 때 오르테가가 뒤에 남자 부하에게 이상한 눈빛을 보내고 갔다. 오르테가는 카드민을 즉시 다운로드하라는 말과 함께 부하를 보낸 뒤 나와 같이 객실로 올라왔다. 경찰 크루저들이 떠나는 모습도 보지 않았다.

"베이시티, 이스트코스트, 아마 유럽에도 있을걸."

오르테가는 커피를 한 모금 마시더니 호텔 측에다 넣어 달라고 부탁한 위스키가 너무 많이 들어갔는지 눈살을 찌푸렸다.

"상관없어. 중요한 건 회사니까. 탄탄한 곳. 다운로드 초창기부터 줄곧 영업을 하고 있는 곳. 그런 곳에 보험을 들고 싶다고 찾아가서 계약 조건을 한참 협상한 뒤 보험에 들어. 제대로 된 고객처럼 보여야 해."

나는 내 쪽에 있는 창틀에 몸을 기댔다. 워치타워 스위트룸은 어울리는 이름이었다. 세 방 모두 북향 아니면 서향으로 도시와 그 너머 바다를 내려다보고 있었고, 라운지에 있는 창틀은 공간 전체의 5분의 1 정도를 차지하고 있었으며 그 위에는 정신 산란한 색의 쿠션 매트가 깔려 있었다. 오르테가와 나는 족히 1미터 정도를 사이에 두고 마주 보고 앉아 있었다.

"좋아, 그게 복제본 1이고. 그다음에는?"

오르테가는 어깨를 으쓱했다.

"치명적인 사고가 나는 거지."

"울란바토르에서?"

"맞아. 고속으로 고압선 철탑을 들이받았다, 호텔 창문에서 떨어졌다, 등등. 울란바토르 요원이 기억장치를 회수한 다음 두둑한 뇌물을 받고 복제본을 만들어. 여기에 카트라이트 솔라나 로이드가 복구 영장을 갖고 와서 디미(디지털 상태)를 자기네 클론 은행으로 가져간 다음 대기해 놓은 몸에다 다운로드하는 거야. 고맙습니다. 거래하게 되어 즐거웠습니다."

"그동안……."

"그동안 울란바토르 요원은 암시장에서 몸을 사들여. 현지 병원의 무슨 긴장병 환자나, 그리 많은 육체적 손상을 입지 않은 마약 중독 환자라든지. 울란바토르 경찰은 병원 도착 시 이미 사망한 시체를 싸게 거래하거든. 요원이 그 몸의 의식을 삭제하고 디미의 복제본을 다운로드해. 이렇게 해서 복제본도 유유히 걸어 나온 뒤 준궤도 비행*으로 지구 반대편 베이시티까지 와서 암약하게 되지."

"검거가 쉽지 않겠군."

"거의 못해. 이번 경우처럼 죽었든지, 유엔법으로 기소 가능한 범죄 혐의로 구속시키든가 해서 양쪽 복제본을 동시에 확보해야 하니까. 유엔법상의 범죄 혐의가 아니면 살아 있는 신체에서 다운로드를 받을 법적 근거가 없거든. 재수 없으면 우리한테 체포당하기 전에 복제본이 자기 스택을 아예 날려 버려. 그런 경우도 있었지."

"깔끔하군. 이런 범죄는 형량이 어떻게 되지?"

"삭제."

"삭제? 여기는 삭제형*이 있나?"

오르테가는 고개를 끄덕였다. 작고 음산한 미소의 기운이 보일락 말락 입가를 떠돌았다.

"여긴 있어. 놀랐나?"

나는 생각에 잠겼다. 특파 부대에서는 몇몇 범죄에 대해, 주로 탈영이나 교전 중 명령 거부 등에 대해서는 삭제형을 집행하게 되어 있었지만 실제 적용되는 것을 본 적은 없었다. 도망친다는 것은 특파 부대에서 받는 정신 훈련에 반하는 일이기 때문이다. 그리고 할란스 월드에서 삭제형은 내가 태어나기 10년 전에 폐지 되었다.

"상당히 구식이군."

"디미가 당할 일이 걱정되는 건가?"

나는 혀끝으로 입안의 상처를 핥았다. 목덜미에 와 닿던 차갑 고 둥근 금속의 감촉을 떠올리고 고개를 저었다.

"그렇지는 않소. 디미 같은 경우에만 삭제형이 해당되는 거 요?"

"중대 범죄가 몇 가지 더 있지만 주로 몇 세기 저장형으로 감 형되지."

오르테가의 얼굴에 떠오른 표정으로 미루어 보건대 별로 탐탁 지 않게 생각하는 듯했다. 나는 커피를 내려놓고 담배에 손을 뻗 었다. 거의 자동적인 동작이었고, 거부하기에는 너무 피곤했다. 오 르테가에게도 담뱃갑을 내밀었지만 그녀는 거절했다. 담뱃갑에 붙은 발화 패치에 담배를 갖다 대며 나는 그녀를 곁눈질했다.

"당신은 몇 살이지, 오르테가?"

그녀는 나를 가만히 쳐다보았다.

"서른넷. 왜 묻지?"

"디지털 다운로드된 적은 없나?"

"몇 년 전 심리 수술을 받을 때 며칠. 그 외에는 없어. 난 범죄자도 아니고 그런 여행을 할 만한 돈도 없으니까."

나는 첫 모금을 내뿜었다.

"좀 민감한 것 같은데."

"말했지만 난 범죄자가 아니야."

"그렇지."

마지막으로 버지니아 비도라를 보았던 기억이 떠올랐다.

"만약 당신이 범죄자 입장이라면 200년을 건너뛴다는 게 그리 수월한 형이라고는 생각하지 않을 거요."

"그렇게 말한 적은 없어."

"그럴 필요도 없었으니까."

오르테가가 경찰이라는 것을 왜 잊어버렸는지는 알 수 없었지만, 뭔가 있었다. 우리 둘 사이의 공간에는 어느새 무엇인가가, 전기장 같은 것이 쌓여 있었다. 새 몸 때문에 특파 부대에서 단련된 직관이 무뎌지지만 않았어도 그 느낌의 정체를 알아낼 수 있었을 것이다. 무엇이었는지는 몰라도, 어느새 그 분위기는 달아나 버렸다. 나는 어깨를 세우고 담배를 세게 빨았다. 수면이 필요했다.

"카드민은 비싼 친구겠지? 그만한 투자에 위험이라면 돈을 많이 줘야 할 텐데."

"건당 2만 정도."

"그렇다면 뱅크로프트는 자살하지 않았군."

오르테가는 한쪽 눈썹을 치켜 올렸다.

"방금 여기 도착한 사람치고는 상당히 빠른 결론인데."

나는 담배 연기를 한 움큼 그녀에게 내뿜었다.

"아, 제발. 그게 만약 자살이었다면 도대체 누가 날 제거하라고 2만 달러나 되는 돈을 쓰겠소?"

"당신이 인기가 좋은 모양이지."

나는 몸을 앞으로 기울였다.

"아니, 난 여러 곳에서 환영받지 못하는 인물이지만 그만한 연줄이나 그만한 돈이 있는 사람한테는 꼭 그렇지도 않아. 그 정도 레벨의 적을 만들 정도의 급이 못 되니까. 카드민을 시켜 날 제거하라고 한 자는 내가 뱅크로프트를 위해 일한다는 걸 알고 있었소."

오르테가는 씩 웃었다.

"아까는 그쪽에서 당신 이름을 언급하지 않았다고 한 것 같은데?"

피곤하군, 다케시. 버지니아 비도라가 나를 향해 손가락을 까딱거리던 모습이 눈에 선했다. *특파 부대가 현지 경찰력에 의해 무장해제당하는 건 치욕이야.* 나는 최대한 더듬더듬 말을 이었다.

"분명 내가 누군지 알고 덤빈 거요. 카드민 같은 친구는 관광객들 호주머니나 털려고 호텔 주위를 어슬렁거리진 않아. 오르테가, 당신도 알잖소."

나의 답답한 말은 침묵으로 이어졌고 한참 뒤에야 오르테가는 입을 열었다.

"그래서 뱅크로프트 역시 청부 살인이다? 그럴지도 모르지. 그래서 어쨌다는 거지?"

"그렇다면 당신도 수사를 계속해야겠지."

오르테가는 무장한 남자들마저 얼어붙게 할 만한 미소를 지었다.

"내 말을 안 듣는군, 코바치. 수사는 종결됐어."

나는 벽에 몸을 기대고 잠시 담배 연기 너머로 그녀를 지켜보았다. 마침내 나는 입을 열었다.

"당신네 청소반이 오늘 밤 도착했을 때 그중 한 친구가 나한테 배지를 보여 줬는데 다행히 모양을 알아볼 정도로 오래 보여 주더군. 자세히 보니 상당히 근사했소. 독수리와 방패 모양에, 주변의 글자까지."

오르테가는 계속하라는 몸짓을 했고, 나는 담배를 한 모금 더 빨아들인 뒤 가시 돋친 말을 내뱉었다.

"'시민을 보호하고 봉사한다'? 물론 경사쯤 진급하셨을 때 그런 말은 더 이상 믿지 않게 되셨겠지만."

명중. 한쪽 눈 밑의 근육이 꿈틀거렸고 쓴 것을 빨 때처럼 뺨이 움푹 들어갔다. 오르테가는 나를 응시했고, 잠시 너무 밀어붙인 게 아닌가 하는 생각이 들었다. 하지만 문득 어깨가 푹 꺼지더니 그녀는 한숨을 쉬었다.

"아, 계속해 봐. 그런데 도대체 당신이 아는 게 뭐야? 뱅크로프트는 당신과 나 같은 사람과는 달라. 메트(므두셀라의 영어식 발음인 메투젤라를 줄임 ― 옮긴이)족이라고."

"메트?"

"그래. 메트. 므두셀라가 969세까지 살았던 시절 어쩌고 할 때. 그는 나이가 많아. 정말 많다고."

"그게 범죄요?"

오르테가는 음울하게 대답했다.

"되고도 남지. 그 정도 오래 살면 사람이 변해. 자신을 너무 대단하게 생각하게 된다고. 결국에는 자기가 신이라고 믿게 되지. 서른, 마흔 살쯤 되는 피라미들은 이제 눈에도 들어오지 않아. 사회가 생겨났다가 멸망하는 모습들을 지켜보면서, 자신은 그 모든 현상 바깥의 존재라고 생각하게 되고 그런 것이 더 이상 중요하게 생각되지 않는다는 거야. 어쩌면 그 피라미들이 발에 걸리면 데이지 따듯이 아무렇지도 않게 밟아 버리게 될지도 모르지 않겠어?"

나는 심각한 눈으로 그녀를 보았다.

"뱅크로프트가 그런 사람이란 말이오? 정말로?"

오르테가는 내 반론을 귀찮다는 듯 일축했다.

"뱅크로프트 이야기가 아니야. 그 '부류'의 사람 이야기를 하고 있는 거지. 그런 부류는 인공지능과 같아. 종자가 다르다고. 그들은 인간이 아니야. 당신이나 나 같은 사람이 곤충을 대하듯 인간을 대하지. 흥, 베이시티 경찰을 상대할 때는 그런 태도가 때로 역풍을 불러일으킬 수 있어."

순간 레일린 가와하라의 잔학 행위가 떠올랐다. 오르테가가 상당히 잘못 짚은 게 아닌가 하는 생각이 들었다. 할란스 월드에서는 대부분의 사람들이 적어도 한 번은 몸을 갈아입을 만한 능력이 되지만, 문제는 아주 부자가 아니라면 노화 방지 요법을 쓴다 해도 그때마다 수명을 다하고 늙음을 겪어야 한다는 것이 상당히 피곤한 일이라는 사실이다. 두 번 이상 이를 되풀이할 만한 에너지가 있는 사람은 아무도 없다. 대부분은 이후 자발적으로 저장 상태에 들어가서 가족 문제가 있을 때나 잠깐씩 몸을 입으며, 이런 잠깐의 외출조차 세월이 흐르고 위 세대와 직접적인 관계가 없는 새로운 세대가 들어서면서 점점 줄어든다.

이런 상황에서 삶을 계속한다는 것은, 한 번 또 한 번, 이 몸 저 몸 계속 살아나가기를 '원한다는' 것은 특별한 사람이 아니고서는 불가능하다. 애당초 다른 인간, 수 세기가 흐른 뒤 자신이 어떤 모습이 되어 있을지를 두려워하지 않는 인간이 아니고서는.

"그렇다면 뱅크로프트는 메트족*이기 때문에 대충 넘어간다는 거군. '미안, 로렌스, 당신은 오만하고 나이 많은 놈이야. 베이시티 경찰은 당신을 진지하게 상대하는 일보다 더 중요한 업무가 더 많아서. 이만 실례.' 이런 식이라는 거군."

하지만 오르테가는 더 이상 내 미끼를 물지 않았다. 그녀는 커피를 마시더니 관두자는 손짓을 했다.

"이봐, 코바치. 뱅크로프트는 살아 있고 사건의 진상이야 어떻든 현 상태를 유지하기에 충분한 보안장치를 갖추고 있어. 정의가 짓밟혀서 신음하는 사람은 아무도 없다고. 경찰서는 예산도 딸리고 인력도 딸리고 과도한 업무에 시달리고 있어. 우린 뱅크로프트의 유령을 언제까지나 쫓아다닐 만한 자원이 없어."

"만약 그게 유령이 아니라면?"

오르테가가 한숨을 쉬었다.

"코바치, 난 그 집에 감식반과 함께 세 번이나 갔어. 몸싸움의 흔적도 없고 주변 방어 시설을 뚫고 들어온 흔적도 없고 보안 장비 기록에 침입자가 있었던 흔적도 전혀 없었어. 미리엄 뱅크로프트는 자진해서 온갖 최신 거짓말탐지기로 조사를 받았지만 전부 다 미동도 없이 통과했어. 부인은 남편을 죽이지 않았고, 그 집에 침입해서 남편을 죽인 사람도 없었어. 로렌스 뱅크로프트는,

이유는 자기가 제일 잘 알겠지만, 자살한 거고 그뿐이야. 당신이 그 반대를 입증해야 하는 건 유감이지만, 원한다고 해서 모두 자기 맘대로 되는 건 아니지. 이건 명백한 사건이라고."

"그렇다면 그 전화는 어떻게 설명할 거요? 뱅크로프트가 자기 의식 복제가 있다는 걸 잊을 리가 없다는 사실은? 카드민을 여기까지 보내야 할 정도로 내가 중요한 인물이라고 생각하는 자가 있다는 사실은?"

"당신과 이 문제로 입씨름할 생각은 없어, 코바치. 우리는 카드민을 심문해서 그가 아는 데까지 알아낼 거야. 하지만 나머지는 이미 검토가 끝난 문제고 이제 지겨워지려고 해. 뱅크로프트보다 우리를 절실하게 원하는 사람들이 많아. 기억장치가 날아갔을 때 미리 저장해 놓지 못했던, 운 나쁜 영구적 살인 피해자들. 피해자가 저장소에서 나오는 것을 원하지 않는다는 점을 범인이 악용해서 살해당한 가톨릭교도들."

오르테가의 눈에 피곤의 기운이 점점 쌓여 갔다.

"주 정부에서 피고의 배상 책임을 입증하지 못한다면 새 몸을 입을 돈이 없는 유기체 손상 피해자들도 있고. 난 이번 사건을 놓고 하루 열 시간 이상을 씨름했지만, 유감이야. 난 냉동 클론에 고위 직의 든든한 바람막이, 게다가 자기 가족이나 직원들이 법망에 걸렸을 때도 교묘하게 빼내 주는 비싼 변호사까지 거느리고 있는 로렌스 뱅크로프트 씨한테 쏟을 만한 정성이 없어."

"그런 일이 자주 있었소?"

오르테가는 쓸쓸한 미소를 지었다.

"자주 있었지. 그렇게 놀란 얼굴은 하지 마. 그는 빌어먹을 메트족이라고. 그들은 늘 똑같아."

이런 오르테가의 모습은 마음에 들지 않았다. 이런 입씨름은
하고 싶지 않았고, 뱅크로프트에 대한 이런 시각도 내게는 필요
없었다. 게다가 그 모든 것 아래에서 내 신경은 잠이 부족하다고
비명을 지르고 있었다. 나는 담배를 껐다.

"이제 가 보시는 게 좋겠소, 경감. 당신 편견 때문에 머리가 쑤
시는군."

오르테가의 눈에서 뭔가 반짝였다. 어떤 빛인지는 읽을 수가
없었다. 잠시 스쳐 간 그 빛은 다시 사라졌다. 오르테가는 어깨를
으쓱하고 커피 머그를 내려놓더니 선반 옆으로 다리를 뻗었다. 그
리고 몸을 똑바로 세우더니 등뼈에서 뚝 소리가 날 정도로 기지
개를 켠 후 돌아보지 않고 문을 향했다. 나는 그 자리에 그대로
앉아 유리창에 비친 도시의 불빛을 배경으로 오르테가가 멀어지
는 모습을 지켜보고 있었다.

문간에서, 그녀는 멈추더니 고개를 이쪽으로 돌렸다.

"이봐, 코바치."

나는 돌아보았다.

"잊은 거라도?"

오르테가는 우리가 벌이고 있던 무슨 게임에서 네가 한 점 땄
다는 듯 삐딱하게 다문 입술로 고개를 끄덕였다.

"단서를 원해? 어디서 출발해야 하는지 알고 싶어? 음, 당신 덕
에 카드민을 얻었으니 난 당신한테 빚진 셈이지."

"나한테 빚진 건 없소. 그건 헨드릭스 호텔이 한 짓이지 내가
한 일이 아니니까."

오르테가는 말했다.

"레일라 베긴. 뱅크로프트의 비싼 변호사들한테서 그 사람에 대해 알아보면 뭔가 실마리가 생길 거야."

문은 스르륵 닫혔고 유리창에 반사된 방 안에는 바깥 도시의 불빛만이 비칠 뿐이었다. 나는 잠시 그 풍경을 응시하다 담배에 다시 불을 붙이고 필터까지 태웠다.

뱅크로프트는 자살한 것이 아니다, 그 점은 확실했다. 수사를 시작한 지 하루도 채 안 되었는데 벌써 압력이 두 번이나 들어왔다. 첫 번째는 법무부 시설에서 만났던 오르테가의 덩치들, 두 번째는 블라디보스토크 출신의 청부 살인범과 그의 복제품. 미리엄 뱅크로프트의 심상치 않은 행동도 그렇고. 한마디로 저쪽에서 주장하는 바를 그대로 믿기에는 구린 데가 너무 많다는 뜻이다. 오르테가도 원하는 게 있고 디미트리 카드민을 청부한 자도 원하는 게 있었다. 그건 아마도 뱅크로프트 사건이 미결인 채로 남는 것인 듯했다.

이는 내게 주어진 대안이 아니었다.

"방문객이 건물을 나갔습니다."

호텔의 말에 나는 흐릿한 상념에서 퍼뜩 깨어났다.

"고마워."

나는 멍하니 말하고 재떨이에 담배를 문질러 껐다.

"문을 잠그고 엘리베이터를 이 층에 못 서게 해 주겠나?"

"그러죠. 호텔에 출입하는 사람이 있을 때마다 알려 드릴까요?"

나는 알을 삼키려는 뱀처럼 하품을 했다.

"아니. 그냥 여기 올라오는 사람이 없도록만 해 줘. 그리고 앞으로 7시간 30분 동안은 전화 연락하지 마."

옷만 겨우 벗었을 뿐인데 갑자기 잠기운이 밀려왔다. 나는 뱅크로프트가 준 여름 정장을 아무 의자에나 걸쳐 놓고 진홍색 시트가 깔린 거대한 침대에 기어들었다. 침대 표면은 살짝 물결치더니 내 몸무게와 크기에 맞게 변형되어 물처럼 몸을 떠받쳐 주었다. 희미한 향냄새가 시트에서 흘러나왔다.

의식 속에서 출렁이는 미리엄 뱅크로프트의 육감적인 자태를 떠올리며 자위를 해 보려고 했으나, 대신 칼라시니코프에 형편없이 구겨진 세라의 창백한 시체가 자꾸만 눈앞을 아른거렸다.

나는 잠 속으로 빠져들었다.

어둑어둑한 저녁 빛 속에 잠긴 폐허, 핏빛 해가 이글거리며 먼 산 너머로 지고 있다. 머리 위에는 푹신한 배를 드러낸 구름이 작살 앞의 고래처럼 허겁지겁 지평선을 향해 달리고, 마약 중독자의 손가락 같은 바람이 거리에 늘어선 가로수 사이를 헤집는다.

이네넌이네넌이네넌…….

나는 이곳을 알고 있다.

나는 황량한 폐허로 남은 벽에 스치지 않으려고 조심하며 그 사이를 빠져나간다. 남겨진 돌무덤 속에 이 도시를 살해한 전쟁이 배어 있을 것 같아 스치기라도 했다가는 소리 죽인 총성과 비명이 터져 나올 것 같기 때문이다. 동시에 내 발걸음은 아주 급하다. 무언가, 이 폐허를 건드리는 데 대한 일말의 가책도 없는 무언가가 나를 따라오고 있기 때문이다. 등 뒤에서 밀물처럼 부풀어 오는 총성과 비명으로 어느 정도 따라와 있는지 감지할 수 있다. 점점 다가오고 있다. 속도를 내려고 해 보지만 목과 가슴이 갑갑하여 여의치 않다.

지미 드 소토가 부서진 탑의 밑둥 뒤에서 나온다. 여기서 그를 보는 것이 그리 놀랍지는 않지만, 망가진 그 얼굴에는 아직도 흠칫 놀란다. 그는 남은 얼굴로 씩 웃더니 내 어깨에 한 손을 얹는다. 나는 움츠리지 않으려고 애쓴다.

"레일라 베긴."

그는 내가 온 방향으로 고갯짓을 한다.

"뱅크로프트의 비싼 변호사들에게서 그 사람에 대해 알아봐."

"그러지."

나는 이렇게 말하고 그를 지나친다. 하지만 팔이 뜨거운 왁스처럼 죽 늘어나고 있는지 그의 손은 내 어깨를 떠나지 않는다. 그 고통을 상상하니 죄책감이 느껴져서 멈춰 섰지만, 그는 여전히 내 어깨를 붙잡고 있다. 나는 다시 발걸음을 옮긴다.

"돌아서서 싸워 볼까?"

그는 전혀 힘을 들이지 않고, 걸음을 내딛지도 않고 어느새 내 옆으로 미끄러져 와서 스스럼없이 말한다.

"뭘로?"

나는 빈 손을 펼쳐 보이며 말한다.

"미리 무장을 했어야지, 친구. 단단히."

"버지니아는 무기의 나약함에 굴복하지 말라고 했어."

지미 드 소토는 조롱하듯 냉소한다.

"그래, 그래서 그 멍청한 년이 어떻게 됐는지 보라고. 80에서 100년, 사면 기회 없어."

"자네가 그걸 알 리가 없어."

나는 등 뒤에서 들려오는 추격자들의 소리에 귀를 기울이며 멍하니 말한다.

"그 한참 전에 넌 죽었잖아."

"아, 이봐. 요즘 세상에 누가 진짜로 죽나?"

"가톨릭교도한테 그 소릴 한번 해 보지. 어쨌든 자넨 정말 죽었어, 지미. 복구 불가능이었던 걸로 아는데."

"가톨릭이 뭐지?"

"나중에 말해 줄게. 담배 있나?"

"담배? 자네 팔은 어떻게 된 거야?"

나는 두서없이 뱅뱅 도는 문답을 피해 내 팔을 내려다본다. 지미 말이 맞았다. 팔뚝에 있던 흉터는 이제 막 상처를 입은 듯 피가 솟아나서 손으로 흘러내리고 있다. 그렇다면…….

왼쪽 눈을 더듬어 보니 눈 밑이 축축하다. 손가락에 피가 묻어 나온다. 지미 드 소토는 재판관처럼 말한다.

"운이 좋았어. 눈구멍은 피했군."

그도 알 것이다. 지미의 왼쪽 눈구멍에서는 피가 펑펑 솟아나오고 있다. 이네닌에서 자기 손가락으로 눈알을 파낸 흔적이다. 그 순간 그가 무슨 환각을 보았는지는 아무도 밝혀내지 못했다. 지미와 이네닌 상륙 작전의 나머지 부대원들을 다운로드해서 심리 수술을 했을 때는 이미 저항군의 바이러스가 대원들의 의식을 회복 불가능한 상태로 망쳐 놓은 뒤였다. 전염성이 너무나 강한 프로그램이었기 때문에 병원에서는 스택에 남아 있던 부분을 연구용으로도 감히 보관할 엄두를 내지 못했다. 지미 드 소토의 남은 의식은 '데이터 오염원'이라는 붉은 글자가 새겨진 밀봉 디스크 안에 담긴 채 특파 부대 본부 지하실 어딘가에 잠자고 있다.

"이걸 어떻게 해야 하는데."

나는 약간 다급하게 말한다. 추적자 때문에 벽에서 깨어난 소리들이 위험할 정도로 가까이 다가오고 있다. 마지막 남은 햇빛도 먼 산 너머로 지고 있다. 피가 내 팔과 얼굴을 따라 흘러내린다.

"냄새 나나?"

지미는 주위의 차가운 공기 속으로 머리를 잔뜩 내민다.

"바뀌고 있어."

"무슨 소리야?"

하지만 이렇게 쏘아붙이는 순간, 나 역시 냄새를 맡는다. 신선한, 기운을 북돋우는 냄새, 헨드릭스 호텔의 향냄새와도 비슷하지만 미묘하게 다른 냄새. 나를 잠에 빠뜨렸던 그 퇴폐적인 취기와는 다른…….

"이제 가야 해."

지미는 말한다. 어디로 갈 거냐고 물어보려는 순간 내가 가야 한다는 뜻이라는 것을 깨달은 나는…….

잠에서 깼다.

눈을 번쩍 뜨니 호텔 방의 정신 사나운 벽화 중 하나가 시야에 들어왔다. 카프탄(터키인들이 입는 긴소매 옷 — 옮긴이) 차림의 호리호리한 방랑자 같은 인물들이 녹색 풀과 노랗고 흰 꽃이 만발한 들판 위에 여기저기 서 있는 그림이었다. 나는 얼굴을 찌푸리고 팔뚝의 딱딱한 흉터 조직을 움켜잡았다. 피는 없었다. 이 사실을 깨닫는 순간 나는 완전히 잠에서 깨어 커다란 진홍색 침대 위에 일어나 앉았다. 나를 잠에서 깨웠던 향냄새의 변화는 이제 커피와 갓 구운 빵 냄새로 완전히 바뀌어 있었다. 헨드릭스 호텔의 후각 자극 기상 서비스였다. 창문의 편광 유리판에 난 작은 흠집을 통해 어둑어둑한 방 안에 빛이 새어 들어오고 있었다.

"손님이 왔습니다."

호텔 안내 음성이 경쾌하게 말했다.

"지금 몇 시지?"

나는 쉰 목소리로 물었다. 목구멍 속에 접착제를 처덕처덕 발라 순간 냉각시킨 기분이었다.

"이곳 시각으로 10시 16분입니다. 7시간 42분 주무셨습니다."

"손님은?"

"오우무 프레스콧. 아침 드릴까요?"

나는 침대에서 나와 욕실로 향했다.

"그래. 우유를 탄 커피, 흰 닭고기, 잘 익혀서. 그리고 아무거나 과일 주스. 프레스콧을 올려 보내."

샤워를 끝내고 금색 끈에 진주 빛 광택이 나는 청색 목욕 가운을 두르고 있는데 문에서 초인종이 울렸다. 나는 서비스 창구에서 식사를 받아서 한 손으로 쟁반을 든 채 문을 열었다.

오우무 프레스콧은 키가 크고 인상적으로 생긴 아프리카계 여성으로 지금 내 몸보다 키가 몇 센티 더 컸으며 땋아 늘인 머리카

114

락은 예닐곱 가지 색깔의 타원형 구슬 수십 개로 장식되어 있었다. 광대뼈에는 추상적인 문양의 문신 같은 것이 새겨져 있었다. 프레스콧은 연회색 정장과 옷깃을 세운 검정 롱 코트 차림으로 문간에 선 채 미심쩍은 눈으로 나를 쳐다보고 있었다.

"코바치 씨."

"네, 들어오시죠. 아침 드시겠습니까?"

나는 흐트러진 침대 위에 쟁반을 내려놓았다.

"아니, 괜찮습니다, 코바치 씨. 나는 로렌스 뱅크로프트 씨의 제1 법률 대리인으로 프레스콧, 포브스 앤 에르난데스사(社)에 있습니다. 뱅크로프트 씨가 말씀하시길……."

"네, 알고 있습니다."

나는 구운 닭 한 조각을 집어 들었다.

"코바치 씨, 사이카섹의 데니스 나이먼과……."

프레스콧의 시선이 망막에 부착된 시계를 확인하느라 살짝 위를 향했다.

"30분 뒤에 약속이 되어 있습니다만."

"그렇군요."

나는 천천히 씹으며 말했다.

"모르고 있었습니다."

"오늘 아침 8시부터 계속 전화 드렸는데 호텔 측에서 연결을 안 해 주더군요. 이렇게 늦게까지 주무시는 줄은 몰랐습니다."

나는 닭고기를 입 안에 가득 넣고 씩 웃었다.

"뒷조사가 틀렸나 본데요. 난 어제 겨우 몸을 입었습니다."

이 말에 프레스콧은 약간 굳었지만 다시 직업적인 침착함을 회복했다. 그녀는 방을 가로질러 와서 창틀에 앉았다.

"그럼 좀 늦게 가죠. 아침을 안 드시면 안 되겠군요."

베이 한복판은 추웠다.

나는 자동택시에서 내려 구름 사이로 뿌옇게 고개를 내민 햇빛과 세찬 바람 속으로 나섰다. 밤새 비가 왔는지, 내륙 쪽에는 아직도 회색 뭉게구름이 강한 바닷바람에 쓸려가지 않으려고 묵직하게 버티고 있었다. 나는 여름 정장 옷깃을 세우며 코트를 사야 한다는 것을 기억해 두기로 했다. 대단한 것 말고, 옷깃이 있고 허벅지 중간까지 오는 것으로 손을 넣을 수 있을 만큼 주머니가 큰 것이면 된다.

옆의 프레스콧은 기분 나쁠 정도로 따뜻하게 코트 안에 몸을 묻고 있었다. 그녀는 엄지손가락을 스쳐서 택시 요금을 지불했고, 우리는 택시가 이륙하는 것을 피해 뒤로 물러섰다. 엔진에서 뿜어 나오는 따뜻한 공기가 반갑게 내 손과 얼굴을 감쌌다. 나는 작은 먼지 폭풍 때문에 눈을 깜빡였고, 프레스콧 역시 날씬한 팔을 들어 흙먼지를 가리고 있었다. 곧 택시는 본토 상공의 부산한 차량 흐름 속으로 웅웅거리며 사라졌다. 프레스콧은 등 뒤의 건물 쪽으로 돌아서서 엄지손가락 하나만으로 간결하게 손짓했다.

"이쪽입니다."

나는 부실한 정장 주머니에 두 손을 찔러 넣고 뒤를 따랐다. 바람이 불어오는 쪽으로 몸을 숙인 채, 우리는 사이카섹 앨커트래즈로 향하는 길고 구불구불한 계단을 오르기 시작했다.

대단한 보안 장비가 있을 것이라는 내 예상은 들어맞았다. 사이카섹은 좌우로 길고 높이가 낮은 2층짜리 건물이 줄줄이 늘어서 있었는데 창문은 마치 군 지휘 본부 벙커처럼 벽 안쪽으로 깊숙이 들어가 있었다. 이런 패턴에 어긋나는 것은 서쪽 끝에 자리 잡은 돔형 건물 하나뿐이었는데 아마 위성 업링크 장비가 있는 모양이었다. 연구 단지는 모두 희끄무레한 회색 화강암으로 되어 있었고 창문은 오렌지색 반사 유리였다. 홀로그램 디스플레이나 전파 방송 광고도 전혀 없어서 목적지를 제대로 찾아왔는지 확인할 방법이라고는 오로지 출입구의 비스듬한 돌벽에 레이저로 새겨 놓은 근엄한 장식판뿐이었다.

사이카섹 S.A.
디지털 인간 복구 및 안전 저장
클론 의식 입력

장식판 위로는 작고 검은 감시용 렌즈 하나가 있었고 양옆에 묵직한 쇠창살이 달린 스피커가 있었다. 오우무 프레스콧은 그 앞으로 팔을 들어 흔들었다.

"사이카섹 앨커트래즈에 오신 것을 환영합니다. 15초의 보안 한도 시간 내로 이름을 말해 주세요."

기계 음성이 경쾌하게 말했다.

"오우무 프레스콧과 다케시 코바치. 나이만 소장을 만나러 왔습니다. 약속이 되어 있습니다."

가느다란 녹색 레이저 스캔이 우리 몸을 머리부터 발끝까지 훑더니, 벽 한 부분이 안으로 밀리면서 아래로 평평하게 깔려 통로로 바뀌었다. 바람을 피할 수 있게 된 것이 기뻐서 나는 프레스콧을 뒤에 남긴 채 얼른 안으로 들어섰다. 우리는 오렌지색 유도등을 따라 짧은 복도를 지나 대기실로 향했다. 복도를 통과하여 대기실에 들어서자마자 육중한 돌문은 우르릉거리며 위로 솟더니 다시 닫혔다. 물샐틈없는 보안이었다.

원형의 대기실은 따뜻한 조명으로 밝혀져 있었고 의자와 낮은 테이블이 동서남북으로 각각 배치되어 있었다. 북쪽과 동쪽에 몇몇이 모여 앉아 낮은 목소리로 이야기를 나누고 있었다. 중앙에 있는 원형 책상에는 안내원이 비서용 사무 장비 뒤에 앉아 있었다. 가상 안내원은 전혀 없었다. 모두 살아 있는 사람이었다. 아직 10대도 채 못 벗어난 듯한 날씬한 청년 한 사람이 우리가 다가가자 영리한 눈을 들어 바라보았다.

"곧장 들어가십시오, 프레스콧 씨. 소장실은 계단을 올라가서 오른쪽으로 세 번째 문입니다."

"고마워요."

프레스콧은 다시 앞장서더니 안내원에게 들리지 않을 정도로 멀어지자 잠시 고개를 돌리고 중얼거렸다.

"나이만은 이곳이 생긴 뒤로 약간 콧대가 높아졌지만 기본적으로 좋은 사람입니다. 신경을 건드리지 않도록 해 주세요."

"그러죠."

우리는 안내원이 가르쳐 준 대로 따라갔다. 아까 말했던 문밖에서 나는 잠시 멈춰 서서 웃음을 참아야 했다. 지구 최고의 취향으로 꾸민 나이만의 사무실 문은 꼭대기부터 아래쪽까지 완전히 미러우드로 되어 있었다. 최신형 보안 시스템과 살아 있는 인

118

간의 안내를 통과한 뒤라, 첫인상이 꼭 마담 미네 홍등가의 밑 씻는 그릇처럼 조악해 보였다. 프레스콧이 문을 두드리며 이쪽을 향해 얼굴을 찌푸려 보이지 않았더라면 아마 실소를 금할 수 없었을 것이다.

"들어오시오."

푹 잠을 잔 덕분에 내 의식과 새 몸 사이의 상호 작용은 놀랄 만큼 좋아져 있었다. 나는 빌린 얼굴의 표정을 가다듬으며 프레스콧을 따라 사무실로 들어갔다.

나이만은 책상 앞에 앉아 보란 듯이 회색과 녹색 홀로그램 디스플레이 앞에서 일하고 있었다. 마르고 진지한 표정을 한 남자로 비싸 보이는 검은 정장과 짧고 깔끔한 머리에 어울리는 철테 체외 렌즈를 끼고 있었다. 렌즈 뒤의 표정은 약간 기분이 나쁜 듯했다. 프레스콧이 좀 늦을 거라고 택시에서 전화했을 때 그는 탐탁지 않은 반응을 보였지만, 아마 뱅크로프트가 미리 연락을 해 뒀는지 말 잘 듣는 아이처럼 뻣뻣한 투로 시간 조정을 받아들였던 것이다.

"우리 시설을 둘러보고 싶다고 하셨으니, 코바치 씨, 시작해 볼까요? 일정에서 몇 시간은 비워 놨습니다만 기다리는 고객들이 많습니다."

나이만의 태도는 어쩐지 교도소장 설리번을 상기시켰지만 보다 사근사근하고 성질을 덜 부리는 설리번 쪽이었다. 나는 나이만의 정장과 얼굴을 훑어보았다. 교도소장이 범죄인들 대신 갑부들이 들락거리는 저장소에서 평생 일을 했더라면 이런 사람이 되었을 것 같았다.

"좋습니다."

그 뒤는 상당히 따분했다. 사이카섹은 대부분의 디지털 인간 저장소와 마찬가지로 기본적으로 에어컨이 달린 거대한 창고였다. 우리는 얼터드 카본 제작자들이 권장한 대로 섭씨 7도에서 11도로 유지한 지하실의 방들을 거치며, 대형 30센티미터 확장판 디스크가 꽂힌 선반을 둘러보았고 저장실 벽을 따라 설치된 폭넓은 레일 위로 움직이는 복구 로봇에 감탄을 금치 못했다. 나이만은 자랑스럽게 말했다.

"모두 이중 시스템입니다. 모든 고객은 이 건물 다른 공간에 있는 서로 다른 두 개의 디스크에 보관됩니다. 무작위 생성 코드로 분류되기 때문에 중앙 프로세서만이 양쪽 디스크의 위치를 검색해 낼 수 있으며, 양쪽 디스크에 동시 접속을 막는 잠금장치가 되어 있습니다. 그러므로 고객의 정보에 손상을 입히려면 일단 시설에 침입해서 모든 보안 시스템을 두 차례 뚫어야 하지요."

나는 정중하게 알겠다는 신호를 보냈다.

"위성 업링크는 18개나 되는 위성 플랫폼 네트워크를 통해 이루어지며 임대 순서는 무작위입니다."

나이만은 본인의 판촉용 연설에 도취한 상태였다. 프레스콧도 나도 사이카섹 판촉 대상이 아니라는 점을 잊은 모양이었다.

"하나의 위성 플랫폼을 한 번에 20초 이상 임대하지 않습니다. 니들캐스트를 통해 이루어지는 원격 저장 업데이트의 전송 루트를 예측할 방법은 전혀 없습니다."

정확히 말하자면 사실이 아니었다. 충분한 용량과 적절한 구조를 지닌 인공지능만 있다면 곧 알아낼 수 있다. 하지만 그럴 개연성은 없다. 인공지능을 사용할 정도의 범인이라면 입자총*으로 머리를 날려서 죽일 필요까지도 없었을 테니까. 나는 프레스콧에게 불쑥 물었다.

"내가 뱅크로프트의 클론에도 접근할 수 있습니까?"

프레스콧은 어깨를 으쓱했다.

"법률적 관점에서요? 제가 아는 한 당신한테 백지 위임장을 준다는 것이 뱅크로프트 씨의 지시였습니다."

백지 위임장? 프레스콧은 아침 내내 이런 인상을 내게 풍기고 있었다. 그 단어는 두툼한 양피지 같은 느낌을 주었다. 정착 시대를 다룬 극에서 얼레인 매리엇 캐릭터가 읊을 만한 대사 같았다.

어쨌든, 여기는 지구니까. 나이만을 향해 돌아서자, 그는 마지못해 고개를 끄덕였다.

"절차가 있습니다."

우리는 1층으로 돌아가서 복도를 따라 걷기 시작했다. 베이시티 중앙교도소의 의식 입력 시설과는 너무나 달라 오히려 그쪽이 떠올랐다. 들것의 고무바퀴 자국도 없었고(몸을 운반하는 것은 에어쿠션 차량이었다.) 복도 벽은 파스텔 톤으로 칠해져 있었다. 바깥에서 군 벙커 정탐 구멍처럼 보였던 창문은 안쪽에서 보니 가우디풍의 물결무늬 창틀로 장식되어 있었다. 우리는 한쪽 구석에서 손으로 창문을 닦고 있는 여자를 지나쳤다. 나는 눈썹을 치켜올렸다. 낭비는 끝도 없었다.

나이만은 내 시선을 본 모양이었다.

"로봇 인력이 사람만큼 빠르게 수행할 수 없는 업무도 있습니다."

"그렇겠지요."

클론 은행이 왼쪽으로 나타났다. 화려한 철문과 대비되는 경사진 철문들은 모두 잠겨 있었다. 우리는 그중 한 문 앞에 섰고 나이만은 그 옆에 장치된 망막 스캔 장치에 눈을 갖다 댔다. 두께가 1미터에 이르는 텅스텐 재질의 문이 부드럽게 밖으로 열렸다. 안에는 길이 4미터의 방이 있었고 저쪽 끝에 비슷한 문이 하나 더 있었다. 우리가 안으로 들어서자 바깥문은 부드럽게 쿵 하고 닫히며 내 귀에 공기를 불어넣었다.

나이만은 쓸데없는 설명을 늘어놓았다.

"이건 밀폐실입니다. 클론 은행 안에 오염 물질이 들어가지 못하도록 음파 소독을 받을 겁니다."

소독이 진행 중이라는 뜻으로 천장의 불이 보랏빛으로 깜빡이더니 두 번째 문이 앞서와 마찬가지로 조용히 열렸다. 우리는 뱅크로프트 가족 은행 안으로 들어갔다.

전에도 비슷한 곳에 와 본 적이 있었다. 레일린 가와하라도 예비 클론을 뉴 베이징에 있는 이보다 작은 곳에 보관하고 있었고, 물론 특파 부대에도 무수히 많았다. 그래도 이만한 곳은 본 적이 없었다.

공간은 타원형이었고 지붕은 돔형이었으며 시설 2층 높이는 될 듯했다. 고향에 있는 신전 크기 정도는 될 정도로 거대했다. 조명은 졸린 듯한 오렌지색이었으며 기온은 혈액의 온도와 비슷했다. 온통 클론 포대였다. 조명과 똑같은 오렌지색의 반투명 포대 안에는 핏줄 같은 것이 뻗어 있었고, 그것이 천장에서 늘어뜨린 케이블과 영양 공급관에 매달려 있었다. 안의 클론도 희미하게 비처 보였다. 태아처럼 팔다리를 모으고 있었지만 다 자란 성체였다. 아니, 대부분이 그랬다. 돔 꼭대기 쪽에는 새로 생산된 몸이 배양되는 작은 포대들이 있었다. 포대 자체도 유기체였다. 자궁과 동일하지만 보다 튼튼하게 제작한 것으로 안의 태아와 함께 자라 아래쪽의 성체처럼 자라도록 되어 있었다. 줄줄이 매달린 포대는 세차고 병적인 바람이 불어와 흔들어 주기만을 기다리고 있는, 정신병자가 만든 모빌 같았다.

나이만은 헛기침을 했고, 들어서자마자 입을 딱 벌리고 얼어붙은 듯 서 있었던 프레스콧과 나는 그제야 정신을 차렸다.

"아무렇게나 배열해 놓은 것 같지만, 간격도 다 컴퓨터로 계산한 겁니다."

"알고 있습니다."

나는 고개를 끄덕이고 낮은 곳에 매달린 포대 쪽으로 다가갔다.

"프랙털로 산출하는 거지요?"

"아, 네."

내가 알고 있다는 것이 분한 듯한 대답이었다.

나는 안의 클론을 들여다보았다. 내 얼굴에서 몇 센티미터 떨어진 곳에 미리엄 뱅크로프트의 얼굴이 얇은 막 아래 양수 속에서 꿈꾸듯 잠들어 있었다. 팔은 가슴을 보호하듯이 오므리고 있었고 손은 턱 밑에서 가볍게 주먹을 쥐고 있었다. 머리카락은 두껍게 뱀처럼 한데 돌돌 말아 머리 위로 올려 무슨 그물 같은 것으로 덮여 있었다.

"가족 전체가 여기 있습니다."

프레스콧이 어깨 너머에서 중얼거렸다.

"남편, 부인. 아이들 61명. 대부분 클론이 한두 개 씩 있지만 뱅크로프트 씨와 부인은 각각 6개씩입니다. 대단하지요?"

"네."

망설이다. 나는 한 손을 뻗어 막 위로 미리엄 뱅크로프트의 얼굴을 만졌다. 따뜻한 막이 내 손 아래서 살짝 눌렸다. 영양 공급관과 배설물 배출관이 삽입된 지점 둘레로 흉터가 불룩 솟아 있었고, 조직 샘플을 채취하거나 수액으로 영양제를 공급했던 바늘 자국이 조그맣게 여기저기 나 있었다. 양막은 주사를 놓고 난 뒤에 저절로 아물게 되어 있었다.

나는 꿈꾸는 여인에게서 돌아서서 나이만을 향했다.

"대단히 훌륭합니다만 뱅크로프트 가족이 올 때마다 여기서 몸을 꺼내진 않을 것 같은데요. 탱크도 있겠지요?"

"이쪽입니다."

나이만은 따라오라고 손짓하더니 은행 안쪽 벽에 나 있는 또 하나의 압력문으로 향했다. 우리가 옆을 지나치자 가장 낮게 걸린 포대들이 으스스하게 흔들렸고, 나는 건드리지 않으려고 몸을 움츠려야 했다. 나이만의 손가락이 잠시 타란텔라 춤을 추듯 문에 달린 키패드 위를 달렸고, 우리는 길고 천장이 낮은 방으로 들어섰다. 아까의 자궁 속 같은 은은한 조명에서 갑자기 병원처럼 환한 불빛 속으로 들어오니 눈앞이 아찔했다. 어제 내가 깨어났던 탱크와 비슷한 철제 관 여덟 개가 벽을 따라 한 줄로 늘어서 있었다. 내가 태어났던 곳은 페인트칠도 되어 있지 않고 자주 사용하여 수없이 흠집이 나 있었지만, 여기 탱크는 반들거리는 크림

색이었고 내부를 들여다볼 수 있는 투명 관찰 유리와 각종 연결관 가장자리는 노란색으로 칠해져 있었다.

"생명유지실입니다. 저쪽 자궁과 기본적으로 같은 환경이지요. 여기서 모든 의식 입력이 이루어집니다. 자궁째로 클론을 가져와서 여기 넣지요. 탱크 내 영양액에는 양막을 분해하는 효소가 들어있기 때문에 아무런 충격 없이 이동이 이루어집니다. 오염 가능성을 완전히 없애기 위해 작업은 모두 합성 신체로 갈아입은 직원들이 수행하지요."

오우무 프레스콧이 갑갑하다는 듯 눈동자를 굴리는 모습이 곁눈으로 들어왔다. 내 입가에 히죽 미소가 떠올랐다.

"이 방에 들어올 수 있는 사람은 누구입니까?"

"저, 그리고 일일 암호를 부여받는 허가된 직원들입니다. 물론 소유주도 들어올 수 있지요."

나는 탱크 앞으로 천천히 걸음을 옮기며 탱크 발치마다 허리를 굽혀 설치된 데이터 디스플레이를 들여다보았다. 여섯 번째에 미리엄의 클론이 있었고 일곱 번째와 여덟 번째는 나오미의 클론이었다.

"딸은 두 번 냉동했습니까?"

"그렇습니다."

나이만은 어리둥절한 얼굴을 짓더니 약간 으쓱한 모양이었다. 프랙털 이야기에서 잃은 체면을 만회할 기회가 온 것이다.

"따님의 현재 상태는 못 들으신 모양입니다?"

"네, 심리 수술 중이라는 건 압니다. 그렇다고 클론이 두 개가 있을 이유는 없잖습니까?"

"음."

나이만은 더 이상의 정보를 제공하려면 법적 판단이 필요하다는 듯 프레스콧에게 눈길을 던졌다. 변호사는 헛기침을 했다.

"사이카섹은 뱅크로프트 씨에게서 자신과 직계가족의 예비 클론을 언제든지 하나는 꼭 확보해 놓으라는 지시를 받고 있습니다. 나오미 뱅크로프트 양이 스택 상태로 밴쿠버의 심리치료소에 있는 동안, 원래 몸과 클론 해서 두 개가 여기 저장되어 있는 거지요."

"뱅크로프트 가족은 몸을 즐겨 번갈아 가며 사용합니다."

나이만은 잘 아는 척 말했다.

"우리 고객들 중에는 그런 분이 많으신데, 그렇게 하면 신체의 손상을 방지할 수 있지요. 인체는 제대로 보관하면 상당 수준의 재생이 가능한데, 우리 회사는 보다 심각한 손상에 대해서도 완벽한 재생을 보장합니다. 상당히 합리적인 가격에서."

"그렇군요."

나는 마지막 탱크까지 갔다 돌아서서 나이만에게 씩 웃어 보였다.

"하지만 머리가 완전히 날아갔다면 손쓸 방도가 없겠지요?"

잠시 침묵이 흘렀다. 프레스콧은 천장 한쪽 구석만 쳐다보고 있었고 나이만의 입술은 똥구멍 비슷한 모양으로 딱딱하게 오므라들었다. 소장은 마침내 입을 열었다.

"대단히 고상하지 못한 말씀이십니다. '중요한' 질문이 더 있으십니까, 코바치 씨?"

나는 미리엄 뱅크로프트의 탱크 옆에 멈춰 서서 안을 들여다

126

보았다. 관찰 유리에 낀 습기와 젤 속에 묻혀 있었지만, 흐릿한 형체의 육감적인 모습은 알아볼 수 있었다.

"마지막 질문입니다. 몸을 바꾸는 시기는 누가 결정합니까?"

나이만은 자기 말에 대한 법률적 지지를 구하는 듯 프레스콧을 다시 힐끗 돌아보았다.

"나는 하지 않겠다는 요청이 특별히 없는 이상 스택 상태로 갈 때마다 몸을 교환하라는 지시를 뱅크로프트 씨로부터 직접 받고 있습니다. 이번에는 하지 않겠다는 요청이 없었습니다."

특파 부대의 직감에 걸리는 뭔가가 있었다. 뭔가 어딘가에 들어맞는 것 같다는 직감. 하지만 구체화시키기에는 너무 일렀다. 나는 방을 둘러보았다.

"입구는 모니터되고 있겠지요?"

"당연합니다."

나이만의 어조는 아직 싸늘했다.

"뱅크로프트가 오사카로 간 날에는 출입이 많았습니까?"

"평소 이상은 없었습니다, 코바치 씨. 출입 기록은 경찰이 이미 다 조사했습니다. 이제 와서 다시 이러는 게 무슨 의미가 있는지……."

"그래도 부탁합니다."

나는 나이만에게 눈길을 주지 않고 말했다. 내 말에 깔려 있는 특파 부대식의 어조에 나이만은 회로 차단기처럼 입을 다물었다.

두 시간 뒤 나는 앨커트래즈 이착륙장에서 날아올라 만 위로 상승하는 자동택시 안에서 창밖을 내다보고 있었다.

"찾으시던 건 찾았나요?"

나는 혹시 내게서 좌절감을 읽은 게 아닌가 하는 생각에 오우무 프레스콧을 흘끗 보았다. 이 몸에서 대부분의 외부 감정 발산 통로를 차단했다고 생각하고 있긴 했지만, 법정에 서 있는 증인의 의식 속에서 무의식적인 단서를 찾아낼 수 있도록 감정 이입 기능을 심은 변호사들이 있다는 이야기를 들은 적이 있었다. 여기는 지구이니만큼, 저주파 인체 및 음성 스캔 풀 패키지가 저 아름다운 오우무 프레스콧의 검은 머리 속에 장착되어 있다 해도 놀랄 일은 아니다.

8월 16일 목요일 뱅크로프트 일가의 클론 은행에 출입한 기록에는 흡사 화요일 오후의 미시마 상가처럼 의심스러운 흔적이 전혀 없었다. 오전 8시 뱅크로프트가 비서 둘과 함께 와서 옷을 벗고 대기 탱크로 들어갔다. 비서들은 옷을 챙겨 떠났다. 열네 시간 뒤 옆 탱크에 있던 다른 클론이 젤을 뚝뚝 흘리며 나와 조수에게 수건을 받아 들고 샤워실로 들어갔다. 의례적인 몇 마디 말고는 아무 대화도 없었다. 끝이었다.

나는 어깨를 으쓱했다.

"모르겠습니다. 아직은 뭘 찾고 있는지도 모릅니다."

프레스콧은 하품을 했다.

"그 완전 흡수 능력?"

"네, 맞습니다."

나는 프레스콧을 찬찬히 바라보았다.

"특파 부대에 대해 많이 알고 계시는군요?"

"약간. 유엔 재소에 대한 글을 썼죠. 이런저런 용어에 익숙해졌어요. 그래, 지금까지는 뭘 흡수하셨죠?"

"수사 당국에서 별게 없다고 말하는 부분에 상당히 구린 구석이 많다는 점 정도. 사건을 지휘하는 경감은 만나 보셨습니까?"

"크리스틴 오르테가. 그럼요. 잊을 수가 없지요. 일주일 내내 책상 하나 사이에 놓고 서로 고래고래 소리쳤으니까."

"인상은?"

프레스콧은 놀란 듯했다.

"오르테가에 대해서? 내가 아는 한 좋은 경찰이라는 정도. 아주 집요하다는 평판이 있죠. 유기체손상과는 경찰 부서 중에서도 거친 남자들이 많은 곳이니까, 그런 평판을 얻는 게 쉽지 않겠죠. 사건 수사도 효율적으로 했고……."

"하지만 뱅크로프트의 마음에는 들지 않았다."

잠시 침묵. 프레스콧은 신중한 눈빛으로 나를 보았다.

"효율적으로 했다고 했지, 집요했다고는 말하지 않았어요. 오르테가는 자기 할 일을 했지만……."

"하지만 메트족은 별로 좋아하지 않죠?"

다시 침묵.

"소문에 밝군요. 코바치 씨."

나는 겸손하게 말했다.

"이런저런 용어에 익숙해진 거지요. 뱅크로프트가 메트족이 아니었다면 오르테가가 수사를 종료하지 않았을 거라고 생각하십니까?"

프레스콧은 잠시 생각에 잠겼다가 천천히 입을 열었다.

"그건 흔한 편견인데요. 하지만 오르테가가 그 때문에 수사를 종료했다고는 생각지 않아요. 아마 투자한 만큼 성과가 없을 거라고 판단했겠죠. 경찰 승진 시스템은 해결해 낸 사건 수에도 부분적으로 영향을 받으니까. 이번 사건에는 신속한 해결책이 보이지 않았고 뱅크로프트 씨도 어쨌든 살아 있으니까……."

"다른 할 일이 많다?"

"그렇죠. 그 비슷한 판단이겠죠."

나는 창밖을 다시 내다보았다. 택시는 고층 건물과 그 사이의 붐비는 거리 위를 날고 있었다. 지금 눈앞에 놓인 문제와는 아무 상관없는 오래된 분노가 조금씩 쌓이기 시작하는 것을 느낄 수 있었다. 특파 부대에서 보낸 세월 동안 쌓인 뭔가가, 영혼의 표면 위에 실트처럼 내려앉은 익숙한 감정의 찌꺼기가. 버지니아 비도라, 이네닌에서 내 품 안에 안겨 죽어가던 지미 드 소토, 세라…… 어떤 시각으로 바라보든, 패배자의 목록이다.

나는 추억을 닫았다.

눈 밑의 흉터가 따끔거렸고 손가락 끝이 니코틴을 갈망하듯 간질거렸다. 나는 흉터를 문질렀다. 주머니 안의 담배는 꺼내 들지 않았다. 오늘 아침 언제쯤인가, 나는 금연하기로 결심했다. 문득 한 가지 생각이 떠올랐다.

"프레스콧, 내 이 몸은 당신이 고른 거지요?"

"네?"

망막 내에 삽입된 정보를 읽느라, 그녀는 잠시 뒤에야 내게 초점을 맞추었다.

"뭐라고 하셨죠?"

"이 몸 말입니다. 당신이 고른 겁니까?"

그녀는 이맛살을 찌푸렸다.

"아뇨. 뱅크로프트 씨가 직접 고른 걸로 알고 있어요. 우리는 조건에 맞는 목록만 드렸죠."

"아니, 뱅크로프트 씨는 변호사들이 알아서 했다고 하던데요. 확실하게."

"아."

이마의 주름이 사라졌다. 그녀는 희미하게 미소 지었다.

"뱅크로프트 씨에게는 유능한 변호사들이 많이 있지요. 그렇다면 아마 다른 사무실을 통해서 처리하셨나 보네요. 왜 그러시죠?"

나는 툴툴거렸다.

"아닙니다. 전에 이 몸을 갖고 있던 사람은 흡연자였는데 난 아니라서. 정말 성가시군요."

프레스콧의 미소에 알겠다는 빛이 떠올랐다.

"끊으실 건가요?"

"시간이 있으면. 뱅크로프트가 내건 조건은 내가 사건을 해결하면 비용 없이 다시 다른 몸을 입을 수 있다는 조건이었으니까 장기적으로 보면 별 상관없긴 합니다. 그냥 아침마다 목구멍에 흙이 잔뜩 낀 기분으로 일어나는 게 싫어서 그렇지."

"할 수 있을 것 같아요?"

"금연을?"

"아니. 사건 해결 말예요."

나는 무표정한 얼굴로 그녀를 보았다.

"내겐 다른 선택의 여지가 없습니다, 변호사. 내 계약 조건은 알고 있겠지요?"

"네. 내가 작성했으니까."

프레스콧은 무표정한 시선으로 나를 마주 보았다. 그 눈빛 아래 일말의 불편함이 깔려 있지 않았다면, 어쩌면 나는 뻣뻣한 손을 들어 그녀의 코뼈가 머릿속으로 움푹 기어들어가도록 한 대 쳐 버렸을지도 모른다.

"어쨌든."

나는 이렇게 말하고 다시 창밖을 내다보았다.

개 같은 메트족 새끼야 네가 보는 앞에서 네 마누라 구멍에 주먹을 처넣어 주겠다

나는 헤드셋을 벗고 눈을 깜빡였다. 텍스트 메시지는 조악하지만 효과적인 가상 영상 메시지와 머리가 웅웅거릴 정도의 초저주파음을 동반하고 있었다. 책상 너머에서 프레스콧이 동감한다는 듯한 눈으로 나를 쳐다보고 있었다.

"끝까지 이런 식입니까?"

나는 물었다.

"음, 점점 두서가 없어지죠."

프레스콧은 데스크탑 위에 둥둥 떠 있는 홀로그래피 디스플레이 쪽을 가리켰다. 내가 접속 중인 파일들이 서늘한 청색과 녹색으로 깜빡이고 있었다.

"우린 이걸 광기의 주절거림이라고 부르죠. 사실 제정신이 아닌 사람들이라 진짜 위협이 되진 않지만 그래도 이런 사람들이 있다는 사실 자체가 그리 기분 좋지는 않아요."

"오르테가가 범인을 잡은 적도 있습니까?"

"이건 그쪽 업무가 아니에요. 이쪽에서 귀찮게 항의하면 전송법 위반과에서 가끔 몇 사람 잡아들이지만 유포 기술이 워낙 발달하다 보니 연기 위에 그물을 펼치는 꼴이죠. 잡아들인다 해도 기껏 받아 봐야 저장소행 몇 달이에요. 시간 낭비죠. 뱅크로프트가 삭제해도 좋다고 할 때까지 주로 그냥 보관만 해 두고 있어요."

"지난 6개월 동안은 새로운 게 없었습니까?"

프레스콧은 어깨를 으쓱했다.

"광신도들 정도. 결의안 653조 때문에 가톨릭 신도들에게서 오는 게 좀 늘었어요. 뱅크로프트 씨가 유엔 재판소의 막후 실력자라는 건 상식에 속하니까. 아, 그리고 그가 홀에 두고 있는 송스파이어 때문에 화성 고고학계에서도 좀 날아오지요. 거기 설립자가 기압복이 새는 바람에 순교한 기념일이 저번 달이었거든요. 하지만 이런 사람들은 선터치 하우스 경내 보안망을 뚫고 들어올 정도의 능력이 안 돼요."

나는 의자를 뒤로 젖히고 천장을 응시했다. 회색 새들이 남쪽을 향해 브이 자 편대로 날고 있었다. 서로를 향해 지저귀는 새소리도 희미하게 들렸다. 프레스콧의 사무실 인테리어는 환경 친화적 포맷으로 되어 있었는데, 내부의 여섯 벽에 모두 가상 이미지가 투영되어 있었다. 지금 회색 철제 책상은 해가 저물기 시작하는 비스듬한 풀밭 중턱에 약간 어색하게 자리 잡고 있었는데 저 멀리 작은 규모의 소 떼도 보였고 가끔 새소리도 들려왔다. 해상도는 내가 본 것 중에서 최상급이었다.

"프레스콧, 레일라 베긴에 대해서 말씀해 주십시오."

이어지는 침묵에 내 시선은 다시 지상으로 돌아왔다. 오우무 프레스콧은 들판 한쪽 구석을 바라보고 있었다.

"크리스틴 오르테가가 말했나 보군요."

그녀는 천천히 말했다.

"네."

나는 의자를 세웠다.

"그 사람에 대해 알아보면 뱅크로프트에 대해서도 좀 더 잘 알게 될 거라고 하더군요. 솔직히 말하자면, 당신한테 알아보라고 했습니다."

프레스콧은 의자를 돌려 나를 바라보았다.

"그 문제가 이번 사건과 무슨 관련이 있는지 모르겠는데요."

"그래도 해 보시죠."

"그러죠."

퉁명스러운 목소리. 프레스콧의 얼굴에 도전적인 표정이 떠올랐다.

"레일라 베긴은 창녀였어요. 지금도 그럴지는 모르겠는데. 50년 전 뱅크로프트가 그 여자의 고객 중 한 명이었어요. 우여곡절 끝에 미리엄 뱅크로프트가 그 사실을 알게 됐죠. 부인은 샌디에이고 어느 축제에서 레일라 베긴을 만나서 욕실로 데려간 다음 심하게 두드려 팼어요."

나는 어리둥절하여 테이블 너머로 프레스콧의 얼굴을 살폈다.

"그뿐입니까?"

"아니, 끝이 아니에요, 코바치."

그녀는 피곤한 듯 말했다.

"베긴은 당시 임신 6개월이었어요. 얻어맞아서 유산했죠. 태아에게는 물리적으로 스택을 장치할 수가 없기 때문에, 영구적 사망이 되고 만 거예요. 30 내지 50년 형감이죠."

"뱅크로프트의 아이였습니까?"

프레스콧은 어깨를 으쓱했다.

"알 수 없어요. 베긴은 태아에 대한 친자 확인 검사를 거부했어요. 아버지가 누구인지는 중요한 일이 아니라면서. 아마 확실히 아니라는 결론이 나는 것보다 모호하게 해 두는 편이 더 기삿거리가 되겠다 싶었겠지."

"너무 비탄에 젖어서였을 수도 있잖습니까."

"참 나, 코바치."

프레스콧은 짜증스럽게 이쪽으로 한 손을 저었다.

"오클랜드의 창녀였다니까요."

"미리엄 뱅크로프트도 저장소로 갔습니까?"

"아뇨. 아마 오르테가도 그 점 때문에 그런 것 같은데. 뱅크로프트는 모든 관련자를 매수했어요. 증인, 언론, 베긴조차 결국 위로금을 받아들였죠. 합의로 끝났어요. 로이드사에 클론 보험을 들고 창녀 짓을 그만둬도 될 만큼 두둑했죠. 두 번째 옷을 입고 브라질인가 어디 산다고 들은 게 마지막이에요. 하지만 이건 50년 전 일입니다, 코바치."

"당신도 그때 있었습니까?"

프레스콧은 책상 위로 몸을 기울였다.

"아뇨. 크리스틴 오르테가도 없었어요. 오르테가가 그 문제를 입에 올린다는 게 난 그 때문에 역겨운 거예요. 아, 지난달 경찰 수사를 접을 때도 그 소릴 싫도록 들었죠. 오르테가는 베긴을 만나 본 적도 없어요."

"도덕적 원칙의 문제인 것 같습니다만."

나는 부드럽게 말했다.

"뱅크로프트는 아직도 정기적으로 창녀를 찾아갑니까?"

"그건 내가 상관할 바가 아니에요."

나는 홀로그래피 디스플레이에 손가락을 쑤셔 넣고 색깔을 띤 파일들이 손가락 주변으로 왜곡되는 모습을 바라보았다.

"상관하셔야 할지도 모릅니다, 변호사. 성적인 질투심은 중요한 살인 동기니까요."

"미리엄 뱅크로프트는 거짓말탐지기가 그 질문을 했을 때 통과했다는 점을 알려드리고 싶네요."

프레스콧은 날카롭게 대꾸했다.

"뱅크로프트 부인을 말하는 게 아닙니다."

나는 디스플레이에서 손을 떼고 책상 너머로 변호사의 눈을 쳐다보았다.

"혹시 있을지도 모르는 다른 수백만의 상처들, 메트족에게 당한 것을 마음에 품고 있는 더 많은 수의 가족과 혈연들을 말하는 겁니다. 그중에는 잠입 전문가가 있을 수도 있고 이상한 사이코패스 같은 놈도 있을 수 있겠죠. 즉 뱅크로프트 저택에 침입해서 그를 쏠 수 있는 사람 말입니다."

저 멀리 소 한 마리가 구슬프게 울었다. 나는 홀로그래피 쪽으로 손짓했다.

"어떻습니까, 프레스콧. 이중에 내 여자, 내 딸, 내 누이, 내 어머니에게 네가 저지른 짓……으로 시작되는 메시지가 과연 없을까요?"

프레스콧의 대답은 필요 없었다. 얼굴에서 읽을 수 있었던 것이다.

기울어 가는 태양이 책상 위로, 풀밭 저편 나무 위에 앉은 새소리 위로 비스듬히 줄무늬를 드리우고 있었다. 오우무 프레스콧은 데이터베이스 키보드를 향하더니 자주색의 타원형 홀로그래피를 불러냈다. 나는 홀로그래피가 마치 입체파 화가가 그린 난초 그림처럼 활짝 피어나는 모습을 지켜보았다. 등 뒤에서 소 한 마리가 다시 체념한 듯 구슬프게 불만의 울음소리를 냈다.

나는 헤드셋을 다시 썼다.

마을 이름은 엠버였다. 지도에서 찾아보니 베이시티 북쪽으로 200킬로미터 떨어진 해변 도로상에 있었다. 그 옆의 바다에는 비대칭의 노란 기호가 있었다.

"프리트레이드호."

프레스콧이 어깨 너머로 들여다보며 말했다.

"항공모함이에요. 최후의 초대형 전투함이죠. 식민지 시대 초창기에 어떤 바보 때문에 좌초했는데, 관광객들이 몰려오니까 주변에 도시가 형성됐어요."

"관광객들?"

그녀는 나를 보았다.

"큰 배니까요."

나는 프레스콧의 사무실에서 두 블록 떨어진 허름한 대여점에서 구닥다리 지상 자동차를 빌린 다음 녹색 현수교를 건너 북쪽으로 향했다. 생각할 시간이 필요했다. 해안도로는 유지 보수 상태가 좋지 않았지만 거의 차가 없었기 때문에, 나는 도로 복판의 노란 선을 타고 시속 240킬로미터로 질주했다. 라디오는 청취 문화권을 대체로 종잡을 수 없는 채널의 연속이었지만 한참 돌린 끝에 아무도 굳이 방송 중단 명령을 내리지 않은 신마오주의 선전이 통신위성을 통해 흘러나오는 채널을 찾을 수 있었다. 정치과잉의 정서와 감상적인 가라오케 곡의 조합이 매력적이었다. 차창 밖을 스치는 바다 냄새가 열린 창문으로 흘러 들어왔고 눈앞에는 도로가 끝없이 펼쳐졌다. 잠깐이나마 특파 부대와 이네닌, 그 이후 일어났던 모든 일들을 잊을 수 있었다.

긴 커브를 돌아 엠버 시내로 들어설 때쯤, 해는 기울어진 프리트레이드호 비행 갑판 너머로 지고 있었고 마지막 햇살이 난파된 배 양쪽으로 밀려오는 파도를 눈에 띄지 않을 정도로 살짝 분홍색으로 물들이고 있었다. 프레스콧이 옳았다. 큰 배였다.

나는 주변 건물들을 존중하여 속도를 늦췄다. 도대체 얼마나 멍청한 놈이 이렇게 큰 배를 이렇게 해안 가까이까지 몰고 왔을까. 뱅크로프트는 알지도 모른다. 그 시절에도 아마 살았을 테니까.

엠버 중심가는 바닷가를 따라 마을 전체를 끝에서 끝까지 잇고 있었고, 도로와 바다 사이에는 위풍당당한 종려나무 가로수와 신 빅토리아풍의 철제 세공 난간이 늘어서 있었다. 나무 둥치마다 매달려 있는 홀로그래피 송출기에서는 모두 '슬립슬라이드 앙카나 살로마오 앤드 리오 전신극'이라는 문구로 장식된 똑같은 여자 얼굴이 흘러나오고 있었다. 얼마 되지 않는 사람들이 밖을 서성거리며 목을 죽 빼고 영상을 쳐다보고 있었다.

나는 도로를 따라 천천히 지상 자동차를 몰며 건물들을 살펴보았고, 3분의 2쯤 왔을 때 마침내 찾던 것을 발견했다. 나는 그 건물 앞을 50미터쯤 지나 조용히 차를 세운 뒤 잠시 그대로 앉아 상황을 지켜보다가 아무 일도 일어나지 않자 차에서 내려 걸어서 길을 따라 되돌아갔다.

엘리엇의 '데이터 링크' 중개업소는 버려진 철물 껍데기 사이에서 갈매기가 먹이 찌꺼기를 놓고 끽끽거리며 싸우는 공터와 화공약품 상점 사이의 좁은 건물이었다. 열린 상점 문은 고물 평면 모니터로 고정시켜 놓았고 안은 곧장 기계실이었다. 나는 가게 안으로 들어가서 여기저기 시선을 던졌다. 두 개씩 뒷면을 맞댄 콘솔 네 개가 긴 플라스틱 안내 카운터 뒤에 자리 잡고 있었다. 그 뒤쪽에는 벽이 유리로 된 사무실로 들어가는 문이 있었다. 안쪽 벽에 늘어선 모니터 일곱 대 안에서는 알아볼 수 없는 데이터가 줄줄이 아래로 스크롤되고 있었다. 스크린 사이에 휑하게 빈 공간이 아마 문을 고정시킨 모니터가 있던 자리인 모양이었다. 모니터 뒤쪽 벽의 페인트에는 선반이 무게를 견디느라 미끄러져 긁힌 자국들이 나 있었다. 첫 번째 모니터를 작살낸 원인이 아마 전염성이었던 모양인지, 빈 공간 다음에 자리 잡은 스크린조차 이리저리 깜빡이고 있었다.

"무슨 일이십니까?"

나이를 짐작할 수 없는 야윈 얼굴의 남자가 콘솔 장비 모퉁이에서 고개를 내밀었다. 불을 붙이지 않은 담배를 입에 물고 있었고, 오른쪽 귀 뒤의 회로에 케이블이 연결되어 있었다.

"네, 빅터 엘리엇을 찾고 있습니다."

그는 내가 들어온 쪽을 가리켰다.

"저 앞에 있습니다. 난간에 늙은 남자 보이죠? 난파선을 바라보는 사람. 그 사람입니다."

문밖의 저녁 풍경을 내다보자, 난간에 혼자 서 있는 사람이 눈에 들어왔다.

"엘리엇 씨가 여기 주인이 맞습니까?"

"네. 무슨 업보인지."

데이터공(工)은 씩 웃더니 주위를 손짓했다.

"엘리엇 씨가 사무실에 꼭 있어야 할 이유도 없죠. 장사가 이 모양인데."

나는 고맙다고 말한 뒤 거리로 다시 나갔다. 햇빛이 서서히 기울면서 앙카나 살로마오의 홀로그래피 얼굴은 점점 어두워지는 하늘 아래 조금씩 빛을 더해 가고 있었다. 나는 배너 밑을 지나 난간에 기댄 남자 옆으로 다가가 검은 철봉 위에 두 팔을 걸쳤다. 내가 옆에 서자 그는 돌아보더니 고개를 한번 끄덕여 보이고는, 서로 녹아든 바다와 하늘 사이에서 무슨 틈새라도 찾으려는 듯 수평선만 응시했다.

"주차 한번 살벌하게도 했구먼."

나는 난파선 쪽을 가리키며 말했다. 남자는 생각에 잠긴 눈으로 나를 돌아보더니 대꾸했다.

"테러리스트 짓이라고들 하지."

목을 너무 힘들게 쓰다가 어디가 상한 듯한, 공허하고 무심한 목소리였다.

"아니면 폭풍에 소나가 고장났든가. 양쪽 다일지도 모르지."

"혹시 보험금을 노렸을지도 모르지요."

나는 말했다. 엘리엇은 좀 더 날카로운 눈으로 나를 다시 쳐다보았다.

"당신은 여기 사람이 아니군?"

이번에는 약간 흥미가 동한 목소리였다.

"아닙니다. 그냥 지나가다가."

"리오에서 왔소?"

그는 앙카나 살로마오를 가리켰다.

"예술가요?"

"아닙니다."

"아."

그는 잠시 생각에 잠겼다. 대화의 기술조차 잊어버린 것 같았다.

"움직이는 게 꼭 예술가 같은데."

"비슷하게 맞혔습니다. 군용 뉴라켐 때문이죠."

남자는 알아들었지만, 눈빛이 잠시 반짝했을 뿐 그 이상의 놀람은 드러나지 않았다. 그는 천천히 나를 아래위로 훑어보다가 다시 바다로 시선을 돌렸다.

"날 찾으러 온 거요? 뱅크로프트가 시켜서?"

"그렇다고 할 수 있죠."

그는 입술을 축였다.

"날 죽이러?"

나는 주머니에서 복사물을 꺼내 그에게 건네주었다.

"몇 가지 질문하러 왔습니다. 이거 당신이 보낸 겁니까?"

그는 소리 없이 입술을 움직이며 읽었다. 그가 다시금 음미하는 말들이 머릿속에서 들려오는 것 같았다. ……내게서 딸을 빼앗아 간 대가로…… 네 머리의 살을 태울 것이다……. 몇 날 몇 시인지는 절대 알 수 없을 것이다……. 안전한 곳은 없다……. 대단히 독창적인 문장은 아니었지만 절절하고 명료했기 때문에 프레스콧이 기록에서 보여 주었던 그 어떤 독설보다 더 위험스러워 보였다. 또한 뱅크로프트의 살해 방식까지 정확히 지목하고 있었다. 입자총은 뱅크로프트의 두개골 겉에 붙은 살을 바짝 태운 뒤 그 안의 달아오른 내용물을 방 반대편 벽을 향해 폭발시켰던 것이다.

"내가 쓴 거요."

엘리엇은 조용히 말했다.

"지난달 누군가 로렌스 뱅크로프트를 암살하려 했다는 건 알고 있겠지요."

그는 내게 종이를 돌려주었다.

"그렇소? 내가 듣기로는 자기가 자기 머리를 날렸다던데."

"음, 그럴 가능성도 있습니다."

나는 종이를 구겨서 아래쪽 해변에 있는 쓰레기로 가득 찬 수레 안에 던졌다.

"하지만 내가 고용된 건 그 가능성을 진지하게 검토하기 위해서가 아닙니다. 안됐지만 뱅크로프트의 사인은 아까 당신이 쓴 그 문장과 섬뜩할 정도로 가깝습니다."

"내가 한 짓이 아니오."

엘리엇은 담담하게 말했다.

"그렇게 말할 거라고 생각했습니다. 뱅크로프트를 죽인 사람은 물샐틈없는 보안망을 뚫고 들어왔는데 당신이 해병 전술대 하사 출신만 아니었어도 그 말을 믿을 수도 있을 겁니다. 할란스 월드에서 전술대원들을 좀 알고 지냈는데, 그중에는 암살 일을 하는 친구들도 있었지요."

엘리엇은 호기심 어린 눈으로 나를 쳐다보았다.

"당신 메뚜기요?"

"뭐요?"

"메뚜기. 외계인."

"그렇습니다."

엘리엇이 애당초 내게 위협을 느꼈는지 어쩐지는 몰라도, 경계심은 점점 엷어져 가고 있었다. 특파 부대 카드를 내밀어 볼까도 생각해 보았지만 그럴 필요까지는 없을 것 같았다. 어쨌든 계속 입을 열고 있으니까.

"외계에서까지 사람을 데려올 필요는 없었을 텐데. 이번 사건에서 당신 자격은 뭐요?"

"사립 탐정 격이죠. 범인을 찾기 위한."

엘리엇은 코웃음 쳤다.

"그리고 내가 범인인 것 같다?"

그렇게 생각하지는 않고 있었지만 굳이 반박하지는 않았다. 그런 오해 때문에 우월감이 든다면 대화를 계속 이어 나가는 데 도움이 될 것이다. 그의 눈에 불꽃 같은 것이 떠올랐다.

"내가 뱅크로프트의 저택에 침입할 수 있을 거라고 생각한 거요? 내 힘으로 불가능한 일이라는 걸 나는 알지. 보안 시설 내역을 찾아봤으니까. 들어갈 방법이 있었다면 벌써 1년 전에 시도해서 정원에 그자의 몸을 조각조각 뿌려 놨을 거요."

"따님 때문에?"

"그렇소. 내 딸 때문이오."

분노에 언성이 점점 높아지고 있었다.

"내 딸, 그리고 그 애와 같은 일을 당한 다른 모든 사람들 때문에. 딸은 그때 어린애였소."

그는 입을 다물고 다시 바다를 응시하더니, 얼마 뒤 프리트레이드호를 가리켰다. 기울어진 비행 갑판 위 무대로 보이는 빈 공간 가장자리를 따라 작은 불빛들이 반짝이고 있었다.

"딸애가 원한 건 저거였지. 오로지. 전신극. 앙카나 살로마오와 리안 리처럼 되는 것. 그 애가 베이시티에 간 것도 거기 연줄이 있다고 해서, 도와줄 수 있는 사람이……"

목소리가 갈라지더니 멈췄다. 그는 나를 쳐다보았다. 점원이 그를 늙었다고 한 이유를 그제야 깨달을 수 있었다. 몸은 군 하사관답게 탄탄하고 허리선도 아직 거의 튀어나오지 않았지만, 오랫동안의 고통으로 인한 굵은 주름이 여기저기 패어 있는 얼굴만 늙어 있었다. 눈에는 눈물이 글썽글썽했다.

"틀림없이 성공했을 텐데. 예쁜 애였단 말이오."

그는 주머니를 뒤져 뭔가를 찾았다. 나는 담배를 꺼내 한 대 권했다. 그는 반사적으로 받아 들고 담뱃갑에 부착된 점화 패치로 불을 붙였지만, 주머니는 계속 뒤지더니 마침내 작은 코닥 크리스털을 꺼냈다. 이런 장면은 정말 보고 싶지 않았지만 내가 미처 뭐라 말하기도 전에 그는 크리스털을 작동시켰다. 우리 사이에 작은 큐브 모양의 이미지가 나타났다.

그의 말이 맞았다. 엘리자베스 엘리엇은 금발에 날씬한 몸, 미리엄 뱅크로프트보다 겨우 몇 살 더 적어 보이는 미인이었다. 전신극에 출연할 정도로 굳은 결의와 정력의 소유자였는지는 이미지 상으로 알아볼 수 없었지만, 한번 시도해 볼 정도는 충분한 것 같았다.

홀로그래피 속에서 그녀는 엘리엇과, 엘리자베스가 나이 들면 거의 정확히 그렇게 될 듯한 여자 사이에 서 있었다. 세 사람은 잔디밭 같은 곳에서 밝은 햇살 아래 찍혀 있었는데, 사진 상으로는 나타나지 않는 나무 때문에 나이 든 여자의 얼굴 위에 그림자가 약간 드리워진 것이 흠이었다. 나이 든 여자는 구도의 결함을 알아차린 건지 얼굴을 찌푸리고 있었지만, 이마 사이에 아주 살짝 골이 패는 정도로 작은 표정이었다. 이런 결함도 너무나 행복이 넘쳐흐르는 모습으로 덮고 남았다.

"이제 없소."

엘리엇은 내가 누구를 주목하고 있는지 알아차린 듯 말했다.

"4년 전에. '디핑(Dipping)*'이 뭔지 아시오?"

나는 고개를 저었다. *현지의 특징.* 버지니아 비도라가 내 귀에 속삭이는 듯했다. *흡수할 것.*

엘리엇은 시선을 들었다. 잠시 나는 그가 앙카나 살로마오 홀로그래피를 보고 있다고 생각했지만, 그의 머리는 그 너머 하늘을 향하고 있었다.

"저기 저 위에."

젊디젊던 딸에 대해 이야기했을 때처럼 그의 음성은 다시 갈라졌다. 나는 기다렸다.

"저 위에, 통신위성들이 있소. 정보를 비처럼 뿌리는. 통신위성을 표기한 가상 지도를 보면 마치 누가 목도리를 짜 놓은 것 같지."

그는 반짝이는 눈매로 다시 나를 바라보았다.

"아이린이 한 말이오. 세계에 목도리를 짜 놓은 것 같다고. 그 목도리의 일부는 인간이지. 몸에서 몸으로 건너뛰며 살아가는, 디지털화된 부자들. 질서 정연하게 모아 놓은 기억과 감정과 생각의 실타래들."

그제야 그가 무슨 말을 하려는지 알 수 있었지만 나는 침묵을 지켰다.

"아이린처럼 솜씨가 좋으면, 그리고 장비만 있으면 그 위성 신호를 샘플링할 수 있소. 그걸 마인드바이트*라고 하지. 공주 같은 패션모델, 입자 이론가의 생각들, 왕의 어린 시절 추억. 이런 것들을 거래하는 시장이 있소. 일반 잡지에 이런 사람들의 머릿속을 편집한 파일이 실리기도 하지만 그건 모두 소유자 허가 하에 검열된 것들이지. 대중 소비용으로. 아무도 얼굴 붉히지 않고 인기에 손상을 입히지도 않을 만한, 판에 박힌 멋진 미소만 뿌리는. 사람들이 진정 원하는 건 그런 게 아니오."

그 점은 의심스러웠다. 할란스 월드에서도 스컬워크(skullwalk)* 잡지 시장이 크긴 하지만, 소비자들의 항의가 들어오는 경우는 거기 나온 유명 인사가 인간적인 나약함을 보일 때다. 대중의 항

146

의를 가장 많이 불러일으키는 것은 불륜과 폭력적인 언어다. 이해할 수 있는 일이다. 자기 머리 밖에서 그렇게 많은 시간을 보내고 싶을 정도로 불쌍한 인생들이라면 자기들이 존경하는 상류 계급의 두개골 속에도 똑같이 기본적인 인간 현실이 펼쳐지는 것을 보고 싶지 않은 것이다.

"마인드바이트로는 뭐든지 얻을 수 있소."

엘리엇의 말투는 아내에게서 접목된 듯한 독특한 열의를 띠고 있었다.

"의혹, 추잡한 생각, 인간적인 속성. 사람들은 엄청난 돈을 주고 이런 것들을 사지."

"하지만 불법 아닙니까?"

엘리엇은 자기 이름을 단 가게를 가리켰다.

"데이터 시장은 죽었소. 브로커가 너무 많아. 포화 상태지. 우리는 우리 부부에다 엘리자베스까지 클론 보험과 의식 입력 보험료를 내야 했소. 제대 연금으로는 부족했지. 내가 어떻게 할 수 있었겠소?"

"부인은 몇 년이나 받았습니까?"

나는 부드럽게 물었다. 엘리엇의 시선은 바다를 향했다.

"30년 형."

얼마 뒤 시선을 여전히 바다로 향한 채, 엘리엇은 말했다.

"6개월 동안은 괜찮았는데, 어느 날 스크린을 켜 보니 어느 대기업 협상가가 아이린의 몸을 입고 있더군."

그는 반쯤 내게로 돌아서서 웃음 같은 소리를 내뱉었다.

"기업이 베이시티 저장소에서 직접 사들였다고 들었소. 내가 낼 수 있는 돈의 다섯 배를 지불하고. 한데 그 여편네는 그 몸도 번갈아 가면서 몇 달씩 입는다나."

"엘리자베스도 알고 있었습니까?"

그는 도끼날을 내려찍듯 고개를 한번 끄덕였다.

"어느 날 밤 나한테서 들었소. 난 정보에 취해 멍한 상태였소. 하루 종일 스택을 검색하며 일감을 찾느라. 여기가 어딘지, 무슨 일이 벌어지는지 전혀 몰랐소. 딸애가 뭐라고 했는지 알고 싶소?"

"아니오."

나는 중얼거렸다. 그는 내 말을 듣지 않았다. 철제 난간 위에 놓인 그의 주먹 마디가 하얗게 되어 있었다.

"이러더군. '걱정 마세요, 아빠. 내가 돈을 많이 벌어서 엄마 몸을 다시 살게요.'"

상황은 걷잡을 수 없이 흘러가고 있었다.

"이봐요, 엘리엇. 따님은 안됐습니다만, 뱅크로프트가 갈 만한 곳에서 일하지는 않았다고 들었습니다. '제리스 클로즈드 쿼터'는 하우스라고 할 수는 없잖습니까?"

느닷없이 이쪽으로 휙 돌아서는 퇴역 군인의 눈과 주먹에는 맹목적인 살인이라도 할 것 같은 기세가 실려 있었다. 그를 탓할 수는 없었다. 지금 그의 눈앞에 보이는 것은 뱅크로프트뿐인 것이다.

하지만 특파 부대 앞에서 선수를 치기란 불가능하다. 군에서 받은 특수 훈련이 가만히 보고 있지 않는다. 나는 그 자신조차 깨닫기 전에 이미 공격이 가해질 것을 알고 있었고, 몇 만 분의 일 초가 지나자 빌린 몸의 뉴라켐이 작동되기 시작했다. 그는 내가 막으리라고 생각한 방어선 아래쪽을 겨냥해서 갈비뼈를 부숴 놓으려고 주먹을 휘둘렀다. 하지만 방어선은 거기가 아니었고, 나도 어느새 그 위치에 없었다. 나는 그가 휘두른 훅 안쪽으로 파고들어 내 몸무게로 균형을 흐트러뜨리고 한쪽 다리를 그의 다리 사이에 걸었다. 그런 다음 난간을 등지고 비틀거리며 물러서는 그의 명치끝에 통렬한 어퍼컷을 한 방 날렸다. 그의 얼굴이 잿빛으로 변했다. 나는 몸을 앞으로 기울여 그의 몸을 난간에 밀어붙이고 엄지손가락 마디와 다른 손가락으로 목을 눌렀다.

"이 정도면 충분해."

나는 약간 숨을 몰아쉬며 말했다. 빌린 몸의 뉴라켐은 예전 특파 부대에서 사용했던 뉴라켐 시스템보다 거칠었다. 과도하게 사용할 때는 피하에 철망을 덮어씌우는 느낌이 들었다.

나는 엘리엇을 내려다보았다. 내 눈과 주먹 하나 폭 정도의 거리에 있는 그의 눈은 내가 목을 틀어잡고 있는데도 아직 분노에 타고 있었다. 그는 잇새로 씩씩거리는 소리를 내며 내 손아귀를 벗어나 어떻게든 공격해 보려고 발버둥을 쳤다. 나는 그를 난간 쪽으로 밀어내고 한 팔로 신중하게 내게서 떼어놓았다.

"난 여기서 무슨 결론을 내리려는 게 아니오. 그냥 알고 싶을 뿐이지. 당신 딸이 뱅크로프트와 관계가 있다고 생각하는 근거는 뭡니까?"

"그 애가 나한테 그렇게 말했으니까, 개자식아."

말이 잇새로 씩씩거리며 새어 나왔다.

"그자가 무슨 짓을 했는지 나한테 말했으니까."

"무슨 짓을 했는데?"

마음껏 폭발시키지 못한 분노가 눈물로 솟아나오는지, 그는 눈을 파르르 깜빡였다.

"지저분한 짓. 딸애는 그자가 그런 짓을 필요로 한다고 했어. 다시 돌아와야 할 정도로 간절하게. 돈을 낼 정도로 간절하게."

돈줄. 걱정 마세요, 아빠. 내가 돈을 많이 벌어서 엄마 몸을 다시 살게요. 젊은 나이에 저지르기 쉬운 실수. 하지만 그렇게 쉽게 얻는 것은 아무것도 없다.

"그 때문에 딸이 죽었다고 생각하는 겁니까?"

그는 고개를 돌리더니 부엌 바닥에 나타난 맹독성 거미 보듯 나를 보았다.

"딸은 죽지 않았소. 누군가 죽인 거요. 누군가 면도칼을 가지고 목을 땄소."

"재판 기록을 보니 고객이라고 되어 있던데. 뱅크로프트가 아니라."

"그들이 어떻게 알겠소?"

그는 멍하니 말했다.

"몸의 신원은 알겠지만 그 안에 누가 들어 있는지는 아무도 모르지. 누가 돈을 지불하는지."

"아직 못 찾은 거요?"

"바이오캐빈* 창녀 살인범? 당신 생각은 어때? 하우스라고 할 수도 없는 곳에서 죽었잖소?"

"그런 뜻이 아니라, 엘리엇. 엘리자베스가 제리스에서 뱅크로프트를 만났다고 했지, 그 말은 믿는다 치고. 하지만 뱅크로프트 같은 사람이 그럴 것 같지 않다는 점은 당신도 인정할 거 아니오? 나도 그 사람을 만나 봤는데, 그런 사창가에 드나든다?"

나는 고개를 저었다.

"내 눈에는 그렇게 읽히지 않았어."

엘리엇은 돌아섰다.

"메트족의 육체에서 뭘 읽어 낸다고?"

어둠이 항구를 거의 덮었다. 저 건너 기울어진 전투함 갑판 위에서는 공연이 이미 시작되었다. 우리는 잠시 불빛을 응시하며 밝은 음악 소리에 귀를 기울였다. 우리에게는 영원히 문을 열지 않을 세상에서 전송된 메시지처럼.

"엘리자베스는 아직 저장 상태로 있지 않습니까?"

나는 조용히 말했다.

"그래서 어쩌라고? 아이린 사건을 해결하겠다고 장담한 변호사한테 돈이란 돈을 다 갖다 바치느라 의식 입력 보험도 4년 전에 취소됐소."

그는 어둑어둑한 가게 앞면을 가리켰다.

"내가 그만한 돈을 빠른 시간 내에 마련할 수 있는 놈으로 보이오?"

더 이상 할 말이 없었다. 나는 불빛을 바라보고 있는 그를 남겨 두고 차로 돌아갔다. 작은 마을에서 빠져나가는 길에 옆을 지나쳤을 때도 그는 여전히 같은 자리였다. 그는 돌아보지 않았다.

2부

반응

침투 마찰

나는 차에서 프레스콧에게 전화를 걸었다. 계기판에 달린 작고 먼지 낀 스크린에 흔들리며 초점이 잡히는 그녀의 얼굴에는 살짝 짜증이 배어 있었다.

"코바치, 찾던 건 찾았나요?"

"아직은 내가 뭘 찾는지도 모르겠습니다."

나는 경쾌하게 말했다.

"뱅크로프트가 바이오캐빈에 간 적이 있습니까?"

프레스콧은 얼굴을 찡그렸다.

"아, 제발."

"좋습니다, 다른 문제를 드리죠. 레일라 베긴이 바이오캐빈에서 일을 한 적이 있습니까?"

"정말 몰라요, 코바치."

"그럼 찾아보시죠. 기다릴 테니."

내 목소리는 차갑게 변했다. 딸로 인한 빅터 엘리엇의 고뇌를 보고 난 뒤라 프레스콧이 내비치는 품위 있는 혐오감이 영 거슬렸다.

프레스콧이 스크린 밖으로 사라진 동안, 나는 핸들에 손가락을 튀기며 리듬에 맞춰 어느새 밀스포트 어부의 랩을 흥얼거리고 있었다. 차창 밖에서 밤의 어둠 속으로 해변이 스쳐 지나가고 있었지만, 바다의 향기와 소리는 이게 아니다 싶었다. 너무 조용했고, 바람결에 스치는 벨라위드 향도 없었다.

"여기 있어요."

프레스콧은 약간 불편한 얼굴로 전화 스캐너 앞에 돌아와 앉았다.

"베긴이 샌디에이고 하우스로 들어가기 전의 오클랜드 기록에는 바이오캐빈 경력 두 군데가 있군요. 스카우트된 게 아니라면, 추천을 받았겠죠."

뱅크로프트 정도면 어디든 들여보내 줄 수 있을 것이다. 나는 이런 말이 혀끝까지 올라오려는 것을 참았다.

"거기 영상도 있습니까?"

"베긴?"

프레스콧은 어깨를 으쓱했다.

"2D뿐이네요. 보내 드릴까요?"

"네."

구닥다리 카폰이 수신 신호 변화에 맞추느라 약간 지직거리더니, 레일라 베긴의 얼굴이 나타났다. 나는 몸을 가까이 기울여 얼굴을 찬찬히 들여다보았다. 시간이 좀 걸리긴 했지만, 진실은 거기 있었다.

"좋습니다. 이제 엘리자베스 엘리엇이 일했던 곳 주소를 주시죠. 제리스 클로즈드 쿼터. 마리포사라는 거리에 있을 겁니다."

"마리포사와 산 브루노 거리예요."

화면 전체를 덮은 레일라 베긴의 얼굴 뒤에서 프레스콧의 음성만 들려왔다.

"이런, 낡은 고가도로 바로 아래쪽이네요. 안전 수칙 위반일 텐데."

"다리에서 거기까지 가는 길이 표시된 지도를 보내 줄 수 있습니까?"

"거기 가려고요? 오늘 밤에?"

나는 참을성 있게 말했다.

"프레스콧, 이런 곳은 낮에는 영업을 별로 안 하죠. 당연히 오늘 밤에 가야지."

저쪽에서는 잠시 주저하다가 말을 이었다.

"추천해 주고 싶은 곳이 아닌데요, 코바치. 조심해야 해요."

이번에는 웃긴다는 듯한 코웃음을 억누를 수가 없었다. 이건 외과 의사에게 손에 피를 묻히지 않도록 조심하라는 이야기와 다를 바가 없었다. 저쪽에서도 내 웃음소리를 들은 모양이었다. 프레스콧은 딱딱하게 말했다.

"지도를 보낼게요."

레일라 베긴의 얼굴이 사라진 자리에 바둑판 형태의 거리가 나타났다. 이제 베긴의 얼굴은 필요 없었다. 머리카락은 형광색이 도는 선홍색으로 물들였고 목에는 쇠고리를 차고 있었으며 진한 아이라인을 그린 얼굴이었지만, 그 밑의 얼굴 윤곽만은 뇌리에 또렷이 박혔던 것이다. 빅터 엘리엇이 보여 준 딸의 코닥 크리스털에서도 두드러졌던 윤곽. 은근하게나마, 닮았다는 사실은 부정할 수 없었다.

미리엄 뱅크로프트.

시내로 돌아왔을 때는 어두운 하늘에서 내리는 이슬비가 공기를 촉촉하게 적시고 있었다. 제리스 가(街) 건너편에 차를 세운 뒤, 나는 빗줄기 사이로 깜빡이는 클럽의 네온사인과 자동차 앞 유리창에 맺힌 물방울을 바라보았다. 고가도로의 콘크리트 뼈대 아래 어둠 속 어딘가에 칵테일 잔 속에서 춤추는 여인의 홀로그래피가 있었지만, 송출기에 문제가 있는지 영상이 계속 꺼졌다 켜졌다 하고 있었다.

지상 자동차가 남의 이목을 끌지 않을까 걱정되었지만, 와 보니 딱 맞는 차를 끌고 온 것 같았다. 제리스 인근의 차량들은 대부분 비행 기능이 없었다. 유일한 예외는 가끔 승객을 내려놓거나 싣기 위해 하늘에서 내려앉았다가 비인간적인 정확성과 속력을 뽐내며 다시 날아올라 상공 교통에 합류하는 자동택시뿐이었다. 적색, 청색, 흰색 표지등이 달린 기체를 보고 있으려니, 마치 보석을 감고 다른 세계에서 찾아온 손님들이 쓰레기가 나뒹구는 깨진 보도에 닿을락 말락 내려앉아 실었던 승객들을 내려놓고 다시 실어가는 것 같았다.

나는 한 시간 동안 지켜보았다. 클럽은 영업이 잘되는 편이었고 고객도 다양했지만 주로 남자들이었다. 둘둘 말린 문어처럼

생긴 보안 검색 로봇이 현관 문설주에 매달려서 고객들의 신체검
사를 하고 있었다. 숨겼던 물건, 아마 무기 같은 것을 내놓는 손님
들도 있었고, 그냥 돌아서는 사람도 한둘 있었다. 반항하는 사람
은 없었다. 로봇과 말다툼을 할 수는 없으니. 클럽 밖에서는 사람
들이 차를 세우고 내리기도 하고, 타기도 하고, 이 정도 거리에서
는 알아볼 수 없는 물건을 흥정하기도 했다. 한번은 남자 둘이 고
가도로 기둥 사이의 그늘에서 칼싸움을 벌이기 시작했지만 대단
한 일이 벌어지지는 않았다. 한쪽은 베인 팔을 움켜쥐고 절뚝거리
며 멀어졌으며, 다른 쪽은 그냥 잠시 바람이나 쐬고 들어가는 듯
한 기색으로 다시 클럽 안으로 들어갔다.

나는 차에서 내려 경보 장치가 켜져 있는 것을 확인하고 길을
건넜다. 장사꾼 두 명이 발 사이에 놓인 정전기 반발기로 비를 막
은 채 자동차 후드에 양반다리를 하고 앉아 있다가, 내가 다가가
니 쳐다보았다.

"디스크 하나 사지? 울란바토르에서 온 건데 끝내 줘. 하우스
급이야."

나는 느긋하게 고개를 한 번 저었다.

"스티프는?"

나는 다시 고개를 젓고 로봇에게 다가갔다. 여러 개의 팔이 내
려와서 내 몸을 훑었다. 싸구려 합성음이 "확인 끝."이라고 말하
는 소리를 듣고 문지방을 넘어서려는데, 로봇 팔 하나가 가슴을
부드럽게 밀었다.

"객실로 할까요, 바로 할까요?"

나는 고민하는 척 잠시 망설였다.

"바는 뭐지?"

"하, 하, 하."

누군가 로봇에다 웃음을 입력해 놓은 모양이었다. 뚱뚱한 남자가 시럽에 빠져 허우적거리는 소리 같았다. 웃음은 갑자기 끊겼다.

"바는 보기만 하고 만지지는 못하는 겁니다. 돈 추가 불가, 손대기 불가. 하우스 규칙이죠. 다른 고객들에게도 똑같이 적용되는 원칙입니다."

"그럼 캐빈."

나는 기계음에서 벗어나고 싶어서 얼른 말했다. 자동차에 앉아 있던 행상인들 목소리가 차라리 더 따뜻했다.

"계단을 내려가서 왼쪽으로 가십시오. 쌓여 있는 수건도 한 장 챙기시고."

나는 철제 난간이 달린 짧은 계단을 내려가서 왼쪽으로 꺾은 다음 바깥 자동택시 위에 붙어 있던 것과 같은 붉은 회전등이 천정에 달려 있는 복도를 지났다. 테트라메스를 복용한 거대한 심장의 심실에 들어와 있는 느낌처럼, 쉴 새 없는 정크 리듬의 음악이 쿵쿵 울리고 있었다. 로봇이 말한 대로 깨끗한 흰 수건 무더기가 움푹 들어간 한쪽 벽 안에 쌓여 있었고 그 안쪽에 객실로 들어가는 문들이 있었다. 나는 손님이 들어 있는 두 곳을 포함하여 네 개의 문을 그냥 지나친 다음 다섯 번째 방에 들어갔다.

새틴 광택이 나는 패딩이 깔린 바닥은 가로 2미터, 세로 3미터 정도였다. 복도에 있던 것과 비슷한 체리 색 회전등이 유일한 조명이었기 때문에, 얼룩이 져 있다 해도 눈에 띄지는 않을 것 같

160

왔다. 공기는 따뜻하고 탁했다. 회전하는 불빛 속, 한쪽 구석에 서 있는 낡아빠진 검정 결제용 단말기 꼭대기에는 붉은 발광 다이오드 디지털 디스플레이가 장착되어 있었다. 카드와 현금을 입력할 수 있는 슬롯도 있었다. 디엔에이 결제용 패드는 없었다. 반대쪽 벽은 젖빛 유리였다.

이렇게 될 줄 알고 있었기 때문에 시내로 들어오는 길에 자동 현금 지급기에서 현금을 미리 한 다발 뽑아 왔다. 나는 플라스틱 고액권 하나를 골라 슬롯에 넣었다. 그리고 시작 버튼을 눌렀다. 금액이 디스플레이에 붉은 숫자로 떴다. 등 뒤에서 문이 부드럽게 닫히면서 음악 소리가 희미해지더니 앞쪽 유리판 뒤쪽에 갑자기 누군가 쿵 하고 부딪혀서 나는 깜짝 놀랐다. 디스플레이에 적힌 금액이 깜빡이기 시작했다. 아직까지는 최소 비용이었다. 나는 유리에 눌린 몸을 관찰했다. 납작하게 눌린 커다란 젖가슴, 여자 몸의 윤곽, 뚜렷하지 않은 엉덩이와 허벅지 선. 어딘가 숨어 있는 스피커에서 신음 소리가 부드럽게 흘러나왔다. 사람 목소리가 들려왔다.

"내 몸을 보고 싶어요요요요요……?"

싸구려 에코 박스가 달린 보코더였다. 나는 버튼을 다시 눌렀다. 유리가 투명해지면서 반대편에 있는 여자가 보였다. 여자는 한쪽 옆면을 이쪽으로 보이다가 잘 다듬어진 몸매와 확대한 유방을 보여 주면서 이쪽으로 돌아서더니 몸을 앞으로 숙이고 혀끝으로 유리를 핥았다. 숨결에 유리가 다시 뿌옇게 흐려졌다. 그녀의 시선이 내 눈과 마주쳤다.

"날 만지고 싶어요요요요요요……?"

초저주파를 사용하는지 않는지는 몰라도, 내 몸은 뚜렷한 반응을 보이고 있었다. 성기가 굵어지면서 바르르 떨었다. 나는 전투 개시 지시가 떨어졌을 때처럼 성기의 혈액을 다시 근육으로 밀어내며 고동치는 맥박을 통제했다. 오늘은 무반응할 필요가 있다. 나는 결제 버튼을 다시 눌렀다. 유리 스크린이 옆으로 미끄러지더니 여자가 샤워실에서 나오듯 밖으로 나왔다. 그리고 이쪽으로 다가오더니 손을 뻗어 내 성기를 감쌌다.

"뭘 원하는지 말해 봐요."

목구멍 깊숙한 곳에서부터 나오는 목소리였다. 보코더 효과가 사라진 생목소리는 거칠게 느껴졌다. 나는 헛기침을 했다.

"이름이 뭐지?"

"아네노미. 왜 이렇게 불리는지 가르쳐 줄까요?"

여자의 손이 효과를 발휘하고 있었다. 그녀의 등 뒤에서 미터기가 찰칵찰칵 올라가고 있었다.

"여기서 일하던 여자 하나를 기억하나?"

그녀는 이제 벨트를 풀고 있었다.

"여기서 일하던 어떤 다른 여자도 나처럼은 못해 줄걸요. 자, 어떻게……"

"이름은 엘리자베스. 본명. 엘리자베스 엘리엇."

여자의 손은 갑자기 물러났고, 흥분했던 표정도 마치 밑면에 기름이 발린 가면처럼 얼굴에서 미끄러져 사라졌다.

"이건 또 뭐야, 당신 사이어*야?"

"그건 뭐지?"

"사이어. 경찰."

음성이 높아졌다. 여자는 내게서 물러났다.

"예전에도 왔는데……."

"아니."

나는 여자 쪽으로 한 걸음 다가갔고 그녀는 몸을 낮추고 빈틈 없는 방어 자세를 취했다. 나는 다시 물러서며 목소리를 낮췄다.

"아니, 난 그 애 엄마야."

팽팽한 침묵. 여자는 나를 노려보았다.

"말도 안 돼. 리지의 엄마는 저장소에 있는데."

"아니야."

나는 여자의 손을 내 사타구니로 잡아당겼다.

"느껴 봐. 반응이 없잖아. 이 몸을 입고 나와서 그렇지 여자야. 반응을 느낄 리가……."

여자는 몸을 서서히 세우더니 내키지 않는 듯 손을 잡아 뺐다.

"최고급 몸인 것 같은데요."

믿기지 않는다는 듯한 말투였다.

"이제 막 저장소에서 가석방 같은 걸로 나왔다면 마약쟁이 몸 같은 걸 입고 나와야 하잖아요."

"가석방이 아니야."

특파 부대에서 훈련받은 위장술이 저고도 폭격기 편대처럼 머릿속을 휙 스쳤다. 이제 절반쯤 알게 된 지구에 대한 지식과 그럴 듯한 거짓말의 경계선에서 비행운을 남기며. 내 안의 뭔가가 작전 시작이라는 즐거움에 돌진하고 있었다.

"내가 왜 잡혀 들어갔는지 아니?"

"리지가 마인드바이트 때문이라고……."

"맞아. 디핑. 내가 누굴 디핑했는지 아니?"

"아뇨. 리지는 별 이야기를⋯⋯."

"엘리자베스는 몰랐어. 공개된 적도 없고."

커다란 가슴을 한 여자는 엉덩이에 두 손을 얹었다.

"그래서 누굴⋯⋯."

나는 미소 지어 보였다.

"모르는 편이 나아. 대단한 권력자야. 날 빼내서 이 몸을 줄 만한 힘이 있는 사람이니까."

"여자 몸으로 돌려보내 줄 만큼의 힘은 없었던 모양이군요."

아네노미는 아직 반신반의하는 표정이었지만, 바다 속 암초 사이를 스치는 물고기 떼처럼 빠른 속도로 신뢰감이 형성되고 있었다. 어머니가 잃어버린 딸을 찾으러 왔다는 동화 같은 이야기를 믿고 '싶었던' 것이다.

"왜 성별이 다른 몸을 입은 거죠?"

"계약을 했어."

나는 이야기를 지어내기 위해 진실을 약간 끌어다 썼다.

"이⋯⋯ 사람이⋯⋯ 날 꺼내 주는 대신 난 그를 위해서 뭔가 해야 해. 남자의 몸이 필요한 일이야. 그 일을 하고 나면 나와 엘리자베스가 입을 몸을 받기로 했어."

"그래요? 그런데 왜 여기로 왔어요?"

그 목소리에는 자기 부모님은 이런 곳까지 자기를 찾으러 와 주지 않는다는 데 대한 쓸쓸함이 담겨 있었다. 나를 믿는다는 사실도. 나는 마지막 거짓말을 입 밖에 냈다.

"엘리자베스의 의식을 다시 입력하는 데는 문제가 있어. 누군가 절차를 가로막고 있거든. 그게 누군지, 왜 그러는지 알고 싶어. 누가 엘리자베스를 칼로 찔렀는지 아니?"

여자는 머리를 숙이고 고개를 저었다.

"여자들이 자주 다쳐요."

그녀는 조용히 말했다.

"하지만 제리는 거기 대비해서 보험을 들어 놨어요. 그 점은 참 좋아요. 회복하는 데 시간이 많이 걸리면 저장소에도 넣어 주니까요. 하지만 리지에게 그런 짓을 한 사람은 단골이 아니었어요."

"엘리자베스한테 단골도 있었니? 중요한 사람은? 특이한 사람은?"

여자는 눈가에 동정의 빛을 띠고 나를 올려다보았다. 나는 아이린 엘리엇의 역할을 완벽하게 해낸 것이다.

"엘리엇 부인, 여기 오는 사람들은 다들 특이한 사람들이에요. 그렇지 않다면 여기 오지도 않죠."

나는 눈살을 찌푸려 보였다.

"누구라도. 중요한 사람은?"

"모르겠어요. 저기, 엘리엇 부인. 난 리지를 좋아했어요. 내가 힘들 때 몇 번 잘해 줬는데, 그리 친해지지는 못했어요. 리지는 클로에랑 가까웠는데……."

그녀는 말을 멈추더니 얼른 덧붙였다.

"아니, 이상한 관계가 아니라요, 클로에랑 리지, 맥은 속을 터놓는 사이였어요. 무슨 이야기든 다 하고."

"내가 그 애들과 이야기해 볼 수 있을까?"

뭔가 알 수 없는 소리라도 들은 듯, 아네노미의 시선이 힐끗 객실 구석을 향했다. 쫓기는 듯한 기색이었다.

"아니, 그러지 않는 게 좋아요. 그러지 마세요. 제리는 우리가 일반인들하고 이야기하는 걸 싫어해요. 혹시 들키기라도 하면……."

나는 특파 부대에서 습득한 모든 설득력을 말투와 자세에 쏟아 부었다.

"혹시 네가 대신 물어봐 줄 수……."

쫓기는 듯한 시선은 한층 더했지만, 목소리는 단호해졌다.

"그러죠. 물어볼게요. 하지만 지금은 안 돼요. 지금은 가세요. 내일 같은 시간에 다시 오세요. 같은 객실에. 제가 이 시간쯤에 비워 놓을게요. 당신이 예약을 했다고 할게요."

나는 두 손으로 그녀의 손을 덥석 잡았다.

"고마워, 아네노미."

그녀는 불쑥 말했다.

"내 이름은 아네노미가 아니예요. 루이즈예요. 루이즈라고 부르세요."

"고맙다, 루이즈. 정말 이렇게까지 해 줘서 뭐라고……."

나는 손을 놓아 주지 않았다. 그녀는 일부러 딱딱한 목소리를 내 보였다.

"저기, 아무것도 약속은 못해 드려요. 아까 말했듯이, 그냥 물어볼 거예요. 그뿐이에요. 자, 이제 가세요. 얼른."

루이즈는 결제 콘솔에 남아 있는 시간을 대신 취소해 주었고, 그러자 곧장 문이 열렸다. 거스름돈은 없었다. 나는 더 이상 아무 말도 하지 않았다. 루이즈의 손을 잡지도 않았다. 나는 열린 문을 나섰다. 뒤에 남은 루이즈는 두 팔로 가슴을 감싸 안고 고개를 숙인 채 새틴 패딩 바닥을 처음 보는 양 내려다보고만 있었다.

붉은 조명에 물든 채.

바깥 거리는 변함이 없었다. 행상인 둘은 아직도 그 자리에 있었다. 자동차 후드에 기대서 손에 든 뭔가를 쳐다보고 있는 몸집 큰 몽골인과 협상을 하는 중이었다. 입구의 문어 팔 로봇은 팔을 위로 둥글게 들어 올려 나를 지나가게 해 주었고 나는 이슬비 속으로 나섰다. 내가 지나치자 몽골인이 시선을 들었다. 그의 얼굴에 나를 알아보는 기색이 스쳤다.

나는 한 발을 내딛으려다 말고 우뚝 섰다. 그는 다시 시선을 내리깔고 상인들에게 뭐라 중얼거렸다. 몸속에 냉수가 부르르 퍼지듯 뉴라켐이 깨어났다. 나는 차를 향해 길을 건너기 시작했고, 띄엄띄엄하던 세 남자의 대화는 즉시 멈췄다. 손이 각자 주머니 속으로 들어갔다. 뭔가 불길한 기분이 들었다. 몽골인이 나를 바라보던 시선과는 전혀 상관없는 뭔가가. 객실 안에서 보았던 하류 인생의 절망 위로 컴컴한 것이 날개를 펼치고 있었다. 버지니아 비도라가 봤다면 호통을 쳤을, 부주의했던 점이 있었다. 지미 드 소토가 내 귓가에 속삭이는 소리가 들리는 듯했다.

"나를 기다렸나?"

나는 몽골인의 등에다 대고 물었다. 그의 등 근육이 순간 긴장했다. 딜러 중 한 사람이 직감한 모양이었다. 그는 밖에 나와 있던 한 손을 달래듯이 들어 보이며 작은 목소리로 입을 열었다.

"이봐, 친구."

곁눈으로 쏘아보는 내 시선에 그는 입을 다물었다.

"날 기다렸느냐고……."

그 순간 일이 벌어졌다. 몽골인은 괴성을 지르며 후드에서 일어서더니 넓적다리 크기만 한 팔을 내게 휘둘렀다. 맞지는 않았지만 피하느라 나는 한 걸음 비틀거렸다. 상인들은 아주 작은 검정색과 회색 총을 꺼내 빗속에서 쏘기 시작했다. 나는 몽골인을 방패 삼아 몸을 비틀어서 총알이 날아오는 궤적을 피한 뒤, 손바닥 아랫부분으로 그의 일그러진 얼굴을 쳤다. 뼈가 우지직 부서졌고, 나는 그 옆을 돌아 차 위로 올라갔다. 상인들은 아직 내가 어디로 피했는지 몰라 두리번거리고 있었다. 걸쭉한 꿀처럼 뉴라켐이 흘렀다. 총을 쥔 주먹이 나를 향해 날아왔고, 나는 방아쇠를 감은 손가락을 옆차기로 으깨 놓았다. 상인은 비명을 질렀다. 나는 나머지 한 놈의 관자놀이에 수도를 날렸다. 둘 다 차 옆으로 쓰러졌다. 한 놈은 아직도 신음을 내고 있었고, 한 놈은 의식을 잃은 게 아니면 죽은 모양이었다. 나는 몸을 웅크렸다.

몽골인이 달아나고 있었다. 나는 무의식적으로 자동차 지붕을 훌쩍 넘어 뒤쫓기 시작했다. 콘크리트 바닥에 쿵 하고 내려서는 순간 양쪽 발목이 찌릿했지만, 뉴라켐은 통증을 즉시 잠재웠다. 몽골인은 겨우 10미터가량 앞서 있었다. 나는 가슴을 잔뜩 부풀린 뒤 달리기 시작했다.

몽고인은 내 시야 속에서 총격을 피하려는 전투기처럼 이리저리 방향을 바꾸고 있었다. 덩치에 비해 달리기가 상당히 빨랐다. 그는 이미 족히 20미터는 앞서서 고가도로 기둥 사이를 지나 컴컴한 그늘 속으로 들어가고 있었다. 나는 찌르는 듯한 가슴의 통증에 눈살을 찌푸리며 속도를 냈다. 빗줄기가 얼굴을 때렸다.

빌어먹을 담배.

우리는 기둥 아래에서 나와서 신호등이 술 취한 듯 비스듬히 누워 있는 교차로를 지났다. 등불 하나가 희미하게 흔들리더니 몽골인이 지나가는 순간 신호가 바뀌었다. 노쇠한 로봇 음성이 내게 쉰 목소리로 알렸다. 건너시오. 건너시오. 건너시오. 나는 이미 다 건넌 상태였다. 메아리가 애원하듯 내 뒤를 따랐다.

길가에 세워 둔 채 오랫동안 움직이지 않은 낡은 자동차들 옆을 지났다. 낮 시간에 올라가는지 마는지 알 수 없는 철창과 셔터 문 앞을 지났다. 수증기가 살아 있는 생물처럼 도로 옆 창살 구멍에서 올라왔다. 발밑은 빗물과 썩어 가는 쓰레기에서 흘러나온 회색 진창으로 미끌미끌했다. 뱅크로프트의 여름옷과 함께 딸려 온 신발은 밑창이 얇았고 미끄럼 방지 요철이 전혀 없었다. 내가 미끄러지지 않고 있는 것은 오로지 뉴라켐의 완벽한 균형 덕택이었다.

몽골인은 고물 자동차 두 대가 서 있는 곳까지 가서 어깨 너머를 힐끗 돌아보더니, 내가 아직 있는 것을 보고 마지막 차 옆을 지난 뒤 왼쪽으로 휙 꺾었다. 나도 자동차까지 가기 전에 방향을 틀어 몽골인 앞을 막아서고 싶었지만 몽골인의 타이밍이 워낙 좋았다. 나는 첫 번째 자동차까지 간 다음 멈추려고 주르륵 미끄러지다가, 녹슨 자동차 후드를 힘껏 밟고 그 너머 가게 셔터에 부딪혔다. 철제 셔터가 철렁 하고 울리며 지잉 전류가 흘렀다. 도둑 방지용 저압 전류가 손을 탁 쏘았다. 길 건너를 바라보니, 몽골인은 이미 간격을 10미터는 더 벌려 놓고 있었다.

머리 위 하늘에서 크루저 불빛이 흔들리며 지나쳤다.

나는 길 건너편에서 달아나고 있는 형체를 바라보며 보도 가장자리를 박차고 달렸다. 무기를 주겠다고 한 뱅크로프트의 제안을 충동적으로 거절했던 것이 저주스러웠다. 빔을 발사할 수 있는 총만 있었다면 이 정도 거리에서 다리쯤 쉽게 잘라 버릴 수 있었을 것이다. 한데 지금은 뒤처져서 쫓아가며 다시 간격을 좁히기 위해 허파 용량을 최대한 넓히려고 여념이 없는 신세다. 총만 있었다면 최소한 당황하게 해서 미끄러지게 만들 수는 있었을 것이다.

그런 일은 일어나지 않았지만 어쨌든 상당히 가까워졌다. 왼쪽에서 이어지던 건물이 사라지고 허름한 울타리로 둘러싸인 쓰레기장이 나타났다. 몽골인은 다시 뒤를 돌아보다가 최초의 실수를 저질렀다. 멈춰 서서 울타리 위로 몸을 던진 것이다. 울타리는 곧장 무너졌고 몽골인은 그 너머 어둠 속으로 나뒹굴었다. 나는 씩 웃고 따라갔다. 마침내 이쪽이 유리해졌다.

아마 어둠 속에 몸을 숨기려고 했거나, 울퉁불퉁한 땅을 뛰다가 내가 발목을 삘 수도 있다는 계산이었을지도 모른다. 하지만 주위의 광량이 적어지자 특파 부대 강화 훈련 덕에 즉시 동공이 확장되면서, 고르지 않은 땅 위에서 어디에 발을 내딛어야 하는지가 빛의 속도로 눈에 보였다. 뉴라켐은 그에 필적할 만한 속도로 정확히 그 지점에 발을 내려놓게 해 주었다. 꿈속에 나타났던 지미 드 소토의 발이 땅 위를 흐르듯 지나쳤던 것처럼, 나의 발도 거의 땅에 닿지 않을 정도로 빠르게 움직이고 있었다. 이 정도로

100미터만 더 가면 몽골인을 따라잡을 수 있을 것이다. 저쪽도 시각 강화가 되어 있지 않다면.

쓰레기장의 폭은 그 정도는 안 되었지만, 우리가 각각 양쪽 울타리에 도착했을 때는 원래 거리인 10미터 정도로 간격이 좁혀져 있었다. 내가 울타리를 기어오르는 동안 몽골인은 올라가서 땅에 내려선 뒤 다시 도로를 뛰기 시작했지만, 무슨 이유에선지 갑자기 비틀거리는 것 같았다. 나는 울타리 꼭대기까지 올라가서 가볍게 반대편으로 넘어갔다. 그때 내가 뛰어내리는 소리를 들었는지 그는 손에 든 것을 계속 조립하면서 획 돌아섰다. 총구가 위를 향했고 나는 땅으로 몸을 던졌다.

땅에 세게 부딪히며 손이 까졌다. 나는 계속 굴렀다. 방금 내가 있던 지점에서 번개 같은 불꽃이 밤거리에 작렬했다. 오존 냄새가 확 풍겼고 허공을 찢는 굉음이 귀를 울렸다. 나는 계속 몸을 굴렸고 입자총은 다시 불을 뿜으며 내 어깨 너머를 태웠다. 축축한 도로에서 치익 하며 수증기가 올라왔다. 나는 몸을 숨길 만한 곳이 없나 급히 찾았지만 마땅한 곳이 없었다.

"무기를 버려라!"

깜빡이는 여러 개의 불빛이 머리 위에서 수직으로 내리꽂혔고, 스피커가 로봇 신처럼 밤공기를 뒤흔들었다. 거리를 환하게 밝힌 탐조등이 흰 불꽃처럼 우리를 감싸고 있었다. 쓰러진 채 눈을 찡그리니 경찰 크루저가 보였고, 5미터쯤 저쪽에는 진입 통제선이 설치되어 있었다. 엔진에서 나오는 부드러운 바람에 종잇조각과 비닐이 주변 건물 벽을 향해 날아가서 죽어 가는 나방처럼 찰싹 달라붙었다.

"움직이지 마라!"

스피커가 다시 우렁차게 명령했다.

"무기를 버려라!"

몽골인은 공중을 향해 입자총을 한번 휘둘렀고, 크루저는 빔을 피하려고 위로 급히 솟아올랐다. 한쪽 엔진이 빔에 맞아 불똥이 튀었고 크루저는 심하게 기우뚱했다. 기수 아래쪽에 장착된 기관총이 불을 뿜었지만, 이미 몽골인은 길을 건넌 뒤 어느 집 문을 입자총으로 녹이고 연기가 피어오르는 구멍 속으로 뛰어 들어간 뒤였다. 집 안에서 비명이 들려왔다.

나는 천천히 땅에서 몸을 일으켜 지상 1미터 상공에 크루저가 내려앉는 모습을 지켜보았다. 불타는 엔진 덮개 위로 소화기가 터지면서 도로에 흰 분말이 튀었다. 조종석 창문 바로 뒤의 해치가 우웅 하고 열리더니, 열린 문 안에서 크리스틴 오르테가의 모습이 나타났다.

크루저는 선터치 하우스까지 태워 주었던 것보다 한층 간소한 기종이었고, 조종실 안은 시끄러웠다. 오르테가는 엔진 소음 때문에 목청을 높여 소리 질렀다.

"냄새 탐지대를 투입하겠지만, 연줄만 있으면 해 뜨기 전에 자기 몸의 화학 표지를 바꿔 주는 물질을 구할 수 있어. 그렇게 되면 목격자 탐문밖에 길이 없지. 석기 시대 수사법. 게다가 이 일대는……."

크루저가 옆으로 기울었다. 오르테가는 아래로 펼쳐진 미로 같

172

은 거리를 가리켰다.

"봐. 릭타운이라고들 하지. 옛날에는 포트레로라고 불렸는데. 그때는 살기 좋은 곳이었다는군."

"그런데 어째서?"

오르테가는 철제 격자 의자 위에서 어깨를 으쓱했다.

"경제난 때문에. 알잖아. 어제까지만 해도 집 한 채에 인체 보험까지 다 들어놨는데, 다음 날 눈을 떠 보니 길거리에 나앉아서 한번 죽으면 끝장인 신세가 된다는 이야기."

"안됐군."

"아, 그래."

형사는 대수롭지 않다는 듯 말하고 화제를 돌렸다.

"코바치, 도대체 제리스는 뭐 하러 갔어?"

나는 투덜거렸다.

"욕구 충족 때문에 갔지. 그게 뭐 불법이오?"

오르테가는 나를 보았다.

"제리스에서 서비스도 안 받았잖아. 10분도 채 안 있었으면서."

나는 어깨를 으쓱하고 미안하다는 듯한 표정을 지어 보였다.

"당신도 남자 몸으로 다운로드돼 본 적이 있으면 어떤 기분인지 알 거요. 호르몬이란. 사람이 급해지지. 제리스 같은 곳에 가면 얼마나 잘하느냐는 문제가 아니잖소."

오르테가의 입가가 미소 비슷하게 구부러져 올라갔다. 그녀는 내 쪽으로 몸을 내밀었다.

"헛소리 마, 코바치. 헛, 소, 리, 말라고. 밀스포트에 보관돼 있던 당신 기록을 읽어 봤어. 심리 프로파일. 케머리히 그래프를 보니 기울기가 얼마나 가파른지 올라가려면 하켄에다 자일까지 있어야겠던데? 당신은 뭘 하든지 얼마나 잘하느냐가 문제가 되는 사람이야."

"글쎄."

나는 담배를 입에 물고 불을 붙이며 중얼거렸다.

"어떤 여자들한테는 10분 동안에도 많은 걸 해 줄 수 있지."

오르테가는 눈동자를 굴리더니 얼굴 주위를 맴도는 파리를 쫓듯이 그만두자는 손짓을 해 보였다.

"그래, 뱅크로프트에게서 받은 돈으로 제리스 같은 곳밖에 못 가겠더란 얘기야?"

"비용 문제가 아니지."

뱅크로프트 같은 사람을 릭타운까지 오게 만든 진실은 과연 무엇이었을까.

오르테가는 창문에 머리를 기대고 바깥의 빗줄기를 내다보았다. 그녀는 나를 보지 않았다.

"당신은 단서를 쫓고 있는 거야, 코바치. 당신이 제리스에 간 건 뱅크로프트가 거기서 한 일을 추적하기 위해서였어. 시간만 투자하면 나도 알아낼 수 있겠지만, 그냥 당신이 말해 주는 편이 쉽지 않겠어?"

"왜? 뱅크로프트 수사는 종결됐다고 당신이 말하지 않았소? 뭣 때문에 관심을 갖는 거지?"

오르테가의 시선이 이쪽을 향했다. 눈빛이 반짝였다.

"내 관심사는 평화 유지야. 당신이 미처 못 알아챘는지 모르겠는데, 우리는 어째 만날 때마다 대구경 총격전이 벌어지는지 몰라?"

나는 두 손을 펼쳐 보였다.

"난 무기가 없소. 내가 한 일이라고는 질문을 하고 다닌 것뿐이야. 그리고 질문 얘기가 나와서 말인데…… 어째서 일이 벌어질 때마다 당신이 내 머리 위에 올라앉아 있는 거요?"

"운이 좋아서겠지."

이 말에는 굳이 토를 달지 않았다. 오르테가는 내 뒤를 밟고 있다, 그 점만은 분명했다. 즉 뱅크로프트 사건에는 그녀가 인정하는 것 이상의 뭔가가 있다는 얘기다.

"내 차는 어떻게 되는 거요?"

"우리가 견인할 거야. 렌터카 회사에 알리고. 누가 와서 보관소에서 찾아가겠지. 당신이 더 이상 쓰지 않겠다면."

나는 고개를 저었다.

"궁금한 게 있는데, 코바치. 왜 지상차를 빌린 거지? 뱅크로프트에게서 받는 돈이라면 이런 것도 구할 수 있을 텐데."

오르테가는 크루저 옆면을 두드려 보였다.

"지상에서 움직이는 걸 좋아하니까. 그러면 거리 감각이 날카로워지지. 그리고 할란스 월드에서는 크루저를 많이 사용하지 않소."

"그래?"

"그렇소. 아까 당신을 거의 불태워 죽일 뻔한 그 남자 말인데."

"뭐라고?"

오르테가는 특유의 표정을 지으며 한쪽 눈썹을 치켜 올렸다.

"아까 당신 몸을 구해 준 건 나요. 틀렸으면 틀렸다고 하시지.

총에 맞을 뻔한 건 당신이었소."

나는 애매하게 손짓했다.

"어쨌든, 그는 나를 기다리고 있었소."

"당신을 기다리고 있었다고?"

속으로 무슨 생각을 하는지는 몰라도, 오르테가는 못 믿겠다는 표정을 지었다.

"우리가 잡아들인 그 스티프 판매상들 말로는 그냥 물건을 사고 있었다던데. 단골 고객이라고 했어."

나는 고개를 저었다.

"그는 날 기다리고 있었소. 내가 말을 걸려고 하니 달아난 거요."

"당신 얼굴이 마음에 들지 않았나 보지. 판매상 중 한 사람 말로는, 당신이 머리를 부숴 놓은 그 사람일 텐데, 당신이 누구 하나 죽일 것 같은 인상이었다던데."

오르테가는 어깨를 으쓱했다.

"당신이 먼저 시작했다고 했어. 우리가 보기에도 그렇고."

"그렇다면 왜 날 잡아들이지 않는 거요?"

"아, 무슨 명목으로?"

오르테가는 담배 연기를 내뿜듯 후 하고 숨을 내쉬었다.

"스티프 판매상 둘에 대한 유기체 손상(수술로 복구 가능한)죄? 경찰 재산을 손괴할 위험에 빠뜨린 죄? 릭타운 평화 교란죄? 생각해 보라고, 코바치. 이런 건 제리스 문 밖에서 밤마다 벌어지는 일이야. 난 서류 작업 때문에 피곤한 사람이라고."

크루저가 한쪽으로 기울었다. 창밖으로 헨드릭스 호텔의 타워가 희미하게 눈에 들어왔다. 나는 경찰이 선터치 하우스까지 태워 주겠다는 것을 받아들였을 때와 비슷한 기분으로 호텔까지 태워 주겠다는 오르테가의 제안을 받아들였다. 어떻게 되나 어디 보자는 심정으로. 특파 부대에서 배운 지혜다. 상황에 순응하고 앞으로 벌어질 일을 두고 보는 것. 오르테가가 행선지를 속이고 있다고 판단할 근거는 전혀 없었지만, 그래도 호텔 타워가 보이는 순간 어쩐지 놀라운 기분이었다. 특파 부대원에게는 사람을 신뢰하는 재주가 없다.

착륙 허가를 놓고 잠시 호텔 측과 실랑이를 벌인 끝에, 조종사는 타워 꼭대기의 지저분한 이착륙장 위에 우리를 올려놓았다. 크루저의 가벼운 동체는 바람에 후들거리며 착륙했고, 해치가 위로 열리는 순간 찬 기운이 안으로 몰려 들어왔다. 오르테가는 그대로 앉아서 속을 알 수 없는 눈빛으로 내가 내리는 것을 지켜보았다. 간밤에 느꼈던 찌릿한 긴장감이 다시 느껴졌다. 재채기가 나오려고 코가 간질거리는 것처럼 뭔가 말해야 할 것 같은 욕구가 일었다.

"이봐, 카드민 건은 어떻게 됐소?"

오르테가는 자세를 바꾸고 긴 한쪽 다리를 들어 내가 앉았던 의자 위에 부츠를 올렸다. 엷은 미소.

"가상현실에 넣어서 열심히 괴롭히는 중이야. 곧 뭔가 나오겠지."

"잘됐군."

나는 바람과 빗줄기 속으로 나가며 목소리를 높였다.

"태워 줘서 고맙소."

오르테가는 무겁게 고개를 끄덕이더니, 등 뒤의 조종사에게 고개를 기울여 뭐라 말했다. 엔진 돌아가는 소리가 점점 커졌고 나는 얼른 몸을 숙이고 닫히는 해치 아래에서 빠져나왔다. 크루저는 불빛을 깜빡이며 착륙장에서 날아올랐다. 빗물이 흐르는 조종석 창문 너머로 오르테가의 얼굴이 마지막으로 언뜻 보이는가 싶더니, 바람이 작은 동체를 가을 낙엽처럼 저 아래 거리 쪽으로 싣고 가 버렸다. 눈 깜짝할 새에 크루저는 밤하늘을 수놓은 다른 수천 개의 비행기 사이에 섞여 들었다. 나는 돌아서서 바람을 안고 출입구 계단을 향했다. 정장은 빗물로 흠뻑 젖어 있었다. 이렇게 뒤죽박죽인 베이시티 기후인데도 뱅크로프트가 왜 여름옷을 준비해 주었는지 도무지 알 수가 없었다. 할란스 월드의 겨울은 무슨 옷을 입어야 할지 결정을 내릴 수 있을 정도만큼은 한 가지 기후가 오래 계속된다.

헨드릭스 호텔 꼭대기 층은 수명이 다돼 가는 일루미늄 타일이 이곳저곳에서 희미하게 빛을 발할 뿐 어둠에 싸여 있었지만, 가는 길목마다 네온 튜브가 고분고분 켜진 뒤 내가 지나가고 나면 다시 꺼졌다. 마치 초나 횃불을 들고 가는 것 같은 묘한 기분이었다.

"손님이 오셨습니다."

엘리베이터에 오른 뒤 문이 닫히자 호텔은 수다스럽게 말했다. 나는 긴급 정지 버튼을 손바닥으로 쾅 쳤다. 아까 긁힌 살갗이 따가웠다.

"뭐?"

"손님이 오……"

"그래, 들었어."

178

인공지능이 혹시 내 말투에 기분 나빠하지 않나 하는 생각이 잠시 스쳤다.

"손님이란 누구고 어디 있지?"

"본인을 미리엄 뱅크로프트라고 말했습니다. 베이시티 등록청에 검색해 보니 슬리브 신원도 일치했습니다. 무기도 소지하고 있지 않고 손님께서 오늘 아침에 중요한 물품도 남기지 않으셨기에 객실에서 기다리도록 했습니다. 마실 것을 제외하고는 아무것도 건드리지 않으셨습니다."

성질이 욱 하고 오르는 것을 느끼면서, 나는 엘리베이터 문에 파인 작은 홈에 초점을 맞추며 마음을 진정시키려고 노력했다.

"그거 재미있군. 모든 손님에 대해서 이런 식으로 자의적인 결정을 내리나?"

"미리엄 뱅크로프트는 로렌스 뱅크로프트의 부인입니다. 뱅크로프트 씨는 객실 비용을 지불하는 분입니다. 이런 상황을 감안할 때 불필요한 긴장을 초래하는 것이 좋지 않다고 생각했습니다."

호텔은 비난하듯 말했다. 나는 엘리베이터 천장을 올려다보았다.

"내 뒷조사도 하는군?"

"뒷조사는 제 계약 조건의 일부입니다. 수집한 모든 정보는 유엔령 제 231조 4절에 의거한 요청이 있지 않는 한 비밀이 보장됩니다."

"그래? 또 뭘 알아냈지?"

"다케시 레프 코바치, 중위. 별명, 맘바 레프, '한 손의 무법자',

얼음송곳. 식민지력 187년 5월 35일 할란스 월드 뉴페스트 출생. 204년 9월 11일 유엔령 방위군 입대, 222년 6월 31일 정기 모집에 의해 특파 부대로 발탁."

"좋아."

인공지능의 정보가 상당히 깊은 곳까지 뻗어 있는 데 나는 속으로 약간 놀랐다. 대부분의 사람에 대한 정보는 외계로 나가면 찾기 힘들어진다. 성간 니들캐스트는 비싸다. 불법적으로 설리번 교도소장의 데이터에 침투한 것이 아니라면 불가능한 일이다. 호텔의 범법 전력에 대한 오르테가의 말이 다시 떠올랐다. 그런데 인공지능은 무슨 범죄를 저지르는 걸까?

"뱅크로프트 부인이 여기 오신 것도 당신이 수사 중인 남편 살해 사건과 관련된 일 때문이라는 생각이 들었습니다. 당신도 가능하면 만나고 싶어 하실 거라고 생각되었고, 또 부인께서는 로비에서 기다리는 걸 받아들이지 않으셨습니다."

나는 한숨을 쉬고 긴급 정지 버튼을 눌렀던 손을 거두었다.

"그래, 그랬겠지."

부인은 얼음이 가득 찬 목이 긴 잔을 들고 창가에 앉아 발 아래 도로의 불빛을 바라보고 있었다. 방은 부드럽게 빛나는 서비스 해치와 음료 캐비닛의 삼색 네온등 외에는 깜깜했다. 부인이 작업복 바지와 몸에 붙는 레오타드 위에 숄 같은 것을 두르고 있다는 것은 알아볼 수 있었다. 부인은 내가 들어섰을 때 돌아보지 않았기 때문에, 나는 방을 가로질러 그녀의 시야로 들어섰다.

"호텔에서 부인이 와 있다고 미리 말해 주더군요. 왜 내가 넋이 나갈 정도로 놀라지 않나 궁금해하실까 봐."

부인은 나를 올려다보고 얼굴에 흘러내린 머리를 쓸어 넘겼다.

"냉정하시군요, 코바치 씨. 박수라도 쳐 드릴까요?"

나는 어깨를 으쓱했다.

"그냥 마실 것 감사드립니다 그러면 됩니다."

부인은 잠시 생각에 잠긴 얼굴로 잔을 바라보고 있다가 다시 눈길을 들었다.

"마실 것 고마워요."

"별말씀을."

나는 캐비닛으로 가서 진열된 병을 훑어보았다. 15년 숙성 싱글몰트 병이 눈에 띄었다. 나는 코르크 마개를 열고 병목의 냄새를 맡은 뒤 텀블러를 집어 들었다. 그리고 술을 따르는 손을 내려다보며 말했다.

"오래 기다렸습니까?"

"한 시간 정도. 오우무 프레스콧이 당신이 릭타운으로 갔다고 하기에 늦게 들어오겠다고 생각했어요. 문제가 있었나요?"

나는 위스키를 한 모금 들이켰다. 카드민이 부츠로 낸 입 안의 상처가 따끔거려서 나는 얼른 삼켰다. 그리고 얼굴을 찌푸렸다.

"왜 그렇게 생각하십니까, 뱅크로프트 부인?"

부인은 한 손으로 우아하게 손짓했다.

"이유는 없어요. 이야기해 주실래요?"

"별로."

나는 진홍색 침대 발치에 놓인 커다란 쿠션에 앉아서 방 건너편의 부인을 쳐다보았다. 침묵이 흘렀다. 이쪽에서 볼 때 부인은 창밖에서 역광을 받고 있었기 때문에 얼굴은 짙은 어둠에 가려 있었다. 나는 부인의 왼쪽 눈인 듯한 희미한 반짝임을 응시했다. 잠시 후 부인은 자세를 고쳐 앉았다. 술잔 속의 얼음이 딸그락거렸다.

"음."

부인은 헛기침을 했다.

"무슨 이야기를 할까요?"

나는 잔을 들어 보였다.

"왜 여기 오셨는지 우선 이유나 들어 봅시다."

"얼마나 진척이 있는지 알고 싶었어요."

"내일 아침에 보고서를 받을 수도 있었잖습니까. 외출하기 전에 오우무 프레스콧에게 보낼 텐데. 자, 뱅크로프트 부인. 시간이 늦었습니다. 좀 더 좋은 핑계를 들어 보시죠."

부인이 움찔하는 것을 보고 나는 순간 그녀가 가 버리려는 게 아닌가 생각했다. 하지만 부인은 무슨 좋은 생각이라도 짜내려는 듯 두 손으로 감싼 잔 위로 고개를 숙이더니 한참 뒤 다시 올려다보았다.

"난 당신이 그만두었으면 좋겠어요."

어둑어둑한 방 안에 울려 퍼진 이 말에 나는 잠시 침묵을 지켰다.

"왜?"

나는 부인의 입술이 미소 짓는 듯 작은 소리를 내며 벌어지는 것을 지켜보았다.

"왜 안 되죠?"

그녀는 말했다.

"글쎄요."

나는 술을 한 모금 마신 후 호르몬을 억제하려고 입 안의 상처 쪽으로 알코올을 흘려보냈다.

"일단, 당신 남편 문제가 있지요. 중간에 수사를 관두고 도망쳤다가는 내 건강에 심각한 문제가 생기게 될 거라는 걸 분명히 했으니까. 그리고 10만 달러. 그다음엔, 음, 약속이나 맹세 같은 형이상학적인 영역으로 들어가겠고. 그리고 솔직히, 나도 궁금합니다."

"10만 달러는 그리 큰돈은 아니죠."

부인은 조심스럽게 말했다.

"유엔 보호령은 넓어요. 내가 돈을 줄게요. 로렌스가 당신을 못 찾을 만한 곳도 물색해 주고."

"네. 그렇다면 맹세 문제가 남는군요. 본인의 궁금증과."

부인은 술잔 위로 몸을 내밀었다.

"까놓고 얘기하죠, 코바치 씨. 로렌스는 당신과 계약을 한 게 아니라 일방적으로 이리 끌어낸 거예요. 받아들이는 것 외에는 선택의 여지가 없는 계약으로 당신을 밀어 넣은 거라고요. 당신이 명예를 저버렸다고 말할 수는 없는 상황이죠."

"그래도 궁금은 합니다만."

"어쩌면 그 점도 내가 만족시켜 줄 수 있지 않을까요."

부인은 부드럽게 말했다. 나는 위스키를 좀 더 마셨다.

"그런가요? 당신이 남편을 죽였으니까, 뱅크로프트 부인?"

부인은 갑갑하다는 듯 손짓을 했다.

"그 탐정 놀이 이야기가 아니에요. 혹시…… 다른 건 궁금하지 않나요?"

"무슨 말씀인지."

나는 술잔 너머로 부인을 바라보았다. 미리엄 뱅크로프트는 창가에서 몸을 일으키더니 창틀에 엉덩이를 걸쳤다. 그리고 과장된 동작으로 한껏 조심스럽게 잔을 내려놓더니 어깨가 위로 솟도록 두 손을 뒤로 돌려 괴었다. 얇은 레오타드 아래에서 가슴이 눌리면서 움직였다.

"머지 나인*이 뭔지 알아요?"

부인은 약간 끊기는 듯한 목소리로 물었다.

"엠파틴?"

머릿속 어딘가에서 그 이름이 떠올랐다. 할란스 월드에서 알고 지냈던 버지니아 비도라의 친구, 완전무장 절도단. 리틀 블루 벅스. 그들은 언제나 머지 나인에 취해서 일을 했다. 그렇게 하면 결속력이 좀 더 강해진다고. 한심한 사이코 녀석들이었다.

"그래요, 엠파틴. 새타이런과 게딘 촉진제가 함유된 엠파틴 파생 물질이죠. 이 몸에는……."

부인은 손가락을 쫙 벌려 자기 몸의 굴곡을 아래로 훑었다.

"나카무라 연구소의 최신 생화학 기술이 집약되어 있어요. 난…… 흥분하면 머지 나인을 분비해요. 땀에서, 타액에서, 성기에서, 코바치 씨."

그녀는 어깨에 걸쳐 있던 숄을 바닥으로 떨어뜨리며 창틀에서 일어섰다. 숄은 발치에 하늘거리며 내려앉았고, 부인은 이쪽으로 다가왔다.

음, 얼레인 매리엇이 그려 낸 명예롭고 의지가 굳건한 수많은 익스피리어 캐릭터들도 있긴 하지만, 현실이란 게 있다. 현실에서는, 어떤 대가를 치르든, 절대 외면할 수 없는 것들이 있게 마련이다.

방 한가운데에서 우리는 하나가 되었다. 공기 중에, 그녀의 체취와 숨결이 내뿜는 수증기 속에 이미 머지 나인이 떠돌고 있었다. 깊숙이 숨을 들이쉬니 명치끝에서 현을 뜯듯 화학물질이 확 퍼졌다. 술잔은 어디로 갔는지 없었고, 잔을 들었던 내 손은 미리엄 뱅크로프트의 불룩한 젖가슴을 감싸고 있었다. 그녀는 두 손으로 내 머리를 잡아 끌어당겼다. 부인의 가슴골 사이를 따라 맺힌 땀방울에서도 머지 나인의 향이 풍겼다. 나는 레오타드의 솔기를 잡아당겨서 안에 눌려 있던 젖가슴을 위로 노출시킨 뒤 입으로 한쪽 젖꼭지를 더듬더듬 찾아 물었다.

머리 위에서 그녀의 입이 열렸다. 엠파틴이 두뇌에서 작용하기 시작하면서 잠자고 있던 나의 정신 감응력을 일깨우고 이 여인이 발산하고 있는 강렬한 흥분의 기운을 향해 촉수를 내밀었다. 그녀 역시 내 입에서 자기 젖가슴을 맛보고 있을 것이다. 한번 발동된 엠파틴 흥분은 불붙은 이쪽 감각기관에서 저쪽으로 테니스공처럼 한번 넘어갈 때마다 강렬함을 더해 가면서 거의 참을 수 없는 클라이맥스로 치달았다.

미리엄 뱅크로프트는 이제 신음하고 있었고 우리는 바닥에 함께 무너졌다. 나는 위로 볼록 솟은 가슴 사이에서 얼굴을 문지르며 앞뒤로 몸을 움직였다. 굶주린 손이 내 옆구리와 부풀어 오른 다리 사이를 움켜쥐고 부드럽게 손톱을 박아 넣었다. 우리는 서로를 채우고 싶은 욕구에 입술을 떨면서 서로의 옷을 미친 듯이 헤집었다. 옷을 완전히 벗고 나니 아래의 양탄자 한 올 한 올이 피부에 뜨겁게 와 닿았다. 나는 강렬한 소금 맛이 나는 성기의 주름 사이를 혀로 쓸어내리며 머지 나인을 애액과 함께 흠뻑 빨아들인 뒤 다시 작은 꽃망울 같은 클리토리스를 지그시 누르고 튕겼다. 어딘가, 세상 저 끝처럼 멀게 느껴지는 곳에서, 내 페니스가 그녀의 손 안에서 고동치고 있었다. 입술이 귀두를 감싸고 부드럽게 빨았다.

감각이 서로 휘감기며 빠르게 절정으로 치달았다. 머지 나인의 교감 능력 때문에 그녀의 손가락이 붙잡고 있는 딱딱한 페니스의 감각과, 내 혀가 그녀의 몸속 저 끝에 가 닿는 느낌을 구별할 수가 없었다. 그녀의 허벅지가 내 머리를 휘감았다. 신음 소리, 하지만 누구의 목구멍에서 나온 소리인지 더 이상 알 수 없었다. 교감으로 증폭된 감각 속에 개별성은 사라졌고, 한 겹 한 겹 긴장이 더해 가다, 갑자기 얼굴과 손가락에 쏟아지는 짭짤한 정액 속에서 그녀는 웃음을 터뜨렸다. 동시에 엉덩이로 내 얼굴을 코르크 마개처럼 단단히 죄면서 절정에 다다랐다.

잠시 우리는 살을 맞댄 채 우는 듯한 신음 소리를 내며 꿈틀거리고 있었다. 몸이 오랫동안 탱크에 저장되어 있었던 탓에 바이오캐빈의 유리벽을 누르던 아네노미의 모습이 떠오르면서 페니스가 다시 딱딱해지기 시작했다. 미리엄 뱅크로프트는 내 페니스를 코로 문지르며 매끈해질 때까지 끈끈하게 묻은 정액을 혓바닥 끝으로 닦고 빨더니 내 몸 위에 걸터앉았다. 그리고 팔을 뒤로 내밀어 균형을 잡으면서 길게 따뜻한 신음을 내뱉으며 페니스를 몸 안에 집어넣은 후 허리를 앞으로 숙였다. 나는 목을 위로 빼서 덜렁거리는 가슴을 열심히 빨았다. 그리고 몸 양쪽으로 벌린 그녀의 허벽지를 움켜잡았다.

다시 움직임.

두 번째는 더 오래 걸렸고, 엠파틴 때문에 성적이라기보다는 보다 미학적인 분위기가 감돌았다. 미리엄 뱅크로프트는 천천히 허리를 돌리기 시작했다. 나는 초연한 욕망의 눈길로 그녀의 탄탄한 복부와 튀어나온 젖가슴을 바라보았다. 무슨 이유인지는 몰라도 헨드릭스 호텔은 객실 사방의 구석에서 느리고 깊숙한 레게 비트를 연주하기 시작했고, 조명은 빨강색과 자주색으로 돌아가기 시작했다. 조명이 우리의 몸에 붉은 반점을 떨어뜨리는 순간, 내 의식도 조명과 같이 기울어지며 초점을 잃었다. 존재하는 것은 오로지 내 몸을 깔고 앉은 미리엄 뱅크로프트의 엉덩이와, 조명에 감싸인 그 몸과 얼굴을 바라보는 나의 조각난 시선뿐이었다. 절정은 먼 곳에서 폭발하듯 덮쳤다. 마치 나 자신의 절정이 아니라 내 몸 위에서 부르르 떨며 얼어붙는 여인의 절정처럼 느껴졌다.

한참 뒤, 우리는 나란히 누운 채 아직 다 탐험하지 못한 서로의 굴곡들을 더듬고 있었다. 그녀가 말했다.

"날 어떻게 생각해요?"

그녀의 손이 뭘 하고 있는지 몸 아래쪽을 한번 내려다본 뒤, 나는 헛기침을 했다.

"함정입니까?"

그녀는 웃었다. 선터치 하우스의 지도실에서 왠지 마음을 따뜻하게 해 주었던 그 나지막한 웃음소리였다.

"아니, 알고 싶어요."

"관심이나 있습니까?"

퉁명스러운 말투는 아니었다. 머지 나인이 노골적인 속뜻을 중화시켜 주고 있었다.

"메트족으로 산다는 게 그런 거라고 생각하죠?"

그녀의 입에서 흘러나온 메트라는 단어는 남의 이야기라도 하듯 묘했다.

"우리가 젊은 존재에 대해서는 관심이 없다고 생각하는 거죠?"

"모르겠습니다."

나는 솔직하게 말했다.

"그런 관점이 있다는 것도 들었습니다만. 300년을 살다 보면 시야가 변하기 마련이겠지요."

"맞아요."

내 손가락이 그녀의 몸속으로 미끄러져 들어가자 숨결이 살짝 거칠어졌다.

"네, 그래요. 하지만 관심이 끊어지지는 않아요. 보게 돼요. 나를 스쳐 지나가는 모든 것들을. 그러면 뭔가 붙들고 싶다, 매달리고 싶다, 그 모든 것을 멈추고 싶다는 생각밖에 들지 않아요. 흘러가 버리는 것들을."

"그렇습니까?"

"그래요. 자, 당신은 날 어떻게 생각하죠?"

나는 몸을 일으키고 그녀가 입고 있는 젊은 여인의 몸과 섬세한 얼굴선, 그리고 늙은, 정말 늙은 눈을 바라보았다. 아직 머지 나인 기운에 취해 있었기 때문에 그 몸에서는 단 하나의 오점도 찾아낼 수가 없었다. 그녀는 내가 이제껏 본 그 어떤 존재보다도 더 아름다웠다. 나는 객관적인 시각을 유지하려는 헛된 노력을 포기하고 고개를 숙여 한쪽 가슴에 입을 맞췄다.

"미리엄 뱅크로프트, 당신은 아름다운 존재입니다. 당신을 소유할 수만 있다면 기꺼이 영혼이라도 바치고 싶은."

부인은 킥킥 웃었다.

"진지하게 말해 봐요. 날 좋아해요?"

"무슨 질문이……."

"난 진지하다니까요."

단순한 엠파틴 기운이라기에는 좀 더 깊은 곳에서 우러나오는 말투였다. 나는 정신을 약간 가다듬고 부인의 눈을 보았다. 나는 짧게 답했다.

"네. 당신을 좋아합니다."

부인의 음성이 목구멍에 걸릴 정도로 낮아졌다.

"오늘 한 일, 마음에 들어요?"

"마음에 듭니다."

"좀 더 원해요?"

"좀 더 원합니다."

부인은 몸을 일으켜 나를 보았다. 주물럭거리는 그녀의 손길은 점점 강해지고 단호해졌다. 목소리 역시 마찬가지였다.

"다시 말해 봐요."

"좀 더 원합니다. 당신을."

그녀는 손바닥으로 내 가슴을 뒤로 밀며 몸을 기대 왔다. 이미 발기가 거의 다 된 상태였다. 부인은 보다 천천히, 민감하게 어루만지기 시작했다.

"서쪽으로 가면."

그녀는 중얼거렸다.

"크루저로 다섯 시간쯤 걸리는 곳에 섬이 하나 있어요. 내 거예요. 거기 가는 사람은 아무도 없어요. 50킬로미터까지 출입 금지 지역으로 되어 있고 위성에서 순찰을 하죠. 아름다운 곳이에요. 클론 은행과 의식 입력 시설도 지어 놨고."

목소리가 다시 흔들렸다.

"난 가끔 여러 개의 클론을 사용해요. 내 의식을 복제해서 넣죠. 즐기려고. 내 제안, 이해하겠어요?"

나는 대답 비슷한 소리를 냈다. 하나의 의식으로 조율되는, 이 몸과 똑같은 여러 개의 몸을 상대하는 상상을 하니 내 몸은 더욱 단단해졌다. 부인의 손은 페니스 끝에서 끝까지 기계처럼 오르내리고 있었다.

"무슨 뜻이죠?"

그녀가 내 가슴에 기대자 젖꼭지가 스쳤다.

"얼마나 오랫동안?"

나는 복부 근육을 숨 가쁘게 오르내리며 머지 나인에 취해 흐릿하게 물었다.

"그 놀이 공원 영구 입장권입니까?"

부인은 음란하게 미소 지었다.

"자유 이용권이죠."

"하지만 기간은 제한된 거 아닙니까?"

부인은 고개를 저었다.

"아니, 이해를 못하는군요. 거기는 내 소유지예요. 전부 다, 섬. 주변의 바다, 그 위에 있는 모든 것들 다. 내 거라고요. 당신이 원한다면 언제까지라도 거기 있을 수 있어요. 당신이 질릴 때까지."

"상당히 오랜 시간이겠군요."

고개를 저으며 눈길을 살짝 내리까는 그녀의 몸짓에는 서글픔이 어려 있었다.

"아니, 그렇지 않을 거예요."

페니스를 오르내리던 손길이 약간 느려졌다. 나는 신음하며 그녀의 손을 잡아 다시 움직이도록 했다. 이 손길에 열정이 되살아난 듯, 그녀는 다시 열심히 아래위로 움직이며 허리를 숙여 내 입에 젖가슴을 갖다 댔다. 나는 빨고 핥았다. 시간 감각이 사라지고 감각은 고통스러울 정도로 아주 천천히 절정을 향해 치닫고 있었다. 저 멀리 어디에서 약에 취한 음성으로 애원하는 내 목소리가 들려왔다.

오르가즘이 다가오자, 머지 나인의 교감을 통해 그녀가 내 페니스를 다루는 계산된 동작과는 딴판으로 주체할 수 없는 욕망에 떨며 자기 몸 안에 손가락을 박고 문지르고 있는 것을 느낄 수 있었다. 그녀는 엠파틴의 정교한 계산 능력으로 내가 절정에 도달하기 몇 초 전에 절정에 다다랐고, 사정이 시작되자 자신의 애액을 내 얼굴과 꿈틀거리는 몸에 발랐다.

화이트아웃.

한참 뒤 다시 정신이 들었을 때는, 머지 나인의 후유증이 납덩이처럼 온몸을 내리누르고 있었고 그녀는 열병 속의 꿈처럼 사라지고 없었다.

친구가 없고 간밤에 같이 잔 여자도 쪼개질 듯한 두통만 남기고 말없이 사라졌을 때는 선택의 여지가 별로 없다. 어린 시절에는 이럴 때 뉴페스트의 거리를 쏘다니며 야비한 싸움거리를 찾아 헤매곤 했다. 그 결과 두 사람이 칼침을 맞았는데 그 가운데 내가 포함되지 않았다는 점이 할란스 월드 갱단 뉴페스트 지부에 입문하는 계기가 되었다. 이후 이런 식의 은둔 생활은 군대로 업그레이드되었다. 목적이 있는, 훨씬 비싼 무기로 하는, 하지만 알고 보니 마찬가지로 야비한 싸움질. 지나고 보니 그렇게 놀랄 일도 아니었다. 해병대 징집관이 정말로 알고 싶었던 것은 오로지 내가 얼마나 많은 싸움에서 이겼느냐 하는 것뿐이었으니까.

요즘 나는 이런 화학물질로 인한 숙취에 약간 덜 파괴적으로 대처하는 방법을 개발해 놓고 있었다. 하지만 헨드릭스 호텔 지하 수영장에서 40분 동안 수영을 하고도 미리엄 뱅크로프트와 함께했던 격정, 혹은 머지 나인으로 인한 숙취가 떨어져 나가지 않았다면 이제 남은 대책은 하나밖에 없는 듯했다. 나는 룸서비스로 진통제를 시키고 쇼핑을 하러 나섰다.

거리로 나가 보니 베이시티는 이미 한낮의 활기로 가득 차 있었고, 상업 중심가는 행인들로 붐볐다. 나는 잠시 한쪽 옆에 서 있다가 사람들의 물결 속으로 뛰어들어 쇼윈도를 들여다보기 시작했다.

할란스 월드에서 시레니티 칼라일이라는 어울리지 않는 이름의 금발 해병대 상사가 내게 쇼핑하는 법을 가르쳐 준 적이 있다. 그 전에 나는 언제나 "신속 정확 구매"라는 표현에 딱 맞는 방식을 선호했다. 목표물을 확인하고, 들어가서, 산 다음 나온다. 원하는 것을 살 수가 없으면, 역시 신속하게 나와서 손해를 줄인다. 함께 살던 동안 시레니티는 나로 하여금 이런 접근법을 버리게 하고 소비자 방목 철학을 받아들이게 했다.

어느 날 그녀는 밀스포트 커피숍에서 이렇게 말했다.

"봐. 쇼핑은, 실제 쇼핑, 물리적인 쇼핑 말이야, 그들이 원하기만 했다면 몇 세기 전에 벌써 사라질 수도 있었어."

"그들이라니?"

"사람들. 사회."

그녀는 넘어가자는 듯 손을 내저었다.

"어쨌든, 그때도 기술은 있었어. 우편 주문이라든지 가상 슈퍼마켓, 자동 결제 시스템 같은 것. 쇼핑은 없어질 수도 있었지만, 그런 일은 일어나지 않았다고. 이게 무슨 뜻일까?"

뉴페스트의 뒷골목 갱단을 거쳐 해병대 보병이 된 스물두 살짜리에게, 그것은 아무 뜻도 없었다. 칼라일은 내 멍한 눈빛을 보더니 한숨을 쉬었다.

"그건 사람들이 쇼핑을 좋아한다는 뜻이야. 유전자 레벨에 있는 근본적인, 습득 욕구를 충족시켜 준다는 뜻이라고. 사냥하고 채집하던 조상님들에게서 물려받은. 아, 기본적인 필수품이야 간편한 쇼핑 자동화 시스템을 이용할 수도 있고, 극빈층에게는 식품 자동 분배 시스템도 있지. 하지만 동시에 사람들이 물리적으로 직접 가야만 하는 상업 중심가나 음식 및 공예품 전문 시장도 엄청나게 늘었어. 쇼핑을 즐기지 않는다면 사람들이 왜 그렇게 하겠어?"

나는 아마 젊은이답게 태연한 척 어깨를 으쓱했을 것이다.

"쇼핑은 물리적인 상호 작용이자 판단 능력의 활용이고 습득 욕구의 충족, 더 습득하려는, 정찰하려는 충동에 대한 반응이야. 생각해 보면 이건 정말 기본적인 인간의 본능이라고. 당신도 쇼핑을 사랑하는 법을 배워야 돼, 닥. 헬리콥터를 타면 몸에 물 한 방울 안 묻히고 군도 하나를 넘어갈 수 있지. 그렇다고 헤엄치는 것이 주는 근본적인 쾌락이 없어지지는 않잖아? 쇼핑을 '잘' 하는 법을 배워, 닥. 유연해지라고. 불확실성을 즐겨."

지금 내가 느끼고 있는 것이 정확히 쾌락이라고 할 수는 없겠지만, 어쨌든 나는 시레니티의 철학을 따라 유연한 마음가짐을 고수했다. 처음에는 막연하게 튼튼한 방수 재킷 정도를 찾아 나섰지만, 마침내 내 발길을 가게 안으로 이끈 물건은 어떤 지형 조건에서도 신을 수 있는 부츠 한 켤레였다.

부츠 다음으로는 헐렁한 검정 바지와 목에서 허리까지 효소로 단단히 맞물리게 되어 있는 윗도리를 골랐다. 베이시티에 온 뒤로 길거리에서 이 비슷한 복장을 한 백 번은 본 것 같았다. 외양적 동화. 이 정도면 될 것이다. 숙취에 찌든 얼굴을 거울에 잠시 비춰 보다가 도발적인 빨강 실크 밴대너도 이마 위에 둘렀다. 뉴페스트 갱 스타일이다. 이건 동화라기보다는 어제부터 내 속에서 자라기 시작한 반항적인 초조감의 표현이었다. 나는 뱅크로프트의 여름 정장을 바깥 거리의 쓰레기통에 던져 넣고 신발도 그 옆에 놓아 두었다.

그 전에 재킷 주머니를 뒤지니 명함 두 장이 나왔다. 베이시티 교도소 의사와 뱅크로프트가 추천한 무기상.

라킨 앤드 그린은 총포상 두 명의 이름이 아니라 녹음이 우거진 "러시안 힐"이라는 언덕 위 교차로 이름이었다. 자동택시 데이터에는 관광객을 위한 소개가 나와 있었지만, 굳이 읽지는 않았다. "라킨 앤드 그린, 03년 창업"은 길모퉁이 가게였는데, 거리 양쪽으로 각각 폭이 5미터도 채 되지 않았지만 양 끝에는 이후 증축된 것으로 보이는 부분이 연결되어 있었다. 나는 잘 관리된 나무문을 열고 오일 냄새가 풍기는 서늘한 가게 안으로 들어섰다.

내부는 선터치 하우스의 지도실을 연상시켰다. 공간이 넓었고 길쭉한 창문에서 빛이 쏟아져 들어오고 있었다. 2층 바닥을 없애고 사면에 넓은 회랑을 설치해서 1층을 내려다보도록 되어 있었다. 벽에는 평평한 진열장이 걸려 있었고 회랑 아래쪽 공간에도 역시 전시용으로 유리를 위에 씌운 묵직한 수레가 자리 잡고 있었다. 총의 기름 냄새 아래로 실내 방향기 냄새가 희미하게 감돌았다. 오래된 나무 냄새였다. 새 부츠를 신은 내 발밑에는 양탄자가 깔려 있었다.

검정색 금속 얼굴이 갤러리 난간 위에서 나타났다. 눈이 있는 자리에는 영상 수신기가 녹색을 발하고 있었다.

"무엇을 도와드릴까요?"

"다케시 코바치라고 하는데. 로렌스 뱅크로프트 씨의 소개로 왔어."

나는 고개를 젖혀 맨드로이드와 눈을 맞추었다.

"무기를 좀 고르려고 하는데."

"알겠습니다."

매끈한 남자 목소리였고 판매 촉진용 초저주파는 감지할 수 없었다.

"뱅크로프트 씨에게서 오실 거라는 말씀을 들었습니다. 지금 고객을 상대하고 있는 중이지만 곧 내려가겠습니다. 편안하게 기다려 주십시오. 왼쪽에 의자와 다과 찬장이 있습니다. 마음껏 드십시오."

머리가 사라지더니 아까 들어오면서 언뜻 들렸던 두런거리는 대화가 다시 시작되었다. 다과 찬장을 찾은 나는 그 안에 술과 시가가 잔뜩 들어 있는 것을 보고 얼른 다시 문을 닫았다. 머지 나인으로 인한 숙취는 진통제 기운으로 약간 누그러졌지만 더 이상 약물 남용을 할 상태는 아니었다. 문득 오늘 아직까지 담배를 한 대도 피우지 않았다는 것을 깨닫고 약간 놀랐다. 나는 가장 가까운 진열장으로 다가가서 안에 놓인 사무라이 검들을 훑어보았다. 칼집에는 날짜를 적은 표가 붙어 있었다. 나보다 나이가 많은 검도 있었다.

다음 진열장에는 기계로 가공했다기보다 밭에서 키운 듯한 갈색과 회색의 총기류가 들어 있었다. 식물을 닮은 부드러운 곡선을 그리며 개머리판 쪽으로 펼쳐진 포장지 반대쪽 끝에서 총열이 튀어나와 있었다. 역시 지난 세기에 만들어진 물건들이었다. 한 총열에 새겨진 둥근 문양이 무엇인지 들여다보고 있는데, 등 뒤의 계단에서 금속성의 발소리가 들렸다.

"마음에 드는 물건을 찾으셨습니까?"

돌아보니 맨드로이드가 다가오고 있었다. 광이 나는 청동 몸통에는 인간 남성을 본뜬 근육까지 있었다. 성기만 없을 뿐이었다. 길고 날렵한 얼굴에는 표정이 없었지만 이목구비가 정교해서 상대의 시선을 끌기에 충분했다. 머리에는 머리카락을 뒤로 빗어 넘

196

긴 것처럼 골이 나란히 패어 있었다. 가슴팍에 찍힌 전설적인 "화성 엑스포 2076"이라는 문구는 거의 다 닳아 있었다. 나는 총기 쪽으로 손짓했다.

"그냥 보는 중이야. 전부 나무로 만든 건가?"

녹색 영상 수신기가 나를 엄숙하게 응시했다.

"맞습니다. 개머리는 너도밤나무 변종입니다. 전부 수제 무기죠. 칼라시니코프, 퍼디, 베레타. 저희는 유럽 브랜드를 모두 갖추고 있습니다. 어떤 물건에 관심이 있으신지요?"

나는 돌아보았다. 총의 기능적인 둔탁함과 유기체적인 우아함 사이에는 뭔가 시적인 분위기가, 날 안아 달라고 외치는 듯한 분위기가 있었다. 날 사용해 달라는.

"내 취향에는 너무 화려한데. 좀 더 실용적인 걸 찾고 싶었어."

"그러시군요. 이 분야의 초보자가 아니시라고 생각해도 되겠습니까?"

나는 기계를 향해 씩 웃었다.

"아마 그럴 거야."

"그렇다면 과거에 어떤 물건을 사용하셨는지 여쭤 봐도 될까요?"

"스미스 앤드 웨슨 11밀리 매그넘. 잉그램 40 플레셋 건. 선젯 입자총. 그런데 이 몸으로 사용했던 건 아니야."

녹색 영상 수신기가 반짝였다. 대답이 없었다. 특파 부대와 가벼운 잡담을 나눌 만한 프로그램은 되어 있지 않은 모양이었다.

"그렇다면 그 몸으로는 정확히 어떤 물건을 찾고 계시는지?"

나는 어깨를 으쓱했다.

"총기류로 얌전한 것 하나, 안 그런 것 하나. 그리고 칼 한 자루. 화력이 센 쪽은 스미스 앤드 웨슨처럼 생긴 걸로."

맨드로이드는 침묵을 지켰다. 데이터를 바쁘게 검색하는 소리까지 들려오는 것 같았다. 이런 기계가 어떻게 여기까지 흘러 들어오게 됐는지 문득 궁금했다. 분명 이런 직종을 위해 디자인된 로봇은 아니다. 할란스 월드에서는 맨드로이드를 흔히 볼 수 없다. 합성 인간*이나 클론보다 제조비가 많이 들고, 인간의 형체가 필요한 직종은 대부분 유기체로 되어 있는 몸이 더 효율적이기 때문이다. 사실 인간형 로봇은 전혀 상반되는 두 가지 기능을 쓸데없이 결합시켜 놓은 물건이다. 메인프레임에서 훨씬 효율적으로 수행할 수 있는 인공지능과, 대다수의 사이버 공학 제조업체에서 각각의 업무 특성에 맞는 디자인들을 내놓고 있는 육체노동. 내가 할란스 월드에서 마지막으로 본 로봇은 정원 관리용이었다.

영상 수신기에서 살짝 빛을 발하면서 로봇은 자세를 풀었다.

"이쪽으로 오시면 손님께 적합한 조합이 있습니다."

나는 로봇을 따라 주변 벽과 너무 잘 어울려 미처 눈에 띄지 않은 문을 지나 짧은 복도를 지났다. 복도 끝에는 길고 낮은 방이 있었는데, 칠하지 않은 회벽에는 거칠은 유리섬유 포장 박스가 줄지어 있었다. 많은 사람들이 방 위아래에서 조용히 일하고 있었다. 숙련된 손길이 무기를 덜걱거리는 사무적인 소리가 방 안을 채우고 있었다. 맨드로이드는 기름때가 묻은 작업복 차림의 키 작은 회색 머리 남자에게로 나를 데려갔다. 그는 전자기 볼트 스로워를 마치 로스트 치킨처럼 분해하고 있다가 우리가 다가가자 고개를 들었다.

"칩?"

그는 나를 무시하고 맨드로이드 쪽으로 고개를 끄덕여 보였다.

"클라이브, 이쪽은 다케시 코바치입니다. 뱅크로프트 씨의 친구인데 무기를 찾고 있습니다. 네멕스 총과 필립스 총을 보여 주신 뒤 실라에게 넘겨서 칼을 고르도록 해 주십시오."

클라이브는 다시 고개를 끄덕이고 전자기총을 내려놓았다.

"이쪽으로 오십시오."

맨드로이드는 내 팔에 가볍게 손을 댔다.

"전시장에 있을 테니 또 필요하신 것이 있다면 그쪽으로 와 주십시오."

기계는 가볍게 절하고 떠났다. 나는 클라이브의 뒤를 따라 포장 박스 앞을 지나쳐서 플라스틱 조각 더미 위에 다양한 총기가 진열되어 있는 쪽으로 향했다. 클라이브는 총을 하나 골라 들고 이쪽으로 와서 내밀었다.

"네메시스 X, 2시리즈입니다. 네멕스. 만리허 쇼에나우어사 인가 제작. 맞춤 제작된 드럭 31 추진제로 실탄을 발사합니다. 대단히 강력하고 대단히 정확하죠. 탄창에는 열여덟 발이 들어갑니다. 약간 덩치가 크지만 총격전에서 진가를 발휘합니다. 무게를 느껴 보십시오."

나는 총을 받아 들고 손에서 돌려 보았다. 크고 총열이 묵직한 데다 스미스 앤드 웨슨보다 약간 긴 권총이었지만 균형이 잘 잡혀 있었다. 나는 잠시 양손으로 바꿔 들어 보면서 감을 느껴 보다가 가늠쇠를 들여다보았다. 클라이브는 옆에서 침착하게 기다리고 있었다.

"좋군."

나는 총을 돌려주었다.

"좀 더 얌전한 총은?"

"필립스 스퀴즈건입니다."

클라이브는 열린 상자에 손을 집어넣고 플라스틱 조각 사이를 뒤지더니 네멕스의 절반 크기밖에 안 되는 날렵한 회색 권총을 꺼냈다.

"강철 실탄. 전자기장 가속기를 사용합니다. 전혀 소음이 없고 약 20미터 거리까지 정확성을 자랑하지요. 반동이 없고, 제너레이터에 역자기장 옵션이 있기 때문에 목표물에서 실탄을 회수할 수 있습니다. 열 발이 들어갑니다."

"배터리는?"

"40발에서 50발이 표준입니다. 그 이상 쏘면 쏠 때마다 발사 속도가 떨어집니다. 정가에 예비 배터리 두 개와 가정용 전력으로 충전시키는 충전기가 딸려 있습니다."

"사격장이 있나? 한번 쏴 보고 싶은데."

"뒤쪽입니다. 하지만 이 녀석들에는 가상 전투 연습 디스켓이 딸려 있는데 실제 연습하는 것과 전혀 다를 것이 없습니다. 보증서도 있습니다."

"그렇군. 좋아."

혹시 손에 익지 않아서 어느 깡패가 쏜 총알에 머리를 맞았을 때 이런 보증서로 손해배상을 청구하려고 한다면 상당한 시간이 걸리긴 할 것이다. 혹시 몸을 갈아입어야 할 때는 말할 것도 없다. 하지만 두통이 약 기운을 뚫고 다시 고개를 쳐들고 있었다. 이런 때 사격 훈련을 해 봤자 소용이 없을지도 모른다. 나는 가격도 묻지 않았다. 어차피 내 돈도 아니다.

"실탄은?"

"한 박스에 다섯 개씩 들어서 나옵니다만, 네멕스에는 공짜 클립이 하나 딸려 있습니다. 신제품 출시 행사지요. 그 정도면 괜찮겠습니까?"

"별로. 각각 두 박스씩 줘."

"그럼 클립 열 개씩?"

공손하지만 의아해하는 목소리였다. 권총에 클립 열 개는 많은 양이다. 하지만 나는 실제로 뭘 명중시키는 것보다 허공에 총알을 잔뜩 흩뿌릴 수 있다는 것이 훨씬 중요할 때가 있음을 경험으로 배웠다.

"칼도 필요하다고 하셨지요?"

"물론."

"실라!"

클라이브는 돌아서서 긴 방 저쪽에 있는 금발을 짧게 친 키 큰 여자를 불렀다. 두 손을 무릎 위에 얹고 박스 위에 다리를 꼬고 걸터앉아 회색 가상현실 마스크를 쓰고 있던 그녀는 자기 이름을 듣고 돌아보다가 그제야 마스크를 깨닫고 벗었다. 그녀는 클라이브의 손짓을 보고 박스에서 일어서다가 현실로 갑자기 돌아오는 바람에 비틀거렸다.

"실라, 손님께서 도검류를 찾으시는데. 도와드리겠나?"

"그러죠."

여자는 기다란 팔을 내밀었다.

"실라 소렌슨입니다. 어떤 칼을 찾으시죠?"

나는 여자의 손을 잡았다.

"다케시 코바치요. 신속하게 던질 수 있는 건데, 작아야 해. 팔뚝에 부착시킬 수 있는 걸로."

"알겠습니다."

여자는 사근사근하게 말했다.

"이쪽으로 오실까요? 총은 끝나셨습니까?"

클라이브가 내게 고개를 끄덕였다.

"총은 제가 칩에게 가져가서 포장을 시키겠습니다. 배달해 드릴까요, 직접 가져가시겠습니까?"

"직접 가져가지."

"그러실 거라고 생각했습니다."

실라의 구역은 사각형의 작은 방이었는데 한쪽 벽에 코르크 과녁이 두 개 놓여 있었고 스틸레토에서 손도끼에 이르는 각종 무기들이 다른 세 면에 걸려 있었다. 실라는 회색 금속 날의 길이가 15센티미터 정도 되는 납작한 검은색 칼을 골랐다.

"테빗 나이프입니다. 아주 고약한 놈이죠."

어느 모로 보나 대수롭지 않다는 태도로, 여자는 돌아서서 과녁을 향해 왼손으로 칼을 던졌다. 칼은 살아 있는 생물처럼 공기를 가르고 사람 모양을 한 과녁의 머리 부분에 박혔다.

"날은 탄탈과 철의 합금이고, 자루는 망상 구조 탄소 소재입니다. 자루 끝에 무게감을 주기 위해 숫돌이 달려 있는데, 날 쪽으로 처치하지 못했을 때는 돌로 내리쳐도 괜찮죠."

나는 과녁판으로 다가가서 칼을 뽑았다. 폭이 좁았고, 양날이

면도날처럼 예리했다. 중심을 따라 좁은 홈이 패어 있었는데 가느다란 붉은 줄 안에 문자가 미세하게 새겨져 있었다. 읽어 보려고 칼을 기울여 보았지만 알아볼 수 없는 부호로 되어 있었다. 회색 금속 표면이 둔탁하게 번득였다.

"이건 뭐지?"

"뭘 말씀하시죠?"

실라는 내 옆으로 와서 섰다.

"아, 네. 이건 생물학 무기 코드입니다. 이 홈에는 C381이 발라져 있는데 헤모글로빈과 접촉하면 시안화물을 생성하지요. 날에서 떨어져 있기 때문에 실수로 본인이 베였을 때는 문제가 없지만 피가 흐르는 생명체의 몸속에 박아 넣으면……."

"멋있군."

"고약한 놈이라고 말씀드렸잖아요."

실라의 음성에 자부심이 묻어났다.

"이걸로 하지."

새로 산 물건들을 묵직하게 들고 거리로 나서자, 무기를 감추기 위해서라도 외투를 사야겠다는 생각이 들었다. 나는 자동택시를 찾아 위쪽을 힐끗 본 뒤 아직 햇빛이 충분하니 걷기로 했다. 이제야 숙취가 물러가기 시작하는 것 같았다.

언덕 아래로 세 블록을 내려가다가, 나는 문득 미행당하고 있다는 것을 깨달았다.

머지 나인 기운이 물러가면서 꾸물꾸물 살아나고 있는 특파부대 정신 훈련*이 그렇게 말해 주었다. 예민해진 접근 감각, 미세한 떨림, 눈가에 자꾸 걸리는 인물 하나. 솜씨 좋은 놈이었다. 거리가 좀 더 붐볐다면 나라도 알아차리지 못했을 텐데, 여기는 행인이 적어서 몸을 숨기기가 어려웠던 모양이었다.

부드러운 가죽 칼집에 넣어 왼쪽 팔뚝에 부착한 테빗 나이프는 신경 반응으로 자동으로 튀어나오게 되어 있었지만, 총은 둘 다 이쪽이 미행을 눈치챘다는 것을 알리지 않고 빼낼 방법이 없었다. 미행을 따돌릴까 하는 생각이 들었지만, 곧 포기했다. 잘 아는 도시도 아니고 약 기운으로 몸이 둔한 데다 짐도 너무 많았다. 같이 쇼핑이나 하자. 나는 약간 더 빠른 걸음으로 상업 지역 안으로 들어섰고, 허벅지까지 오는 값비싼 빨강색과 파란색 모직 코트가 눈에 띄었다. 이누이트 인디언들의 토템을 닮은 인물들이 서로 줄을 지어 쫓아다니는 문양이 그려져 있었다. 원래 생각하던 것과는 거리가 있었지만 따뜻했고 큼직한 주머니가 많았다. 가게 유리창 앞에서 돈을 내는데 미행의 얼굴이 눈에 띄었다. 젊은 백인, 검은 머리. 모르는 사람이었다.

우리는 유니언 스퀘어를 건너다가 한쪽 구석을 중심으로 모인 결의안 653조 시위대를 만나 잠시 발걸음을 멈췄다. 인파의 중심을 지나자 사람들이 뜸해지면서 구호가 잦아들었다. 찢어지는 금속성의 마이크 소리도 등 뒤에서 구슬프게 들려왔다. 군중 속에 숨어들 수도 있었지만 굳이 그럴 필요는 없었다. 미행이 그냥 감시에 그치지 않고 무슨 짓을 하려고 했다면 아까 나무가 울창한 언덕에서 눈에 띄지 않게 했을 것이다. 여기는 기습을 하기에는 사람이 너무 많다. 나는 시위대가 남긴 물건들과 기묘한 전단지를 발로 차며 광장을 빠져나온 뒤 미션 스트리트와 헨드릭스 호텔이 있는 남쪽으로 향했다.

미션 스트리트를 걷다가, 나는 무심코 어느 행상인의 전파 송출 반경 안으로 들어섰다. 순간 온갖 영상들이 머릿속을 가득 채웠다. 벗고 있을 때보다 더 많은 것을 보여 줄 목적으로 디자인된 옷을 입은 여자들이 가득한 골목 안이었다. 무릎 위에서 망사로 변해 살점을 드러내는 부츠, 화살표 모양의 밴드를 두른 허벅지, 가슴을 잔뜩 누르고 추켜올려 과시하는 윗옷. 땀 맺힌 가슴골 위로 묵직하게 늘어진 둥근 펜던트. 도전적으로 이를 드러낸 채 날름거리는 혓바닥이 체리 빨강, 아니면 무덤 같은 검정색으로 칠한 입술을 핥고 있었다.

냉랭한 기운이 온몸을 감싸며 숨 가쁜 욕구를 잠재웠고, 여자들은 추상화처럼 느껴졌다. 어느새 나는 여자들의 몸을 식물 종처럼 바라보면서 굴곡의 각도와 직경을 기계처럼 계산하고 뼈와 살의 형태를 가늠하고 있었다.

베타타나틴. 사신(死神).

새천년 초반 진행된 가사 상태 연구 프로젝트의 일환으로 개발된 약물군의 마지막 후손인 베타타나틴은 세포 손상 없이 인체의 생활 반응을 정지 상태에 가깝게 만드는 작용을 한다. 동시에 사신 분자에 들어 있는 통제력 자극 물질이 두뇌 활동을 극도로 끌어올리기 때문에, 이를 통해 과학자들은 데이터 지각을 왜곡시킬 수 있는 압도적인 감정이나 경이감 없이 인공적으로 유도한 죽음을 경험할 수 있었다. 사신을 소량 사용했을 때는 고통이나 흥분, 기쁨, 슬픔 등의 감정에 대해 싸늘한 무관심을 보인다. 남성들이 수 세기 동안 벌거벗은 여성의 육체 앞에서 가장해 왔던 초연함을 캡슐에 담아 손에 넣을 수 있게 된 것이다. 이는 거의 젊은 남성 시장을 겨냥한 제품이었다.

또한 사신은 이상적인 전투용 약물이다. 사신을 복용하면 수도 사조차 여자와 아이들이 가득한 마을을 불태우면서도 아무 양심의 가책 없이 화염이 뼈에서 살을 녹이는 광경을 황홀경 속에서 바라보게 된다.

마지막으로 내가 베타타나틴을 복용한 것은 샤리아의 시가전에서였다. 체온을 평균 실온까지 끌어내리고 심장 박동수를 극도로 줄일 정도의 극대치였다. 샤리아 군의 스파이더 탱크에 부착된 대인 탐지기를 속이기 위해서였다. 적외선 탐지기에 걸리지 않고 접근한 다음 다리를 타고 올라가서 터마이트 수류탄*으로 해치를 터뜨리는 것이다. 충격파에 휩쓸린 탱크 안의 군인들은 갓 태어난 새끼 고양이처럼 죽어 나갔다.

"스티프 있는데."

탁한 목소리가 굳이 하지 않아도 되는 설명을 덧붙였다. 방송을 차단해 보니 회색 두건을 쓴 창백한 백인의 얼굴이 눈앞에 있었다. 어깨에 멘 방송 송출기의 붉은 작동 중 조명이 박쥐의 눈처럼 나를 향해 깜빡이고 있었다. 할란스 월드는 뇌 내 직접 방송 규제가 매우 엄격하며, 어쩌다 실수로 흘려 넣었다 해도 부둣가 선술집에서 남의 술잔을 쏟았을 때와 동급의 폭력 사태를 유발할 수 있다. 나는 팔을 뻗어 상인의 가슴을 세게 밀었다. 그는 비틀거리다 가게 유리창에 부딪혔다.

"이봐……."

"내 머릿속에서 장난치지 마, 친구. 기분 나쁘니까."

상인의 손이 허리춤에 달린 기계로 미끄러져 내려가는 것을 보는 순간, 나는 속셈을 알아차렸다. 꼿꼿하게 손가락을 세워서 그의 안구를 다시 조준하려는데…….

키가 거의 2미터나 되는 축축한 점막으로 덮인 살덩어리가 쉭쉭 소리를 내며 내 눈앞에 있었다. 더듬이가 꿈틀거리며 나를 향했고, 내 손은 굵고 검은 섬모로 둘러싸인, 점액이 뚝뚝 묻어나는 공동 속을 더듬고 있었다. 속에서 무언가가 확 올라왔고 목구멍이 꽉 막혔다. 나는 혐오감에 몸을 부르르 떨면서 파들거리는 섬모 위를 꾹 눌렀다. 끈적거리는 살덩어리가 움푹 들어갔다. 나는 딱딱하게 말했다.

"세상 구경 계속 하고 싶으면 그거 꺼."

살점은 사라지고 다시 상인의 모습이 나타났다. 내 손가락은 여전히 그의 안구 위쪽의 볼록한 부분을 세게 누르고 있었다. 그는 손바닥을 밖으로 해서 두 손을 들어 보였다.

"알았어, 알았다고. 원하지 않으면 사지 마. 나도 먹고살려고 이러는 거라고."

나는 그를 가게 유리창에 밀어붙이고 있다가 뒤로 물러서서 빠져나올 공간을 주었다.

"내 고향에서는 길거리에서 멋대로 남의 머릿속에 들어가는 건 예의가 아니야."

나는 설명했다. 하지만 그는 내가 물러서려는 것을 느꼈는지 엄지손가락으로 음란한 의미로 보이는 손짓을 했다.

"네 고향이 나랑 무슨 상관이야? 메뚜기 새끼. 저리 꺼져."

나는 미리엄 뱅크로프트의 몸에 머지 나인을 주입한 유전공학자들과 이 친구의 윤리적 차이는 과연 무엇일까 멍하니 생각하며 상인을 뒤로하고 길을 건넜다.

그리고 길모퉁이에 잠시 서서 고개를 숙이고 담배에 불을 붙였다.

늦은 오후. 오늘의 첫 담배였다.

그날 밤 거울 앞에서 옷을 입으며, 나는 내 몸을 입고 있는 것은 다른 사람이다. 나는 눈 뒤의 관찰용 자동차에 앉은 일개 승객에 지나지 않는다는 선명한 확신에 시달렸다.

의식 동일성 부정. 의사들은 이를 이렇게 부른다. 혹은 그냥 파편화. 몸을 갈아입는 데 숙달된 사람도 약간의 불안감을 느끼는 것은 드물지 않은 일이지만, 이번은 몇 년 새 가장 심했다. 거울 속의 남자가 내 존재를 눈치 채면 어쩌나 하는 기분에, 한참 동안 구체적인 생각을 한다는 자체가 문자 그대로 겁이 났다. 나는 얼어붙은 채 거울 속의 남자가 테빗 나이프를 신경 발검(拔劍) 칼집에 집어넣은 뒤 네멕스와 필립스 총을 하나씩 집어 들고 무게를 가늠하는 모습을 지켜보았다. 둘 다 옷 어디에든 누르면 효소 작용으로 달라붙는 싸구려 파이버그립 총집에 딸려 있었다. 거울 속의 남자는 네멕스를 외투로 가려지는 왼팔 아래 붙이고 필립스 총을 등허리에 찼다. 몇 번 총을 총집에서 뽑아 들고 거울 속에 비친 자신을 겨누는 연습을 했지만, 그럴 필요는 없었다. 가상 연습 디스크는 클라이브가 장담한 대로였다. 그는 이미 어떤 총으로든 사람을 죽일 만반의 준비가 되어 있었다.

나는 그의 눈 뒤에서 자세를 고쳤다.

그는 내키지 않는 듯 총과 칼을 다시 떼어 침대 위에 놓았다. 그리고 이유 없이 헐벗은 느낌에 허전한 듯 멍하니 서 있었다.

무기의 나약함. 버지니아 비도라는 이를 이렇게 불렀고 특파 부대 훈련 첫날부터 그 나약함에 굴복하는 것은 죄악이라고 가르쳤다.

무기는(모든 무기가 다) 도구일 뿐이다. 버지니아는 선젯 입자 *총을 든 채 말했다. 모든 무기는 각각 특정한 목적을 수행하기 위해 설계된 것이며, 오로지 그 목적에만 유용하다. 엔지니어라는 이유로 어디든지 망치만 들고 다니는 사람은 바보다. 엔지니어조차 그럴진대, 특파 부대는 두 배로 그렇다.*

훈련병 사이에서 지미 드 소토가 재미있다는 듯 헛기침을 했다. 당시 그는 우리 모두의 생각을 대변하고 있었다. 특파 부대 신참 90퍼센트는 보통 장난감과 개인적인 페티시 중간쯤의 존재로 무기를 취급하는 일반 군을 거쳐 올라온 사람들이었다. 유엔 해병대는 어디를 가나, 심지어 휴가 때도 무기를 소지했다.

버지니아 비도라는 헛기침 소리를 듣고 지미와 시선을 마주쳤다.

"드 소토 군. 자네는 동의하지 않는군."

지미는 헛기침의 장본인이 자신이라는 것을 쉽게 들킨 데 당황한 듯 자세를 고쳤다.

"글쎄요. 제 경험으로는 한 방을 많이 갖고 있을수록 이길 가능성이 높은 것 같습니다만."

훈련병들 사이에서 동의한다는 두런거림이 물결처럼 흘렀다. 버지니아 비도라는 소리가 잦아들 때까지 기다렸다. 그런 뒤 입자총을 양손으로 내밀었다.

"말 그대로, 이…… 장치는 한 방이 있다고 할 수 있지. 이리 나와서 받아."

지미는 잠시 망설이다가 앞으로 나가 무기를 받았다. 버지니아 비도라는 뒤로 물러서서 지미를 한 가운데 세우고 군복 상의를 벗었다. 소매 없는 작업복과 스페이스덱 실내화 차림의 그녀는 날씬하고 아주 가냘파 보였다. 그녀는 우렁찬 음성으로 말했다.

"보다시피 '연습'으로 세팅되어 있다. 맞아도 조그맣게 1도쯤 화상을 입을 뿐이야. 거리는 약 5미터. 나는 비무장 상태다. 드 소토 군, 날 맞혀 보겠나? 시작해."

지미는 놀란 얼굴이었지만, 지체 없이 선젯을 들어 올려 세팅을 확인한 다음 다시 낮추고 눈앞의 여자를 바라보았다.

"시작해."

"갑니다."

눈에 띄지 않을 정도로 신속한 동작이었다. 지미는 말이 떨어지기 무섭게 선젯을 들어 올려 총열이 미처 수평이 되기도 전에 발사했다. 입자총 특유의 성난 듯 지직거리는 소리가 공기를 가득 채웠다. 빔이 발사됐다. 버지니아 비도라는 이미 그곳에 없었다. 그녀는 빔의 발사각을 이미 완벽하게 계산하고 피한 뒤, 5미터 거리를 절반으로 좁혀 들어가서 오른손에 들고 있던 재킷을 휘둘렀다. 재킷은 선젯의 총열을 휘감아 총구를 옆으로 어긋나게 했다. 지미가 미처 깨닫기도 전에 버지니아는 입자총을 훈련장 바닥에 던지고 지미를 덮치더니 손바닥 아랫부분을 그의 코 밑에 갖다 댔다.

잠시 정적이 흘렀다. 내 옆에 있던 남자가 입술을 부르르 떨며 길고 낮게 휘파람을 불었다. 버지니아 비도라는 휘파람 소리 쪽으로 살짝 고개를 숙여 보이고는 가볍게 벌떡 일어나 지미를 일으켰다.

"무기는 도구다."

버지니아는 약간 숨찬 목소리로 되풀이했다.

"살인과 파괴를 위한 도구. 앞으로 여러분은 특파 부대로서 살상하고 파괴해야 할 때를 맞을 것이다. 그때 여러분은 필요한 도구를 선택해서 무장해야 한다. 하지만 무기의 나약함을 잊지 말 것. 무기는 몸의 연장일 뿐, 살인하고 파괴하는 것은 다름 아닌 여러분이다. 무기가 있건 없건 여러분 각자가 전부다."

어깨를 세우며 이누이트 재킷을 걸친 뒤, 그는 거울 속의 자신과 다시금 눈을 마주쳤다. 그가 보고 있는 얼굴은 라킨 앤드 그린의 맨드로이드 못지않게 무표정했다. 그는 잠시 무심하게 그 얼굴을 응시하더니 한 손을 들어 왼쪽 눈 밑의 흉터를 문질렀다. 마지막으로 위아래를 훑어본 뒤, 나는 신경을 타고 차가운 통제력이 솟아오르는 것을 느끼며 방을 나섰다. 나는 엘리베이터를 타고 내려가면서 거울을 외면한 채 씩 웃어 보았다.

파편들을 잡아냈어, 버지니아.

호흡. 버지니아는 말했다. *움직여. 자기 통제.*

그리고 우리는 거리로 나갔다. 정문을 나서자 호텔은 좋은 저녁 되시라는 점잖은 인사말을 건넸고, 길 건너편 찻집에서 미행이 나타나더니 나와 평행하게 따라오기 시작했다. 나는 저녁 기운을 즐기며 미행을 떨쳐 낼까 말까 생각하며 몇 블록을 걸었다.

하루 종일 미지근한 햇빛이 비쳤고 하늘에는 구름이 별로 없었지만 날은 아직 따뜻하지 않았다. 헨드릭스 호텔에서 검색했던 지도에 따르면 릭타운은 남쪽으로 거의 열다섯 블록쯤 떨어져 있었다. 나는 길모퉁이에서 멈춰 서서 위쪽 대기 차선에서 배회하던 자동택시에게 신호를 보냈다. 택시에 오르면서 보니 미행도 나를 따라하고 있었다. 슬슬 짜증이 나기 시작했다.

택시는 남쪽으로 기수를 돌렸다. 나는 몸을 앞으로 내밀고 관광객용 정보 패널 위로 손을 갖다 댔다.

"어브라인 서비스에 오신 것을 환영합니다."

부드러운 여자 목소리였다.

"어브라인 중앙 데이터스택에 접속하셨습니다. 원하시는 정보를 말씀해 주십시오."

"릭타운에 우범지대가 있나?"

"릭타운이라고 불리는 구역은 보통 전부 다 우범지대로 간주되고 있습니다."

데이터스택은 온화하게 말했다.

"그러나 어브라인 서비스는 베이시티 경계 내의 어떤 곳이든 고객을 모셔 드리며……."

"알았어. 릭타운 지역에서 가장 폭력 사건 발생률이 높은 거리 이름을 부탁해."

거의 이용되지 않는 채널을 검색하는 동안 잠시 침묵이 흘렀다.

"미주리 스트리트와 위스콘신 스트리트 사이의 19번가는 작년 한 해 동안 유기체 손상 사건이 53건 발생했습니다. 금지 약물

관련 체포 건수가 177건, 경미한 유기체 손상 사건이 122건, 또한……."

"됐어. 마리포사와 샌 브루노 스트리트에 있는 제리스 클로즈드 쿼터에서는 얼마나 떨어져 있지?"

"직선거리로 약 1킬로미터입니다."

"지도가 있나?"

콘솔에 거리 지도가 나타났다. 제리스의 위치를 표시한 십자무늬와 거리명이 녹색으로 반짝이고 있었다. 나는 잠시 지도를 들여다보았다.

"좋아. 거기 내려 줘. 19번가와 미주리 스트리트."

"그곳은 그리 권할 만한 목적지가 아니라는 점을 미리 고객께 경고하는 것이 저의 의무입니다."

나는 뒤로 물러나 앉으며 미소가 다시 얼굴에 씩 올라오는 것을 느꼈다.

"고마워."

택시는 더 이상의 잔소리 없이 나를 19번가와 미주리 스트리트 교차 지점에 내려 주었다. 나는 택시에서 내리면서 주위를 둘러보고 다시 씩 웃었다. 권할 만한 목적지가 아니라는 말은 기계 특유의 점잖은 표현이었다.

전날 밤 몽고인을 추적했던 거리는 황량했지만, 여기는 제리스에 드나들던 손님들이 차라리 상쾌하게 느껴지는 주민들로 북적이고 있었다. 택시비를 내는 동안 열 개 남짓한 머리통이 이쪽을 향했고 그중 온전한 인간은 아무도 없었다. 영상 확대기가 달린 눈들이 먼 거리에서 음산한 형광 녹색을 띠고 내가 지불하는 돈을 비춰 보고 있다는 것을 느낄 수가 있었다. 개의 후각 기관으로 증폭시킨 콧구멍이 호텔에서 이용한 목욕 젤 냄새를 맡고 벌렁거렸으며, 밀스포트 어선의 레이더망이 물고기 떼를 감지하듯 거리의 모든 행인들은 조그마한 부의 흔적까지도 모조리 감지하고 있었다.

두 번째 택시도 뒤따라 내려앉았다. 10미터도 채 떨어지지 않은 곳에 어둑어둑한 골목이 눈에 띄었다. 막 그 골목으로 들어서려는데 주민들 중 한 놈이 수작을 부리기 시작했다.

"뭘 찾으시나, 관광객?"

모두 세 놈이었다. 리드 보컬은 키가 2미터 반이나 되는 거인이었는데, 웃통을 벗어젖힌 몸통과 팔에는 나카무라사(社)의 근육 이식 제품 전체를 몽땅 붙인 것 같은 근육을 두르고 있었다. 흉근 피하에 새긴 일루미늄 문신 때문에 가슴은 꺼져 가는 숯불 같았고 울룩불룩 솟은 복근에는 코브라가 귀두 모양의 머리를 꼿꼿이 세운 채 도사리고 있었다. 양옆에 펼친 손끝에는 날카롭게 간 손톱이 번득였다. 얼굴은 격투기에서 지면서 생긴 흉터투성이였고, 한쪽 눈에는 싸구려 확대경 보형물이 박혀 있었다. 한데 음색만은 놀랄 정도로 부드럽고 슬펐다.

"자선 사업하러 오셨겠지."

거인 오른쪽의 인물이 심술궂게 말했다. 그는 젊고 날씬한 몸에 창백했고 길고 가는 머리카락이 얼굴을 덮고 있었으며, 싸구려 뉴라켐 때문인지 자세가 불안정했다. 셋 중에서는 가장 날렵해 보였다.

세 번째 환영위원은 아무 말도 하지 않았지만, 개의 주둥이 위

로 입술을 말아 올리고 이식해 넣은 육식동물의 이빨과 불쾌할
정도로 긴 혀를 드러내며 으르렁거리고 있었다. 외과적으로 개조
한 머리 밑은 인간 남성의 몸이었고 딱 붙는 가죽 옷 차림이었다.

시간이 없었다. 미행도 지금쯤 택시 요금을 지불하고 주위 상
황을 파악하고 있을 것이다. 한번 해 보기로 결정했다면. 나는 헛
기침을 했다.

"난 그냥 지나가는 길이야. 현명한 친구들이라면 보내 주는 게
좋을 거야. 저 뒤쪽에 더 쉬운 상대가 오고 계시다고."

잠시 못 믿겠다는 듯한 침묵이 흘렀다. 거인이 내게 손을 내밀
었다. 나는 그의 팔을 떨쳐 내고 뒤로 한 걸음 물러난 뒤, 분명한
살인 의지를 담은 주먹을 몇 번 휘둘러 보였다. 삼총사는 그 자리
에 얼어붙었고, 개 머리를 이식한 놈은 으르렁거렸다. 나는 숨을
들이쉬었다.

"말했지만, 난 그냥 가게 해 주는 게 현명할 거야."

거인은 지나가게 해 줄 생각인 모양이었다. 망가진 얼굴에서 읽
을 수 있었다. 상대의 전투 훈련 정도를 감지할 정도로 싸움 경력
이 긴 놈이었고, 링 위에서 평생을 보낸 본능을 통해 전력이 한쪽
으로 기울었다는 점을 파악한 것이다. 하지만 동료 둘은 아직 젊
어서 패배라는 것을 잘 모르는 모양이었다. 거인이 뭐라 말하기
전에 뉴라켐을 단 창백한 청년이 뭔가 날카로운 것을 내질렀고
개 머리를 이식한 놈도 내 오른팔을 노렸다. 하지만 이미 활동을
시작한 내 뉴라켐은 그보다 더 비싸고 더 빨랐다. 나는 청년의 팔
을 잡고 팔꿈치를 부러뜨려서 동료 둘 쪽을 향해 꺾어 돌렸다. 그
리고 그 옆으로 숙이고 들어오는 개 머리의 코와 입을 발로 세게

걷어찼다. 캥 소리와 함께 그는 쓰러졌다. 청년은 무릎을 꿇은 채 부서진 팔꿈치를 부여잡고 울부짖었다. 거인도 덤벼들었지만, 뻣뻣하게 세운 내 오른손 손가락이 그의 눈에서 1센티미터 앞까지 파고들었다. 나는 조용히 말했다.

"그만둬."

우리 발치에서 청년이 신음하고 있었다. 그 뒤에는 발에 맞고 나동그라진 개 머리가 가냘프게 떨고 있었다. 거인은 둘 사이에 무릎을 꿇고 달래 주려는 듯 큰 손을 내밀었다. 나를 올려다보는 그 얼굴에는 무언의 항의 같은 것이 떠올라 있었다.

나는 10미터 정도 골목을 뒷걸음쳐 지난 뒤 돌아서서 달렸다. 미행꾼 녀석도 저길 통과할 수 있다면 나를 따라잡아 보라지.

골목은 오른쪽으로 꺾이더니 다시 북적이는 도로로 이어졌다. 나는 길모퉁이를 돌며 속도를 늦춰 약간 빠른 걸음으로 큰 길로 나섰다. 그리고 왼쪽으로 꺾은 뒤 행인들을 어깨로 밀치며 도로 표지판을 찾아 두리번거리기 시작했다.

제리스 밖에서는 아직도 여자가 칵테일글라스 속에 갇혀서 춤추고 있었다. 클럽 간판은 밝게 빛났고 장사도 그나마 어젯밤보다는 활기를 띠고 있었다. 몇 사람이 다가오더니 문지기 로봇의 늘어나는 팔 밑을 지나 안으로 들어갔고, 몽고인과의 싸움에서 때려눕힌 상인들 자리는 이미 다른 상인들이 차지하고 있었다.

나는 길을 건너 로봇 앞에 섰다. 로봇은 내 몸을 더듬더니 합성음으로 물었다.

"깨끗합니다. 객실로 할까요, 바로 할까요?"

"바는 뭐지?"

"하 하 하."

입력된 웃음소리가 나왔다.

"바는 보기만 하고 만지지는 못하는 겁니다. 선불금 없음, 손대기 불가. 하우스 규칙이죠. 다른 고객들에게도 똑같이 적용되는 원칙입니다."

"객실."

"계단을 내려가서 왼쪽으로 가십시오. 쌓여 있는 수건도 한 장 챙기시고."

계단을 내려가서 회전하는 붉은 등이 켜진 복도를 지난 뒤 수건 무더기와 닫힌 객실 문 네 개를 지났다. 핏속까지 쿵쿵 울리는 정크 리듬이 실내를 가득 채우고 있었다. 나는 다섯 번째 문을 등 뒤에서 닫고 그럴듯해 보이려고 결제기에 돈을 집어넣은 뒤 젖빛 유리 스크린 앞으로 다가섰다.

"루이즈?"

루이즈의 몸의 윤곽이 유리 반대편에 눌리면서 가슴이 납작하게 비쳤다. 객실의 체리 빛 조명이 몸 위에 줄무늬를 던졌다.

"루이즈, 나야. 아이린. 리지의 엄마란다."

유리 너머 가슴 사이로 뭔가 거무죽죽한 얼룩이 있었다. 내 몸속의 뉴라켐이 퍼뜩 정신을 차렸다. 유리문이 옆으로 미끄러지더니 루이즈의 몸이 내 품 안으로 무너졌다. 커다란 총구가 어깨 너머로 나타나며 내 머리를 겨누었다.

"움직이면 죽인다."

차가운 음성.

"총 보이지? 허튼짓 했다가는 대가리를 날려 버리고 네 스택을 고물로 만들어 버리겠어."

나는 그 자리에 얼었다. 그 목소리에는 당황한 기색이 역력했다. 아주 위험한 상대다.

"됐어."

등 뒤의 문이 열리더니 복도에서 고동치는 음악 소리가 밀려들어오면서 두 번째 총이 등을 밀어붙였다.

"자, 여자 내려놓고 아주 천천히 돌아서."

나는 품에 쓰러진 몸을 새틴 패딩 바닥에 조심스럽게 내려놓고 다시 일어섰다. 눈부시도록 흰 불빛이 객실을 가득 채웠고 빙빙 돌아가던 체리 색 불빛은 분홍색으로 두 번 깜빡이더니 꺼졌다. 등 뒤의 문이 쿵 닫히면서 몸에 붙은 검은 옷을 입은 키 큰 금발 머리 남자가 주먹 관절이 하얗게 될 정도로 입자총을 꽉 쥔 채 객실로 들어섰다. 입술은 꾹 다물고 있었고, 자극제를 사용했는지 크게 열린 동공 주위로 흰자가 번득였다. 등을 겨눈 총구가 나를 앞으로 떠밀었고, 금발 머리도 계속 다가오며 아랫입술이 이에 부딪힐 정도로 총구를 내 입에 들이밀었다.

"넌 도대체 누구야?"

그는 쉰 목소리로 물었다. 나는 고개를 옆으로 돌려서 겨우 입을 열었다.

"아이린 엘리엇. 내 딸이 여기서 일했어."

금발이 다시 다가오는 바람에 총구가 뺨을 타고 턱까지 미끄러졌다. 그는 조용히 말했다.

"거짓말 마. 베이시티 교도소에 있는 내 친구 말로는 아이린 엘리엇은 아직 저장 중이라던데. 이년이 네가 한 거짓말을 다 실토했어.”

그는 바닥에 쓰러진 움직이지 않는 몸을 발로 찼다. 나는 얼굴을 움직이지 않고 그쪽을 곁눈질했다. 여자의 살갗에 난 고문의 흔적이 잔인한 흰색 불빛 아래 뚜렷이 드러났다.

“자, 네가 누군지는 몰라도 아주 신중하게 생각해 본 다음에 대답해. 리지 엘리엇은 왜 수소문하고 다니는 거지?”

나는 다시 총구 너머의 긴장한 얼굴 쪽으로 시선을 돌렸다. 내 부자의 표정이 아니었다. 너무 겁을 먹고 있다.

“리지 엘리엇은 내 딸이야, 이놈아. 교도소의 네 친구가 진짜 뭘 좀 아는 놈이라면 왜 내가 아직 저장 상태인 걸로 기록에 남아 있는지도 알 거 아냐.”

등을 겨눈 총구가 나를 날카롭게 앞으로 떠밀었지만, 이상하게도 금발은 긴장을 푸는 것 같았다. 입가에 단념하는 빛이 떠올랐다. 그는 총을 내렸다.

“좋아. 딕, 가서 옥타이를 불러와.”

등을 겨누고 있던 놈이 객실을 나섰다. 금발은 나를 향해 총을 휘둘렀다.

“넌 저기 구석에 앉아.”

긴장을 푼, 거의 무심한 음성이었다. 등을 겨누던 총구가 사라졌다. 나는 새틴 바닥에 앉으며 득실을 따져 보았다. 딕이 갔지만 아직 저쪽은 셋이었다. 금발, 내 등골을 겨누던 총구의 감촉이 아직 사라지지 않은, 아시아계의 합성 몸을 입은 여자, 무기는 쇠파이프 하나뿐인 듯한 덩치 큰 흑인 남자. 가망이 없다. 19번가에서 만났던 거리의 상어 떼와는 질적으로 다르다. 이들에게는 차가운 목적의식이 있었다. 헨드릭스 호텔에서 카드민이 보여 주었던 것보다는 약간 싸구려 쪽이었지만.

잠시 합성 여자를 쳐다보며 혹시나 했지만, 그럴 리는 없었다. 카드민이 혹시라도 크리스틴 오르테가가 말했던 혐의를 벗고 다시 몸을 입었다 하더라도 그는 내부자다. 카드민은 누가 자신을 고용했는지, 내가 누구인지 알고 있었다. 지금 객실 안에서 나를 보고 있는 이 얼굴들은 자기들도 인정했듯이 아무것도 모르고 있다.

이대로 가 보자.

내 시선은 루이즈의 망가진 몸을 향했다. 허벅지 살에 칼집을 넣은 다음 상처를 벌려 억지로 찢은 것 같았다. 간단하고 조악하지만 아주 효과적인 방법이다. 자기 몸을 고문하는 광경을 바라보게 하여 고통에 공포를 더했을 것이다. 자기 몸에 이런 짓이 가해지는 것을 본다는 것은 끔찍한 경험이다. 샤리아에서는 종교 경찰들이 이런 수법을 많이 썼다. 루이즈가 이번 심리적 충격을 극복하려면 심리 수술까지 해야 할 것이다.

금발은 내 시선을 따라가더니, 마치 나도 공모자라는 듯 음침하게 고개를 끄덕여 보였다.

"이년 머리가 왜 아직 붙어 있는지 알고 싶나?"

나는 방 건너편으로 시선을 돌려 우울하게 그를 바라보았다.

"아니. 바쁘신 분 같은데, 나중에 하시겠지."

"그럴 필요 없어."

그는 이 순간을 즐기며 태평스럽게 말했다.

"아네노미는 가톨릭이야. 3대, 아니 4대가 그렇다고 하더군. 청빈의 맹세가 바티칸에 디스크로 보관되어 있어. 우린 이런 년들을 많이 쓰지. 가끔 아주 편리하거든."

"말이 너무 많아, 제리."

여자가 말했다.

금발은 흰자를 번득이며 여자를 노려보았지만, 순간 복도의 징크 리듬이 다시 밀려들어오면서 딕과 옥타이가 작은 방 안에 들어오자 입속에서 뭐라 말없이 중얼거리고 입을 닫았다. 나는 딕을 훑어보고 쇠파이프를 든 놈과 같은 '덩치'과로 분류한 다음, 같이 들어온 놈에게로 시선을 돌렸다. 나를 가만히 응시하고 있는 그를 본 순간, 심장이 움찔했다. 옥타이는 바로 그 몽골인이었다.

제리는 내 쪽으로 턱짓을 했다.

"이자야?"

옥타이는 납작한 얼굴에 잔인한 승리의 미소를 띠며 천천히 고개를 끄덕였다. 양옆으로 내린 거대한 두 손은 주먹을 폈다 쥐었다 하고 있었다. 마음속 깊숙이 박힌 극도의 증오감 때문에 숨이 막힐 지경인 것 같았다. 누군가 서투른 솜씨로 부러진 코에 불룩하게 조직 이식을 해 놓은 것이 보였지만, 그것만으로 이 정도의 증오를 내뿜는다는 것은 설명할 수가 없었다.

"좋아, 라이커."

금발은 몸을 약간 앞으로 숙였다.

"이제 다른 이야기를 해 보실까? 왜 여기까지 와서 사람 귀찮게 하는 거야?"

금발은 내게 말하고 있었다. 딕이 방구석으로 침을 탁 뱉었다. 나는 또렷하게 말했다.

"도대체 무슨 말인지 모르겠어. 네놈들은 내 딸을 창녀로 만든 다음에 죽였어. 그러니 나도 네놈들을 죽여 버릴 거야."

"그럴 기회는 없을 것 같은데."

제리는 내 앞에 쭈그리고 앉아 바닥을 내려다보았다.

"네 딸은 허영에 눈이 먼 멍청한 년이었어. 감히 날 협박할 수 있다고……."

그는 입을 다물고 말도 안 된다는 듯 고개를 저었다.

"지금 내가 왜 이런 소릴 하고 있지? 네 얼굴을 빤히 보면서도 이런 거짓말을 믿고 있다니. 역시 솜씨 좋아, 라이커. 그 점은 인정해 주지."

그는 비웃었다.

"자, 마지막으로 점잖게 묻겠어. 어쩌면 타협을 할 수도 있잖아. 그다음에는 아주 세련된 내 친구들한테로 보내 주지. 무슨 말인지 알지?"

나는 천천히, 한 번 고개를 끄덕였다.

"좋아. 다시 묻는다, 라이커. 릭타운에는 뭐 하러 왔지?"

나는 그의 얼굴을 바라보았다. 힘센 놈과 연줄이 있다는 환상에 젖어 있는 삼류 건달. 이 친구한테서는 아무것도 알아낼 수 없다.

"라이커는 누구지?"

금발은 다시 고개를 숙이더니 내 발밑의 바닥을 내려다보았다. 지금부터 해야 할 일이 내키지 않는다는 몸짓. 마침내 그는 혀로 입술을 축이더니 천천히 혼자 고개를 끄덕이고 무릎을 손으로 스치는 척하며 일어섰다.

"좋아, 배짱 좋은 친구. 분명히 말해 두지만 난 기회를 줬어."

222

그는 합성 여자를 돌아보았다.

"끌어내. 흔적이 전혀 남지 않도록 하고. 뉴라켐 처리가 되어 있으니 이 몸으로는 아무것도 알아낼 수 없을 거라고 전해."

여자는 고개를 끄덕이고 입자총으로 일어나라는 손짓을 했다. 그리고 발끝으로 루이즈의 시체를 툭툭 쳤다.

"이건?"

"치워. 밀로, 딕. 같이 가."

흑인은 파이프를 허리춤에 꽂더니 허리를 숙여 시체를 불쏘시개 묶음처럼 어깨에 걸쳤다. 딕은 뒤에 서서 멍든 한쪽 엉덩이를 토닥였다.

몽골인이 목구멍에서 무슨 소리를 냈다. 제리는 희미하게 혐오감이 어린 눈빛으로 그를 돌아보았다.

"아니, 너 말고. 너는 보면 안 되는 곳으로 가는 거야. 걱정 마. 디스크가 있으니까."

"그럼."

딕이 어깨 너머로 말했다.

"디스크 곧장 갖다 줄게."

"됐어, 그만 해."

여자는 거칠게 말하며 나를 쳐다보았다.

"미리 말해 두는데, 라이커. 그쪽도 뉴라켐이 있고 나도 마찬가지야. 이 몸은 록히드 미토마 충격 시험 등급이라 무슨 수를 써도 상처 하나 못 내. 이상한 눈짓 한 번만 해 봐, 기꺼이 배에 구멍을 뚫어 줄 테니까. 지금 가는 곳에 있는 사람들은 네 몸이 아무리 누더기가 된다 해도 신경 안 써. 알았나, 라이커?"

"내 이름은 라이커가 아니야."

나는 짜증스럽게 말했다.

"좋아."

우리는 젖빛 유리문을 지나 화장대와 샤워 부스가 있는 작은 방으로 들어간 다음 다시 객실 앞쪽 복도와 평행하게 난 복도로 나왔다. 조명은 밝았고 음악도 없었으며, 복도는 부분적으로 커튼이 쳐져 있는 탈의실로 이어졌다. 젊은 남녀가 소파에 몸을 묻고 담배를 피우기도 하고 주인 없는 합성 몸처럼 멍한 눈으로 허공을 바라보고 있었다. 우리 일행이 지나가는 것을 봤는지 못 봤는지, 아무 반응이 없었다. 밀로는 시체를 짊어지고 앞장섰다. 딕이 내 뒤를 따라왔고 합성 여자는 입자총을 아무렇지도 않게 옆에 끼고 맨 뒤에 섰다. 저 뒤쪽으로 제리가 주인처럼 엉덩이에 두 손을 얹고 복도에 버티고 서 있는 모습이 마지막으로 언뜻 보였다. 딕이 양손을 머리 양옆으로 올리게 해서 수갑을 채우고 내 몸을 다시 앞쪽으로 돌려세웠다. 루이즈의 고문당한 다리가 대롱거리며 앞서가는 뒤를 따라 어둠이 덮인 주차장으로 나가니 새까만 마름모꼴 에어카가 우리를 기다리고 있었다.

합성 여자는 짐칸을 열고 내게 총으로 들어가라고 손짓했다.

"공간은 넓어. 편안하게 있으라고."

들어가 보니 여자의 말이 맞았다. 밀로는 루이즈의 시체를 내 옆에 들여놓고 뚜껑을 닫았다. 어둠이 우리를 감쌌다. 다른 문이 둔탁하게 쿵 하며 열렸다 닫히는 소리가 들리더니 자동차 엔진 소리가 희미하게 들렸고 작은 충격과 함께 에어카는 이륙했다.

짧은 비행이었고, 지상으로 가는 것보다는 훨씬 편안했다. 제리의 친구들은 운전 솜씨가 얌전했다. 짐칸에 사람을 싣고 가다가 깜빡이를 넣지 않고 차선을 바꿨다는 이유로 심심한 순경한테 걸리면 곤란하니까. 시체에서 흘러나오는 희미한 배설물 냄새만 아니었다면 어머니의 자궁처럼 컴컴하고 편안한 여행이었을 것이다. 고문당하는 동안 괄약근이 열린 모양이었다.

에어카를 타고 가는 내내 루이즈에 대한 미안한 마음과 가톨릭의 광기에 대한 분노가 뼈다귀를 문 개처럼 내 마음을 떠나지 않았다. 루이즈의 스택은 전혀 손상을 입지 않았다. 경제적인 문제만 해결된다면 언제든지 다시 살아날 수 있다. 할란스 월드였다면 법정에서 증언을 하기 위해 잠시 합성 신체 같은 것을 입었다가 판결이 나면 가족이 들어 놓은 신체 보험금에 정부에서 나오는 피해자 보호 지원금까지 나온다. 열 건 중 아홉 건은 어떻게든 새 몸을 입을 만한 돈을 마련할 수 있는 것이다. 죽음아, 너의 독침이 어디 있느냐?

지구에도 피해자 보호 지원 제도가 있는지는 모른다. 이틀 전 크리스틴 오르테가가 내뱉었던 분노에 찬 독백으로 미루어 보건대 아마 없는 것 같았지만, 적어도 이 여자를 다시 살릴 수 있는 가능성은 있다. 하지만 이 돌아 버린 행성 어딘가의 종교 지도자는 그러지 말라고 명령했고, 루이즈, 별명 아네모미는 그 광기를 받아들인 사람들의 대열에 합류했던 것이다.

인간이란. 도대체 이해할 수 없는 족속들이다.

에어카가 하강하면서 한쪽으로 기우는 바람에 시체가 기분 나쁘게 이쪽으로 굴렀다. 뭔가 축축한 것이 바지를 적셨다. 두려움에 땀이 나기 시작했다. 그들은 지금 이 몸이 가진, 고통에 대한 저항력이 전혀 없는 다른 몸에 나를 집어넣을 것이다. 그리고 그 몸에다 자기들 내키는 대로 무슨 짓이든 할 것이다. 심지어는 정말 죽이기까지.

그리고 처음부터 다시 시작할 것이다. 또 다른 몸을 입히고.

혹 정말 솜씨가 세련된 친구들이라면 내 의식을 심리 수술 시에 사용하는 가상 매트릭스 속에 넣어 놓고 전기적으로 모든 고문을 진행할 수도 있다. 주관적으로는 다를 것이 전혀 없지만 실제 세계에서라면 며칠이 걸릴 일이 그 안에서는 단 몇 분 만에 끝난다.

나는 침을 꿀꺽 삼키고 아직 가지고 있는 뉴라캠을 사용하여 공포를 억눌렀다. 그리고 가능한 한 부드럽게 루이즈의 차가운 품을 내 얼굴에서 떼내고, 그녀가 죽은 이유에 대해서는 생각하지 않으려고 애썼다.

에어카는 착륙했고 잠시 땅 위를 구르다가 멈췄다. 짐칸이 다시 열리자 눈에 들어온 것은 일루미늄 조명이 줄줄이 늘어선 다른 주차장 지붕뿐이었다.

그들은 프로답게 신중한 태도로 나를 끌어냈다. 여자는 한참 뒤쪽에 물러났고, 딕과 밀로는 만일의 경우 여자가 총을 안전하게 쏠 수 있도록 양옆으로 떨어져 섰다. 나는 루이즈의 시체 위를 어색하게 넘어서 검은 콘크리트 바닥으로 내려왔다. 컴컴한 주차장을 살짝 둘러보니 차가 열 대쯤 있었지만, 별 특징이 없었고 이 거리에서는 차량 등록 바코드도 읽을 수가 없었다. 저편 끝에 짧은 진입로로 이어지는 곳이 아마 착륙장인 모양이었다. 다른 수백만 군데의 착륙장과 구별할 방법이 없었다. 한숨을 쉬며 몸을 일으키는데 바지에 다시 축축한 것이 느껴졌다. 옷을 내려다보았다. 허벅지에 거무죽죽한 얼룩이 묻어 있었다.

"여긴 어디지?"

나는 물었다.

"막다른 골목이지."

밀로가 퉁명스럽게 내뱉고 루이즈를 꺼내 짊어졌다. 그리고 여자를 쳐다보았다.

"이건 여느 때처럼 거기로?"

여자는 고개를 끄덕였고, 밀로는 이중문이 있는 주차장 저쪽 편을 향해 걸음을 옮겼다. 나도 따라가려는데 여자의 총이 나를 막아섰다.

"넌 아냐. 저쪽은 쓰레기 하치장, 쉬운 길이지. 넌 그쪽으로 가기 전에 일단 만날 사람들이 있어. 이리 와."

딕은 씩 웃으며 뒷주머니에서 작은 무기를 꺼냈다.

"맞아, 나쁜 경찰 씨. 당신은 이쪽으로 와."

그들은 다른 이중문을 지나 화물용 엘리베이터로 나를 데려갔다. 벽에서 깜빡이는 발광 다이오드 디스플레이 장치는 20층 정도 내려간 다음 멈췄다. 내려가는 내내 딕과 여자는 엘리베이터 양쪽 구석에 서서 총을 겨누고 있었다. 나는 그들을 무시하고 층수만 올려다보았다.

문이 열리자 의료진이 끈이 달린 들것과 함께 대기하고 있었다. 되든 안 되든 덤비라고 본능이 비명을 질렀지만 나는 움직이지 않았다. 하늘색 옷을 입은 남자 둘이 다가와서 내 팔을 잡고 여자 의사가 내 목에 피하 주사를 놓았다. 얼음처럼 차갑게 쿡 찌르는 느낌과 함께 순간 한기가 몰려오더니 시야가 회색으로 흐려졌다. 마지막으로 눈에 들어온 것은 의식을 잃는 내 모습을 바라보는 여의사의 무심한 얼굴이었다.

나는 어딘가 가까운 모스크 외부 스피커에서 흘러나오는 에잔(코란 독경 — 옮긴이) 소리에 정신이 들었다. 군중들이 입을 모아 웅얼거리던 소리는 점차 커지면서 쇳소리의 불협화음으로 변해갔다. 샤리아 땅 지히체의 하늘에서 마지막으로 들었던 소리가 바로 이 에잔이었고, 공습 폭탄이 하늘을 가르는 날카로운 쇳 소리가 뒤를 이었다. 머리 위 창문에 달린 격자형 창살 사이로 햇빛이 쏟아져 들어왔다. 아랫배가 묵직하게 부푼 것이 생리 때가 되었다는 것을 알 수 있었다.

나는 나무 바닥에 일어나 앉아 몸을 내려다보았다. 젊은, 스무 살도 채 안된 여자의 몸으로 구릿빛 피부에 묵직한 검은 머리채는 손을 대 보니 생리가 시작되어 미끈거리고 지저분했다. 피부가 약간 번들거리는 것이 한동안 목욕을 하지 않은 것 같았다. 몸보다 몇 사이즈 더 큰 거친 카키 셔츠 한 장 외에는 아무 것도 입고 있지 않았다. 셔츠 아래의 부드러운 젖가슴은 약간 부풀어 오른 느낌이었다. 발은 맨발이었다.

나는 일어나서 창가로 갔다. 유리는 없었지만 머리 높이보다 한참 위쪽이어서 창살을 잡고 겨우 빠끔 내다보았다. 타일이 벗겨진 지붕 위에 햇살이 가득 내리쬐고 안테나와 고물 위성 접시가 줄줄이 늘어선 광경만 보일 뿐이었다. 왼쪽으로 저 멀리 지평선 끝에 첨탑 몇 개가 솟아 있었고, 그 너머로 비행기 한 대가 흰 비행운을 끌고 하늘로 날아오르고 있었다. 불어 들어오는 바람은 후덥지근했다.

팔이 아파서 다시 바닥에 내려선 뒤 문 쪽으로 천천히 다가갔다. 당연한 일이지만, 잠겨 있었다.

에잔은 멈췄다.

가상현실. 그들은 내 기억을 검색하여 이것을 끄집어낸 모양이다. 나는 유구한 인간 고통의 역사 중에서도 가장 끔찍한 장면들을 이 샤리아에서 목격했다. 게다가 샤리아 종교 경찰은 포르노 업계의 앤진 챈드라 못지않게 고문 소프트웨어에서 인기가 높다. 이 삭막한 가상의 샤리아에, 그들은 나를 여자 몸으로 집어넣은 것이다.

어느 날 밤, 술에 취한 세라가 내게 이렇게 말한 적이 있다. 여자야말로 인류야, 닥. 남자는 더 많은 근육과 절반의 신경을 가진 변종일 뿐이지. 싸우고, 섹스하는 기계. 성별을 바꿔 입어 본 내 경험상 세라의 이론은 옳았다. 여성이 된다는 것은 남성을 넘어서는 감각적 경험이었다. 보다 강렬한 촉각과, 남성의 피부는 본능적으로 차단해 버리는 듯한 주변 환경과의 접촉. 남성에게 있어 피부는 울타리이자 보호막이다. 여성에게 있어 피부는 접촉 기관이다.

물론 여기에는 단점도 있다.

일반적으로, 아마도 그 때문에 여성이 반응하기 시작하는 고통의 강도는 남성보다 높지만 한 달에 한 번 생리 때가 되면 뚝 떨어진다.

뉴라켐은 없었다. 나는 몸을 확인해 보았다.

전투 조정도, 반사적 공격성도 없었다.

아무것도 없었다.

젊은 피부에는 굳은살조차 없었다.

그때 문이 쾅 열리는 소리에 나는 펄쩍 뛰었다. 식은땀이 송골송골 솟았다. 턱수염을 기른 남자 둘이 방 안에 들어왔다. 둘 다 더위 때문에 면으로 된 헐렁한 옷을 입고 있었다. 한 사람은 접착테이프를, 다른 한 사람은 작은 토치램프를 들고 있었다. 나는 그냥 공포로 인한 반사작용을 잠재우고 몸속에 뿌리내린 무력감을 조금이나마 제어해 보기 위해서 그들에게 달려들었다.

테이프를 든 남자가 내 가느다란 팔을 막아내더니 손등으로 내 얼굴을 쳤다. 나는 바닥에 쓰러졌다. 얼굴이 얼얼했고 입 안에 피비린내가 돌았다. 한 사람이 내 팔을 잡아 다시 일으켰다. 희미하게, 나를 친 남자의 얼굴이 보였다. 나는 그 얼굴에 초점을 맞추려고 애를 썼다. 그가 말했다.

"자, 시작하지."

나는 붙잡히지 않은 팔의 손톱으로 그의 눈을 겨냥했다. 특파부대 훈련 덕택에 거기까지 갈 만한 속력은 낼 수 있었지만 정확성이 없어서 빗나가고 말았다. 손톱 두 개가 뺨을 할퀴고 지나가서 피가 났다. 그는 움찔하더니 뒤로 물러섰다.

"나쁜 년."

그는 손을 들어 손톱자국을 더듬더니 손가락에 묻어난 피를 보았다.

"아, 이러지 말자고."

나는 마비되지 않은 얼굴 쪽으로 겨우 내뱉었다.

"똑같은 대사 계속해야 되나? 내가 이 몸을 입고 있다고……."

문득 나는 입을 다물었다. 그는 흡족한 듯했다.

"그럼 아이린 엘리엇은 아니라는 얘기군. 진척이 있어."

이번에는 갈비뼈 바로 아래로 주먹이 들어왔다. 몸에서 공기가 송두리째 빠져나가면서 허파가 마비되었다. 나는 코트처럼 그의 팔뚝 위에 몸을 걸쳤다가 바닥으로 무너졌다. 공기를 마시려고 발버둥을 쳤지만, 나오는 것은 희미하게 컥컥거리는 소리뿐이었다. 내가 바닥에서 몸을 뒤트는 동안, 그는 접착테이프를 건네받아 25센티미터 정도 뜯었다. 살갗이 벗겨지는 듯한, 소름끼치는 소리가 났다. 그는 이로 테이프를 물어 끊더니 내 옆에 앉아 오른쪽 손목을 머리 위로 올려 바닥에다 붙였다. 나는 전기라도 통한 듯 몸부림을 쳤고, 그는 잠시 내 반대쪽 팔과 씨름하다 팔을 붙든 뒤 마저 테이프를 붙였다. 내 것이 아닌, 비명을 지르고 싶은 충동이 일었지만 억눌렀다. 소용없다. 힘을 비축하자.

팔꿈치의 부드러운 살에 닿는 바닥은 딱딱하고 불편했다. 직끄는 소리가 들려 고개를 들었다. 두 번째 남자가 방 저쪽에서 의자 두 개를 끌어 오고 있었다. 나를 때린 남자가 내 다리를 벌려 테이프로 붙이는 동안, 다른 놈은 의자에 관객처럼 앉아 담뱃갑에서 담배 한 대를 흔들어 꺼냈다. 그리고 내게 씩 웃어 보이더니 담배를 입에 물고 토치 쪽으로 팔을 뻗었다. 그는 뒤로 물러서서 제 작품을 감상하는 동료에게도 담배를 권했다. 동료는 거절했다. 그는 어깨를 으쓱하더니 토치를 켜고 고개를 숙여 담뱃불을 붙였다.

"말하게 될 거야."

그는 담배를 든 손으로 손짓을 하며 내 몸 위로 연기를 뿜었다.

"제리스 클로즈드 쿼터와 엘리자베스 엘리엇에 대해 네가 알고 있는 모든 걸 말이야."

조용한 방 안에서 토치가 쉭쉭거리다 조용히 지직거렸다. 햇살이 높은 창문에서 쏟아져 들어오며, 극히 약하게, 사람들로 가득 찬 도시의 소음을 날라 왔다.

그들은 발부터 시작했다.

끝도 없이 계속되는 비명. 인간의 목구멍이 지를 수 있다고 생각했던 그 어떤 소리보다 더 높고, 더 큰 비명이 내 청각을 찢어 놓는다. 붉은 줄무늬가 시야를 흐린다.

이네닌이네닌이네닌……

지미 드 소토가 비틀거리며 나타난다. 이제 선젯은 없고, 피범벅이 된 두 손이 얼굴에 붙어 있다. 비틀거리는 그의 몸에서 허물 벗듯 비명이 새어 나온다. 잠시 오염 경보음으로 착각할 뻔했다. 반사적으로 내 어깨에 달린 계기판을 확인해 보지만, 고통에 찬 비명 속에 반쯤 묻힌 단어 끄트머리를 알아듣는 순간 나는 그가 지미라는 것을 깨닫는다.

그는 거의 꼿꼿하게 서 있어서 이 폭격의 혼돈 속에서도 저격수의 확실한 과녁이다. 나는 사방이 뚫린 공간을 향해 몸을 던져 폐허가 된 벽 뒤로 지미를 쓰러뜨린다. 얼굴이 어떻게 된 건지 확인하려고 몸을 똑바로 굴려 보니 그는 아직도 비명을 지르고 있다. 있는 힘껏 그의 손을 얼굴에서 떼어내어 보니, 왼쪽 눈구멍이 시

꺼먼 입을 벌리고 있다. 지미의 손가락에는 눈에서 나온 끈적끈적한 점막 조각이 아직 묻어 있다.

"지미, 지미, 대체 이게 무슨……."

사포를 문지르는 듯한 비명은 계속된다. 나는 아직 눈구멍 속에서 두리번거리는 나머지 눈까지 파내려는 그를 저지하려고 있는 힘을 다한다. 상황을 알아차리는 순간 등골이 서늘해진다.

바이러스 공격.

나는 지미에게 소리치던 것을 멈추고 본대 쪽으로 고함지른다.

"위생병! 위생병! 스택 고장! 바이러스 공격이다!"

이네닌 해변에 울려 퍼지는 내 처절한 고함 소리와 함께, 온 세상이 푹 꺼진다.

한동안 고문한 뒤 그들은 상처를 끌어안고 혼자 뒹굴게 내버려 둔다. 항상 그렇게 한다. 지금까지 당한 일을 곱씹어 볼 시간을 주고, 그보다 중요한 목적은 앞으로 당할 일을 상상할 시간을 주려는 것이다. 앞으로 또 무엇이 남아 있을지 열에 들떠 상상하는 것이야말로 달군 쇠꼬챙이나 칼날만큼 강력한 도구다.

그들이 돌아오는 소리, 메아리치는 그 발자국 소리야말로 위장에 남아 있는 마지막 위액까지 모조리 게워 낼 정도의 공포감을 조성하는 것이다.

어느 도시를 위성으로 찍어 1만 축척 분의 1로 확대한 사진을 상상해 보라. 웬만한 방의 벽 하나를 다 차지할 테니 뒤로 한참 물러서야 한다. 한눈에도 척 알아볼 수 있는 분명한 것들이 있다. 계획도시인가, 수 세기 동안 변화하는 요구에 맞춰 유기적으로 자라난 도시인가? 요새가 있는가, 혹은 있었는가? 해안이 있는가? 가까이 다가가면 더 많은 것을 알 수 있다. 주요 도로는 어디쯤 있을지, 행성 간 셔틀 이착륙장은 있는지, 공원은 있는지 등이다. 숙달된 지도 분석관이라면 아마 주민들의 활동에 대해서도 약간은 알 수 있을 것이다. 시내에서 가장 살기 좋은 곳은 어디인지, 교통 문제는 어떤 것이 있을지, 최근 심각한 폭탄 피해나 폭동 피해를 입은 적은 있는지.

하지만 그 사진으로는 절대 알아낼 수 없는 것들도 있다. 아무리 확대해서 세부로 들어가 봐도 범죄가 대체로 증가 상태에 있는지, 시민들은 몇 시쯤 잠자리에 드는지 등은 알 수 없다. 시장이 구시가 재개발 계획을 세우고 있는지, 경찰이 부패했는지, 앤젤 부두 51번에서는 어떤 이상한 일이 일어났는지. 사각 화소를 분리해서 옮긴 뒤 다른 곳에서 재조립할 수는 있지만 그렇다고 달라질 것은 없다. 그 도시에 직접 가서 주민들과 이야기를 해 봐야만 알 수 있는 것들이 있는 것이다.

디지털 인간 저장 기술의 등장으로 인해 취조가 사라지지는 않았다. 그저 기본으로 돌아갔을 뿐이다. 디지털화된 의식은 스냅사진과 같다. 위성사진이 개인의 삶을 완전히 담아낼 수 없듯이, 디지털화된 의식도 개별적인 사고를 완전히 담아내지 못한다. 심리외과의는 엘리스 모델을 통해 주요 트라우마를 알아내고 어떤 치료가 필요한지 기본적인 몇 가지 추측을 할 수 있지만, 그래도 마지막으로는 환자와 상담할 가상의 환경을 만들고 거기 들어가서 치료를 하는 수밖에 없다. 훨씬 구체적인 목적을 갖고 있는 취조자 입장에서는 더욱 어렵다.

디지털 인간 저장술이 이룩해 낸 것은 인간을 죽음에 이르도록 고문한 다음 처음부터 다시 시작하는 것이다. 이런 방법이 등장한 뒤로 최면요법이나 약물을 이용한 취조는 이미 오래전에 사라졌다. 직업상 이런 위험이 늘 따라다니는 사람들에게 최면이나 약물을 극복할 수 있는 화학적, 혹은 심리적 강화 장치를 제공하는 것이 워낙 쉽기 때문이다.

하지만 자기 발이 불에 타는 고통에 대처할 수 있는 강화법은 알려진 우주 그 어느 곳에도 없다. 손톱이 뽑혀 나가는 고통에.

젖가슴에 담뱃불을 지지는 고통에.

불에 달군 쇠꼬챙이를 질에 집어넣는 고통에.

아픔. 굴욕감.

손상.

심리동역학/자기 강화 훈련.

서론.

극한의 스트레스를 받을 때 의식 속에서는 흥미로운 일들이 일어난다. 환각, 전이, 퇴행. 여기 특파 부대에서 여러분은 그 모든 것을 이용하는 방법을, 고난에 대한 막무가내식의 반작용이 아닌, 게임에서 수를 쓰듯이 이용하는 방법을 배우게 될 것이다.

이글이글 붉게 타는 쇠꼬챙이가 폴리에틸렌처럼 피부를 찢고 살을 파고든다. 숨이 넘어갈 듯한 고통, 하지만 최악은 그 광경을 바라보는 것 자체다. 자기 눈을 믿을 수 없어서 시작된 비명이 이제 섬뜩할 정도로 귀에 익다. 그래 봤자 멈추지 않는다는 것은 알지만, 그래도 비명을 지르고 애원한다…….

"형편없는 게임이군, 안 그래?"

죽었던 지미가 나를 향해 씩 웃고 있다. 아직 주위는 이네닌이지만, 이럴 리가 없다. 지미는 끝까지 비명을 지르면서 실려 갔다. 현실이라면…….

갑자기 지미의 낯빛이 음울해진다.

"현실은 접어 둬. 거기 있어 봤자 좋을 게 없잖아. 거리를 유지하라고. 구조적인 손상을 입었나?"

나는 눈살을 찌푸린다.

"발. 걸을 수가 없어."

"개새끼들."

지미는 건조하게 내뱉는다.

"저쪽에서 알고 싶어 하는 걸 말해 줘 버려."

"저쪽에서 뭘 알고 싶어 하는지를 모른다고. 저들은 라이커라는 사내 때문에 이러는 거야."

"라이커, 그 새긴 누구야?"

"몰라."

지미는 어깨를 으쓱한다.

"그럼 뱅크로프트를 불어. 혹시 아직도 명예를 건 맹세 같은 걸 지키고 싶은 건가?"

"벌써 불어 버린 것 같아. 저쪽은 믿지를 않아. 자기들이 듣고 싶은 이야기가 아니니까. 이봐, 이 자식들 아마추어야. 도살자들

236

이라고."

"계속 고래고래 소리쳐. 언젠가는 믿겠지."

"그게 중요한 게 아니야, 지미. 끝나고 나면 저들은 내가 누구든 상관없이 내 스택에 볼트를 박고 몸은 장기 시장에 팔아 버릴 거야."

"그렇군."

지미는 빈 눈구멍에 손가락을 집어넣고 그 안의 피딱지 위를 멍하니 긁는다.

"무슨 뜻인지 알겠어. 글쎄, 가상현실 상황에서는 어떻게든 다음 화면으로 넘어가는 게 중요하지. 안 그런가?"

할란스 월드가 특유의 차가운 유머로 '혼란'이라고 불리던 시기, 퀠주의자 검은 여단 게릴라들은 주위 반경 50제곱킬로미터 안에 있는 모든 것을 잿더미로 만들 수 있는 효소 기폭 폭약 250그램을 자기 몸에 이식했다. 이 전술은 그리 큰 성공을 거두지 못했다. 문제의 효소는 분노할 때 분비되는 것이었는데, 이 무기를 이식하는 데 필요한 정신 강화 훈련이 미흡했던 것이다. 비자발적인 폭발도 부지기수였다.

하지만 검은 여단 게릴라를 신문하려고 나서는 사람은 아무도 없었다. 첫 번째 포로 이후로는. 그녀의 이름은…….

더 이상 극악한 고문은 못 할 거라고 생각했지만, 몸속에 들어온 쇠꼬챙이는 서서히 달아오르며 앞으로 다가올 고통을 상상할 시간을 준다. 어린아이처럼 정신없이 더듬으며 애원하는 내 목소리…….

아까 하던 이야기로 돌아가서…….

포로의 이름은 이피게니아 데미, 유엔령 보호군에 아직 학살
당하지 않은 자기 동료들 사이에서는 이피로 통했다. 시마츠가
18번지 지하 심문대에 묶인 그녀가 마지막으로 남긴 말은 이것이
었다고 전해진다. *빌어먹을 이제 충분해!*

폭발은 건물 전체를 무너뜨렸다.

빌어먹을 이제 충분해!

나는 벌떡 일어났다. 마지막으로 질렀던 비명이 아직 머릿속에
서 날카롭게 메아리쳤고, 내 손은 아까 상처가 있던 자리를 감싸
려고 황급히 더듬거렸다. 하지만 빳빳한 옷가지 아래에서는 젊고
상처 없는 피부가 만져졌다. 방은 희미하게 출렁이고 있었고, 가
까이에서 철썩이는 파도 소리가 들렸다. 머리 위쪽의 경사진 나무
천정에 난 구멍으로 햇빛이 비스듬히 낮게 쏟아져 들어오고 있었
다. 좁은 침상에서 일어나 앉자 가슴에 덮였던 담요가 바닥으로
떨어졌다. 매끈한 구릿빛 가슴에는 상처 하나 없었고 젖꼭지도 멀
쩡했다.

다시 처음으로 돌아왔다.

침상 옆에는 단순한 나무 의자가 놓여 있었고 그 위에는 흰 티
셔츠와 캔버스 바지가 깔끔하게 개어져 있었다. 바닥에는 샌들이
있었다. 내가 누운 침상과 똑같이 생긴 침대가 하나 더 있는 것

외에 선실 안에는 별다른 것이 없었다. 반대쪽 침상의 담요는 아무렇게나 젖혀져 있었고, 문이 보였다. 거칠지만 단순 명료한 메시지였다. 나는 옷을 걸치고 햇빛이 내리쬐는 작은 고깃배 갑판으로 나섰다.

"아, 몽상가로군."

한 여자가 두 손을 깍지 낀 채 배의 고물에 앉아 있었다. 내가 입고 있는 몸보다 열 살 정도 더 들어 보였고 내 바지와 같은 면으로 만든 옷차림에 가무잡잡하게 잘생긴 얼굴이었다. 맨발에 끈으로 매는 샌들을 신고 있었고 눈에는 렌즈가 큰 안경을 끼고 있었다. 무릎 위에는 도시 경치 같은 것이 그려진 스케치북이 놓여 있었다. 가만히 서 있으니, 여자는 스케치북을 옆에 놓고 나를 맞기 위해 일어섰다. 우아하고 자신감 넘치는 동작이었다. 상대적으로 왜소해지는 기분이었다.

나는 뱃전에 넘실거리는 푸른 물을 바라보았다.

"이번에는 뭐지?"

나는 짐짓 가벼운 말투로 물었다.

"상어 떼한테 던져 줄 건가?"

여자는 완벽한 치열을 드러내며 웃었다.

"아니, 이 단계에서는 그럴 필요 없어. 내가 원하는 건 대화야."

나는 팔을 늘어뜨린 채 여자를 응시했다.

"하자고."

"좋아."

여자는 다시 우아하게 고물 위에 앉았다.

"당신은 분명 자기 일이 아닌 문제에 끼어들어서 그 결과로 고통을 겪었어. 내 관심사는, 내가 생각할 때는 말이야, 당신 관심사와 일치해. 더 이상 불쾌한 꼴은 보지 말자."

"내 관심사는 네가 죽는 꼴을 보는 거야."

작은 미소.

"그래, 그렇겠지. 가상현실 속에서의 죽음조차도 만족스럽겠지. 그러니 이 시점에서 이 몸은 쇼토칸(가라데의 일파—옮긴이) 5단급 무술 실력도 갖추고 있다는 점을 알려 줘야겠군."

여자는 한 손을 내밀어 딱딱하게 못이 박힌 관절을 보여 주었다. 나는 어깨를 으쓱했다.

"게다가 언제든지 아까처럼 돌아갈 수 있어."

여자는 물 위쪽을 가리켰다. 그녀의 팔을 따라가 보니, 아까 스케치북에 그려져 있던 도시가 수평선 위로 보였다. 바닷물에 반사된 햇빛에 눈을 찡그려 보니 저 멀리 첨탑이 보였다. 이 모든 것 안에 담긴 싸구려 심리학에 나는 실소를 지을 뻔했다. 배. 바다. 탈출. 이 친구들 일반 시장에 출시된 고문 프로그램을 산 모양이었다.

"난 저기로 돌아가고 싶지 않아."

나는 사실 그대로 말했다.

"좋아. 그럼 당신이 누군지 말해 보시지."

나는 놀란 표정을 억눌렀다. 숙달된 위장술이 깨어나면서 거짓말이 흘러나왔다.

"이미 말한 것 같은데."

"당신이 말한 내용은 좀 앞뒤가 맞지 않았어. 중간에 스스로 심장을 멈춰서 고문을 중단시켰고. 당신은 아이린 엘리엇이 아니야, 그건 분명해. 상당 수준의 훈련을 새로 받지 않았다면, 엘리어스 라이커인 것 같지도 않고. 로렌스 뱅크로프트와 관계가 있다, 외계에서 온 특파 부대원이라고 주장했는데 이건 우리가 예상했던 내용이 아니야."

"그렇겠지."

나는 중얼거렸다.

"우린 우리와 관계없는 일에는 끼어들고 싶지 않거든."

"하지만 벌써 끼어들었어. 당신들은 특파 부대를 납치하고 고문했어. 이 일이 알려지면 특파 부대가 어떻게 나올지 모르나 본데. 당신들을 끝까지 추적해서 스택을 전자기장에 넣어 버릴 거야. 당신들 일당 모두. 당신들 가족, 동업자, 그 동업자의 가족들, 방해하는 모든 자들을. 특파 부대가 복수를 끝낼 때쯤에는 당신은 메모리조차 남아 있지 않겠지. 특파 부대를 건드리면 살아서 영웅담조차 남기지 못해. 그들은 당신들 뿌리를 완전히 뽑아 버릴 거야."

이건 어마어마한 허풍이었다. 주관적으로는 적어도 10년, 객관적으로는 거의 한 세기 가깝게 특파 부대와 나는 별 볼일 없는 사이였다. 하지만 뉴페스트의 꼬마들이 "조각보 사나이"라는 말에 벌벌 떨듯이, 유엔 보호령 내에서 특파 부대를 들먹인다는 것은 한 행성의 대통령까지도 위협할 수 있는 카드였다.

"내가 알기로."

여자는 조용히 말했다.

"특파 부대는 유엔 승인 없이는 지구에서 작전을 벌이는 게 금지되어 있을 텐데. 당신도 특파 부대라는 사실이 드러나면 결코

이로울 게 없는 거 아닌가?"

뱅크로프트 씨가 유엔 재판소의 막후 실력자라는 건 상식에 속하니까. 오우무 프레스콧의 말이 떠올랐다. 나는 얼른 받아넘겼다.

"로렌스 뱅크로프트와 유엔 재판소 앞에서 그런 말을 해 보시지."

나는 팔짱을 끼며 말했다. 여자는 잠시 나를 바라보았다. 희미한 도시의 소음을 실은 바람이 내 머리카락을 날렸다. 마침내 여자는 말했다.

"우리가 당신 스택을 지우고 몸은 흔적도 남지 않을 정도로 갈아 버릴 수도 있다는 건 알고 있겠지. 사실상 아무것도 찾아낼 수 없도록."

"그들은 당신을 찾아낼 거야."

나는 거짓말 가운데 한 가닥 얽힌 진실의 힘을 빌려 자신만만하게 말했다.

"특파 부대한테서는 숨을 수 없어. 무슨 짓을 하든 찾아내고 말아. 지금은 나랑 거래를 하는 게 당신들에게 남은 마지막 희망일 텐데."

"무슨 거래?"

그녀는 딱딱하게 말했다. 입을 열기 전 몇 만 분의 1초 동안, 내 두뇌는 광속으로 회전하며 모든 음절의 억양과 세기를 가늠했다. 탈출구다. 이걸 놓치면 기회는 다시 오지 않는다.

"훔쳐 낸 군수용 물품을 서부 해안 일대로 운반하는 바이오웨어 밀매 조직이 있어."

나는 조심스럽게 말했다.

"제리스 같은 곳이 이 조직의 대외적 창구고."

"그 때문에 특파 부대를 불렀다고?"

여자의 목소리에 냉소가 어렸다.

"바이오웨어 밀매 건 때문에? 이봐, 라이커. 핑계라고 생각해 낸 게 고작 그건가?"

"난 라이커가 아니야. 이 몸은 위장용이야. 음, 당신 말은 맞아. 열 건 중 아홉 건 정도는 우리까지 오지도 않지. 특파 부대는 이 정도 수준의 범죄를 취급하려고 만들어진 게 아니니까. 근데 절대 건드려서는 안 되는 물건을 가져간 놈들이 있어. 외교용 긴급 대응 바이오웨어. 절대 그들 눈에 띄어서는 안 되는 물건이지. 이 때문에 열 받은 사람이 있는데, 유엔 최고위층이야. 그쪽에서 우릴 불렀지."

여자는 눈살을 찌푸렸다.

"그래서 거래하자는 내용은?"

"첫째, 당신들은 나를 풀어 주고 양쪽 다 이번 일은 누구에게도 입을 열지 않는다. 선수들끼리 오해가 있었던 정도로 해 두지. 그리고 당신들은 내게 정보통을 좀 주고. 몇 사람만 불어. 이런 지하 클리닉에는 온갖 정보가 돌아다니는 것 아닌가. 그중에서 내게 가치 있는 정보가 있을 수도 있겠지."

"아까도 말했지만, 우린 관계없는 일에는 끼어들고 싶지 않아."

나는 난간에서 몸을 떼고 필요한 만큼만 분노를 내보였다.

"말장난은 필요 없어. 당신들은 이미 연루됐다니까. 원하든 원치 않든 당신들은 당신들과 상관없는 물건을 한 입 크게 베어 물었어. 씹어 삼키든지 뱉어 내든지 해야지. 자, 어떻게 할 거요?"

침묵. 바닷바람이 우리 사이를 스쳐 지나갔다. 희미하게 삐걱거리는 고깃배 소리.

"생각해 보지."

여자는 말했다.

수면에서 반짝이던 햇빛에 변화가 생겼다. 여자의 어깨 너머로 시선을 옮기니 반짝이던 빛이 수면에서 떨어져 나와 점점 커지면서 하늘에 녹아들고 있었다. 도시는 핵폭탄처럼 흰 섬광 속으로 사라졌고, 배의 윤곽도 물안개에 감싸이듯 흐려졌다. 내 앞의 여자도 함께 사라졌다. 주위는 아주 조용해졌다.

나는 손을 들어 공간이 끝나는 안개를 건드렸다. 팔이 슬로모션으로 움직이는 것 같았다. 정적 속에서 빗소리처럼 지직거리는 잡음이 점점 커져 갔다. 손가락 끝이 투명해지더니 도시의 첨탑들처럼 희게 변했다. 움직일 힘이 사라졌고, 흰빛은 팔 위로 점점 올라왔다. 목구멍에서 숨이 탁 멎었고 뛰던 심장도 중간에 끊겼다. 나는,

없었다.

나는 다시 깨어났다. 세제나 테레빈유로 손을 씻고 난 뒤처럼 피부 표면이 얼얼한 감각이 몸 전체로 퍼진 그런 느낌이었다. 다시 남자 몸이었다. 의식이 새로운 신경계에 적응하면서 얼얼한 감각은 빠르게 가라앉았다. 맨살에 희미한 에어컨의 냉기가 느껴졌다. 나는 벌거벗고 있었다. 왼손을 들어 눈 밑의 흉터를 만져 보았다.

원래 몸으로 돌아왔다.

내 위의 흰색 천장에서 강렬한 스포트라이트가 쏟아지고 있었다. 나는 팔꿈치로 몸을 일으키고 주위를 둘러보았다. 이번에는 몸속에서 희미한 냉기가 내 몸을 휘감았다. 나는 수술실에 있었다. 내가 누워 있는 반대편에는 피를 흘려보내는 통로가 갖춰진 반질반질한 철제 수술대가 놓여 있었고, 그 위에는 거미처럼 생긴 수술로봇의 팔들이 매달려 있었다. 작동 중인 것은 없었지만, 벽에 달린 작은 스크린과 내 옆의 모니터에는 "대기 중"이라는 글자가 깜빡이고 있었다. 스크린 쪽으로 몸을 굽혀 보니 기능 확인 목록이 반복해서 흘러가고 있었다. 내 몸을 분해하라는 프로그램을 수술로봇에 입력하고 있었던 모양이었다.

대기용 침대에서 내려서는데 문이 삐걱 열리더니 합성 몸의 여자가 의사 둘을 거느리고 들어왔다. 엉덩이에는 입자총을 차고 있었고, 눈에 익은 꾸러미를 안고 있었다.

여자는 나를 쏘아보며 옷을 던졌다.

"옷이다. 입어."

의사 중 한 사람이 여자의 팔에 손을 얹었다.

"절차상으로는⋯⋯."

여자는 냉소했다.

"알아. 고소하라지. 여기서 간단한 의식 입력 하나 제대로 못한다면 레이한테 말해서 다른 곳으로 업체를 옮기자고 할 수도 있어."

"저쪽은 의식 입력 이야기가 아닌 것 같은데."

나는 바지를 입으며 말했다.

"고문 후유증이 없는지 확인하려는 거요."

"누가 너한테 물어봤어?"

나는 어깨를 으쓱했다.

"맘대로 하시오. 이제 어디로 가지?"

"만날 사람이 있어."

여자는 짤막하게 내뱉고 의사를 돌아보았다.

"이자의 정체가 본인 말대로라면 후유증 문제는 걱정할 필요 없어. 사실이 아니라면 이리 다시 데려올 거야."

나는 최대한 부드럽게 옷을 입었다. 아직 불구덩이에서 빠져나온 건 아니다. 헐렁한 조끼와 재킷은 그대로였지만 밴대녀가 없어졌다는 것이 이유 없이 짜증스러웠다. 산 지 몇 시간밖에 안 됐는데. 시계도 없었다. 하지만 나는 문제 삼지 않기로 하고 부츠를 신은 뒤 일어섰다.

"그래, 누굴 만나러 가는 거요?"

여자는 싸늘한 시선을 보냈다.

"당신 말이 사실인지 아닌지 판단할 만한 사람. 그런 다음 이리 돌아와서 절차대로 내보낼 거야."

나는 억양 없이 대꾸했다.

"이 일이 끝나면, 우리 부대원한테 당신을 찾아가라고 할지도 모르겠군. 당신 진짜 몸으로 말이야. 그간 당신 도움에 감사 표시라도 하고 싶어 할 테니."

입자총이 부드럽게 총집에서 빠져나와서 어느새 내 턱 밑을 겨누고 있었다. 눈 깜짝할 사이였다. 입은 지 얼마 안 되는 몸은 아직 제 감각을 찾지 못해 대응하기에는 너무 늦었다. 합성 여자는 내 얼굴 옆으로 얼굴을 잔뜩 갖다 댔다.

"어디서 감히 날 협박해, 이 쥐새끼 같은 자식아."

여자는 부드럽게 말했다.

"저 얼간이들은 너한테 진짜 자기들을 해칠 만한 힘이 있는 줄 알고 겁을 집어먹고 웅크리고 있지만. 나한테는 안 통해. 알아들어?"

나는 총으로 얼굴이 눌린 채 겨우 곁눈질로 그녀를 보았다.

"알아들었소."

"좋아."

여자는 숨을 들이쉬며 총을 치웠다.

"레이하고 분명하게 확인하고 나면, 다른 사람들 전부 다 줄 세워서 사과하라고 하겠어. 하지만 그 전에는 너 역시 스택을 건져 보려고 횡설수설하는 사형 집행 후보자에 지나지 않아."

나는 빠른 걸음으로 복도를 지나면서 구조를 외워 두려고 애썼다. 우리는 처음 클리닉에 들어갈 때 탔던 것과 똑같은 엘리베이터에 올랐다. 나는 다시 층수를 셌고, 다시 주차장에 나오자 루이즈를 데려갔던 문 쪽으로 나도 모르게 시선이 갔다. 고문당하던 때의 기억은 흐릿했지만(특파 부대에서는 후유증을 피하기 위해 경험을 의식적으로 차단하는 훈련을 쌓는다.) 주관적으로는 이틀 정도였어도 실제로는 10분 정도밖에 걸리지 않았을 것이다. 최대로 잡아도 클리닉에 있었던 시간은 한두 시간 정도밖에 되지 않을 것이며, 루이즈는 아직 스택이 멀쩡한 채 저 문 뒤에서 메스를 기다리고 있을지도 모른다.

"차에 타."

여자가 간결하게 말했다.

이번에 탄 것은 뱅크로프트의 리무진을 연상시키는 더 크고 우아한 차였다. 조종석에는 이미 고용주의 바코드를 왼쪽 귀 위에 찍은 제복 차림의 빡빡머리 운전사가 대기하고 있었다. 베이시티의 거리에서 이미 이런 사람들을 여러 번 보았는데, 그때마다 왜 이런 조처에 복종하는지 의아했더랬다. 할란스 월드에서는 군인이 아닌 사람은 이런 바코드를 절대 받아들이지 않을 것이다. 정착 시절의 농노 제도가 아직 기억에서 사라지지 않은 탓이다.

두 번째 남자가 보기 싫은 자동권총을 손에서 대롱거리며 뒷문 옆에 서 있었다. 역시 머리를 밀었고 바코드도 찍혀 있었다. 나는 바코드를 노려보며 그 옆을 지나친 뒤 뒷좌석으로 들어갔다. 합성 여자는 허리를 굽히고 운전사에게 뭐라 말했고, 나는 뉴라켐을 동원해서 엿들었다.

"……헤드 인 더 클라우드. 난 자정 전에 그리 가야 해."

"문제없습니다. 오늘 밤은 해안도로 통행량이 별로 많지 않고……."

의사 한 사람이 뒷문을 쿵 하고 닫는 바람에 최대한 청각을 높인 귀가 하마터면 멀 뻔했다. 청각을 다독이며 조용히 앉아 있으려니, 여자와 자동권총을 든 남자가 반대편 문을 열고 내 옆에 탔다.

"눈을 감아."

여자는 내 밴대너를 꺼내며 말했다.

"잠시 눈을 가려야 해. 혹시 풀어 주게 될지도 모르는데, 당신이 이 친구들을 어디서 찾아야 하는지 알게 되면 곤란하잖아."

248

나는 창문을 둘러보았다.

"어차피 편광 유리인 것 같은데."

"그래. 하지만 그 몸의 뉴라켐 성능이 얼마나 좋은지 누가 알아? 자, 움직이지 마."

여자는 숙달된 손놀림으로 붉은 천을 묶은 다음 약간 펼쳐서 내 시야를 완전히 가렸다. 나는 등받이에 몸을 기댔다.

"몇 분이야. 조용히 앉아서 내다보지 마. 도착하면 말해 줄 테니까."

차는 날아올랐고 동체에 빗발이 듣는 소리로 미루어 볼 때 주차장 밖으로 나온 모양이었다. 아까는 시체에서 풍기는 배설물 냄새를 맡고 들어온 데 비해, 지금은 총집의 가죽 냄새가 희미하게 풍겼고 좌석은 몸의 형태에 맞춰 변형되었다. 아무래도 내 신분은 한 계급 올라간 것 같았다.

철저하게 일시적인 거야, 친구. 지미의 음성이 두개골 뒤쪽에서 메아리쳤고, 나는 희미하게 미소 지었다. 이제 곧 만나게 될 사람에 대해 이 점만은 분명했다. 클리닉에 직접 오고 싶지 않은 사람, 그 근처에 있는 모습조차 남에게 보이고 싶지 않은 사람이라는 것. 이건 사회적 존경과 권력, 외계의 데이터에 접속할 수 있는 권력을 의미한다. 곧 그들은 특파 부대가 속 빈 위협이었을 뿐이라는 것을 알아낼 것이고, 그 즉시 나는 죽을 것이다. 영구적 사망.

그렇다면 어떤 행동을 취해야 할지는 자명해지는군, 친구.

고마워, 지미.

얼마 뒤 여자는 내게 눈가리개를 벗으라고 말했다. 나는 가리개를 이마 위로 올리고 보통 때처럼 다시 묶었다. 옆에서 자동권총을 지닌 덩치가 피식 웃었다. 나는 그에게 이상하다는 눈빛을 보냈다.

"웃기나?"

"그래. 바보 천치 같아 보여."

여자는 차창 밖으로 지나치는 도시의 불빛에서 시선을 떼지 않은 채 말했다.

"내 고향에서는 안 그래."

여자는 돌아보더니 내게 한심하다는 눈길을 주었다.

"여긴 네 고향이 아니야. 지구라고. 지구인처럼 행동해."

나는 아직도 이죽거리는 권총잡이와 정중한 경멸의 표정을 한 합성 여인을 번갈아 바라보다가, 어깨를 으쓱하고 밴대녀를 풀기 위해 두 손을 올렸다. 여자는 다시 발아래로 내려앉는 도시의 불빛을 바라보기 시작했다. 비는 멎은 것 같았다.

순간 나는 머리 높이에서 사정없이 왼쪽 오른쪽을 내리깠다. 뼈를 부술 만한 힘으로 권총잡이의 관자놀이를 내리친 왼손 주먹이 얼얼했다. 권총잡이는 딱 한번 신음 소리를 내고 옆으로 무너졌다. 미처 내 손을 보지도 못했을 것이다. 내 오른팔은 아직 움직이고 있었다.

합성 여인은 내가 움직이는 것보다 더 빨리 돌아보았지만, 동작을 잘못 읽었다. 팔을 들어 올려 머리를 막았지만, 나는 그 아래쪽을 파고든 것이다. 내 손은 여자의 벨트에 찬 입자총을 쥐고 안전장치를 푼 뒤 방아쇠를 당겼다. 빔이 웅 하고 아래쪽을 향해 뻗어 나왔다. 여자의 오른쪽 다리 상당 부분의 살점이 드러날 때쯤 반동 회로가 빔을 차단시켰다. 여자는 고통보다 분노로 비명을 질렀다. 나는 총구를 들어 올리며 몸에다 대각선으로 냅다 갈겼다. 손 한 뼘 넓이만 한 홈이 여자의 몸을 갈랐고 등 뒤 좌석까지 패었다. 피가 사방으로 튀었다.

발사가 다시 차단되면서 눈부신 빔이 사라지자 크루저 안은 갑자기 어둑어둑해졌다. 옆에서 합성 여인이 구르륵거리며 한숨 소리를 냈고, 순간 반으로 갈린 상체 중에서 머리가 붙은 쪽이 왼쪽으로 무너졌다. 아까 내다보던 창문에 이마가 닿았다. 마치 빗물이 흘러내리는 유리창에 이마를 대고 열기를 식히는 듯한 모습이었다. 나머지 몸은 빔에 깨끗이 잘려 나간 단면을 드러낸 채 뻣뻣하게 앉은 자세를 유지했다. 열에 익은 살점과 합성 물질 냄새가 진동했다.

"트렙? 트렙?"

조종사의 인터컴이 지직거렸다. 나는 눈에서 피를 닦아 내고 앞쪽 칸막이에 붙은 스크린을 보았다.

"트렙은 죽었어."

나는 놀란 얼굴을 향해 이렇게 말하고 입자총을 들어 보였다.

"둘 다 죽었어. 지금 당장 착륙시키지 않으면 다음 차례는 너야."

조종사는 버텼다.

"이봐, 1만 500미터 상공이고 조종간을 잡은 건 나야. 당신이 어쩔 거야?"

나는 조종석과 객실을 나눈 격벽 중간쯤을 겨냥한 뒤, 입자총의 반동 차단 장치를 해제하고 한 손으로 얼굴을 가렸다.

"이봐, 무슨 짓을 하려는……."

나는 총구를 들이대고 칸막이에 쐈았다. 지름 1센티미터 정도가 녹아내리더니, 플라스틱 안의 방탄 소재에 빔이 닿으면서 스파크가 빗물처럼 객실 안에 튀었다. 완전히 관통하자 스파크가 잦아들면서 앞 칸에서 전기 배선이 나가는지 지직거리는 소리가 들렸다. 나는 발사를 멈췄다.

"다음엔 네 자리에다 대고 쏜다. 난 비행기가 바닷물에 떨어진다 해도 건져서 새 몸을 입혀 줄 친구들이 많아. 네놈은 저 벽에다 대고 스테이크처럼 바싹 구워 놓을 거야. 혹시나 스택이 빗나간다면 그 친구들이 열심히 네 몸속을 헤집어서 찾아 주겠지. 자, 어서 착륙시켜!"

리무진은 갑자기 한쪽으로 기우뚱하면서 고도를 낮췄다. 나는 잠시 살육의 현장 속에 잠시 물러앉아 한쪽 소매로 얼굴에 묻은 피를 닦았다.

나는 보다 침착하게 말했다.

"좋아. 미션 스트리트 근처에 내려 줘. 혹시 어디다 도와달라는 신호를 보낼 생각이라면 그 전에 먼저 생각해 봐. 총격전이 벌어진다면 네가 제일 먼저 죽는다. 알아들어? 네가 제일 먼저 죽어. 영구적인 죽음 말이야. 혹시 내가 당하게 되더라도 네 스택만은 잊지 않고 확실하게 태워 놓고 가겠어."

스크린에서 나를 돌아보는 얼굴은 창백했다. 겁을 먹기는 했지만, 아직 덜 먹은 모양이었다. 어쩌면 다른 사람을 두려워하고 있는 것인지도 모른다. 자기 부하한테 바코드를 찍어 놓을 정도의 고용주라면 자비심이 많은 타입은 아닐 것이며, 위계질서 속에서 오랫동안 복종하는 데 익숙한 관성은 종종 전투로 인한 죽음의 공포마저 극복한다. 따지고 보면 전쟁이 가능한 것도 그 때문이다. 전장에서 죽는 것보다 대오에서 이탈하는 것을 더 두려워하는 군인들이 있기 때문인 것이다. 나 역시 그런 군인이었다.

나는 얼른 제안했다.

"이건 어떤가? 착륙할 때 교통법규를 위반해. 사이어가 나타나서 널 체포, 구금하겠지. 넌 아무 말도 하지 마. 난 그대로 사라질 테니. 교통법규 위반 말고는 네가 책임질 일은 없어. 넌 그냥 운전만 했다, 뒷자리 승객들이 자기들끼리 무슨 말다툼이 있었던 것 같은데 갑자기 착륙을 하라고 으르더라, 그렇게 말해. 그러고 있으면 네 보스가 와서 부랴부랴 널 빼내 주고 날 납치한 걸 불지 않았다고 보너스라도 줄 거 아냐."

나는 스크린을 지켜보았다. 조종사의 표정이 흔들리더니 침을 꿀꺽 삼켰다. 당근은 충분하다. 이제 채찍 차례다. 나는 반동 장치를 다시 올리고 조종사가 볼 수 있도록 입자총을 들어 올려 트렙의 뒷덜미를 겨누었다.

"거래를 하자는 거야."

빔은 트렙의 척추와 스택, 주변의 모든 것을 날려 버렸다. 나는 다시 스크린을 돌아보았다.

"선택해."

조종사의 얼굴은 경련을 일으켰다. 리무진이 흔들리며 고도를 낮추기 시작했다. 나는 창밖으로 오고 가는 차량의 흐름을 바라보다 몸을 앞으로 내밀고 스크린을 두드렸다.

"교통법규 위반 잊지 마."

조종사는 침을 삼키고 고개를 끄덕였다. 리무진은 빽빽한 차선 사이로 수직 하강한 뒤 땅에 쿵 하고 부딪히며 앞으로 미끄러져 나갔다. 주변 차량들이 미친 듯이 충돌 경보를 울려 댔다. 창밖으로 간밤에 커티스와 돌아보았던 거리를 알아볼 수 있었다. 속도가 약간 느려졌다.

"길가 쪽 문을 열어."

나는 입자총을 재킷 안에 숨기며 말했다. 조종사는 고개를 끄덕했고, 문제의 문이 철컥 열렸다. 몸을 돌려 문을 발로 차서 활짝 여는데 머리 위쪽에서 경찰 사이렌 소리가 들려왔다. 순간 스크린 안의 조종사와 눈이 마주쳤다. 나는 씩 웃었다.

"처신 잘 했어."

나는 앞으로 미끄러져 가는 크루저 밖으로 몸을 던졌다. 보도에 어깨와 등을 부딪힌 뒤 지나치던 행인들의 놀란 외침 속으로 굴렀다. 두 번 구른 뒤 돌로 된 건물 앞 계단에 세게 부딪히고 조심스럽게 일어섰다. 지나치던 커플이 나를 빤히 쳐다보았다. 빨리 갈 길 가라는 뜻으로 이를 드러내고 미소를 지어 보이니 그들은 다른 가게 유리창 쪽으로 시선을 돌렸다.

교통경찰의 크루저가 법규를 어긴 리무진을 쫓아 하강했고, 움직이는 기류에 탁한 공기 바람이 머리 위에서 쏟아졌다. 나는 그 자리에 그대로 서서 내 특이한 착륙 방식을 목격한 보행자들의 호기심 어린 눈길을 마주 받아넘겼다. 어쨌든 나에 대한 관심은 뜸해지고 있었다. 사람들의 시선은 정지한 리무진 뒤쪽 상공에서 위협적으로 맴도는 경찰차의 경광등에 정신이 팔려 하나 둘 나를 떠났다.

"엔진을 끄고 그 자리에 멈추시오."

크루저에 달린 스피커가 지직거렸다.

사람들이 내 옆을 지나쳐서 무슨 일인지 보려고 밀고 당기며 모이기 시작했다. 나는 건물에 등을 기대고 다친 곳이 없는지 몸을 살폈다. 어깨와 등 쪽의 얼얼한 감각이 사라져 가는 것으로 미루어 볼 때, 이번에는 제대로 내린 것 같았다.

"두 손을 머리 위로 올리고 차량에서 떨어지시오."

교통경찰의 금속성의 음성이 들렸다. 구경꾼들의 호기심 어린 머리들 너머로, 운전사가 리무진에서 내려 시키는 대로 손을 올리는 것이 보였다. 목숨을 건진 것이 다행이라는 얼굴이었다. 이번에 내가 새로 입문한 동네에서는 왜 이런 식의 항복이 별로 인기가 없을까 하는 궁금증이 잠시 일었다. 아마도 죽기를 바라는 놈들이 너무 많은 모양이다.

나는 행인들 속에 섞여 몇 걸음 뒷걸음치다, 돌아서서 휘황한 베이시티 밤거리의 익명성 속으로 숨어들었다.

흔히들 말하지만, 개인적인 것은 정치적인 것이다. 그러므로 어떤 골 빈 정치가나 권력자가 당신과 당신이 사랑하는 사람들에게 해를 끼치는 정책을 실시하려 한다면, 개인적인 일로 받아들여라. 분노하라. 정의 구현의 기계는 당신을 위해 봉사하지 않는다. 그것은 느리고 차가우며, 하드웨어도 소프트웨어도 모두 그들의 것이다. 정의의 손아귀에서 고통 받는 것은 오로지 힘없는 자들이다. 권력을 가진 자들은 윙크하고 미소하며 빠져나간다. 정의를 원한다면 그들에게서 빼앗아야 한다. 개인적인 일로 만들어라. 가능한 한 많은 손상을 가하라. 당신의 의사를 확실히 전달하라. 그러면 다음에는 심각하게 받아들여질 가능성이 훨씬 커진다. 위협을 가할 가능성이 커진다. 그리고 명심하라. 심각하게 받아들여지느냐, 위협을 가할 수 있느냐 하는 것이 그들의 눈에는 권력자와 힘없는 자를 구분하는 유일한 차이점이다. 그들은 권력자와 타협한다. 힘없는 자들은 무화시킨다. 당신이 무화되고, 제거되고, 고문당하고, 잔인하게 살해당하는 것을 그들은 그냥 일일 뿐이라는, 정치일 뿐이라는, 세상 돌아가는 이치라는, 인생은 힘든 거라는, 개인적인 문제가 아니라는 궁극적인 모욕으로 정당화한다. 아, 집어치워라. 개인적인 일로 만들어라.

켈크리스트 팔코너
『지금쯤 이미 깨달았어야 하는 것들』, 제2권

릭타운으로 돌아왔을 때는 차갑고 푸른 새벽이 도시 위에 내려앉아 있었고 방금 내린 비로 거리는 온통 청동 빛으로 번들거렸다. 나는 고가도로 그늘 아래 서서 혹시 뭔가 움직이는 것이 있나 황량한 거리를 바라보았다. 당장 내게 필요한 기분이 있었지만, 하루가 새로 시작되는 차가운 빛 속에서 그 기분은 쉽게 찾아지지 않았다. 급속 데이터 흡수 때문에 머리가 지끈거렸고, 지미드 소토는 낮익은 악귀처럼 의식 뒤편에서 쉴 새 없이 떠돌아다니고 있었다.

어디 가는 건가, 닥?

손상을 가하러.

헨드릭스 호텔은 내가 끌려갔던 클리닉에 대한 정보를 전혀 갖고 있지 않았다. 딕이 몽골인에게 나를 고문했던 장면을 담은 디스크를 곧장 갖다 주겠다고 약속했던 것으로 미루어 볼 때 클리닉은 만 반대편 오클랜드 쪽이 분명했지만, 그것만으로는 인공지능에게조차 별 도움이 되지 않았다. 불법 바이오테크 활동은 온갖 곳에 만연한 것 같았다. 이렇게 되면 어려운 방법으로 나의 발자취를 되짚어 가는 수밖에 없다.

제리스 클로즈드 쿼터.

이곳에 대해서는 헨드릭스 호텔이 보다 도움이 되었다. 하급 침투 방지 시스템과 잠시 실랑이를 벌인 끝에, 호텔은 객실 스크린에 바이오캐빈에 대한 정보를 토해 놓았다. 평면도, 보안 인력, 업무 시간과 교대 시간. 나는 아까 받았던 취조에 대한 분노에 치를 떨며 눈 깜짝할 사이에 내용을 파악했다. 창문에서 조금씩 옅어지는 하늘빛을 뒤로한 채, 나는 네멕스와 필립스 총을 총집에 넣고 테빗 나이프를 매단 뒤 이제 이쪽에서 취조를 해 주기 위해 방을 나섰다.

아까 호텔로 들어올 때도 미행이 따라온 흔적은 없었고, 나갈 때 역시 없는 것 같았다. 그놈 입장에서는 다행한 일이다.

새벽빛에 젖은 제리스 클로즈드 쿼터.

밤 동안 클럽에 감돌고 있던 수수께끼 같은 싸구려 선정성은 이제 사라지고 없었다. 빛을 잃은 네온과 홀로그래피 간판은 낡은 가운에 달린 야한 브로치처럼 건물에 매달려 있었다. 나는 아직도 칵테일 잔 안에 갇혀 있는 춤추는 여인을 우울하게 바라보며, 고문으로 죽음을 당하고도 종교 때문에 되살아올 수 없는 루이즈, 별명 아네노미 생각을 했다.

개인적인 일로 만들어라.

결단을 내렸다는 듯 내 오른손은 네멕스 총을 빼 들었다. 클럽을 향해 걸어가면서 권총 슬라이드를 당겼다. 철컥 하는 금속음이 조용한 새벽 공기 속에 커다랗게 울렸다. 느리고 차가운 분노가 가슴속에 차오르기 시작했다.

내가 다가가자 문지기 로봇이 깨어나더니 팔을 들어 입구를 막는 모양을 취했다.

"문 닫았습니다."

합성 음성이 말했다.

나는 로봇의 반구형 두뇌에 네멕스를 겨누고 쏘았다. 소구경 실탄이었다면 튕겨 나왔겠지만 네멕스의 총알은 로봇의 머리를 산산조각으로 부쉈다. 불꽃이 튀면서 합성음이 비명을 질렀다. 문어 다리 같은 팔이 경련을 일으키다가 축 늘어졌다. 산산조각 난 껍데기에서 연기가 뭉게뭉게 피어올랐다.

나는 대롱거리는 안테나 하나를 총으로 조심스럽게 눌러 본 뒤 안으로 들어섰다. 요란한 소리를 듣고 밀로가 무슨 일인가 싶어 올라오고 있었다. 나를 본 그의 눈이 커다래졌다.

"당신. 이게 무슨……."

나는 그의 목을 쏜 뒤, 계단을 굴러 떨어진 후 다시 일어나려고 애쓰는 것을 보고 얼굴에 다시 한 발을 쏘았다. 밀로의 뒤를 따라 계단을 내려가는데 두 번째 덩치가 저 아래 어둑어둑한 공간에서 다시 나타났다. 그는 밀로의 시체를 보고 놀란 얼굴을 하더니 싸구려로 보이는 입자총을 찬 벨트 쪽으로 손을 뻗었다. 나는 미처 손가락이 총에 가 닿기도 전에 그의 가슴에 총알을 두 번 박아 넣었다.

나는 계단참에서 일단 멈춰 서서 필립스 총을 왼손으로 뽑아 든 뒤 귓전에 아직 메아리 치는 총성이 잦아들기를 조용히 기다렸다. 제리스에 오면 당연히 예상하게 되는 묵직한 정크 리듬은 아직도 울려 퍼지고 있었지만 네멕스의 총성은 워낙 컸다. 왼쪽에는 객실로 이어지는 복도에 붉은 조명이 맥박 치고 있었고, 오른쪽으로는 거미줄에 온갖 파이프와 술병이 걸려든 모양의 홀로그래피와 그 너머로 일루미늄으로 "바"라는 단어가 박힌 평평한 검은 문이 있었다. 호텔에서 머릿속에 입력한 정보에 따르면 객실 경비는 최소한이었다. 많아 봐야 셋, 새벽 이 시간에는 아마 둘 정도에 불과할 것이다. 밀로와 이름 모를 덩치가 저 아래 쓰러져 있으니 더 있어 봐야 하나다. 바는 방음벽이고 사운드 장치가 따로 독립되어 있으며 바 직원을 겸하는 무장 경비가 둘에서 넷 정도 있다.

구두쇠 제리.

나는 뉴라켐을 발동시키며 귀를 기울였다. 방금 빠져나온 복도에서 객실 문 하나가 살그머니 열리더니, 걷는 것보다 그쪽이 소음이 덜할 거라고 착각했는지 발을 질질 끌며 지나가는 소리가 들려왔다. 오른쪽 바로 통하는 문에 시선을 고정시킨 채, 나는 필립스 총으로 왼쪽 구석을 겨누고 쳐다보지도 않은 채 복도의 붉은 조명 속으로 소리 없이 총알을 퍼부었다. 총은 산들바람에 흔들리는 나뭇가지처럼 한숨을 쉬는 것 같았다. 목 졸리는 듯한 신음과 함께 누군가 쿵 하고 쓰러지며 무기가 덜그럭 바닥에 부딪히는 소리가 들렸다.

바로 통하는 문은 아직 닫힌 그대로였다.

벽 모서리 쪽으로 시선을 돌려 보니 회전 조명이 그리는 붉은 줄무늬 속에 전투복 차림의 땅딸막한 여자가 한 팔을 옆구리에 붙이고 다른 팔로 바닥에 떨어진 권총을 더듬거리고 있었다. 나는 얼른 권총 쪽으로 다가가서 여자의 손이 닿지 않도록 총을 차낸 뒤 그 옆에 무릎을 꿇고 앉았다. 여러 방 맞은 모양이었다. 다리와 셔츠는 피에 절어 있었다. 나는 필립스 총구를 여자의 이마에 갖다 댔다.

"당신 여기 경비인가?"

여자는 흰자위를 번득이며 고개를 끄덕였다.

"딱 한 번 묻겠어. 제리는 어디 있지?"

"바에."

여자는 아픔을 참으며 잇새로 겨우 답했다.

"테이블. 뒤쪽 구석에."

나는 고개를 끄덕이고 일어나서 여자의 미간을 신중하게 조준했다.

"잠깐. 당신……."

필립스 총이 한숨을 쉬었다.

손상.

거미줄 홀로그래피 한가운데 서서 바 문에 손을 뻗는 순간, 갑자기 문이 열리더니 딕이 내 앞에 서 있었다. 어떻게 손써 볼 시간이 없었다. 나는 고개를 최소한으로 살짝 기울여 정중하게 인사를 보낸 뒤 내 안의 분노를 터뜨렸다. 허리 높이에서 네멕스와 필립스 총을 둘 다 여러 번 발사한 것이다. 총탄이 여러 번 박히면서 딕은 비틀비틀 문 안쪽으로 뒷걸음쳤고, 나는 계속 총질하며 앞으로 밀고 들어갔다.

넓은 공간이었다. 각진 스포트라이트와 댄서들이 춤추는 무대에 박힌 은은한 오렌지색 유도등이 홀 안을 은은하게 비췄고, 무대는 비어 있었다. 바 뒤쪽 벽을 따라 마치 천국으로 오르는 계단을 비추듯 차가운 청색 조명이 위쪽에서 내리비쳤다. 그 뒤로 파이프와 가상현실 접속 단자, 술병들이 진열되어 있었다. 이 천사의 창고를 지키던 창고지기는 갈기갈기 찢긴 창자를 움켜쥐고 뒤로 비틀거리는 딕을 보더니 정녕 신의 손길에 가깝다고 할 만한 속도로 바 아래에 손을 집어넣었다.

술잔이 땅에 떨어지며 깨지는 소리가 들렸다. 나는 네멕스를 꺼내 창고지기의 몸을 십자가에 못 박듯 뒤 선반에 때려 박았다. 그의 몸은 묘하게 우아한 자세로 잠시 벽에 매달려 있더니 스르르 돌아가며 술병과 파이프 선반 하나를 움켜쥔 채 같이 와르르 땅에 쓰러졌다. 딕 역시 쓰러져서 아직 꿈틀거리고 있었다. 무대 가장자리에 기대고 있던 커다란 형체가 앞으로 뛰어나오며 허리에서 권총을 빼 들었다. 나는 네멕스로 바를 그대로 겨냥한 채(돌아서서 조준할 시간이 없었다.) 필립스 총을 반쯤 들어 올려 한 발 쏘았다. 커다란 형체는 신음하며 비틀거리더니 무기를 놓치고 무대에 기대 무너졌다. 나는 왼쪽 팔을 들어 쭉 뻗은 뒤 머리를 쏘았고, 그는 댄스 무대 위로 푹 쓰러졌다.

네멕스의 총성이 아직도 홀 구석마다 메아리치고 있었다.

제리가 눈에 들어왔다. 나는 10미터쯤 떨어진 얄팍한 테이블 너머에서 벌떡 일어나는 그를 향해 총을 겨누었다. 그는 얼어붙었다.

"그게 현명하지."

뉴라켐은 전깃줄처럼 노래하고 있었고, 아드레날린이 내 얼굴에 광기 어린 웃음을 띠게 했다. 두뇌는 실탄 수를 바쁘게 계산하고 있었다. 필립스에는 한 발, 네멕스에는 여섯 발 남았다.

"손은 그 자리에 그대로 두고 나머지는 제자리에 앉아. 손가락 하나라도 꿈틀하면 손목을 날려 버리겠어."

제리는 얼굴을 실룩이며 무너지듯 다시 주저앉았다. 곁눈질로 살펴보니 홀 안에는 이제 움직이는 것이 전혀 없었다. 나는 복부의 총상을 싸안고 태아처럼 웅크린 채 목구멍 깊은 곳에서부터 고통에 찬 신음 소리를 내고 있는 딕의 몸을 넘어섰다. 그리고 네멕스로 제리의 사타구니 앞에 있는 테이블을 겨냥한 채, 반대쪽 팔로 필립스 건을 수직으로 내린 뒤 방아쇠를 당겼다. 딕이 내던 신음 소리가 그쳤다.

이 광경을 본 제리가 불쑥 입을 열었다.

"당신 미쳤나, 라이커? 그만둬! 그런 짓은……."

네멕스의 총구가 제리에게로 향했다. 총구 때문이었는지, 내 얼굴 표정 때문이었는지 제리는 입을 다물었다. 무대 끝의 커튼 뒤와 바 뒤쪽에서도 움직이는 것은 없었다. 문도 닫힌 그대로였다. 제리의 테이블 쪽으로 다가간 나는 의자 하나를 뒤로 걷어찬 뒤 그 위에 걸터앉아 제리를 마주 보았다.

"당신, 제리."

나는 평정한 상태로 말했다.

"가끔은 남의 말에 귀를 기울여야 할 때도 있는 거 아닌가? 말했잖아. 내 이름은 라이커가 아니야."

"네가 누구든 무슨 상관이야. 난 접속해 있어."

제리의 얼굴에는 엄청난 독기가 흐르고 있었다. 그 독에 본인이 숨 막혀 죽지 않는 것이 신기할 정도였다.

"인공지능과 연결되어 있다고. 알겠나? 오늘 이런 짓거리, 넌 대가를 치러야 할 거야. 차라리 날 만나지……."

"……않았더라면 할 정도로 말이지."

나는 그의 말을 받았다. 그리고 빈 필립스 총을 다시 파이버그립 총집에 집어넣었다.

"제리, 차라리 널 만나지 않았더라면 하는 생각은 벌써 하고 있어. 당신 세련된 친구들 솜씨가 워낙 세련돼서 말이야. 한데 내가 도망쳤다는 소리는 미처 못 들었나 보지? 요즘은 레이와 별 사이가 안 좋나?"

나는 제리의 얼굴을 주의 깊게 지켜보았지만, 레이라는 이름에도 별 표정 변화가 없었다. 곤경에 처해서도 태연한 척하는 것이 아니면 정말로 큰물에서 노는 놈이 아니다. 나는 다시 시도해 보았다.

"트렙은 죽었어."

나는 별것 아닌 말투로 말했다. 제리의 눈동자가 약간 움직였다.

"다른 몇 놈도. 네 목숨이 아직 붙어 있는 이유를 알려 줄까?"

입가가 굳었지만 아무 말도 없었다. 나는 테이블 위로 몸을 내밀고 제리의 왼쪽 눈에 네멕스의 총구를 밀어붙였다.

"사람이 물었으면 대답을 해야지."

"꺼져 버려."

나는 고개를 끄덕이고 다시 의자에 물러앉았다.

"배짱 좋다? 그럼 내가 말해 주지. 난 해답이 필요해, 제리. 일단 엘리자베스 엘리엇이 어떻게 됐는지 말해. 이 문제는 쉽겠지. 네 손으로 난도질했을 테니까. 다음은 엘리어스 라이커는 누구냐, 트렙은 누구 밑에서 일하나, 네가 날 보냈던 클리닉은 어디지?"

"꺼져."

"내가 농담하는 것 같나? 혹시 경찰이라도 나타나서 네 스택을 구해 줄까 봐?"

나는 왼손으로 주머니에서 아까 빼앗은 입자총을 꺼낸 다음 무대 위에 죽어 있는 경비를 신중하게 조준했다. 근거리 사격이었고, 빔은 머리를 단 한 방에 산산조각으로 날려 버렸다. 살점이 불에 타는 악취가 여기까지 흘러왔다. 한 눈으로 제리를 감시하면서, 나는 어깨 높이 위쪽에 있는 모든 것이 초토화될 때까지 빔을 휘두른 다음 총을 끄고 총구를 내렸다. 제리는 테이블 너머로 나를 지켜보고 있었다.

"이 개자식, 내 밑의 경비일 뿐인데!"

"내게 있어선 인권의 사각지대에 놓여 있는 직업일 뿐이야. 딕이나 다른 놈들도 마찬가지고. 내가 궁금한 걸 털어놓지 않는다면 너 또한 마찬가지 신세야."

나는 총을 들어 올렸다.

"마지막 기회다."

"좋아."

목소리가 갈라졌다.

"알았어, 알았다고. 엘리엇은 고객 하나를 협박하려고 했어. 유명한 메트족 하나가 여기 드나들었는데 제 주제에 그치를 물 먹일 수 있다고 생각했는지. 멍청한 년이 나랑 동업하자는 거야. 메트족을 믿어도 된다고 생각했지. 제가 도대체 어떤 인간을 상대하고 있는지도 모르고."

"그렇지."

나는 냉혹한 눈빛으로 테이블 너머를 응시했다.

"몰랐군."

제리는 나와 시선을 마주쳤다.

"이봐, 무슨 생각을 하는지 알겠는데, 그런 게 아니었어. 말리려고 하니까 아예 제가 대놓고 직접 나서더라고. 빌어먹을 메트족 새끼를 상대로 말이야. 술집 다 무너지고 나까지 같이 파묻히는 꼴을 당할 수는 없잖아? 알아서 제거할 수밖에 없었어. 그럴 수밖에 없었다고."

"네가 그녀를 죽였나?"

그는 고개를 저었다.

"전화를 걸었어."

약간 진정된 목소리.

"이 바닥에서 늘 하는 방식이야."

"라이커는 누구지?"

"라이커는……."

그는 침을 삼켰다.

"……경찰이야. 신체절도과*에서 일하다가 유기체손상과로 진급했는데. 그 사이어 년이랑 놀아나는 사이였어. 당신이 옥타이를 해치웠던 날 밤에 왔던 그 여자."

"오르테가?"

"그래, 오르테가. 모르는 사람이 없어. 라이커는 그 덕분에 진급했다고들 한다고. 당신이, 아니, 라이커가 다시 거리에 나타난 것도 우린 그 때문이라고 생각했어. 당신이 오르테가와 이야기하는 것을 딕이 봤다기에, 우리는 오르테가가 손을 써서 뭔가 거래를 했다고 생각했다고."

"다시 거리에 나타나? 어디 있다가?"

"라이커는 더러운 놈이었어."

한번 터진 이야기는 이제 술술 흘러나오고 있었다.

"시애틀에서 인체 상인 몇 명에게 RD를 먹인 적도 있고……."

"RD?"

"그래, RD."

제리는 내가 하늘이 무슨 색이냐고 물어보기라도 한 듯 순간 멍한 표정을 지었다. 나는 참을성 있게 말했다.

"난 여기 출신이 아니야."

"RD. 영구적 사망(Real Death). 곤죽으로 만들어 놨다고. 몇 놈은 스택을 미처 파괴하지 못해서 라이커가 디퍼에게 돈을 주고 가톨릭교도로 등록하라고 시켰어. 한데 입력이 잘 안 됐는지 유기체손상과에서 알아냈는지, 하여간 라이커는 200년형을 받았어. 가석방 없이. 소문으로는, 라이커를 집어넣은 팀을 오르테가가 지휘했다고들 해."

으흠. 나는 계속 말해 보라는 듯 네멕스를 흔들어 보였다.

"그뿐이야. 내가 아는 건 이게 전부야. 그냥 떠도는 이야기야. 거리의 소문. 이봐, 라이커는 신체절도과에 있을 때도 여길 귀찮게 한 적이 없어. 난 영업 깨끗이 했다고. 그 사람 직접 만나 본 적도 없어."

"옥타이는?"

제리는 얼른 고개를 끄덕였다.

"그놈이야, 옥타이. 옥타이는 오클랜드에 장기 매매 조직을 갖고 있었어. 당신이, 아니, 라이커는 늘 그쪽을 들쑤셨어. 몇 년 전에는 초주검이 될 때까지 옥타이를 팬 적도 있었고."

"그래서 옥타이는 이쪽으로 달려와서……."

"맞아. 놀라서 라이커가 여기서 무슨 일을 벌이려는 게 분명하다고 그러더라고. 그래서 객실 녹음테이프를 확인해 보니 당신이 루이즈와 이야기를 하고 있기에……."

제리는 이야기가 고문 쪽으로 흘러가자 입을 다물었다. 나는 총으로 다시 손짓을 해 보였다.

"그뿐이야."

그의 음성에는 초조한 기색이 역력했다.

"좋아."

나는 약간 뒤로 물러앉고 담배를 찾아 주머니를 두드렸지만 가진 것이 없었다.

"당신 담배 피우나?"

"담배? 내가 그런 얼간이로 보여?"

나는 한숨을 쉬었다.

"됐어. 트렙은? 당신 주제로는 약간 분에 넘치는 것 같던데. 어디서 빌린 거지?"

"트렙은 혼자 일해. 누구하고든 청부 계약을 하지. 내 일도 가끔 돕고 있어."

"이제는 못하게 됐어. 그 여자의 진짜 몸을 본 적이 있나?"

"아니. 대부분 뉴욕 어디다 보관한다고 들었어."

"여기서 먼 곳인가?"

"한 시간 정도. 준궤도 비행으로."

그렇다면 카드민과 동급이다. 전 지구적 폭력배. 어쩌면 행성을 넘나들며 활동하고 있을지도 모른다. 큰물에서 노는 놈이다.

"그럼 요즘은 누구 일을 하고 있지?"

"모르겠어."

나는 화성 유물 바라보듯 입자총의 총신을 살피며 말했다.

"아니, 알면서."

나는 시선을 들고 그에게 음산한 미소를 던졌다.

"트렙은 죽었어. 스택까지, 완전히. 그 여자를 배신하면 어쩌나 이런 걱정 안 해도 돼. 이제 나를 걱정해야 할걸."

그는 잠시 반항적으로 나를 쳐다보다가 시선을 떨어뜨렸다.

"하우스 일을 해 준다고 들었어."

"좋아. 이제 클리닉 이야기를 해 보시지. 그 세련된 당신 친구들 말이야."

특파 부대 훈련 덕분에 목소리를 평정하게 유지하고 있다고 생각하고 있었지만, 실력에 약간 녹이 슨 모양이다. 제리는 무슨 낌새를 눈치 챘는지 입술을 축였다.

"이봐, 그쪽은 아주 위험한 친구들이야. 그냥 그대로 두고 도망가는 편이 나아. 그들이 어떤 사람들인지 당신은 전혀……"

"아니, 아주 잘 알고 있어."

나는 총을 그의 얼굴에 들이댔다.

"클리닉. 말해."

"맙소사. 그냥 아는 사람들이야. 사업 파트너라고. 그쪽은 여기 장기를 이용하고, 가끔, 그리고 난……."

그는 내 얼굴을 보며 갑자기 전략을 수정했다.

"그쪽은 날 위해서 이런저런 일을 해 주고. 그런 사업 관계야."

나는 루이즈, 별명 아네노미를, 그리고 우리가 함께 했던 여행을 생각했다. 눈 아래 근육이 꿈틀하는 것을 느꼈다. 거기서 곧장 방아쇠를 당기고 싶은 충동을 억누르는 것만이 내가 할 수 있는 최대한이었다. 대신 나는 목소리를 조정했다. 입구의 로봇보다도 더 기계적인 목소리였다.

"드라이브나 하러 가자고, 제리. 당신과 나, 둘이서 당신 사업 파트너를 만나러 가는 거야. 날 속여 넘길 생각은 하지 마. 반대쪽에 있다는 건 알고 왔으니까. 그리고 나는 공간 기억력이 좋아. 엉뚱한 데로 가면 그 자리에서 RD를 먹여 주겠어. 알겠나?"

얼굴 표정에서 알아들었다고 말하고 있었다. 하지만 나는 확실하게 해 두기 위해 클럽을 나서면서 시체마다 멈춰서는 어깨 위부터 머리를 통째로 태워 버렸다. 코를 찌르는 악취가 어둑어둑한 실내를 지나 이른 새벽의 바깥 거리까지 분노의 화신처럼 따라 나왔다.

밀스포트 군도 북쪽 바닷가 어느 마을에는, 어부가 물에 빠졌다가 살아난 경우 해안에서 500미터 떨어진 나지막한 암초까지 헤엄쳐 가서 그 너머 바다에 침을 뱉은 후 돌아오는 풍습이 있다. 세라가 이 마을 출신이었는데, 한번은 물리적인 더위와 은유적인 열기를 피해 투숙한 늪지의 어느 싸구려 호텔 방에서 이 풍습의 의미를 내게 설명하려 한 적이 있었다. 내게는 언제나 마초들의 헛짓거리로밖에 들리지 않았다.

그런데 지금 내 목에다 내 필립스 총구를 겨눈 채 살균한 흰 복도를 행진하고 있으려니, 그 바닷물 속에 다시 들어서기 위해서는 얼마만큼의 정신력이 필요한지 조금씩 알 수 있을 것 같았다. 내게 총을 겨누고 있는 제리를 뒤로한 채 두 번째로 엘리베이터를 타고 내려가는데 등골에 한기가 스쳐 지나갔던 것이다. 이네닌 이후로 나는 진정한 공포감을 느낀다는 것이 어떤 것인지 잊고 있었다. 물론 가상현실은 예외다. 그 안에서는 내가 아무런 통제력을 발휘할 수 없으며 문자 그대로 무슨 일이든 일어날 수 있다.

다시, 또다시.

클리닉에서는 잔뜩 긴장한 기색이 역력했다. 트랩이 바비큐 신세가 되었다는 소식을 들은 것이 분명했다. 아까 현관문에 부착된 스크린을 통해 제리와 이야기를 나누던 얼굴은 나를 보더니 백지장처럼 하얗게 질렸던 것이다.

"우리는……."

"걱정 마."

제리가 말을 끊었다.

"문이나 열어. 이 새끼 얼른 치워 버리게."

클리닉은 새천년 초기에 지어진 오래된 건물을 신 산업주의 양식으로 개조한 곳에 입주해 있었다. 묵직한 검정색 문에는 노란 갈매기 무늬가 그려져 있었고, 건물 앞면에는 발코니와 철근 구조물이 가짜 밧줄과 승강기에 매달려 있었다. 갈매기의 뾰족한 부분을 중심으로 반으로 나뉜 문이 소리 없이 좌우로 열렸다. 이른 새벽의 거리를 마지막으로 흘끗 본 뒤, 제리는 나를 안으로 밀었다.

현관 역시 신산업주의 양식이었다. 안쪽 벽에도 구조물이 걸려 있었고, 벽돌 내벽이 부분적으로 노출되어 있었다. 경비 둘이 끝에서 대기하고 있었다. 우리가 다가가자 한 사람이 한 손을 내밀었다. 제리는 그 손을 뿌리치며 으르렁거렸다.

"네놈들 도움 따위 필요 없어. 이 자식을 풀어 준 병신들 주제에."

경비는 자기들끼리 시선을 교환하더니, 아까 내밀었던 손으로 달래는 듯한 손짓을 해 보였다. 그들은 지난번 내가 옥상 주차장에서 타고 내려왔던 것과 똑같은 대형 화물용 엘리베이터 문으로 우리를 안내했다. 지하에 닿아 엘리베이터에서 내리니, 똑같은 의료진이 마취 준비를 한 채 대기하고 있었다. 피곤하고 신경이 곤두선 얼굴들이었다. 야간 당직 근무가 끝날 시간이다. 똑같은 간호사가 내게 피하주사를 놓으려고 다가서자 제리는 다시 으르렁대기 시작했다. 완벽에 가까운 연기였다. 제리는 필립스의 총구를 내 목에 더 세게 박았다.

"다 필요 없어. 이놈은 내가 붙잡고 있다고. 밀러를 만나야겠어."

"지금 수술 중이신데요."

제리는 쿡 하고 웃었다.

"수술? 그게 아니라 혼자 알아서 수술하는 기계만 쳐다보고 있다는 얘기겠지. 좋아, 그럼 청을 불러."

의료진은 망설였다.

"뭐야? 이런 아침부터 간부들이 전부 다 일하고 있다는 건 아니겠지."

내 쪽에 서 있던 남자가 애매하게 손짓했다.

"아니, 그냥…… 마취를 시키지 않고 들여보내는 게 절차에 어긋나서."

"누구 앞에서 감히 절차를 운운해."

제리는 분노로 폭발하기 직전의 인물을 훌륭하게 연기하고 있었다.

"내가 이리 보낸 새끼를 밖으로 내보내서 우리 바를 완전히 다 때려 부수게 내버려 둔 건 절차에 맞나? 그게 절차야? 그래?"

침묵이 흘렀다. 나는 제리의 허리춤에 박혀 있는 입자총과 네멕스를 보며 각도를 계산했다. 제리는 내 옷깃을 고쳐 잡더니 총으로 내 턱 밑을 다시 쿡 찔렀다. 그리고 의사들을 노려보며 침착한 태도로 잇새로 중얼거렸다.

"꼼짝도 못하고 있잖아. 안 보여? 이러고 있을 때가 아니야. 난 청 국장을 만나야겠어. 지금 당장. 빨리!"

그들은 속아 넘어갔다. 누구라도 그랬을 것이다. 이쪽에서 압박을 가하면 대부분의 사람들은 한 발 물러선다. 보다 권위 있는

272

사람, 혹은 총을 가진 사람 앞에서는 굴복하고 마는 것이다. 그들은 피곤하고 겁을 먹은 것 같았다. 우리는 빠른 걸음으로 복도를 걸어갔다. 그리고 내가 깨어났던 수술실, 혹은 그 비슷한 곳 앞을 지나쳤다. 수술대 주위에 모여 있는 사람들과, 그 위에서 거미처럼 움직이고 있는 자동 수술로봇이 언뜻 보였다. 열 걸음 정도 더 갔을까, 등 뒤에서 누군가 나타났다.

"잠깐만."

느긋하고 교양 있는 목소리였지만, 이 말을 들은 의료진과 제리는 우뚝 멈췄다. 돌아보니 청색 작업복과 피 묻은 스프레이식 수술 장갑 차림의 남자가 엄지손가락과 집게손가락으로 마스크를 벗고 있었다. 푸른 눈, 볕에 그을린 피부, 윤곽이 뚜렷한 턱. '올해의 남성'에 뽑힐 만한 점잖은 미남형이었다.

"밀러."

제리가 말했다.

"무슨 일이지? 구로. 수술 대상자를 마취도 안 시키고 여기 데려오다니."

키 큰 남자가 여의사를 돌아보았다.

"네. 세다카 씨가 위험인물이 아니라고 했어요. 아주 급한 용건이라고. 청 국장을 만나야 한다는데요."

"그건 내 알 바 아니야."

밀러는 눈을 가늘게 뜨고 의심의 눈초리로 제리를 돌아보았다.

"당신 제정신인가, 세다카? 여기가 어디라고 사람을 데려오지? 외부인 관람실인 줄 아나? 저 안에는 고객이 있어. 얼굴을 알아볼 수 있다고. 구로, 이 사람 지금 당장 마취시켜."

아, 그래. 운이 영원히 계속되지는 않는 법이지.

나는 이미 움직이고 있었다. 구로가 엉덩이에 찬 피하 스프레이를 미처 들어올리기도 전에, 나는 제리가 차고 있던 입자총과 네멕스를 획 들어 올려 발사했다. 구로와 동료 두 명이 총을 여러 번 맞고 쓰러졌다. 등 뒤 멸균 상태의 벽에 피가 튀었다. 밀러는 단 한 번 비명을 내질렀을 뿐, 나는 네멕스 총으로 그의 입을 쏴버렸다. 제리는 실탄이 들어 있지 않은 필립스 총을 아직 손에 든 채 뒷걸음질치고 있었다. 나는 입자총을 들어 올렸다.

"이봐, 난 최선을 다했어. 난⋯⋯."

빔이 발사되었고 제리의 머리가 터졌다.

나는 갑자기 찾아온 정적 속에서 수술실 문까지 되돌아간 뒤 안으로 들어갔다. 남녀의 형태를 한 형체들이 젊은 여성의 몸이 놓인 수술대를 내버려 두고 수술 마스크를 벗는 것도 잊은 채 둥그렇게 뜬 눈으로 나를 응시하고 있었다. 수술로봇만이 부드럽게 절개를 하고 상처 부위를 지져서 봉합하는 작업을 계속하고 있었다. 수술 대상의 머리맡에 나란히 놓인 작은 금속 접시 위에 정체를 알아볼 수 없는 붉은 살덩어리가 비죽 눈에 들어왔다. 비밀스러운 연회라도 시작되는 듯한 풍경이었다.

수술대 위의 여자는 루이즈였다.

나는 수술실 안에 있던 다섯 명의 남녀가 이쪽을 응시하는 동안 모두 다 쏴 죽였다. 그런 다음 자동 수술로봇을 입자총으로 산산조각 내고 빔을 휘둘러 나머지 장비도 모조리 파괴했다. 사면 벽에서 경보 사이렌이 작동되기 시작했다. 폭풍처럼 몰아치는 날카로운 사이렌 속에서, 나는 수술실을 한 바퀴 돌며 모두에게 영구적 사망을 선사했다.

바깥에서는 더 많은 경보가 울렸고 의료진 중 두 명은 아직 살아 있었다. 구로는 핏자국을 넓게 남기며 복도 쪽으로 10미터가량 기어가고 있었고, 남자 한 명은 힘이 달려 탈출할 엄두를 내지 못하고 벽에 기대어 몸을 일으켜 세우려고 안간힘을 쓰고 있었다. 하지만 몸 아래 바닥이 축축해서 계속 미끄러지기만 했다. 나는 그를 무시하고 여자 뒤를 쫓았다. 여자는 내 발자국을 듣고 그 자리에 멈추더니 고개를 돌려 이쪽을 돌아보고 다시 미친 듯이 기기 시작했다. 나는 여자의 어깨에 발을 올려 누른 뒤 몸을 차서 뒤집었다.

우리는 한참을 마주 보았다. 문득 전날 밤 나를 내려다보던 무감각한 얼굴이 바로 이 여자였다는 것을 깨달았다. 나는 상대가 똑똑히 보도록 입자총을 들어올렸다.

"영구적 사망이다."

나는 이렇게 말하고 방아쇠를 당겼다.

내가 다가오는 것을 보고 뒤로 멀어지려고 필사적으로 발버둥치는 의사 쪽으로 돌아갔다. 그리고 그 앞에 웅크리고 앉았다. 한층 기세를 더한 비상 경보음이 길 잃은 영혼처럼 우리 머리 위로 떨어졌다. 내가 얼굴에다 총구를 겨누자 그는 울부짖었다.

"하느님 아버지. 난 그냥 여기서 일하는 사람입니다."

"그러니까 이러지."

나는 말했다. 비상 경보음에 묻혀 총소리는 거의 들리지 않았다.

세 번째 의사를 비슷한 방식으로 신속하게 죽이고 밀러도 좀 더 오랫동안 손봐 준 다음 제리의 머리 없는 시체에서 재킷을 벗겨 겨드랑이에 끼워 들었다. 그런 다음 필립스 총을 집어 들고 허리춤에 끼워 넣은 뒤 그 자리를 떠났다. 나는 비명 소리가 메아리치는 클리닉 복도를 따라 나가다 마주치는 사람들을 하나도 남김없이 죽이고 스택마저 흔적도 없이 녹여 버렸다.

개인적인 일이다.

현관을 나서서 서두르지 않는 걸음으로 거리를 걷고 있는데 경찰 크루저가 지붕 위에 내려앉았다. 겨드랑이에 낀 밀러의 잘린 머리에서 피가 흘러나와 제리의 재킷 안감 사이로 배어 나오기 시작하고 있었다.

3-1부

동맹

어플리케이션 업그레이드

선터치 하우스의 정원은 조용하고 화창했으며 공기 중에는 갓 깎은 잔디 냄새가 떠돌고 있었다. 테니스 코트에서 경기가 진행 중인지 공을 팡팡 튀기는 소리가 희미하게 들려왔으며, 미리엄 뱅크로프트의 들뜬 목소리도 들려왔다. 나풀거리는 흰 스커트 아래 볕에 그을린 다리와, 상대 코트 깊숙이 공이 떨어지며 풀썩 먼지가 이는 모습. 앉아서 구경하는 사람들이 점잖게 박수 치는 소리. 나는 중무장한 경비 둘을 양쪽에 끼고 코트 쪽으로 다가갔다.

테니스를 치던 두 사람은 다리를 넓게 벌리고 앉아 고개를 숙인 채 잠시 휴식을 취하고 있었다. 자갈을 버석버석 밟으며 다가가는 소리를 듣고 흐트러진 금발 머리 사이로 이쪽을 바라보는 미리엄 뱅크로프트와 시선이 마주쳤다. 부인은 아무 말도 하지 않고 입가에 미소를 지으며 라켓 손잡이 위로 손을 오르락내리락해 보였다. 역시 이쪽을 바라보는 부인의 상대 선수는 젊고 늘씬한 남자였는데 왠지 몸처럼 실제로 젊은 사람이라는 인상을 주었다. 어쩐지 낯이 익은 얼굴이었다.

뱅크로프트는 한 줄로 늘어선 간이 의자 한가운데에 앉아 있었고, 오른쪽에 오우무 프레스콧, 왼쪽에는 내가 만난 적이 없는 남자와 여자가 앉아 있었다. 내가 다가갔는데도 뱅크로프트는 일어서지 않았다. 아니, 거의 쳐다보지도 않았다. 그는 프레스콧의 옆자리를 가리켰다.

"앉으시오, 코바치. 마지막 게임이오."

뱅크로프트의 이빨을 부숴서 목구멍 속에 처넣고 싶은 충동을 억누르며 억지로 미소 지은 뒤 간이 의자에 앉았다. 오우무 프레스콧이 이쪽으로 몸을 기울이더니 손으로 입을 막고 속삭였다.

"경찰에게서 오늘 원치 않은 연락을 받으셨습니다. 우리가 기대했던 것만큼 일처리가 조용하지 못하시더군요."

"몸 푸는 중이라."

나는 웅얼거렸다.

시간 약속이 되어 있었는지, 미리엄 뱅크로프트와 상대는 어깨에 걸친 타월을 떨어내고 코트로 나섰다. 나는 등받이에 몸을 기대고 게임을 지켜보았다. 시선은 흰 면 아래에서 움직이며 라켓을 휘두르고 있는 부인의 탄탄한 근육에 주로 가 있었다. 그날 밤 벌거벗은 채 내 몸에 닿아 꿈틀거리던 나체가 떠올랐다. 서브를 넣기 전, 부인의 시선이 내 눈과 마주치더니 입술이 재미있다는 듯 살짝 비틀려 올라갔다. 내 대답을 기다리고 있었는데, 순간 그 대답을 얻었다는 생각이 든 모양이었다. 시합이 끝난 뒤 전력을 다해 싸웠지만 사실 당연히 이기는 게임을 따낸 그녀는 뿌듯한 얼굴로 테니스장을 나왔다.

축하 인사를 건네러 다가가자, 부인은 내가 모르는 남녀와 이야기를 나누고 있었다. 그녀는 나를 보더니 이쪽으로 돌아서서 나를 대화에 끼워 주었다.

"코바치 씨."

부인의 눈이 살짝 커졌다.

"재미있게 구경하셨나요?"

나는 진심으로 말했다.

"재미있었습니다. 인정사정없으시더군요."

부인은 한쪽으로 고개를 갸우뚱하고 땀에 전 머리를 한 손으로 닦기 시작했다.

"필요할 때만 그렇죠. 네일런이나 조셉은 모르시겠지요. 네일런, 조셉. 이쪽은 다케시 코바치, 로렌스가 살인 사건을 조사하라고 고용한 특파 부대예요. 코바치 씨는 외계 출신이죠. 코바치 씨, 이쪽은 네일런 어트킨, 유엔 대법원장이고, 조셉 피리 씨는 인권 위원회에 계세요."

"반갑습니다."

나는 두 사람을 향해 정중하게 고개를 숙였다.

"653조에 대해 논의하러 오신 모양이군요."

두 공직자는 시선을 마주쳤다. 피리가 고개를 끄덕이고는 엄숙하게 말했다.

"정보가 빠르시군요. 특파 부대에 대해서는 많이 들어 봤습니다만, 그래도 놀랍습니다. 지구에 오신 지 정확히 얼마나 되셨는지?"

"일주일 정도 됐습니다."

나는 선거로 선출된 공직자들이 특파 부대원 앞에서 흔히 보이는 공포증을 조금이라도 누그러뜨릴 수 있을까 싶어 약간 늘려 말했다.

"일주일이라. 과연 놀랍군요."

피리는 50대로 보이는 덩치 큰 흑인이었는데 머리가 약간 희끗희끗해지고 있었고 갈색 눈동자는 신중했다. 데니스 나이만처럼 그도 체외 렌즈를 끼고 있었다. 나이만의 철테 안경이 얼굴 윤곽을 좀 더 멋있게 보이려는 목적으로 디자인된 것이었다면, 이 남자가 쓴 것은 남의 시선을 분산시키기 위한 안경이었다. 테가 굵어서 기억력이 깜빡깜빡하는 목사 같은 인상을 주는 안경이었지만, 렌즈 너머의 눈동자는 빈틈이 없었다.

"그래, 수사는 진전이 있습니까?"

이번에는 어트킨이 물었다. 피리보다 몇 십 년 젊어 보이는 여자인 것으로 미루어 볼 때 두 번째로 갈아입은 몸인 듯했다. 나는 그녀를 향해 미소 지었다.

"진전이란 정의하기 힘든 개념이지요. 퀠이 말했듯, '그들이 진전이라고 하는 것에서 나는 오로지 변화와 불에 탄 시체를 본다.'"

"아, 그렇다면 할란스 월드에서 오셨군요."

어트킨이 정중하게 말했다.

"그럼 혹시 퀠주의자이신지, 코바치 씨?"

내 미소는 약간 더 커졌다.

"때로는. 퀠의 말도 일리가 있다고 봅니다."

미리엄 뱅크로프트가 서둘러 끼어들었다.

"코바치 씨는 아주 바쁘셨어요. 아마 로렌스와 이야기할 게 많으실 텐데. 이제 두 분이 이야기를 하시도록 우리는 비켜 주는 게 좋을 것 같네요."

"그러죠. 나중에 다시 이야기할 기회가 있겠지요."

어트킨은 고개를 살짝 숙였다.

세 사람은 분한 얼굴로 라켓과 수건을 가방에 쑤셔 넣고 있는 미리엄의 테니스 상대를 위로하러 떠났다. 미리엄이 워낙 능숙한 사교적인 솜씨로 유도하긴 했지만, 네일런 어트킨은 얼른 자리를 뜨고 싶어서 안달이라는 인상을 전혀 주지 않았다. 잠시 어트킨에 대한 존경의 마음이 일었다. 유엔 사무관, 실질적으로 보호령을 다스리는 공직자에게 내가 퀠주의자라고 털어놓는다는 것은 채식주의자들이 모인 식탁에서 짐승을 도살한 이야기를 꺼내는 것과 비슷하다. 예의가 아닌 것이다.

돌아서니 오우무 프레스콧이 옆에 와 있었다.

"갈까요?"

프레스콧은 저택 쪽을 가리키며 어둡게 말했다. 뱅크로프트는 이미 앞서 가고 있었다. 우리는 지나치게 빠르다 싶은 걸음으로 그 뒤를 따랐다.

"한 가지 질문이 있는데."

나는 숨을 몰아쉬며 말했다.

"저 친구는 누구요? 뱅크로프트 부인이 박살 낸 친구?"

나를 흘끗 보는 프레스콧의 눈길에 짜증이 어려 있었다.

"대단한 비밀인가?"

"아니, 코바치 씨. 그게 비밀이라서가 아니라. 단지 뱅크로프트 씨의 손님들보다 지금 당신이 더 신경 써야 할 문제가 있는 것 같아서 그러는 것뿐입니다. 정말 궁금하시다면, 뱅크로프트 부인의 상대는 마르코 가와하라예요."

"그렇군."

나도 모르게 피리의 말투를 흉내 내고 있었다. 두 사람의 인상을 머릿속에 새겨 놓으려는 것이다.

"그래서 낯이 익다는 생각이 들었군. 어머니를 닮지 않았소?"

"모르겠어요. 미즈 가와하라는 만나 본 적이 없어서."

프레스콧은 달갑지 않다는 투로 말했다.

"다행이군."

뱅크로프트는 바다 쪽을 향한 이국적인 온실에서 기다리고 있었다. 유리벽 너머로는 갖가지 외계의 형태와 색채가 범람했다. 그 중에서 어린 미러우드 나무 한 그루와 수많은 마터위드가 눈에 띄었다. 뱅크로프트는 마터위드 옆에 서서 흰 금속성 가루를 조심스럽게 뿌리고 있었다. 보안장비로 이용된다는 것 외에는 마터위드에 대해 아는 바가 없었기 때문에, 가루도 무엇인지 알 길이 없었다.

우리가 들어서자 뱅크로프트는 돌아섰다.

"목소리를 낮춰 주시오."

음향 흡수 설비가 되어 있는지 뱅크로프트의 음성도 묘하게 밋밋하게 들려왔다.

"마터위드는 현재의 발달 단계에서 대단히 민감하기 때문에. 코바치 씨, 당신도 잘 알 거라고 생각하오."

"네."

나는 사람의 손을 닮아 오목한 잎 한가운데 진홍색 얼룩이 있기 때문에 마터위드라고 불리게 된 식물을 바라보았다.

"다 성숙한 겁니까?"

"완전히. 아도라시온에서는 더 크게 자라지만, 이건 나카무라 사에 실내용으로 개량하게 한 거요. 닐바이브 캐빈만큼 확실하게 보안이 되고 훨씬 편안하지."

그는 마터위드 옆의 철제 의자 세 개를 가리켰다.

나는 조급하게 말했다.

"나를 보자고 하셨는데요. 용건이 뭡니까?"

3세기 반이라는 세월을 묵은 뱅크로프트의 강철 같은 검은 눈빛이 나를 향했다. 마치 악마와 시선을 마주치는 느낌이었다. 메트의 영혼이 바깥으로 얼굴을 내민 아주 짧은 순간, 나는 그 눈이 지금껏 보았을 평범한 인간들, 가냘프게 파닥거리며 불꽃을 향해 날아드는 나방과 같은 무수한 인간들의 모습을 볼 수 있었다. 이제까지 단 한 번 이런 경험이 있었다. 레일린 가와하라와 다투었을 때였다. 내 날개에 화염의 열기가 느껴지는 듯했다.

다음 순간 그런 느낌은 사라지고, 다시 뱅크로프트 혼자 남아 자리에 앉으며 옆 테이블에 파우더 스프레이를 놓았다. 그리고 이쪽을 바라보며 내가 앉기를 기다렸다. 내가 자리에 앉지 않자, 그는 손가락을 세우며 미간을 찌푸렸다. 오우무 프레스콧은 우리 둘 사이에서 서성거렸다.

"코바치 씨, 계약 조건 상 내가 이번 수사에 소요된 모든 경비를 제공하기로 했다는 점은 잘 알고 있지만, 베이시티 전역에서 고의적인 유기체 손상을 저지르고 돌아다니는 당신 뒤를 따라다니며 무마해야 할 줄은 몰랐소. 예전부터 나에 대해 별 좋은 감정을 가지고 있지 못한 서부 해안 갱단과 베이시티 경찰 양쪽을 돈으로 무마하느라 오늘 아침 내내 정신이 없었단 말이오. 지금 당신이 저장소에 들어가지 않고 아직 목숨이 붙어 있는 게 얼마나 큰돈을 쓴 덕분인지 알고 계시는지 모르겠군."

나는 온실을 둘러보며 어깨를 으쓱했다.

"그만한 돈은 있으시다고 알고 있습니다만."

프레스콧이 움찔했다. 뱅크로프트는 보일락 말락 미소 지었다.

"어쩌면 말이오, 코바치 씨, 그만한 돈을 쓰고 싶은 마음이 없어졌을 수도 있잖겠소."

"그럼 집어치우면 되잖아."

목소리를 갑자기 높이자 마터위드가 바르르 떨었다. 상관없었다. 갑자기 뱅크로프트식의 우아한 게임을 하고 싶은 기분이 싹가셨다. 나는 피곤했다. 클리닉에서 잠시 의식을 잃었던 때를 제외하면, 이미 30시간 이상을 깨어 있었고 뉴라켐 시스템을 지속적으로 이용한 탓에 신경이 곤두서 있었다. 총격전도 겪었다. 움직이는 에어카에서 뛰어내리기도 했다. 대다수의 인간에게 평생 트라우마를 남길 만한 고문도 당했다. 전투 중 여러 건의 살인 행위도 저질렀다. 게다가 아까는 전화를 연결시키지 말라고 요청해 놨는데도 막 침대에 들려는 순간 헨드릭스 측에서 '좋은 고객 관계 유지와 지속적인 고객 관리를 위해서'라는 명분으로 뱅크로프트의 무뚝뚝한 호출을 객실로 연결시켰던 것이다. 이 호텔의 서비스 업계 특유의 고루한 어투는 언젠가 한번 꼭 뒤집어엎을 필요가 있다. 전화를 끊고 아예 내가 네멕스 총으로 그래 줄까 하는 생각도 잠시 들었지만, 뱅크로프트에 대한 분노가 호텔 측의 응답에 대한 짜증보다 더 컸다. 전화를 무시한 채 그냥 잠자리에 들지 않고 전날 입었던 구깃구깃한 옷차림 그대로 쏜살같이 선터치 하우스로 향한 것은 바로 그 분노 때문이었다.

"실례합니다만, 코바치 씨."

오우무 프레스콧이 나를 응시하고 있었다.

"지금 그러니까 하시려는 제안은……."

"아니, 프레스콧. 협박하는 거요."

나는 다시 뱅크로프트에게로 시선을 향했다.

"난 내가 원해서 이 빌어먹을 장난에 끼어든 게 아니야. 날 여기까지 끌고 온 건 당신이야, 뱅크로프트. 할란스 월드 저장소에서 날 끄집어낸 것도 당신이고, 단지 오르테가를 열 받게 하기 위해서 엘리어스 라이커의 몸에 날 집어넣은 것도 당신이야. 당신은 모호한 힌트 몇 가지만 주고 내가 어둠 속에서 더듬거리며 당신이 과거에 저지른 고약한 짓거리에 정강이를 까이는 꼴을 구경만 하고 있어. 당신이 그만두고 싶다면 마침 저항도 만만찮으니 나도 이쯤에서 기꺼이 그만둬 주겠어. 난 당신 같은 똥 덩어리를 위해서 내 스택을 걸고 있는 거요. 그냥 날 다시 집어넣어 줘. 차라리 지금부터 170년을 기다리는 게 나으니까. 재수 좋으면 그사이에 당신을 잡아먹고 싶은 사람이 누군가 나서서 당신을 이 행성 표면에서 쓸어내 버리겠지."

정문에서 무기는 압수당했지만, 말하고 있는 동안 특파 부대의 전투 모드가 위험스럽게 슬슬 고개를 내밀고 있었다. 악마 같은 메트족의 눈빛이 다시 기어 나와 설치기 시작한다면, 아예 순전히 만족감만을 위해 뱅크로프트의 목이라도 졸라 버릴 생각이었다.

묘하게도 내 말을 들은 뱅크로프트는 그저 생각에 잠겼다. 내 말을 끝까지 듣더니 동의한다는 듯 고개를 약간 숙이고 프레스콧을 돌아보았다.

"오우무, 잠시 나가 주겠나. 코바치 씨랑 내가 둘만 이야기를 좀 해야 할 것 같은데."

"밖에 누굴 세워 놓을까요?"

프레스콧은 미심쩍은 얼굴을 하고 나를 쏘아보며 물었다. 뱅크로프트는 고개를 저었다.

"그럴 필요는 없겠어."

프레스콧은 여전히 미심쩍은 얼굴로 나갔다. 나는 뱅크로프트의 침착한 태도에 압도당하지 않으려고 애를 썼다. 기꺼이 저장소로 돌아가겠다는 말을 듣고도, 아침 내내 내가 죽인 사람 숫자를 세고 있었으면서도, 그는 내가 위험한지 아닌지 판단할 수 있을 정도로 날 자기 손에 쥐고 있다고 생각하는 것이다.

나는 자리에 앉았다. 그가 옳을지도 모른다.

"설명을 해 주시오. 라이커의 몸부터. 왜 그랬는지, 왜 그 사실을 내게는 숨겼는지."

나는 억양 없이 말했다. 뱅크로프트는 눈썹을 치켜 올렸다.

"숨겨? 그런 이야기는 화제에도 오른 적이 없는데."

"몸을 선택하는 일은 변호사에게 일임했다고 분명히 말했어. 그 점을 군이 나한테 설명했다고. 하지만 프레스콧은 당신이 직접 선택했다고 하더군. 앞으로는 거짓말을 하려면 우선 프레스콧한테 제대로 설명부터 하시지."

뱅크로프트는 받아들인다는 듯한 손짓을 했다.

"흠. 조건반사적인 신중함이라고나 할까. 워낙 몇 명 안 되는 사람들에게만 사실을 털어놓다 보면 습관이 되기 마련이지. 당신이 그렇게 중요한 문제로 받아들일 거라고는 미처 생각하지 못했소. 특파 부대 경험도 많으시고, 저장소에서 지낸 시간도 그렇고. 보통 당신이 입는 신체의 과거 배경에 이 정도로 관심을 갖는 편이신가?"

"그렇지 않아. 하지만 여기 온 뒤로 오르테가는 무슨 오염 방지 비닐처럼 날 감싸고 있어. 처음에는 뭔가 숨길 게 있나 보다 생각했지. 근데 알고 보니 저장소에 있는 남자 친구 몸을 보호하려는 거더군. 혹시 라이커가 왜 저장소 신세가 됐는지 알아봤소?"

뱅크로프는 펼친 손바닥으로 별문제 아니라는 듯한 손짓을 해 보였다.

"부패 혐의였지. 불법 유기체 손상과 개인 정보 조작 기도. 그 사람이 범법 행위를 한 것은 그것이 처음이 아니라고 알고 있소."

"그래, 맞아. 더러운 경찰이었다고 소문 나 있지. 유명하고 환영하는 사람도 없고. 특히 당신의 좆물 흔적을 쫓아다니느라 지난 며칠 동안 돌아다녔던 릭타운 같은 곳에서는 더더욱 그렇더군. 일단 그 얘기는 나중에 하기로 하고. 당신이 왜 그랬는지 알고 싶어. 왜 내가 라이커의 몸을 입고 있는 거요?"

뱅크로프트는 내 모욕적인 언사를 듣고 순간 눈을 커다랗게 떴지만 발끈하고 나설 만큼 단순한 사람은 아니었다. 대신 그는 오른쪽 소맷부리를 윗옷 밖으로 내놓더니 미소 지었다.『외교적인 화술의 기본』에서 배운 기억이 나는, 당황한 사람 특유의 동작이었다.

"정말 난 그게 문제가 될 거라고는 생각 못했소. 당신한테 알맞은 든든한 몸을 찾다 보니 그 몸이……."

"왜 라이커였지?"

잠시 침묵이 흘렀다. 메트족은 아무나 함부로 말을 끊을 수 있는 사람이 아니다. 뱅크로프트는 자신에 대한 존경심이 없는 사람을 대하느라 곤란해하고 있었다. 나는 테니스 코트 너머의 나무를 떠올렸다. 오르테가가 여기 있었다면 아마 환호했을 것이다.

"한 수 놓은 거요, 코바치 씨. 그냥 한 수."

"수? 오르테가에 대해서?"

"그런 거지."

뱅크로프트는 등받이에 몸을 기댔다.

"오르테가 반장은 이 집에 들어서는 순간부터 편견투성이였소. 극단적으로 비협조적이었지. 존경심도 없었고. 이 점을 바로잡아 줘야겠다는 생각이 든 거요. 오우무가 준 후보 명단에 엘리어스 라이커의 이름이 있고 오르테가가 탱크 비용을 내는 걸로 되어 있는 걸 본 순간 거의 운명적인 수라는 생각이 들었소. 저절로 그렇게 된 거요."

"당신 나이쯤 되는 사람치고는 유치한 보복 아닌가?"

뱅크로프트는 고개를 갸우뚱했다.

"그럴지도. 한데 혹시 특파 부대 사령부의 매킨타이어 장군이

라고 기억하시는지? 할란스 월드 시민이었는데 이네닌 학살 1년
뒤 개인 제트기 안에서 난자당하고 목이 잘린 시체로 발견됐소."

"어렴풋이."

나는 차갑게 대답했다. 기억은 났다. 하지만 뱅크로프트가 자
제력 싸움을 할 수 있다면 나도 마찬가지다. 뱅크로프트는 한쪽
눈썹을 치켜 올렸다.

"어렴풋이? 이네닌 전투에서 살아남은 군인이라면 당시 작전
전체를 지휘했던 사령관의 죽음을 기억하지 못할 리가 없을 텐
데? 그 수많은 군인들의 영구적 죽음에 실질적인 책임이 있다고
많은 사람들이 지목하는 사령관인데 말이오."

나는 조용히 말했다.

"매킨타이어는 보호령 청문회에서 무혐의로 풀어났어. 무슨 말
을 하려는 거요?"

뱅크로프트는 어깨를 으쓱했다.

"판결은 그렇게 났지만 누가 봐도 보복성 살인이었지. 솔직히
쓸데없는 짓이었소. 그런다고 죽은 사람들이 살아 돌아오는 게 아
니니까. 유치함이란 인간에게 흔한 악덕이오. 그렇게 쉽게 판단할
일만은 아니지 않겠소."

"그럴지도 모르지."

나는 일어나서 온실 문간으로 가서 밖을 내다보았다.

"그럼 비난하려는 걸로 듣지 말고 한번 대답해 보시오. 사창가
에 자주 드나든다는 이야기는 왜 하지 않은 거요?"

"아, 엘리엇이라는 여자 얘기군. 오우무한테 들었소. 정말 그
여자 아버지가, 내가 살해당한 일과 관계가 있다고 생각하는 거

요?"

나는 돌아섰다.

"현재로서는 아니오. 솔직히 그 사람은 이번 일과 아무 관계가 없다고 믿고 있소. 하지만 그런 결론을 내리느라 많은 시간을 허비했지."

뱅크로프트는 침착하게 내 시선을 받았다.

"사전 설명이 미비했다면 유감이오, 코바치 씨. 여유 시간에 자주 돈을 내고 성적 해방감을 사는 건 사실이오. 실제로, 혹은 가상 체험으로. 당신의 우아한 표현을 빌리자면, 사창가에서 시간을 자주 보내지. 나는 그게 별로 중요한 사실이라고 생각하지 않았소. 난 가끔 소액 도박도 즐기고 무중력 상태에서 칼싸움도 벌이지. 사업상 적이 생기듯 이런 일을 통해서도 적이 생길 수 있을 거요. 단지 당신이 낯선 곳에 도착해서 새 몸을 입은 첫날 내 생활을 시시콜콜 설명하는 게 적절하지 않다고 생각했소. 어디부터 설명하지? 그래서 대신 살해 당시의 상황만 설명하고 오우무와 이야기해 보라고 권한 거요. 당신이 눈에 띈 첫 번째 단서를 쫓아 그렇게 돌진할 거라고는 생각하지 못했소. 거치적거리는 것들을 모조리 엉망진창으로 만들어 버릴 거라고도 미처 생각 못했고. 특파 부대는 솜씨가 '교묘한' 걸로 정평이 나 있다고 들었는데 말이오."

이 점은 뱅크로프트의 말도 일리가 있었다. 버지니아 비도라가 여기 있었다면 노발대발하면서 뱅크로프트의 말이 끝나기 무섭게 나를 흠씬 두들겨 패려고 별렀을 것이다. 하지만 버지니아도 뱅크로프트도, 그날 밤 자기 가족에 대해 이야기하던 빅터 엘리엇의 얼굴을 보지는 못했다. 나는 날카로운 반박을 꿀꺽 삼키고 내가 아는 사실을 종합해서 얼마쯤을 입 밖에 내야 할지 궁리했다.

"로렌스?"

미리엄 뱅크로프트가 목에 타월을 두르고 한 팔 밑에 라켓을 낀 채 온실 문 밖에 서 있었다.

"미리엄."

뱅크로프트의 음성에는 진지한 존중이 있었지만 그 외의 감정은 감지할 수 없었다.

"네일런과 조셉을 허드슨 래프트로 데려가서 스쿠버 런치나 할까 해요. 조셉이 해 본 적이 없다고 해서 가 보자고 했어요."

부인은 뱅크로프트에게서 내 쪽으로 시선을 돌리더니 다시 남편을 보았다.

"당신도 갈래요?"

"좀 있다가. 어디 있을 거요?"

미리엄은 어깨를 으쓱했다.

"글쎄요. 우측 갑판 어디, 벤튼스쯤?"

"알았어. 거기서 만나지. 킹피시 한 마리쯤 남겨 놔요."

"네, 네."

미리엄은 장난스럽게 경례를 붙였다. 예기치 못했던 익살에 우리는 둘 다 미소 지었다. 미리엄의 시선이 약간 흔들리더니 나를 향했다.

"해산물 좋아하세요, 코바치 씨?"

"글쎄요. 지구의 요리를 접해 볼 기회가 별로 없었습니다, 뱅크

로프트 부인. 아직 호텔에서 제공하는 음식밖에 못 먹어 봤으니
까요."

"하지만 일단 입맛을 들이신다면야."

그녀는 의미심장하게 말했다.

"같이 오실래요?"

"감사합니다만, 그럴 것 같지는 않습니다."

"음."

부인은 밝게 되풀이했다.

"너무 오래 끌지 말아요, 로렌스. 마르코 가와하라를 네일런에
게서 떼어 놓는 데 도움이 필요할 테니까. 참, 마르코는 씩씩거리
고 있어요."

뱅크로프트는 투덜거렸다.

"오늘 그 친구 솜씨를 볼 때 놀랄 일도 아니지. 난 한동안 일부
러 그러는 줄 알았어."

"적어도 마지막 게임은 그렇지 않던데요."

나는 특별히 누구에게랄 것도 없이 말했다. 두 사람의 시선이
나를 향했다. 뱅크로프트의 시선은 읽을 수가 없었고, 부인은 고
개를 한쪽으로 기울이더니 갑자기 어린아이처럼 활짝 미소 지었
다. 잠시 시선이 부인과 마주쳤다. 내 손은 그녀의 머리카락을 만
지려는 듯 위로 아주 약간 움직였다.

"커티스가 리무진을 갖고 올 거예요. 난 갈게요. 다시 만나서
반가웠어요, 코바치 씨."

우리는 부인이 테니스 스커트를 앞뒤로 팔랑거리며 성큼성큼
정원을 가로지르는 모습을 지켜보았다. 성욕의 대상으로서는 아

내에게 전혀 무심한 듯한 뱅크로프트의 태도를 감안한다 해도, 미리엄의 나에 대한 말장난은 정상적인 예절의 경계선에 위태롭게 걸쳐 있었다. 무슨 말로라도 침묵을 메워야 할 것 같았다.

"말해 보시오, 뱅크로프트."

나는 멀어져 가는 부인의 뒷모습에 시선을 준 채 말했다.

"저런 여자와 결혼해서 결혼 생활을 계속 유지하고 있으면서, 당신 말마따나 '돈을 주고 성적 해방감을 사는' 게 말이 되는 거요?"

천천히 뒤돌아보니 뱅크로프트는 표정 없는 얼굴로 나를 쳐다보고 있었다. 몇 초 동안 말이 없다가 마침내 입을 연 그의 말투는 신중하고 침착했다.

"여자의 얼굴에 사정해 본 적 있소, 코바치?"

문화 충격을 겉으로 내보이지 않는 법은 특파 부대 신병 시절부터 훈련받았지만, 때로 강렬한 충격이 갑옷을 뚫고 주위 현실이 마치 좀처럼 들어맞지 않는 그림 맞추기 퍼즐처럼 느껴질 때가 있다. 나는 그런 현상이 시작되기 전에 가까스로 눈길을 돌렸다. 내가 살던 행성에서 인간의 역사가 시작되기 전부터 살아온 늙은이가 내게 이런 질문을 던지고 있는 것이다. 마치 물총 놀이를 해 본 적이 있느냐는 질문을 들은 기분이었다.

"어. 그렇소. 어, 만약……."

"돈을 주고 산 여자라면?"

"어, 가끔은. 별로 그렇게까지는. 난……."

문득 내가 뱅크로프트 아내의 입속과 입 주변에 사정하던 순간 그녀가 터뜨린 방자한 웃음과, 샴페인 병에서 흘러나오는 거품처럼 그녀의 주먹을 타고 흘러내리던 정액이 떠올랐다.

"솔직히 기억나지 않소. 별로 내 취향은 아니고……."

"내 취향도 아니야."

내 앞의 남자는 약간 지나칠 정도로 힘을 주어 말했다.

"그냥 예로 들었을 뿐이오. 모든 사람의 마음속에는 억누르는 편이 더 나은 것들이 있지. 욕망. 적어도 문명인들의 대화에서는 표현하기 힘든 그런 것들."

"정액을 쏘는 것과 문명사회 사이에 무슨 상관관계가 있는지는 잘 모르겠소."

"당신은 다른 곳 출신이지."

뱅크로프트는 생각에 잠겨 말했다.

"젊고 대담한 식민지 문화. 전통이란 것이 수 세기 동안 여기 지구에서 어떻게 형성되어 왔는지 당신은 전혀 모를 거요. 모험적인 젊은 혈기는 모두 우주선을 타고 떠났지. 떠나라고 등을 떠밀었소. 둔하고, 고분고분하고, 편협한 사람들만 뒤에 남았소. 그 모든 광경을 지켜보면서 나는 때로 기뻤소. 제국을 건설하는 것이 덕분에 훨씬 더 쉬워졌으니까. 한데 이제 와서 생각해 보면 너무 많은 대가를 치른 것이 아닌지. 무너진 문화는 기댈 수 있는 규범을 찾아 몸부림치다가 낡고 익숙한 것들에 타협해 버렸소. 융통성 없는 윤리, 융통성 없는 법. 유엔 헌장은 전 지구적인 규범으로 화석화되었고, 일종의……."

뱅크로프트는 손짓을 했다.

"……초문화적인 구속 같은 것이 생겨났소. 식민지에서 어떤 것이 태동할지 모르는 본능적인 두려움 때문에 우주선이 아직 여행 중이던 동안 유엔 보호령이 생겨났소. 최초의 비행선이 행성에 도착했을 때 그 안에서 깨어난 사람들 앞에는 독재가 기다리고 있었던 거요."

"국외자처럼 말하시는군. 그 정도로 시야가 넓으면서도 스스로 싸워서 자유로워질 수 없단 말인가?"

뱅크로프트는 보일락 말락 미소 지었다.

"문화는 스모그 같은 거요. 그 속에서 살기 위해서는 스모그를 들이마셔야 하고 그러면 어쩔 수 없이 오염되고 말지. 게다가 지금 말하는 맥락에서 자유란 무슨 의미지? 아내의 가슴과 얼굴에 정액을 뿌릴 수 있는 자유? 내 앞에서 아내가 자위하는 모습을 바라볼 수 있는 자유? 다른 남녀와 아내의 육체를 공유할 수 있는 자유? 250년은 긴 시간이오, 코바치 씨, 지저분하고 퇴폐적인 수만 가지 환상이 의식을 감염시키고 새 몸을 입을 때마다 호르몬을 자극하기에 충분한 시간이지. 한편으로 고상한 취향은 더욱 순수하고 희소한 것을 갈구하게 되고. 그만큼 긴 시간 속에서 감정적 유대감이란 게 어떤 변화를 겪는지 상상이나 하시겠소?"

나는 무슨 말을 하려고 했지만, 뱅크로프트는 조용히 있으라는 듯 손을 들었다. 나는 입을 다물었다. 수 세기의 나이를 먹은 사람이 토해 내는 열변을 듣는 기회는 흔치 않다. 뱅크로프트는 한창 열이 오른 듯 대신 답했다.

"못할 거요. 어떻게? 당신네 문화가 지구에서 살아간다는 것이 어떤 것인지 이해하기에는 너무나 피상적이듯, 당신의 삶의 경험으로는 250년 동안 한 사람만을 사랑한다는 것이 어떤 것인지 절대 이해할 수 없소. 그 세월을 견뎌 낸다 해도, 지겨움과 자기만족이라는 함정을 피해 간다 해도, 결국 남는 것은 사랑이 아니오. 경외감에 가깝지. 현재 입고 있는 육체의 천박한 욕망을 그만한 경외감과 존중의 마음에 비할 수 있다고 생각하시오? 분명히 말하지만, 아니오."

"그래서 대신 창녀에게 가서 욕구를 분출한다?"

미소가 되돌아왔다.

"떳떳하다는 건 아니오, 코바치 씨. 하지만 이 정도 오래 살다 보면 자신의 모든 면을 인정하게 되지. 아무리 혐오스러운 부분이라 해도. 여자들은 널렸소. 시장의 수요를 충족시키고 그 대가를 가져가는 거요. 이건 나 자신을 정화하는 나름의 방법이오."

"부인도 그걸 알고 있나?"

"물론이지. 아주 오래됐소. 당신이 레일라 베긴 이야기를 들었다고 오우무가 그러던데. 그 뒤로 미리엄은 많이 안정됐소. 아내도 자기 나름의 모험을 즐기고 있을 거라고 확신하오."

"어떻게?"

뱅크로프트는 짜증스럽다는 손짓을 했다.

"그게 이 문제와 상관있소? 난 아내를 감시하지는 않지만 아내를 잘 알고 있지. 나와 마찬가지로 아내도 자기만의 욕구가 있소."

"그게 신경 쓰이지 않소?"

"코바치 씨. 난 적어도 위선자는 아니오. 그건 육체의 욕구일 뿐이지. 미리엄과 나는 이 점을 이해하고 있소. 한데 이런 문답으로 별다른 결론이 날 것 같지는 않으니 다시 본론으로 돌아갑시다. 엘리엇이 무죄라면, 그 외에 뭐 단서가 될 만한 게 있었소?"

나는 무의식적으로 본능적인 결단을 내렸다. 그리고 고개를 저었다.

"아직은 없소."

"하지만 곧 나오겠지?"

"그럴 거요. 오르테가는 이 몸 때문에 그런 거라고 쳐도 카드민이 남았어. 카드민이 원했던 건 라이커가 아니었소. 나를 알고 있더군. 뭔가 있는 거요."

뱅크로프트는 만족스럽다는 듯 고개를 끄덕였다.

"카드민과 이야기를 해 볼 생각이시오?"

"오르테가가 허락한다면."

"무슨 뜻이지?"

"경찰이 오늘 아침 경 오클랜드의 위성사진을 확보한다면 내가 클리닉을 나서는 장면도 포착할 거라는 얘기요. 그 시각에 상공에 어느 위성이든 있긴 했을 테니까. 아마 협조적으로 나올 것 같지는 않은데."

뱅크로프트는 다시 피식 웃었다.

"아주 날카로우시군, 코바치 씨. 하지만 그 점은 걱정 안 하셔도 될 거요. 웨이 클리닉은, 클리닉이 얼마나 남아 있는지는 모르겠는데, 내부 보안 비디오 자료를 내놓거나 누굴 고발하는 걸 꺼리고 있소. 경찰 수사가 시작되면 자기들이 켕기는 데가 더 많으니까. 물론 사적인 복수극을 하느냐 마느냐는 좀 더 두고 봐야 할 문제지."

"제리스는?"

뱅크로프트는 어깨를 으쓱했다.

"마찬가지요. 소유주가 죽었으니 경영 문제가 우선이지."

"깔끔하군."

"알아 줘서 고맙소."

뱅크로프트는 일어섰다.

"아까도 말했지만 아침 내내 바빴고 아직 협상이 진행 중이오. 앞으로는 무차별적 파괴 행위는 좀 삼가 주시면 감사하겠소. 아주 많은 대가를 치렀으니까."

의자에서 일어서면서 아주 잠시, 이네닌의 불길이 시야를 언뜻 스쳤다. 죽어 가는 사람들의 비명이 뼛속 깊이 울리면서, 뱅크로프트의 우아하고 점잖은 마지막 말이 역겹고 추악하게 들려왔다. 매킨타이어 장군이 작성한 피해보고서의 냉정한 말들처럼…… 이네닌 상륙 거점을 확보하기 위해 치른 이유 있는 희생이었다……. 뱅크로프트와 마찬가지로 매킨타이어 역시 권력자였고, 모든 권력자들이 그렇듯 그들이 이유 있는 희생을 논할 때는 적어도 한 가지는 분명하다.

누군가 다른 사람이 그 대가를 치르고 있다.

펠 스트리트 경찰서는 화성 바로크 양식으로 보이는 스타일로 지어진 수수한 건물이었다. 원래 경찰서를 염두에 두고 지은 건지 나중에 경찰서로 쓰인 건지 판단하기는 어려웠다. 요새로 사용해도 될 만한 건물이었다. 닳은 효과를 낸 루비스톤 벽면과 돌출한 구조물 안에 스테인드글라스 창문들이 높다랗게 자리 잡고 있었고 실드 제너레이터가 모서리마다 눈에 띄지 않게 설치되어 있었다. 창문 아래로 거칠거칠한 붉은 돌벽이 아침 햇살에 핏빛으로 반짝였다. 아치 모양의 입구로 향하는 계단은 일부러 그런 건지 닳은 건지 우툴두툴했다.

실내로 들어서자 스테인드글라스에서 새어 들어오는 햇빛과 독특한 고요함이 동시에 엄습했다. 초저주파가 벤치에서 고분고분 기다리고 있는 인간 말종들 사이를 떠돌고 있는 듯했다. 이들이 체포된 용의자들이라면, 어울리지 않을 정도로 태평스러운 것이 홀에 그려진 선(禪) 인민주의 벽화 때문일 리는 없으니까. 창가의 알록달록한 햇살을 지나 경찰서라기보다는 도서관에 더 어울리는 낮은 음성으로 두런거리는 사람들 사이를 통과하니 안내 카운터가 나타났다. 안내원으로 보이는 정복 경찰 한 사람이 친절하게 나를 향해 눈을 깜빡였다. 초저주파가 경찰에게도 영향을 끼치고 있는 것이 분명했다.

"오르테가 경감. 유기체손상과."

"누구시라고 말씀드릴까요?"

"엘리어스 라이커라고 전해 주시오."

시야 한쪽 구석에서 정복 경찰 한 사람이 라이커라는 이름을 듣고 이쪽을 돌아보았지만, 말은 없었다. 안내원은 전화에 대고 뭐라 말하더니 귀를 기울이고 다시 나를 향했다.

"사람을 보낸답니다. 무기 있습니까?"

나는 고개를 끄덕이고 재킷 안에서 네멕스를 꺼냈다.

"무기를 조심스럽게 놓아 주십시오."

그는 부드러운 미소를 지으며 덧붙였다.

"보안 소프트웨어가 약간 민감해서 조금이라도 수상한 짓을 하려는 것처럼 보이면 곧바로 반응하거든요."

나는 영상이 한 컷 한 컷 넘어가듯 천천히 손을 뻗어 네멕스를 데스크 위에 올려놓고 테빗 나이프도 팔에서 떼어 냈다. 다 끝나자 안내원은 활짝 웃었다.

"감사합니다. 나가실 때 모두 반환해 드리겠습니다."

이 말이 채 끝나기도 전에 모히칸 헤어스타일의 경찰 두 명이 홀 뒤쪽 문에서 나타나더니 빠른 걸음으로 다가왔다. 둘 다 찡그린 얼굴을 하고 있는 것이 아마 여기까지 오는 짧은 시간 동안 초저주파의 영향을 거의 받지 않은 모양이었다. 그들이 내 팔을 하나씩 잡아서 나는 말했다.

"싫어."

"이봐, 체포된 용의자도 아니잖아."

안내원이 평화스럽게 말했다. 모히칸 한 놈이 힐끗 보더니 픽 코웃음을 쳤다. 다른 한 놈은 최근에 짐승 고기를 구경도 못한 사람처럼 계속 나만 쳐다보고 있었다. 나는 미소로 응답했다. 뱅크로프트와 대화를 끝낸 뒤 헨드릭스로 돌아가서 스무 시간 가까이 줄곧 잠만 자고 왔던 것이다. 휴식을 충분히 취했고 뉴라켐도 또렷하게 정신을 차리고 있었으며 가슴 깊숙한 곳에서 공권력에 대한 혐오감이 솟아나고 있었다. 선각자 퀠조차 뿌듯했을 것이다.

저쪽도 감지한 모양인지 내 몸을 건드리지 않았다. 네 층을 올라가는 동안 낡은 엘리베이터의 삐걱거리는 소리 외에는 정적뿐이었다.

오르테가의 사무실에는 스테인드글라스 창문 하나, 아니, 천장 때문에 반으로 갈린 창문 절반이 있었다. 나머지 절반은 위층 사무실에 미사일처럼 불쑥 솟아 있을 것이다. 원래 건물이 경찰서로 개조된 흔적들이 하나 둘 눈에 들어오기 시작했다. 사무실 반대쪽 벽은 열대 지방에 섬들이 떠 있는 수평선 너머로 해가 지는 환경으로 세팅이 되어 있었다. 스테인드글라스에 석양까지 사용한 사무실에는 부드러운 오렌지색 빛이 가득 차 있었고 그 안에 먼지가 둥둥 떠다니고 있었다.

경감은 육중한 나무 책상 뒤에 못 박힌 것처럼 앉아 있었다. 우리가 들어갔을 때 그녀는 한 손으로 턱을 괴고 한쪽 정강이와 무릎은 책상 모서리에 댄 자세로 구식 랩톱 스크린을 보며 생각에 잠겨 있었다. 랩톱 외에 책상 위에 있는 유일한 물건은 낡은 대구경 스미스 앤드 웨슨과 아직 발열 탭을 당기지 않은 플라스틱 커피 잔뿐이었다. 오르테가는 고개를 까딱해서 모히칸을 물러나게 했다.

"앉아, 코바치."

나는 주위를 둘러보고 창가에 있는 의자를 책상 쪽으로 끌고 왔다. 사무실을 가득 채운 늦은 오후의 햇빛 때문에 시간 감각에 혼란이 왔다.

"밤일하는 거요?"

오르테가의 눈이 번쩍했다.

"그건 또 무슨 개소리야?"

"아니, 그런 게 아니라."

나는 두 손을 들고 나지막히 비쳐드는 불빛을 가렸다.

"벽면 환경을 밤 근무 사이클에 맞춰 놨나 했을 뿐이오. 바깥은 아침 10신데."

"아, 그거."

오르테가는 툴툴거리더니 다시 스크린 쪽으로 시선을 향했다. 열대의 석양빛 속이라 확실히 알아볼 수는 없었지만, 눈동자 색깔은 소용돌이치는 바다처럼 회색과 녹색이 섞여 있는 것 같았다.

"고장 났어. 엘파소 후아레스라는 데서 싸구려로 도입한 거라. 가끔 시간이 완전히 어긋나지."

"힘들겠군."

"그래. 아예 꺼 버릴 때도 있지만 네온 불빛은……."

오르테가는 갑자기 시선을 들었다.

"잡소리는 집어치우고, 코바치. 당신 지금 까닥하면 저장소행이라는 거 알고 있나?"

나는 오른손 검지와 엄지를 살짝 벌리고 그 틈으로 오르테가를 바라보았다.

"웨이 클리닉 쪽의 증언 결과에 달려 있다고 들었는데."

"당장이라도 집어넣을 수 있어, 코바치. 어제 아침 7시 43분, 현관을 나서는 장면이 실물보다 더 크게 잡혔으니까."

나는 어깨를 으쓱했다.

"메트족 연줄 하나 있다고 영원히 그 몸으로 돌아다닐 수 있다고 착각하지 마. 웨이 클리닉 리무진 운전사가 공중 납치에다 영구적 죽음 협박이 어쩌고 흥미진진한 이야기를 하던데. 어쩌면 당신에 대해서도 증언할 말이 있지 않겠어?"

나는 무심하게 물었다.

"차량은 압수했소? 미처 감식도 하기 전에 웨이 측에서 회수해

간 거 아닌가?"

오르테가는 입술을 일자로 꾹 다물었다. 나는 고개를 끄덕였다.

"그랬겠지. 운전사는 웨이 클리닉에서 빼내 갈 때까지 입을 꾹 다물고 있었을 거고."

"이봐, 코바치. 이쪽에서 계속 몰아붙이고 있으니 어디서든 새 게 돼 있어. 시간문제라고, 개자식아. 장담해."

"감탄할 만한 끈기로군. 뱅크로프트 사건에 대해서도 그런 근성을 좀 발휘하시지 그러셨나."

"빌어먹을, 뱅크로프트 사건이란 건 없어."

오르테가는 분노와 혐오에 눈을 번득이며 책상 위에 손을 짚고 벌떡 일어섰다. 베이시티 경찰서가 내가 아는 다른 경찰서와 마찬가지로 우발적 용의자 상해 사건이 자주 일어나는 곳일 경우에 대비하여, 나는 잔뜩 긴장했다. 마침내 경감은 숨을 깊이 들이쉬더니 관절을 하나씩 구부려 다시 자리에 앉았다. 분노는 얼굴에서 사라졌지만 눈가의 자잘한 주름과 커다란 입가에 자리 잡은 혐오감은 그대로였다. 오르테가는 자기 손톱을 들여다보았다.

"어제 웨이 클리닉에서 우리가 뭘 찾아냈는지 알고 있나?"

"암시장 밀거래 장기? 가상 고문 프로그램? 혹시 그만큼 찾아낼 정도로 오래 있지도 못했던 건 아닌가?"

"기억장치가 타 버린 시체 열일곱 구를 발견했어. 무장도 하지 않은 민간인. 열일곱 명이야. 영구적 죽음."

오르테가는 다시 나를 바라보았다. 혐오감은 사라지지 않았다. 나는 차갑게 말했다.

"내가 무반응인 걸 이해해 주시오. 군에 있을 때 더한 구경도 많이 해서 말이야. 솔직히 그 사람들을 위해 보호령 군복을 입고 싸울 때는 더한 짓도 많이 했지."

"그건 전쟁이었어."

"아, 됐소."

오르테가는 아무 말도 하지 않았다. 나는 책상 위로 몸을 내밀고 말했다.

"그리고 그 시체 열일곱 구 때문에 이렇게 노발대발하는 거란 소리도 하지 말고."

나는 내 얼굴을 가리켰다.

"당신 문제는 이거 아니오. 이 얼굴을 다른 놈이 망쳐 놓을지도 모른다는 게 기분 나쁘신 거잖아."

오르테가는 잠시 생각에 잠겨 조용히 앉아 있다가 책상 서랍에서 담배 한 갑을 꺼냈다. 내게도 자동적으로 내밀었지만 나는 굳건한 의지로 고개를 저었다.

"끊었소."

"그래?"

담배를 꺼내 불을 붙이는 오르테가의 음성에는 진짜 놀라움이 담겨 있었다.

"잘했어. 놀라운데."

"그래, 라이커도 저장소에서 나오면 좋아하겠지."

오르테가는 담배 연기 뒤에서 잠시 입을 다물더니 담뱃갑을 서랍에 다시 집어넣고 손바닥 아랫부분으로 닫았다. 그녀는 단도직입적으로 물었다.

"원하는 게 뭐야?"

구금실은 다섯 층 아래, 온도를 조절하기 쉬운 2층짜리 지하실에 있었다. 사이카섹과 비교하니 이쪽은 화장실에 지나지 않았다.

"이렇게 한다고 달라질 건 없을 거야."

오르테가는 하품을 하는 기술자 뒤를 따라 철제 난간을 걸어 3089b번 슬롯을 향해 가며 말했다.

"카드민이 우리한테 말하지 않은 걸 당신한테 이야기하겠어?"

"이봐."

나는 멈춰 서서 두 손을 낮게 벌리고 오르테가를 돌아보았다. 좁은 난간이라 거북할 정도로 몸이 가까웠다. 무언가 화학반응이 일어나면서 오르테가의 몸의 윤곽이 갑자기 위험스러울 정도로 손에 닿을 듯했다. 입술이 바짝 말랐다.

"난……"

오르테가가 입을 열 때였다.

"3089b입니다."

기술자가 커다란 30센티미터 디스크를 슬롯에서 빼내며 말했다.

"찾으신 게 이거죠, 경감님?"

오르테가는 서둘러 내 옆을 지나쳤다.

"그거야, 미키. 우리를 가상현실에 입력해 줘."

"그러죠."

미키는 난간 사이사이에 놓인 나선계단 쪽으로 엄지손가락을 까딱했다.

"5번으로 내려가서 전극 꽂고 기다리세요. 5분 정도 걸립니다."

셋이서 철계단을 철컹거리며 내려가면서 나는 말했다.

"요점은, 당신은 사이어잖소. 카드민은 당신을 알아. 프로로 일하면서 평생 당신 같은 사람을 상대해 왔을 테니까. 그건 그의 업무 중 하나요. 하지만 나는 모르는 사람이오. 태양계 밖으로 나가 본 적이 없다면 특파 부대도 만나 본 적이 없을 가능성이 높지. 내가 가 본 곳들에서는 대체로 특파 부대에 대해서 끔찍한 소문들이 많이 돌더군."

오르테가는 어깨 너머로 회의적인 눈길을 한번 주었다.

"그래서 겁을 줘서 실토하게 하겠다고? 디미트리 카드민을? 안 될걸."

"최소한 평정을 잃을 거요. 평정을 잃을 때 사람들은 정보를 흘리지. 잊었소? 카드민은 나를 죽이려는 사람의 청부를 받았소. 적어도 겉으로는 나를 겁내는 사람. 그 점을 이용하면 카드민을 공략할 수 있을지도 모르지."

"그래서 결론적으로 내게 누군가 뱅크로프트를 살해했다는 점을 납득시키려는 건가?"

"오르테가. 당신이 믿든 안 믿든 상관없소. 이 이야기는 전에도 했잖소. 당신은 최대한 신속히 라이커의 몸을 다시 안전하게 탱크 안에 모셔 놓고 싶잖아. 뱅크로프트 살해 사건의 진상에 조금이라도 더 빨리 가까이 갈수록 그날도 빨리 올 거 아닌가. 게다가 암흑 속에서 헤매지 않아도 되면 내가 앞으로 유기체 손상을 저지르고 다닐 일도 적어지겠지. 당신의 도움이 있으면 말이오. 이 몸이 또 다른 총격전을 벌여 박살 나는 꼴은 당신도 보고 싶지 않잖아?"

"또 다른 총격전?"

거의 30분이나 열띤 토론을 통해 새로운 관계 정립을 하자는 의사를 전달하려고 애쓰고 있었지만, 오르테가는 몸에 밴 경찰로서의 직업의식 때문에 좀처럼 내 말을 받아들이지 않고 있었다.

"그렇소. 헨드릭스 사건 뒤로……."

나는 오르테가와의 화학반응 때문에 잠시 평정을 잃은 것을 저주하며 얼른 둘러댔다.

"그쪽에 멍이 심하게 들었거든. 더한 꼴을 당할 수도 있었어."

오르테가는 어깨 너머로 다시, 이번에는 좀 더 길게 시선을 보냈다.

가상현실 심문 시스템은 지하실 한쪽 벽을 따라 늘어선 버블팹(bubblefab)* 안에 설치되어 있었다. 미키는 지친 듯 느릿느릿 반응하는 형상 인식 의자에 우리를 앉힌 뒤 전극과 최면폰을 씌워 주고 실용적인 콘솔 두 대 위로 콘서트 피아니스트처럼 팔을 휘둘러 파워를 넣었다. 그런 다음 깜빡이며 불이 들어오는 화면을 응시했다.

"트래픽이 영."

미키는 짜증스럽다는 듯 가래를 컥 하고 올렸다.

"서장이 회의 환경인가 뭔가 하는 걸 구축했는데 그게 시스템 용량 절반을 잡아먹어서. 누가 접속을 끊을 때까지 기다려야 해요."

그는 오르테가를 돌아보았다.

"그 메리 루 힝클리 사건인가요?"

"그래."

오르테가는 협력 관계가 새로이 성립되었다는 것을 확인이라도 해 주듯 이쪽을 돌아보며 나를 대화에 끌어들였다.

"작년에 연안 경비대가 바다에서 여자 하나를 건졌어. 메리 루 힝클리. 몸은 남은 게 거의 없었는데 스택은 건졌지. 그걸 돌려봤더니 뭐가 나왔는지 알아?"

"가톨릭?"

"바로 맞혔군. 그 완전 흡수 능력인가 보지? 어쨌든 대뜸 '양심에 관련된 이유로 봉인됨'이라는 말이 딱 뜨더군. 이런 사건은 보통 거기가 막다른 골목인데, 엘리어……."

오르테가는 입을 다물었다. 그리고 다시 시작했다.

"담당 형사는 포기하지 않았어. 힝클리는 마침 그의 이웃이었고, 아이였을 때부터 알고 지낸 사이였거든. 잘은 몰랐지만 그래도……."

오르테가는 어깨를 으쓱했다.

"포기하지 않았어."

"집요하군. 엘리어스 라이커 말인가?"

오르테가는 고개를 끄덕였다.

"한 달 동안 경로분석실을 달달 볶았지. 결국 시체가 에어카에서 던져졌다는 증거를 찾아냈어. 유기체손상과에서 배경 조사를 해 보니 힝클리가 가톨릭으로 개종한 게 채 열 달도 안 되었던 거야. 맹렬한 가톨릭 신도인 남자 친구가 정보 기술 쪽 능력이 있는 사람이라 선서를 위조했을 가능성이 있었지. 힝클리 가족은 기독교라고는 해도 종교 활동이 거의 없는 사람들이었는데 하여튼 가톨릭은 확실히 아니었어. 돈도 꽤 많아서 조상들 스택을 은행에 가득 넣어 놓고 애가 태어나거나 결혼식이 있을 때마다 불러내곤 하는 집이었지. 올해 내내 경찰서에서는 그중 여러 명을 가상현실로 불러들여 상담을 해 왔어."

"결의안 653조여, 어서 오라?"

"그렇지."

우리는 다시 소파 위 천장을 올려다보았다. 싸구려 버블팝은 애들이 씹는 풍선껌처럼 다중 섬유막을 한 겹으로 부풀린 모양에다, 문과 창문은 레이저로 도려낸 다음 다시 에폭시 경첩으로 붙여 놓은 공간이었다. 둥근 회색 천장에는 볼 것이라고는 아무것도 없었다.

"말해 봐, 오르테가."

나는 얼마 뒤 입을 열었다.

"수요일 오후 쇼핑할 때 나한테 붙인 미행 말이야. 도대체 어쩌자고 그렇게 서투른 놈을 붙인 거요? 장님이라도 찾아내겠더군."

잠시 침묵이 흘렀다. 오르테가는 내키지 않는 듯 입을 열었다.

"사람이 없었어. 시간에 쫓겨서. 당신이 옷을 버리는 바람에 갑자기 미행을 붙여야 하는 상황이었어."

"옷이라."

나는 눈을 감았다.

"맙소사. 그 옷에 추적 장치를 붙였던 거요? 그거였나?"

"그래."

나는 오르테가와 처음 만났을 때를 떠올렸다. 교도소, 선터치 하우스로 가던 길. 토털 리콜 기능이 기억을 빠르게 한 장씩 팔락팔락 넘기고 있었다. 햇살 가득한 정원에서 미리엄 뱅크로프트와 같이 서 있던 우리의 모습이 보였다. 오르테가는 떠나고……

"알았어!"

나는 손가락을 튀겼다.

"떠날 때 내 어깨를 두드렸더랬지. 이렇게 멍청하다니!"

"효소 접착 추적기야."

오르테가는 사무적으로 말했다.

"파리 눈알만 하지. 가을도 중순에 접어들었으니 재킷을 벗고 돌아다니지는 않을 거고 해서. 옷을 쓰레기통에 버리기에 우리를 눈치 챈 줄 알았어."

"아니. 그렇게 영리한 짓이 아니었소."

갑자기 미키가 말했다.

"됐습니다. 신사 숙녀 여러분, 정신 똑바로 차리세요. 여행이 시작됩니다."

정부 기관치고는 느낌이 거칠었지만 할란스 월드에서 경험했던 법정 가상현실보다는 못할 것도 없었다. 우선 최면 음향이 맥박 치듯 들려오더니 둔탁한 회색 천장이 갑자기 물고기 꼬리 같은 무지갯빛 소용돌이무늬로 반짝이면서 싱크대 배수구로 구정물이 빠져나가듯 모든 의미가 우주에서 흘러나가고 있었다. 그리고 나는…….

다른 곳에 와 있었다.

아까 내려온 나선 계단이 거대하게 확대되는 모양으로, 공간이 내 시점에서 사방으로 펼쳐졌다. 청회색 공간은 물결처럼 출렁이며 영원까지 확장되고 있었다. 그보다 약간 옅은 회색 하늘은 점점 창살과 옛날식 감옥 비슷한 모양으로 변해 갔다. 대단한 심리적 수법이다. 여기서 취조받는 용의자들에게 옛날 감옥에 대한 종족적 기억 따위는 전혀 없을 텐데.

마치 수은 웅덩이에서 조각이 생겨나듯, 바닥에서 모호한 모양의 가구가 자라나고 있었다. 처음에는 평범한 철제 테이블, 뒤를 이어 이쪽에 의자 둘, 저쪽에 하나. 가구의 모서리와 표면이 어느 순간 액체처럼 매끈해지더니 바닥에서 분리되면서 단단하게 기하학적 모양을 갖추었다.

희끄무레한 연필 스케치처럼, 깜빡이는 선과 머뭇거리는 음영으로 오르테가가 내 옆에 나타났다. 파스텔 톤의 색깔이 그 위를 달리더니 움직임이 점차 또렷해졌다. 오르테가는 재킷 주머니에 한 손을 넣으며 이쪽을 돌아보고 뭐라 말하고 있었다. 나는 색깔이 마지막으로 완전히 떠오를 때까지 기다렸다. 오르테가는 담배를 꺼냈다.

"줄까?"

"아니, 난……."

문득 가상현실 속에서 건강에 신경 쓸 이유가 없다는 것을 깨달았다. 나는 담뱃갑을 받아 들고 한 개비 꺼냈다. 오르테가는 석유 라이터로 양쪽 담배에 불을 붙였다. 허파 깊숙이 빨아들인 첫 모금은 황홀 그 자체였다.

나는 기하학적 형태의 하늘을 올려다보았다.

"이게 일반적인 거요?"

오르테가는 먼 곳을 응시했다.

"대충. 다른 때보다 해상도가 약간 높은 것 같군. 미키가 솜씨

자랑을 한 것 같은데."

카드민의 형상이 테이블 반대편에서 나타났다. 가상현실 프로그램이 몸에 색깔도 완전히 다 입히기 전에 그는 우리의 존재를 깨닫고 팔짱을 꼈다. 우리가 노렸던 대로 내가 같이 있는 모습에 놀랐는지는 몰라도 내색은 하지 않았다. 프로그램이 몸을 다 그리기도 전에 그는 입을 열었다.

"또요, 경감? 유엔 판례에서는 한번 구금 시 가상현실 취조 시간을 제한하고 있을 텐데."

오르테가가 말했다.

"맞아. 아직 한참 남았어. 앉지그래, 카드민."

"됐소."

"앉으라고 했어, 이 새끼야."

오르테가의 목소리에 순간 강철 같은 위협이 깔렸다. 카드민의 모습이 마술처럼 사라지더니 테이블에 앉은 자세로 다시 나타났다. 카드민의 얼굴에 잠시 스친 분노의 기색은 다음 순간 사라졌다. 그는 빈정대듯 팔을 풀었다.

"맞아, 이렇게 앉으니 훨씬 편하군. 그쪽도 동참하시지."

우리는 보다 평범한 방식으로 자리에 앉았다. 그러면서도 나는 내내 카드민을 응시하고 있었다. 이런 모습은 난생처음이었다.

카드민은 조각보 사나이였다.

가상현실 시스템은 대부분 기억에 저장되어 있는 자기 이미지를 통해 가상의 모습을 구성하는데, 이때 본인의 환상이 지나치게 개입하지 못하도록 상식선의 하위 경로를 거친다. 내 경우는 보통 실제보다 약간 더 키가 크고 마른 모습으로 구현된다. 한데 이번 경우는 카드민이 이제까지 입었던 수많은 몸에 대한 본인의 인식을 한데 섞어 놓은 것 같았다. 예전에 기술적으로 이런 형상을 구현해 놓은 것을 본 적은 있었지만, 대부분의 사람들은 자신이 현재 입고 있는 몸에 신속하게 적응하므로 가상현실 속에 들어오더라도 전에 입었던 몸의 기억은 제거되기 마련이다. 어쨌든 인간은 물질적 세계에 적응하도록 진화한 동물인 것이다.

그런데 지금 내 앞에 앉아 있는 남자는 달랐다. 체형은 북유럽계 백인이었으며 키는 나보다 30센티미터나 더 컸지만 얼굴은 백인이 아니었다. 얼굴 위쪽은 넓적한 모양에 진한 흑단색의 아프리카계였지만, 눈 아래쪽은 가면처럼 다른 색깔을 띠고 있었다. 콧날을 중심으로 하여 왼쪽은 옅은 구릿빛, 오른쪽은 시체처럼 창백했다. 두툼한 매부리코는 그나마 얼굴 위아래를 어색하지 않게 연결시키고 있었지만, 입은 왼쪽과 오른쪽 사이에서 이상하게 뒤틀려 있었다. 머리카락은 사자 갈기처럼 이마에서 뒤로 넘긴 길고 검은 직모였지만 한 부분만 완전히 흰색 머리털이 나 있었다. 철제 테이블 위에 올려놓은 채 움직이지 않고 있는 두 손에는 릭타운에서 본 거인 싸움꾼과 비슷한 손톱이 나 있었지만, 손가락은 길고 예민해 보였다. 근육이 지나치게 발달한 상체에는 어울리지 않는 젖가슴이 달려 있었다. 칠흑 같은 피부 속에 박힌 눈은 연녹색이었다. 카드민은 물리적 현실에 대한 통상적인 자각을 벗어던진 인간이었다. 보다 젊었을 때는 어쩌면 무당 같은 모습이었을 텐데, 이후 수 세기 동안의 기술 발달을 거치면서 또 다른 인간으로 진화한 모양이었다. 얼터드 카본 속에 깃들어 있다가 오로지 산 사람의 육체에 씌어 재앙을 초래하기 위해 나타나는 전자공학의 악귀, 사악한 영혼이었다.

아마 특파 부대에 입대했다면 훌륭한 군인이 되었을 것이다.

"굳이 내 소개를 할 필요는 없을 것 같군."

나는 조용히 말했다. 카드민은 작은 이와 끝이 뾰족한 혀를 드러내며 씩 웃었다.

"당신이 오르테가 반장의 친구라면 여기서는 하고 싶지 않은 일은 하지 않아도 돼. 얼간이들이나 가상현실 속의 자아를 편집하는 법이지."

"이 남자를 알고 있나, 카드민?"

오르테가가 물었다. 카드민은 고개를 젖히고 노래하듯 웃었다.

"자백을 기대하고 오셨나, 경감? 아, 이런 미숙함이라니! 이 남자를 아느냐고? 아니, 이 여자인지도 모르지. 똥개를 훈련시켜도 이자가 한 말 정도는 할 수 있을 거요. 물론 적절한 진정제는 놓아야겠지만. 개는 가상현실에 집어넣으면 보통 발광을 하거든. 그래도, 그래. 개라도 할 수 있어. 전기적 얼음으로 깎아 낸 세 사람의 형체가 한데 앉아 있고, 당신은 싸구려 시대극 등장인물 같은 소리를 늘어놓고 있군. 시야가 좁아, 경감. 시야가 좁다고. 얼터드 카본이 육체의 세포로부터 우리를 자유롭게 해 줄 것이라던 목소리는 어디 갔지? 우리를 천사로 만들어 줄 것이라던 원대한 이상은?"

"그건 당신이 더 잘 알 텐데, 카드민. 한 차원 높은 직업적 경지에 올라가 계시는 분은 그쪽이니까."

오르테가의 음성은 초연했다. 그녀는 시스템에서 마술처럼 불러낸 긴 인쇄물을 한 손에 들고 느긋하게 내려다보았다.

"포주, 삼합회 조직원, 기업 전쟁 와중에는 가상현실 고문관, 다들 고난도 직업군이군. 나야 일개 어리석은 경찰 나부랭이니 복음을 알겠나."

"그 점은 이의가 없소, 경감."

"한때 메리트콘 청부도 맡았다고 되어 있군. 시르티스 메이저에서 일했던 광부들을 위협해서 진술을 철회하게 만들었다. 광부들의 가족을 학살해서. 훌륭한 솜씨야."

오르테가는 인쇄물을 뒤로 던졌다. 종이는 사라졌다.

"너 이번엔 제대로 걸렸어, 카드민. 호텔 보안 시스템에 저장된 디지털 영상, 다중 의식 복제, 스택도 둘 다 확보했으니. 이 정도면 삭제형은 기본이야. 기계 오류가 촉발시킨 우발적 범행이라고 네 변호사가 무마시켜 봤자, 태양이 적색왜성으로 쪼그라들어 있을 때쯤에야 저장소를 나올 수 있겠군."

카드민은 미소 지으며 물었다.

"그런데 여긴 왜 온 거요?"

내가 부드럽게 물었다.

"누가 널 보냈지?"

"개가 짖는군!"

이것은
미지의 별들과 고독한 교감을 나누는
늑대의 울부짖음인가?
아니면 자의식과 노예 근성에 찌든
개 짖는 소리인가?

얼마나 오랜 세월인가.
늦대의 자존심을 뒤틀고 고문하여
개의 도구로 이용해 온 세월.

나는 담배 연기를 들이마시며 고개를 끄덕였다. 대부분의 할란
인들처럼 나 역시 퀠이 쓴 「시와 그 외의 얼버무림」을 거의 외고
있었다. 보다 무게감 있는 후기의 정치적 저작은 아이들에게 읽히
기에는 대부분 지나치게 급진적이라고 여겨서 학교에서는 시 쪽
을 가르치기 때문이다. 탁월한 번역이라고는 할 수 없었지만 핵심
은 제대로 짚고 있었다. 더욱 놀라운 것은 할란스 월드 출신이 아
닌 사람이 이렇게 잘 알려지지 않은 작품의 한 구절을 인용할 수
있다는 사실이었다.

끝은 내가 대신 맺었다.

영혼과 영혼의 간격은 어떻게 측정할 수 있을까?
누구에게 죄를 물어야 할까?

"죄를 물을 사람을 찾기 위해 오셨나, 코바치 씨?"

"그런 이유도 있지."

"그렇다면 실망이군."

"다른 걸 기대하셨나?"

카드민은 다시 미소했다.

"아니. 기대 자체야말로 인간 최초의 실수지. 내 말뜻은, 그쪽이

실망했겠다는 거야."

"그럴지도."

카드민은 커다랗고 얼룩덜룩한 머리를 저었다.

"그럼, 나한테서는 어떤 이름도 알아내지 못할 거요. 죄를 물을 사람을 찾는 거라면 내가 대신 져야겠지."

"고귀한 마음씨로군. 하지만 종복에 대해서 퀠이 무슨 말을 했는지 당신도 기억할 거요."

"닥치는 대로 죽이되, 실탄의 수는 세어라. 보다 값어치 있는 목표물이 남아 있으니."

카드민은 가슴 깊숙한 곳에서 클클 웃었다.

"모니터되고 있는 경찰 저장소 안에서 협박이라도 하려는 건가?"

"아니, 상황을 제대로 보자는 것뿐이야."

담뱃재를 털었더니 바닥에 닿기도 전에 반짝이며 사라졌다.

"누군가 당신을 조종하고 있어. 내가 없애고 싶은 건 그자야. 당신은 아무것도 아니지. 침을 뱉어 줄 가치조차 없는."

카드민은 고개를 뒤로 젖혔다. 입체파 예술가가 묘사하듯 번개처럼 강렬한 경련이 하늘을 뒤흔들면서 윤곽이 변화했다. 번갯불이 철제 테이블 표면에 둔하게 반사되면서 순간 카드민의 손에 가 닿는 것 같았다. 다시 나를 바라보는 카드민의 눈에는 묘한 빛이 어려 있었다. 그는 억양 없이 말했다.

"나는 납치가 수월하게 이루어지는 이상 죽이지는 말라는 의뢰를 받았어. 하지만 지금 같아서는 죽여 줄 수도 있겠는걸."

마지막 말이 떨어지는 순간 오르테가가 카드민에게 덤벼들었다. 테이블이 깜빡 하고 사라졌고, 오르테가는 부츠를 신은 발로 카드민을 발로 차 의자에서 쓰러뜨렸다. 다시 일어나는 카드민의 입에 부츠가 다시 날아들었다. 그는 다시 쓰러졌다. 나는 거의 나은 입 안의 상처를 혀로 축였다. 동정심은 전혀 느껴지지 않았다.

오르테가는 카드민의 머리채를 잡아 일으켰다. 테이블을 없앨 때와 똑같은 시스템의 마술에 의해, 손에 들고 있던 담배가 무시무시한 곤봉으로 변했다. 오르테가는 잇새로 내뱉었다.

"내가 뭐 잘못 들었나. 좆같은 놈이 감히 위협을 해?"

카드민은 피 묻은 이를 드러내고 웃었다.

"경찰이 폭력으로……."

"그래, 이 새끼야."

오르테가는 곤봉으로 카드민의 뺨을 갈겼다. 살이 터졌다.

"모니터되고 있는 경찰 가상현실 안에서 경찰이 폭력을 휘둘렀다. 샌디 킴이랑 월드웹 원이 봤다면 잔뜩 씹어 대겠지? 하지만 네 변호사도 하필 이 테이프 틀어 보자는 소리는 안 할 거다."

"놔줘, 오르테가."

오르테가는 문득 제정신을 차렸는지 물러섰다. 얼굴이 꿈틀하더니 깊이 숨을 들이쉬었다. 테이블이 다시 나타났고 카드민은 멀쩡한 입매로 똑바로 앉아 있었다. 그는 조용히 말했다.

"당신도 앉아."

"그러지."

목소리에 묻어나는 경멸은 적어도 절반쯤 자신을 향하고 있는 듯했다. 오르테가는 자제력을 찾기 위해 두 번째로 심호흡을 한 뒤 쓸데없이 옷매무새를 가다듬었다.

"아까도 말했지만, 네가 풀려날 때쯤에는 지옥 불조차 다 사그라져서 차가울 거다. 그래도 난 끝까지 기다려 주지."

"누가 보냈는지는 몰라도 이럴 만한 가치가 있나, 카드민? 청부업자의 의리 때문에 입을 다물고 있는 건가, 아니면 완전히 겁을 집어먹은 건가?"

나는 부드럽게 물었다. 대답 대신 조각보 사나이는 가슴팍에 팔짱을 끼고 내 뒤쪽을 응시할 뿐이었다.

"끝났나, 코바치?"

오르테가가 물었다. 나는 카드민의 아득한 시선과 눈을 마주치려고 애썼다.

"카드민, 나한테 일을 시킨 사람은 굉장한 세력가야. 이건 마지막 협상 기회가 될 수도 있어."

대답은 없었다. 눈조차 깜빡하지 않았다. 나는 어깨를 으쓱했다.

"끝났소."

오르테가는 음침하게 말했다.

"잘됐군. 내가 평소엔 참을성이 많은 편인데 이 새끼 입 냄새를 맡고 있으려니 인내심이 점점 바닥나던 참이었어."

그녀는 카드민의 눈앞에서 손가락을 흔들어 보였다.

"다음에 보자."

이 말에 카드민의 시선이 위로 움직이더니 오르테가와 눈을 마주쳤다. 묘하게 불쾌한 작은 미소가 입가를 비틀었다.

우리는 떠났다.

4층으로 돌아와 보니 오르테가의 사무실 벽은 바닷가 백사장에 정오의 햇빛이 눈부시게 내리쬐는 환경으로 바뀌어 있었다. 나는 눈살을 찌푸렸고 오르테가는 책상 서랍을 뒤지더니 선글라스 두 개를 꺼냈다.

"그래, 알아낸 게 있나?"

나는 렌즈를 콧등에 불편하게 걸쳤다. 너무 작았다.

"나를 죽이라는 의뢰를 받은 게 아니라는 것 말고는 별로. 누군가 나랑 이야기를 하고 싶어 하고 있어. 그건 짐작했던 사실이야. 안 그랬다면 헨드릭스 호텔 로비에서 그냥 내 스택을 박살내 버렸을 테니까. 즉, 누군가 뱅크로프트를 젖혀 놓고 협상을 하고 싶어 한다는 뜻이지."

"혹은 누군가 당신을 죽도록 고문하고 싶어 한다는 뜻이든가."

나는 고개를 저었다.

"뭘 알아내려고? 내가 막 지구에 도착했을 땐데. 그건 말이 안 돼."

"특파 부대? 아직 해결 못 본 문제? 아니면 원한 관계로 한판 붙자?"

오르테가는 카드를 나누어 주듯 손을 까딱거리며 한 가지씩 말했다.

"아니. 그런 얘기는 요전 날 밤 고래고래 소리치면서 다 했잖소. 날 죽이고 싶은 사람들은 분명 있지만, 그 사람들은 지구인이 아니고 성간 여행을 할 정도로 대단한 세력가들도 아니야. 내가 특파 부대에 대해서 아는 건 어딘가 데이터 스택에서 꺼내 볼 수 있는 정도에 지나지 않고. 게다가 그렇다면 지나친 우연의 연속이니까. 아니, 이건 뱅크로프트에 관한 일이오. 누군가 이번 상황에 영향을 끼치려 하는 거요."

"뱅크로프트를 죽인 사람?"

나는 고개를 약간 숙이고 선글라스 너머로 오르테가를 똑바로 쳐다보았다.

"그럼 당신도 내 말을 믿는군."

"완전히는 아냐."

"아, 제발."

하지만 오르테가는 아랑곳하지 않고 생각에 잠긴 목소리로 말했다.

"내가 알고 싶은 건, 마지막에 카드민이 왜 전략을 바꿨느냐 하는 거야. 일요일 밤에 다운로드한 뒤로 벌써 열 번 가까이 들들 볶았는데. 한데 자기가 거기 있었다는 사실조차 인정하는 투로 말을 한 건 이번이 처음이거든."

"자기 변호사들한테도?"

"변호사들한테 뭐라고 했는지는 몰라. 울란바토르와 뉴욕 출신의 거물급들이거든. 그 정도 돈 있는 놈들은 스크램블러까지 장착한 사설 가상현실 시스템을 사용해. 테이프에는 잡음밖에 남지 않아."

나는 속으로 눈썹을 삐딱하게 치켜 올렸다. 할란스 월드에서는 모든 가상현실 상담을 모니터하는 것이 당연한 일로 간주된다. 아무리 돈이 많아도 스크램블러는 허용되지 않는다.

"변호사 얘기가 나왔으니 말인데, 카드민의 변호사는 베이시티에 와 있나?"

"육체적으로? 그래. 마린 카운티에 있는 어느 변호사와 계약을 했어. 파트너 중 한 사람이 수사 기간 동안 몸을 대여해 주고 있지. 직접 만나는 것이 고급 취향으로 여겨지는 세상이라. 싸구려 회사만 가상 포럼을 쓰지."

오르테가는 입술을 비틀어 올렸다.

"그 회사 이름은 뭐요?"

오르테가는 잠시 주저했다.

"카드민은 진행 중인 사건이야. 이렇게 깊숙이 간여하는 건 별로."

"오르테가, 끝까지 가는 거요. 약속했잖아. 안 그러면 엘리어스의 잘생긴 얼굴로 다시 거친 방법을 쓰는 수밖에."

오르테가는 잠시 말이 없었다.

"러더포드."

그녀는 마침내 말했다.

"러더포드와 이야기를 해 보고 싶다는 건가?"

"지금으로서는 누구하고라도 이야기를 해야겠어. 확실하게 해두지 않았던 것 같은데, 난 맨땅에서 수사를 하고 있소. 뱅크로프트는 사건이 있고 한 달 반이나 지나서야 날 불렀어. 지금 있는 단서라고는 카드민뿐이야."

"키스 러더포드는 미꾸라지 같은 작자야. 아래층에 있는 카드민이나 마찬가지로 별다른 정보는 얻어낼 수 없을걸. 그건 그렇고, 도대체 날더러 어떻게 소개시켜 달라는 거지? '안녕, 키스. 이쪽은 당신 고객이 일요일에 처치하려고 했던 전직 특파 부대원인데, 당신한테 질문이 몇 가지 있다는군.' 이렇게? 아마 돈 구경 못한 창녀 밑구멍처럼 입을 꽉 다물걸."

일리가 있었다. 나는 잠시 바다를 바라보며 생각에 잠겨 있다가 천천히 입을 열었다.

"좋아. 지금 필요한 건 단 몇 분간만 대화를 하는 거니까. 당신과 같이 유기체손상과에 근무하는 엘리어스 라이커 형사라고 소개하면 어떻겠소? 솔직히 사실이기도 하잖아."

오르테가는 안경을 벗고 나를 응시했다.

"농담하는 거야?"

"아니, 효과적인 안을 제시하는 거요. 러더포드가 울란바토르에서 온 변호사인가?"

"뉴욕."

오르테가는 딱딱하게 말했다.

"뉴욕이라. 좋아. 그럼 당신이나 라이커에 대해서는 전혀 모르겠군."

"그렇겠지."

"그럼 뭐가 문제지?"

"문제는 내 마음에 안 든다는 거지, 코바치."

다시 침묵이 흘렀다. 나는 무릎으로 시선을 떨어뜨리고 약간만 허풍을 보태서 한숨을 쉬었다. 그런 다음 선글라스를 벗고 오르테가를 올려다보았다. 오르테가의 표정에는 모든 것이 다 드러나 있었다. 의식 입력에 대한 본능적인 공포감과 그에 수반되는 감정들. 양보를 허락하지 않는 편집광적인 본질 중심주의. 나는 부드럽게 말했다.

"오르테가. 나는 그가 아니야. 그의 행세를 할 생각도……."

"어차피 흉내도 못 내."

그녀는 말을 가로챘다.

"그냥 몇 시간만 연기를 해 보자는 것뿐이잖소."

"그뿐이야?"

오르테가는 강철 같은 목소리로 말하며 선글라스를 다시 썼다. 워낙 급작스럽고 빠른 동작이었기 때문에 반사경 뒤에서 눈에 눈물이 차오르는 모습은 볼 수 없었다. 오르테가는 마침내 헛기침을 했다.

"좋아. 들여보내 준다. 무슨 소용이 있을지는 모르겠지만 어쨌든 해 주지. 그다음엔?"

"설명하기는 좀 힘들군. 그때그때 즉흥적으로 해야겠지."

"웨이 클리닉에서 했던 것처럼?"

나는 애매하게 어깨를 으쓱했다.

"특파 부대 기술은 대체로 반응과 관계된 거요. 무슨 일이 일어나기 전에는 반응할 수 없소."

"학살극은 더 이상 안 돼, 코바치. 베이시티 범죄 통계에 악영향을 끼치니까."

"혹시나 폭력 상황이 발생한다 해도, 시작한 쪽은 내가 아닐 거요."

"그건 별다른 보증이 못 돼. 뭘 하려는 건지 계획이나 서 있나?"

"이야기를 할 거요."

"그냥 이야기만? 그게 다?"

오르테가는 믿을 수 없다는 듯 나를 쳐다보았다. 나는 잘 맞지 않는 선글라스를 다시 얼굴에 억지로 끼워 맞췄다.

"가끔은 그 정도로 충분할 때도 있지."

내가 최초로 변호사를 만난 것은 열다섯 살 때였다. 뉴페스트 경찰이 연루된 유기체 손상 경범죄 사건을 변호해 주었던 근심 어린 얼굴의 청소년 폭력 전문가로, 꼼꼼하고 참을성 있는 솜씨로 가상현실 심리 상담 11분이라는 조건부 석방 판결을 얻어 낸 사람이었다. 청소년 법정 바깥 홀에서, 그는 아마 분통이 터질 정도로 잘난 체하는 표정을 짓고 있었을 내 얼굴을 바라보며 자기 직업의 의의를 바닥으로 떨어뜨리는 사태가 벌어졌다는 것을 확인이라도 하듯 고개를 끄덕였다. 그런 다음 뒤돌아서서 밖으로 나갔다. 이름은 기억이 나지 않는다.

그 직후 뉴페스트 갱단에 입문한 뒤로는 법률 전문가와 대면할 기회가 없었다. 갱들은 웹과 통신 기술로 무장하고 있었으며, 당시 이미 침투 프로그램을 직접 쓰거나 네트워크에서 훔쳐 낸 저급 가상 포르노를 자기 나이 절반밖에 안 되는 애들에게 주고 사기도 했던 것이다. 쉽게 경찰에게 잡히지도 않았고, 보답하는 의미에서 경찰도 대체로 갱들을 별로 건드리지 않았다. 조직 간 폭력은 의식 같은 것이었고, 다른 사람들을 연루시키는 일도 없었다. 드문 경우 폭력이 도를 넘어 민간인에게 피해를 끼칠 때는 신속하고 잔인한 보복성 소탕 작전이 펼쳐졌고, 그때마다 조직의 우두머리 몇 명은 저장소행, 나머지는 심한 멍 자국을 얻는 신세가 되곤 했다. 다행히 나는 저장소 신세가 될 만큼 명령 계통의 윗선까지 올라가지는 못했기 때문에, 다음으로 법정 내부를 구경하게 된 것은 이네닌 청문회 때였다.

거기서 본 변호사들은 열다섯 살 시절 나를 변호했던 사람과는 방귀와 자동소총의 화력만큼 차원이 달랐다. 그들은 냉정하고 잘 다듬어진 프로들이었으며, 군복을 입고 있긴 했지만 진짜 총격전 1000킬로미터 반경 안에도 들어갈 필요가 없을 정도로 성공 가도를 달리고 있는 사람들이었다. 법정의 차가운 대리석 바닥을 상어처럼 누비던 그들의 유일한 문제는 전쟁(아군의 군복이 아닌 군복을 입은 자들에 대한 대량 학살)과 정당화할 수 있는 손실(아군의 대량 학살에도 불구하고 상당량의 이익을 확보했을 경우), 범죄적 업무 태만(아군의 대량 학살에도 불구하고 상당량의 이익을 확보하지 못했을 경우) 사이의 미세한 선을 잘 긋지 못한다는 점이었다. 3주 동안 법정에 앉아서 온갖 샐러드 소스처럼 버무려 대는 언어의 유희에 귀를 기울이고 있으려니, 한때 꽤 뚜렷한 개념을 지니고 있었던 이 셋의 차이는 시간이 지나면서 점점 희미해져만 갔다. 이 정도면 변호사들의 유능함은 증명되고도 남는다.

그 이후로는 솔직 담백한 범죄 딱지가 차라리 마음이 놓였다.

"걱정거리라도 있나?"

바닥 면이 계단식으로 된 프렌더개스트 산체스 변호사 사무실 정면 유리 아래쪽으로 보이는 완만한 자갈 해변에 경찰 마크가 없는 크루저를 착륙시키다가, 오르테가는 이쪽을 곁눈질하며 물었다.

"그냥 생각 좀 하느라."

"찬물에 샤워하고 술을 마셔. 난 효과가 좋더군."

나는 고개를 끄덕이고 손가락으로 굴리고 있던 미세한 쇠 구슬을 들어 올렸다.

"이건 합법적인 거요?"

오르테가는 손을 들어 계기반 조명을 껐다.

"그럭저럭. 뭐라 그러는 사람은 없을 거야."

"좋아. 우선 이야기를 이끌어 가 줄 사람이 필요하오. 당신이 이야기를 하지, 난 그냥 입 다물고 듣고만 있을 테니."

"좋아. 어쨌든 라이커도 그런 식이었어. 한 단어로 족할 때는 절대 두 단어를 쓰지 않았지. 인간쓰레기들을 대할 때는 주로 빤히 쳐다보기만 했고."

"미키 노자와하고 비슷한 타입이군?"

"누구?"

"됐소."

오르테가가 엔진을 정지 상태에 놓자 선체에 달그락거리며 부딪히던 자갈 소리가 점차 잦아들었다. 나는 자리에 앉은 채 몸을 죽 편 뒤 이쪽 해치를 열었다. 밖으로 나가는데 지나치게 덩치 좋은 남자가 구불구불한 나무 계단을 내려오는 모습이 보였다. 근육 이식을 한 것 같았다. 뭉툭한 총을 어깨에 걸고 장갑을 끼고 있었다. 변호사는 아닌 듯했다.

"안심해."

어깨 너머에서 갑자기 오르테가의 목소리가 들렸다.

"여긴 우리 관할이야. 무슨 짓을 하진 않을 거야."

오르테가는 마지막 계단을 펄쩍 뛰어내려서는 덩치에게 경찰 배지를 보였다. 얼굴에 실망한 기색이 역력했다.

"베이시티 경찰이다. 러더포드를 만나러 왔어."

"차를 여기 세우면 안 됩니다."

"벌써 세웠잖아. 러더포드 씨더러 기다리라고 할까?"

오르테가는 억양 없이 대꾸했다. 팽팽한 침묵이 흘렀다. 하지만 오르테가의 판단이 옳았다. 덩치는 끙 하고 단념하더니 계단 쪽으로 가라는 손짓을 해 보인 뒤 신중하게 거리를 유지하며 따라왔다. 한참 걸려서 꼭대기에 도착한 뒤 오르테가가 나보다 훨씬 더 숨차 하는 것을 보고 나는 은근히 만족스러운 기분이었다. 우리는 계단과 똑같은 나무로 지은 수수한 테라스를 지나 자동 판유리문 안으로 들어섰다. 휴게실처럼 꾸민 대기실이었다. 바닥에는 내 재킷과 똑같은 문양으로 짠 양탄자가 깔려 있었고, 일인용 팔걸이의자 다섯 개가 놓여 있었다. 벽에는 감정이입주의 판화가 걸려 있었다.

"무슨 일로 오셨습니까?"

이번에는 분명 변호사였다. 대기실에 어울리는 헐렁한 치마와 재킷 차림의 깔끔한 금발 여자가 주머니에 편안하게 손을 찔러 넣고 있었다.

"베이시티 경찰입니다. 러더포드 씨 어디 있죠?"

여자는 덩치 쪽으로 힐끔 시선을 보내더니 고개를 끄덕이는 것을 보고 굳이 신분증을 요구하지 않았다.

"키스는 지금 업무 중인데요. 뉴욕에 가상현실로 연결되어 있어요."

"꺼내 주시죠."

오르테가의 말투는 은근히 위협적이었다.

"그리고 고객을 체포한 경찰이 와 있다고 전해 줘요. 틀림없이 관심을 가질 겁니다."

"좀 기다리셔야 할지도 모르겠군요, 경관님."

"그럴 리가."

두 여자는 잠시 서로 눈을 마주치고 있었다. 변호사 쪽이 먼저 시선을 피했다. 덩치에게 고개를 끄덕여 보이자, 그는 여전히 실망한 기색으로 밖으로 나갔다. 변호사는 얼음장 같은 음성으로 말했다.

"어떻게 해 보죠. 여기서 기다려 주세요."

우리는 기다렸다. 오르테가는 바닥에서 천장까지 길게 난 창가에서 등을 보인 채 해변을 바라보고 있었고, 나는 작품 구경을 했다. 몇 점은 상당히 좋았다. 각자 감시 카메라가 있는 환경에 길든 습관 때문에, 10분 뒤 러더포드가 안쪽 사무실에서 나타날 때까지 우리 둘 다 아무 말도 하지 않았다.

"오르테가 경감."

웨이 클리닉의 밀러를 연상시키는 다듬어진 음성이었다. 난롯가에 있는 판화 구경을 하다 돌아보니 몸 역시 비슷한 종류였다. 나이는 약간 더 많았고, 첫눈에 판사와 배심원들에게 존경심을 불러일으키도록 디자인된 위엄 있는 가부장적인 외모였다. 하지만 날렵한 체구와 기성품 냄새가 나는 잘생긴 외모는 똑같았다. "무엇 때문에 이렇게 기별도 없이 찾아오셨는지? 이번에도 달달 볶으시려고?"

오르테가는 그의 말을 무시하고 내 쪽으로 고갯짓을 해 보였다.

"이쪽은 엘리어스 라이커 형사. 당신 고객이 방금 납치 1건에 대해 유죄를 인정했으며 모니터 상에서 일급 유기체 손상 공갈 협박죄를 범했습니다. 영상을 보시겠습니까?"

"별로. 그런데 왜 여기 오셨는지?"

러더포드는 솜씨가 좋았다. 거의 반응이 없었다. 거의, 하지만 내 눈길을 피하지는 못했다. 내 사고는 무서운 속도로 돌아가기 시작했다.

오르테가는 의자 등받이에 몸을 기댔다.

"최소 형량이 삭제형인 사건을 변호하는 사람치고는 상상력이 빈약한 편이시군요."

러더포드는 연극하듯 한숨을 쉬었다.

"중요한 접속을 끊고 나온 참입니다. 중요한 용건이 있으신 줄 알고."

"제3자 소급 연상 공모죄가 뭔지 아시나?"

나는 판화에 눈길을 준 채 물었다. 마침내 눈길을 들어 보니 러더포드는 이쪽으로 주의를 완전히 집중하고 있었다. 그는 뻣뻣하게 말했다.

"모릅니다."

"안됐군. 카드민이 불기 시작하면 당신과 프렌더개스트 산체스 사의 다른 변호사들이 제일 먼저 수사 대상이 될 텐데. 만만치 않을 거요."

나는 두 손을 벌리며 어깨를 으쓱했다. 러더포드의 손이 옷깃에 달린 호출 송신기로 단호하게 향했다.

"됐습니다. 그만 하시죠. 난 당신들과 장난칠 시간이 없습니다.

그런 법령도 없고, 이건 위험스러울 정도로 협박에 가깝다는 거 아십니까?"

나는 음성을 높였다.

"일이 잘못 돌아갈 때 당신이 어느 쪽에 설 건지 알고 싶은 것뿐이야, 러더포드. 법령은 있어. 유엔법상 기소 가능한 범죄. 마지막으로 적용된 게 07년 5월 4일. 찾아보시오. 이걸 찾아내느라 한참 걸렸는데, 당신들 전부 다 여기 걸려 들어가. 카드민도 그걸 알고 있기 때문에 흔들리고 있는 거요."

러더포드는 미소 지었다.

"그럴 리가요, 형사."

나는 다시 어깨를 으쓱했다.

"안됐군. 아까도 말했지만, 찾아보시지. 그런 다음 어느 편에 설지 결정해. 내부자 협조가 필요한데, 상당한 보상도 생각하고 있소. 당신이 싫다면야, 울란바토르에도 당장 덤벼들 변호사들이 많으니."

미소가 서서히 사라졌다.

"그렇지. 생각해 보시오."

나는 오르테가 쪽으로 고개를 끄덕였다.

"나랑 오르테가 형사는 펠 스트리트에 있을 거요. 내 이름은 엘리어스 라이커, 외계 담당. 분명히 말하지만 이번 일이 틀어지면 나한테 잘 보이는 게 좋을걸."

오르테가는 평생 나랑 한 팀으로 일했던 것처럼 내 신호를 알아들었다. 세라가 그랬던 것처럼. 오르테가는 의자 등받이에서 몸을 일으키더니 문으로 향했다.

"또 봅시다, 러더포드."

오르테가는 간결하게 말한 뒤 테라스로 나왔다. 아직도 거기 있던 덩치가 씩 웃으며 주먹을 쥐었다 폈다 했다.

"그리고 당신, 허튼수작 부릴 생각 마."

나는 라이커가 훌륭하게 써먹었다는 과묵한 표정을 지은 채 동료의 뒤를 따라 계단을 내려왔다.

크루저에 돌아온 뒤, 오르테가는 스크린을 켜고 추적기에서 전송되는 수신자 데이터가 화면 아래로 스크롤되는 것을 지켜보았다.

"어디 붙였지?"

"벽난로 위 그림. 액자 모서리에."

오르테가는 툴툴거렸다.

"곧 떼어낼 거야. 게다가 증거물로 채택되지도 않는다고."

"알고 있소. 벌써 두 번이나 말했잖아. 그게 중요한 게 아니라, 러더포드가 놀랐다면 일단 뛰고 볼 거요."

"놀랐다고 생각해?"

"약간은."

"음."

오르테가가 호기심 어린 눈으로 나를 보았다.

"그런데 그 소급 연상 공모죄라는 건 도대체 뭐야?"

"모르지. 지어 낸 거니까."

오르테가의 눈썹이 치켜 올라갔다.

"없는 거야?"

"당신까지 속았군? 아마 그 말을 할 때 거짓말 탐지기 테스트를 받았다 해도 난 안 걸려들었을 거요. 기본적인 특파 부대 기술이지. 물론 법전을 찾아보면 러더포드는 곧 알아채겠지만, 어쨌든 소기의 목적은 달성했소."

"그 소기의 목적이란?"

"활동 무대를 제공한다고나 할까. 거짓말을 해서 상대를 흔들리게 만드는 거요. 낯선 환경에서 싸우는 것과 같지. 러더포드는 놀랐지만, 카드민이 흔들리는 이유를 내가 말했을 때 미소 짓더군."

나는 앞 유리창을 통해 변호사 사무실을 바라보면서 직관의 조각들을 종합해 논리를 만들어 갔다.

"내가 그 말을 했을 때 러더포드는 안심했어. 보통 때라면 그렇게까지 흔들리지는 않았겠지만, 내 허풍 때문에 겁을 먹고 있었는데 자기가 나보다 뭔가 더 많이 알고 있다는 사실에 그나마 약간 마음이 놓였던 거요. 즉, 카드민이 태도를 바꿀 만한 이유를 알고 있다는 뜻이지. 진짜 이유를."

오르테가는 알겠다는 듯 툴툴거렸다.

"솜씨 좋군, 코바치. 당신은 경찰이 됐어야 해. 내가 카드민이 실토했다는 소식을 전했을 때 러더포드의 반응 기억해? 전혀 놀라지 않아."

"전혀. 예상하고 있었던 거요. 아니면 그 비슷한 내용을."

"그래."

오르테가는 잠시 사이를 두었다.

"당신은 정말 이런 걸로 먹고사는 건가?"

"가끔. 외교적 업무나 위장 작전 같은 때. 이건……."

오르테가가 팔꿈치로 옆구리를 쳤다. 나는 입을 다물었다. 스크린에서 암호화된 문자가 푸른 불꽃으로 된 뱀처럼 흘러나오고 있었다.

"어디 보자. 동시 전화. 시간을 절약하느라고 가상현실에 들어가서 전화를 걸고 있는 거야. 하나, 둘, 셋, 이건 뉴욕이군. 아마 상급 변호사들에게 소식을 전하려는 걸 테고. 이런."

스크린이 번쩍하더니 갑자기 꺼졌다.

"찾아냈군."

"찾아냈어. 뉴욕 전화선에 아마 발신자 인근의 추적 장치를 꺼버리는 추적 방지 장치가 달려 있는 거야."

"상대편 전화선에 달려 있었을 수도 있지."

"그래."

오르테가는 스크린 메모리를 쳐서 전화 코드를 확인했다.

"셋 다 보안 라우터를 경유했어. 위치를 추적하려면 시간이 좀 걸리겠군. 밥이나 먹을까?"

향수란 베테랑 특파 부대원이 인정해서는 안 되는 감정이다. 특파 부대 강화 훈련이 아니라도, 이 몸 저 몸을 건너뛰며 보호령을 누벼 온 오랜 세월로 인해 벌써 닳아 없어져야 하기 때문이다. 특파 부대는 여기/현재라는 모호한 상태, 이중 국적을 허용하지 않는 질투심 많은 국가의 시민이다. 과거는 오직 데이터로서만 의미를 지닌다.

하지만 플라잉 피시의 요리 구역 앞을 지나치는 순간 밀스포트에서 마지막으로 맛보았던 소스의 향이 다정한 더듬이처럼 와닿았을 때, 내가 느낀 감정은 분명 향수였다. 데리야키, 덴푸라, 미소의 은은한 향. 그 냄새에 둘러싸여 서 있으려니 그때가 떠올랐다. 제미니 바이오시스 건의 열기가 식을 무렵 세라와 내가 숨어들었던 라멘 바, 뉴스넷 방송과 언제라도 울릴 것 같은, 스크린이 깨진 비디오 폰을 뚫어지게 쳐다보던 우리. 유리창에 서린 김과 과묵한 밀스포트 어민들.

그보다 더 오래전, 뉴페스트의 어느 금요일 밤 와타나베 식당 밖에 걸려 있던 종이등 주위로 파닥거리며 날아들던 나방들이 떠올랐다. 남쪽 정글에서 불어오는 후끈한 바람 때문에 10대였던 내 피부는 땀으로 번들거렸고 거울로 된 커다란 풍경(風磬)에 비친 눈은 테트라메스 기운으로 번쩍이고 있었다. 큼직한 라멘 한 사발보다 더 싸구려 잡담들, 크게 한탕 벌인 이야기, 야쿠자 연줄, 북쪽, 그리고 그 너머를 향한 열망, 새 몸, 새로운 세계. 와타나베 노인은 테라스에 같이 나와 앉아 아무 말도 없이 파이프를 뻐끔거리며 우리 이야기에 귀를 기울이고 가끔 거울에 비친 자신의 백인 얼굴에 시선을 주곤 했다. 내 눈에는 언제나 약간 놀란 표정처럼 보이던 얼굴.

와타나베는 어떻게 하다 백인의 몸을 갖게 되었는지 우리에게 말해 주지 않았고, 해병대, 퀠 메모리얼 여단, 특파 부대와 얽힌 모험담에 관한 소문 역시 부정도 긍정도 하지 않았다. 어느 고참 갱 조직원은 와타나베가 파이프 하나만 달랑 손에 들고 방 안에 가득 찬 세븐 퍼센트 앤젤 갱단과 난투를 벌이는 모습을 본 적이 있다고 하기도 했고, 늪지 마을 출신 한 놈은 개척 전쟁 당시의 영상물이라면서 흐릿한 뉴스 릴 한 토막을 들고 온 적도 있었다. 돌격 부대가 공격을 개시하기 직전에 서둘러 찍은 이차원 영상으로, 와타나베 Y라고 자막으로 이름이 표시된 어느 상사가 인터뷰를 하는 장면이었다. 질문을 받았을 때 머리를 갸우뚱하는 버릇 같은 것을 보며 우리 모두는 무릎을 치며 이 사람이 맞다고 소리 질렀다. 하지만 와타나베는 흔한 이름이었고, 세븐 퍼센트 앤젤 갱단 이야기를 했던 놈은 할란 유명 가문의 상속녀와 하룻밤 잤다고 자주 우쭐대곤 했지만 아무도 믿지 않는 그런 놈이었다.

와타나베에서 취하지 않은 멀쩡한 정신으로 혼자 있게 된 어느 드문 저녁, 나는 젊은 자존심을 꿀꺽 삼키고 노인에게 충고를 구했다. 당시 몇 주 동안 유엔군 홍보 자료를 들춰 보고 있었던 터라, 이쪽이든 저쪽이든 결단을 내리도록 도움을 줄 사람이 필요했던 것이다.

와타나베는 파이프를 물고 나를 보며 씩 웃었다.

"내가 충고를 해야 하나? 이런 꼴로 살게 된 지혜를 좀 알려 달라고?"

우리는 작은 술집과 테라스 너머의 들판을 둘러보았다.

"어, 음. 그렇죠."

"어, 음. 싫어."

와타나베는 단호하게 말하고 파이프를 다시 물었다.

"코바치?"

나는 눈을 깜빡였다. 앞에 오르테가가 앉아서 이상하다는 듯 내 눈을 들여다보고 있었다.

"내가 알아야 할 일이라도?"

나는 희미하게 미소 짓고 반짝거리는 주방의 철제 카운터를 둘러보았다.

"별로."

"여기 음식 맛있어."

그녀는 내 표정을 잘못 이해한 듯 말했다.

"그럼 좀 먹어 보지."

오르테가는 수증기 속을 지나쳐서 받침대 위로 올라섰다. 오르테가의 설명에 따르면 플라잉 피시는 한때 공중 소해정으로 사용되던 비행기를 어느 해양 개발 회사가 사들였는데, 회사가 부도났는지 옮겼는지 바다 쪽 시설 내부는 텅 비었지만 누군가 플라잉 피시만 떼어내서 식당으로 개조하고 황폐한 건물 500미터 상공에 매달아 놓은 곳이었다. 선체는 줄을 타고 주기적으로 천천히 지상으로 내려와서 뱃속의 고객들을 토해 내고 새로운 고객을 받아들인 뒤 다시 올라가곤 했다. 우리가 도착했을 때는 지상 격납고 양면을 따라 길게 줄이 늘어서 있었지만, 오르테가는 배지의 위력으로 새치기를 할 수 있었다. 열린 격납고 지붕을 통해 비행기가 천천히 착륙했을 때 가장 먼저 탑승한 것은 우리였다.

나는 비행선 동체에 철봉으로 고정된 테이블 앞에 놓인 방석에 양반다리를 하고 앉았다. 받침대는 적정 온도를 유지하고 휘몰아치는 바람을 기분 좋은 산들바람으로 바꿔 주는 파워 스크린으로 둘러싸여 있었다. 쿠션 아래쪽으로 육각형 철창 바닥을 통해 1킬로미터 아래의 탁 트인 바다가 내려다보였다. 나는 불편하게 몸을 움직였다. 내게 높은 곳은 약점에 가까웠다.

"고래 무리를 추적하는 데 사용했던 비행선이야."

오르테가는 선체 쪽을 가리키며 말했다.

"이런 곳에서 위성을 직접 사용할 수 있게 되기 전의 시절에. 한데 '이해의 날*' 이후로 갑자기 고래와 의사소통을 할 수 있는 사람들이 큰돈을 만지게 됐어. 거의 4세기 동안 화성 고고학을 통해 밝혀진 내용만큼 고래를 통해 화성인에 대해서 많은 것을 알게 됐으니까. 화성인이 지구에 왔던 것도 기억하고 있었으니 뭐. 종족적 기억을 통해서."

오르테가는 잠시 말을 끊었다.

"난 '이해의 날'에 태어났어."

뜬금없는 말이었다.

"그래?"

"그래. 1월 9일. 최초의 통역 연구진에서 일했던 오스트레일리아 출신의 고래학자 이름을 따서 크리스틴이란 이름을 갖게 됐어."

"멋지군."

지금 실제로 자신이 누구와 이야기를 나누고 있는지 떠오른 모양이었다. 오르테가는 어깨를 으쓱하더니 갑자기 대수롭지 않다는 투로 말했다.

"어린애들은 보통 그렇게 생각하지 않잖아. 난 마리아라는 이름을 갖고 싶었어."

"여긴 자주 오나?"

"별로. 할란스 출신 사람이면 여기가 마음에 들 것 같아서."

"그건 맞는 생각이야."

웨이터가 다가오더니 홀로토치로 테이블 위에 메뉴판을 켰다. 나는 목록을 잠시 훑어본 뒤 라멘 중에서 아무 거나 골랐다. 채소만 든 것으로.

"잘 골랐어."

오르테가는 웨이터에게 고개를 끄덕였다.

"나도 같은 걸로. 그리고 주스. 당신은 뭐 마실래?"

"물."

우리가 고른 음식이 분홍색으로 환해지면서 메뉴판이 사라졌다. 웨이터는 홀로토치를 맵시 있는 동작으로 가슴 주머니에 넣고 물러갔다. 오르테가는 주위를 둘러보며 무난한 화젯거리를 찾는 모양이었다.

"음, 그래서…… 밀스포트에도 이런 곳이 있나?"

"지상에. 거긴 공중 건물이 별로 없소."

"그래?"

오르테가는 눈썹을 치켜 올렸다.

"밀스포트는 군도 아닌가? 그럼 비행선이……."

"부동산 부족에 대한 대안이라고? 맞는 말인데, 한 가지 잊고 계시군."

나는 하늘 쪽으로 흘끗 시선을 보냈다.

"우린 혼자가 아니오."

"궤도 진지? 적대적인가?"

"음. 변덕스럽다고 해 두지. 중량이 헬리콥터 이상 되는 비행 물체는 대체로 격추시키는 편이오. 궤도 진지를 무력화시킬 정도로 접근하거나 올라가 본 사람이 아무도 없으니 정확한 프로그래밍

기준을 알 방법이 없지. 그래서 그냥 안전하게 비행을 자제하는 편이오."

"성간 여행도 힘들겠는걸."

나는 고개를 끄덕였다.

"음, 그렇지. 하지만 여행 수요도 별로 없소. 태양계 내에 인간이 거주할 수 있는 다른 행성도 없고, 아직 행성 개발에 눈을 돌릴 여유가 없을 만큼 할란스 월드 개척에 바쁘니까. 탐사 로켓 몇 대, 플랫폼 유지 보수 셔틀. 미량 자원 굴착 사업 약간, 그 정도. 저녁이 되면 적도를 따라 발사 공간이 생기고, 새벽녘에 극지 쪽으로 틈이 약간 생기지. 그쪽 궤도 진지 몇 개가 충돌해서 불타면서 방어망에 구멍이 난 걸로 추정되고 있소."

나는 잠시 말을 끊었다.

"아니면 누군가 격추시켰든가."

"누군가? 화성인이 아니고 다른 누군가?"

나는 두 손을 펼쳤다.

"누가 알겠소? 화성에서 발견한 것도 모두 파괴되거나 묻혀 있었잖소? 아니면 수십 년을 코앞에서 쳐다보면서도 뭐가 있다는 것조차 깨닫지 못할 정도로 위장이 잘 되어 있었든지. 개척 세계도 대부분 마찬가지요. 모든 증거가 갈등이 있었다는 사실을 뒷받침하고 있소."

"하지만 고고학자들은 내전이라고 설명하잖아. 식민지 전쟁."

"아, 그렇지."

나는 팔짱을 끼고 뒤로 기댔다.

"고고학자들은 유엔 보호령에서 말하라는 것만 말하는 사람들이잖소. 요즘은 화성 제국이 갈가리 쪼개져서 야만의 시대로 후퇴한 뒤 사멸의 길을 걸었다는 비극적인 시나리오가 유행이오. 후손들에 대한 엄중한 경고지. 합법적인 통치자에 대해 반기를 들지 말라. 모든 문명 세계를 위하여."

오르테가는 초조하게 주위를 둘러보았다. 가까운 테이블에서 두런거리던 대화가 어느새 뚝 그쳐 있었다. 나는 관객들에게 활짝 미소 지어 보였다. 오르테가는 불편한 듯 말했다.

"다른 이야기를 하지."

"그러지. 라이커에 대해 말해 줘."

불편한 얼굴은 얼음장 같은 무표정으로 변했다. 오르테가는 테이블 위에 손바닥을 내려놓고 뚫어지게 보다가 억양 없이 대꾸했다.

"아니, 싫어."

"그럼 됐소."

나는 흐릿한 파워 스크린의 구름 모양을 지켜보다가 그 아래 바다에서 시선을 피했다.

"속으로는 말하고 싶어 하는 것 같은데."

"남자들이란."

음식이 도착했다. 우리는 가끔 쩝쩝거리는 소리 외에는 침묵 속에서 먹었다. 헨드릭스에서 로봇 주방장이 내놓은 완벽하게 균형 잡힌 아침 식사를 했음에도 불구하고, 나는 게걸스럽게 먹었다. 이곳의 음식은 위장의 욕구보다 더욱 깊숙한 욕구를 자극했다. 나는 오르테가가 절반도 채 먹기 전에 사발을 말끔히 비웠다.

"음식은 좋아?"

내가 물러앉는 모습을 보고 오르테가가 비꼬듯 물었다. 나는 고개를 끄덕였다. 라멘에 얽힌 추억을 떨치려 애썼지만 특파 부대 기술까지 작동시켜서 위장의 만족감을 해치고 싶지는 않았다. 깨끗하게 줄지어 놓은 철제 좌석들과 그 너머 하늘을 바라보고 있노라니, 헨드릭스 호텔에서 미리엄 뱅크로프트로 인해 녹초가 되었던 때 못지않게 완벽에 가까운 만족감을 느낄 수 있었다.

오르테가의 전화가 울렸다. 그녀는 마지막 음식을 씹으며 전화를 꺼내 받았다.

"네? 음, 음. 좋아. 아니, 갈 거야."

오르테가의 시선이 순간 나를 향했다.

"그래? 아니, 그것도 그대로 둬. 계속 있을 거야. 그래, 고마워, 잭. 신세 졌어."

오르테가는 전화를 집어넣고 다시 먹기 시작했다.

"좋은 소식인가?"

"보기에 따라 달라. 전화 두 통을 추적했어. 하나는 리치먼드의 격투장, 내가 아는 곳이야. 가서 둘러보자고."

"다른 한 통은?"

오르테가는 사발에서 시선을 들고 나를 보며 음식을 씹어 삼켰다.

"다른 번호는 주거 지역이었어. 뱅크로프트 저택. 선터치 하우스. 자, 어떻게 생각해?"

오르테가가 안내한 격투장은 만 북쪽 끝 버려진 창고 지구 옆에 닻을 내린 옛날 화물선이었다. 길이는 500미터가 넘는 것 같았고, 고물에서 이물까지 화물칸 여섯 개로 나뉘어 있었다. 맨 끝의 화물칸은 열려 있는 것 같았다. 공중에서 보니 선체 전체가 오렌지색이었다. 녹슨 것 같았다.

"속지 마."

크루저가 상공을 선회할 때 오르테가가 말했다.

"선체 전체의 4분의 1미터 두께로 폴리머 처리를 한 거야. 저걸 가라앉히려면 성형 장약(고온 고압 가스를 좁은 면적에 집중시켜 관통력을 높인 화기 ─ 옮긴이)을 써야 해."

"돈이 많이 들었겠군."

오르테가는 어깨를 으쓱했다.

"투자가 있으니까."

우리는 부두에 착륙했다. 오르테가는 모터를 끄고 이쪽으로 몸을 기울여 배의 상부 구조를 올려다보았다. 언뜻 보니 아무도 없는 것 같았다. 무릎 위에 느껴지는 유연한 오르테가의 상체 무게와 지나치게 부른 배 때문에 몸을 뒤로 약간 젖혀야 했다. 오르테가는 이 몸짓을 느꼈는지 갑자기 자신의 행동을 깨닫고 얼른 다시 몸을 세웠다.

"아무도 없군."

그녀는 어색하게 말했다.

"그런 것 같군. 가서 들여다볼까?"

우리는 세차게 몰아치는 만의 바람 속으로 내려서서 화물선 고물 쪽으로 이어지는 튜브형 알루미늄 통로 사다리로 다가갔다. 사방이 불안할 정도로 탁 트여 있었다. 나는 난간과 기중기, 교탑 여기저기를 쉬지 않고 훑으며 통로 사다리를 건넜다. 움직이는 것은 없었다. 나는 왼팔로 가볍게 옆구리를 눌러 파이버그립 총집이 미끄러지지 않고 붙어 있는지 확인했다. 싸구려 총집은 며칠 차다 보면 그렇게 되는 경우가 종종 있기 때문이다. 난간에서 누가 총을 쏜다 해도 네멕스만 있으면 이쪽에서 먼저 날려 보낼 수 있다.

하지만 그럴 필요는 없었다. 우리는 아무 일 없이 통로 사다리를 건넜다. 열린 입구에 가느다란 체인이 쳐져 있었고 손으로 직접 쓴 간판이 그 앞에 걸려 있었다.

파나마 로즈
오늘 밤 경기 22시
입장료 두 배

나는 얇은 사각 쇠판을 들어 올려 조악한 글씨체를 의아한 기분으로 들여다보았다.

"러더포드가 여기로 전화한 게 확실한가?"

"아까도 말했지만 겉모습에 속지 마."

오르테가는 체인을 풀었다.

"격투기 스타일이지. 조악한 게 유행이야. 저번 시즌에는 네온 사인이 유행했는데, 요즘은 그것도 한물갔어. 전 지구적인 유명세를 타는 곳이야. 지구 전체를 통틀어 이런 데는 서너 곳밖에 없지. 격투 중계도 허락되지 않아. 홀로그래피도, 텔레비주얼도. 들어갈 거야, 말 거야?"

"묘하군."

나는 오르테가를 따라 둥근 복도를 걸으며 어렸을 때 가 봤던 격투장을 떠올렸다. 할란스 월드에서는 모든 격투가 방송을 탔다. 온라인으로 전송되는 오락물 가운데 최고의 시청률을 자랑하는 프로그램이었다.

"사람들이 이런 걸 좋아하지 않나?"

"물론 좋아하지."

좁은 복도에서 목소리가 메아리쳤다. 말투를 들어 보니 삐딱하게 미소 짓고 있는 모양이었다.

"이런 건 결코 질리지 않아. 그래서 이런 상술도 먹히는 거지. 일단 신조를 만들어 놓고⋯⋯."

"신조?"

"그래. 순수의 신조라나 뭐라나. 남이 말할 때 끼어드는 건 무례한 짓이라는 얘기 못 들어 봤어? 격투를 보고 싶으면 직접 가서 보라는 신조야. 웹에서 보는 것보다 더 낫다. 더 격조 있다. 이거지. 관객은 제한되어 있고 수요는 하늘을 찔러. 입장권은 탐나는 물건이 되고, 그러니 비싸지고, 그러니 더욱 탐이 나고. 누가 생각했는지는 몰라도 이런 식으로 그냥 한없이 천장을 뚫고 치솟는 거야."

"영리하군."

"그래. 영리하지."

통로가 끝나고 우리는 바람이 휘몰아치는 갑판으로 다시 나왔다. 양쪽 옆으로는 화물칸 덮개가 마치 선체 피부 위에 난 거대한 물집처럼 허리 높이까지 부드럽게 부풀어 있었다. 선미 쪽 덮개 너머로 교탑이 마치 선체와 완전히 분리된 듯 하늘을 향해 우뚝 솟아 있었다. 움직이는 것이라고는 바람결에 흔들리는 크레인에 달린 체인뿐이었다. 오르테가는 바람 소리 위로 목소리를 높였다.

"가장 최근에 여기 온 게, 월드웹 1 기자 하나가 선수권 대회에서 몸에 녹화 장비를 이식한 채로 입장하려다 발각됐을 때였어. 주최 측에서 기자를 바다 속에 던져 버렸거든. 몸에 이식된 장비는 집게로 뽑아내고."

"멋지군."

"말했잖아. 격조 있는 곳이라니까."

"칭찬이 심하십니다. 경감. 어떻게 대답해야 할지 모르겠군요."

난간 위에 2미터 높이로 세운 기둥에 달린 녹슨 스피커에서 목소리가 흘러나왔다. 내 손은 반사적으로 네멕스를 향했고, 눈은 아플 정도로 빠르게 시야를 죽 훑었다. 오르테가는 거의 눈에 띄지 않을 정도로 고개를 흔들어 보인 뒤 교탑 위를 올려다보았다. 우리 둘은 무의식적으로 역할을 분담하여 서로 반대편을 훑고 있었다. 긴장감 속에서도, 의외로 손발이 맞는 것을 의식하자 따뜻한 전율이 일었다.

"아니, 아니. 이쪽입니다."

금속성의 목소리. 이번에는 선미에 달린 스피커에서 흘러나왔다. 교탑 앞쪽 열린 짐칸에서 뭔가를 끌어올리는지, 선적용 크레인에 달린 체인이 끼익끼익 움직이며 작동하기 시작했다. 나는 네멕스 손잡이에 손을 댄 채로 기다렸다. 햇빛이 구름 사이를 뚫고 내리쬐기 시작했다.

위로 올라온 체인 끝에는 거대한 철근 고리가 달려 있었고, 갈

고리 안쪽에 목소리의 주인공이 한 손에는 선사시대에나 썼을 법한 마이크, 다른 손은 위로 올라가는 체인을 가볍게 붙잡고 서 있었다. 햇빛에 반짝이는 머리카락과 안 어울리는 회색 정장을 바람결에 휘날리며 체인에서 몸을 잔뜩 밖으로 내민 채였다. 나는 눈을 가늘게 뜨고 확인했다. 합성 몸. 싸구려 합성 신체였다.

크레인은 짐칸 덮개 위쪽으로 이동했고, 합성 인간은 그 위에 우아하게 서서 우리를 내려다보았다.

"엘리어스 라이커."

스피커만큼이나 지직거리는 목소리였다. 누군지는 몰라도 성대 제작 솜씨가 대단히 훌륭했다. 그는 고개를 저었다.

"다시는 못 볼 줄 알았습니다만. 입법부의 기억력은 얼마나 짧은지."

오르테가는 손을 들어 갑작스럽게 고개를 내민 햇빛을 가렸다.

"카니지? 당신인가?"

합성 인간은 살짝 허리를 굽혀 인사한 뒤 마이크를 재킷 안에 넣었다. 그리고 비스듬한 덮개를 내려오기 시작했다.

"엠시 카니지, 대령했습니다, 경찰 나리들. 오늘은 저희가 무슨 짓을 저질렀습니까?"

나는 아무 말도 하지 않았다. 듣자 하니 나는 카니지라는 이 친구와 아는 사이인 모양인데 아직은 대처할 방법을 알 수 없었다. 나는 오르테가가 했던 말이 떠올라 그냥 표정 없이 카니지를 응시하며 최대한 라이커처럼 보이기만을 희망하기로 했다.

합성 인간은 덮개 가장자리까지 내려와서 훌쩍 뛰어내렸다. 가까이서 보니 성대만 조악한 것이 아니었다. 트렙이 입고 있던 몸과는 워낙 질이 달라서 같은 종류로 분류하기조차 민망할 지경이었다. 잠시 골동품이 아닌가 하는 생각마저 들었다. 검고 거친 머리카락은 에나멜 같았고 실리콘으로 피부를 모방한 얼굴은 축 처져 있었으며 연푸른색 눈동자 옆의 흰자에는 로고가 뚜렷이 박혀 있었다. 몸은 탄탄해 보였지만 좀 지나치게 탄탄한 감이 있었고, 팔도 약간 균형이 안 잡혀서 마치 뱀 같았다. 소매 끝으로 나온 손은 주름 없이 매끈했다. 합성 인간은 살펴보라는 듯이 반들반들한 손바닥을 내밀었다.

"그런데 무슨 일로?"

그는 부드럽게 물었다.

"정기 감찰이야, 카니지."

오르테가가 나를 도와주었다.

"오늘 밤 경기에 폭탄을 터뜨린다는 위협이 들어왔어. 한번 훑어보러 온 거야."

카니지는 귀에 거슬리는 목소리로 웃었다.

"언제 염려나 해 주셨나."

오르테가는 평정하게 답했다.

"말했잖아, 정기 감찰이라니까."

"음, 그러면 따라오시지요."

합성 인간은 한숨을 쉬고 나를 향해 고갯짓을 했다.

"저 사람은 어떻게 된 겁니까? 저장소에서 언어 기능이 손상되기라도 했나?"

우리는 카니지를 따라 배 뒤쪽으로 향한 다음, 덮개를 둘둘 말아 올린 맨 뒤쪽 화물칸 구멍 둘레를 따라 발걸음을 옮겼다. 깊숙한 화물칸 안을 들여다보니 흰색 원형 링이 있었고 비스듬한 사방의 금속 벽면에는 플라스틱 의자가 늘어서 있었다. 조명 장치가 링 위쪽에 매달려 있었지만, 원격 자료 수신에 쓰이는 비죽한 구형 장비는 전혀 없었다. 링 한가운데 누가 무릎을 꿇고 앉아 손으로 매트에 그림을 그리고 있다가 우리가 지나가자 올려다보았다.

"테마요."

카니지는 내가 보는 쪽을 보더니 말했다.

"아라비아어로 무슨 뜻이라는데. 이번 시즌 경기는 모두 보호령의 경찰 활약상이 주젭니다. 오늘 밤은 샤리아지요. '신의 오른손* 순교자들' 대 '보호령 해병대.' 맨손으로, 10센티미터 이상의 칼은 모두 금지."

"달리 말하면 학살극이라는 얘기야."

오르테가가 말했다. 합성 인간은 어깨를 으쓱했다.

"관객들은 자기들이 원하는 걸 보기 위해 지갑을 열지요. 10센티미터 칼로 치명상을 내는 것도 가능하기는 할 겁니다. 아주 어려워서 그렇지. 기술의 진검 승부라고나 할까. 이쪽으로 오십시오."

우리는 좁은 복도를 따라 배 안으로 들어갔다. 좁은 공간에서 발소리가 요란하게 메아리쳤다.

"경기장부터 보시겠지요?"

카니지는 메아리치는 복도 안에서 소리쳤다.

"아니, 일단 탱크부터 봐."

오르테가가 말했다.

"정말입니까?"

저급 합성 인간의 목소리라 확실하지는 않았지만, 카니지는 재미있다는 듯한 음성이었다.

"찾는 게 정말 폭탄 맞습니까, 경감? 폭탄을 설치한다면 당연히 경기장 쪽에……."

"숨길 거라도 있나, 카니지?"

합성 인간은 돌아서서 잠시 이상하다는 눈으로 나를 쳐다보았다.

"아니, 그런 건 아닙니다, 라이커 형사. 탱크로 가시죠. 어쨌든 대화에 참여한 것을 환영합니다. 저장소 안은 춥던가요? 물론 본인이 거기 들어가게 될 줄은 전혀 모르셨겠지만."

오르테가가 끼어들었다.

"됐어. 탱크에나 데려다 주고 입담은 오늘 밤 경기에서나 풀어."

"여부가 있겠습니까. 우리는 사법기관에 적극 협조하고자 합니다. 합법적으로 등록된……."

"알았어, 알았다고. 탱크에나 데려다 달라니까."

오르테가는 따분하다는 듯 군말을 물리쳤다. 나는 다시 입을 다물고 위험스러운 눈길로 쳐다보기만 했다.

우리는 선내 한쪽 벽을 따라 설치된 전동차를 타고 격투용 링과 관람석으로 개조한 짐칸 두 군데를 지나 탱크실로 향했다. 전동차에서 내린 다음에는 음파 세척실을 지났다. 사이카섹 시설보다 훨씬 지저분했지만 검은 철문이 밖으로 열리자 티끌 한 점 없이 흰 내부가 드러났다.

"이곳만은 이미지와 다릅니다. 관객들에게는 날것 그대로의 로테크를 보여 주지만, 무대 뒤는요……."

그는 번쩍거리는 시설을 향해 팔을 휘둘렀다.

"오믈렛을 만들려면 팬에 기름칠을 조금이라도 해야 하지 않겠습니까."

눈앞에 펼쳐진 짐칸은 넓고 서늘했으며 조명은 어둠침침했다. 거대하고 공격적인 기술력이었다. 돈으로 치장한 뱅크로프트의 사이카섹 시설이 부드럽고 교양 있는 분위기였고, 최저 계급을 위한 베이시티 교도소의 의식입력실이 최소한의 자금력에 신음하고 있었다면, 파나마 로즈의 인체 은행은 야수적인 힘으로 번쩍이고 있었다. 양옆으로 늘어선 묵직한 체인 위에 어뢰처럼 줄줄이 놓인 신체 저장 튜브는 비단뱀처럼 바닥을 가로지르고 있는 굵은 검정 케이블로 중앙 제어 시스템에 연결되어 있었다. 제어 시스템 자체도 무슨 고약한 거미의 신을 경배하는 제단처럼 묵직하게 정면에 놓여 있었다. 우리는 데이터 케이블이 잔뜩 얽힌 바닥에서 25센티미터 정도 위로 솟은 철제 발판을 따라 제어 시스템 쪽으로 다가갔다. 시스템 뒤 양쪽 벽면이 움푹 들어간 곳에는 널찍한 의식 입력 탱크 유리벽이 놓여 있었다. 오른쪽 탱크에는 이미 몸이 하나 들어 있었다. 제어용 선에 십자가 모양으로 묶인 몸 뒤쪽에서 조명이 비치고 있었다.

마치 뉴페스트의 앤드릭 대성당에 들어선 기분이었다.

카니지는 중앙 제어 시스템으로 다가가더니 돌아서서 뒤쪽에 누운 몸과 비슷하게 팔을 벌려 보였다.

"어디부터 시작하실까요? 정교한 폭발물 탐지 장비도 갖고 오셨겠지요?"

오르테가는 그의 말을 무시하고 의식 입력 탱크 쪽으로 몇 발자국 다가가더니 차가운 녹색의 빛 속을 들여다보았다.

"이건 오늘 밤에 뛸 창녀 중의 하나?"

카니지는 비웃듯 말했다.

"간단히 말하자면 그렇습니다. 해안 쪽 지저분한 구멍가게에서 파는 몸과 이 몸이 얼마나 다른지 이해를 해 주셨으면 좋겠습니다만."

오르테가는 몸을 쳐다보며 대꾸했다.

"나도 똑같은 심정이야. 그럼 이 몸은 어디서 구한 거지?"

"내가 어떻게 압니까?"

카니지는 오른손 플라스틱 손톱을 들여다보는 척했다.

"꼭 보셔야 한다면 매매 계약서가 어디 있긴 할 겁니다. 외모로만 봐서는 아마 닛폰 오가닉스나 퍼시픽 림 제품이 아닌가 싶습니다만. 그게 중요합니까?"

나는 벽으로 다가가서 액체 속에 부유하고 있는 몸을 올려다보았다. 늘씬하고 단단해 보였으며 갈색 피부에 높은 광대뼈 위로 끝이 살짝 올라간 일본인의 눈이 자리 잡고 있었다. 길고 두꺼운 검은 머리카락은 마치 해초처럼 액체 속에 둥둥 떠 있었다. 예술가 특유의 우아하고 유연한 길쭉한 손에는 속전용 근육이 발달해 있었다. 훌륭한 닌자의 몸, 추적추적 비가 내리던 뉴페스트의 열다섯 살 시절 내가 꿈꾸던 그런 몸이었다. 샤리아 전투에서 입었던 몸과도 그리 다르지 않았다. 밀스포트에서 처음으로 큰돈이 들어왔을 때 샀던 몸, 사라를 만났던 그 몸과도 비슷한 부류였다.

마치 유리를 사이에 놓고 나를 바라보는 기분이었다. 어린 시절까지 거슬러 올라가는 기억의 실타래 어딘가에 내 스스로가 구축해 놓은 자아를 바라보는 기분. 문득 백인의 육체를 입고 거울 반대쪽으로 추방당한 신세라는 느낌이 들었다.

카니지가 다가와서 유리를 두드렸다.

"당신은 알아보시지요, 라이커 형사?"

내게서 대답이 없자 그는 말을 이었다.

"틀림없이 아실 겁니다. 당신 정도, 음, 몸싸움에 취미를 갖고 계신 분이면. 상당히 좋은 제품입니다. 강화 골격이죠. 모든 뼈는 골수 합금 배양을 통해 성장했으며 다중 결합 인대, 탄소 강화 힘줄로 연결되어 있습니다. 쿠말로* 뉴라켐이……."

"뉴라켐도 있군."

겨우 한마디 할 말을 찾을 수 있었다.

"당신 몸에 뉴라켐이 있다는 건 알고 있습니다, 라이커 형사."

저질 음성에도 불구하고, 말투에서 은근한 즐거움이 느껴졌다.

"당신이 저장 상태로 있을 때 격투장에서 당신 신체 명세를 알아봤지요. 당신을 살까 하는 이야기도 나왔더랬습니다. 몸 말입니다. 굴욕을 주기 위한 싸움에 당신 몸을 사용하는 게 어떨까 하는 생각이었는데, 음. 물론 연출해서요. 진짜 시합은 여기서는 꿈도 안 꿉니다. 그런 건 음, '범죄' 행위고."

카니지는 극적인 효과를 위해 잠시 말을 끊었다.

"하지만 굴욕을 주기 위한 싸움은 이곳 정신에 어긋난다는 결정을 내렸습니다. 급이 낮아진다, 뭐 그런. 정정당당한 대결은 아니다. 안타깝지요, 워낙 많은 친구를 만드셨으니 관중이 굉장히 많이 모였을 텐데 말입니다."

그의 말을 한 귀로 듣고 한 귀로 흘리고 있는 도중에, 문득 이건 라이커에 대한 모욕이라는 생각이 들었다. 나는 유리에서 휙 돌아서서 카니지에게 적절하다 싶은 시선을 날렸다.

카니지는 매끈하게 화제를 돌렸다.

"여담이 길었군요. 요점은 당신 뉴라켐과 여기 이 몸의 시스템을 비교하자면 제 목소리와 앙카나 살로마오의 차이 정도라는 얘깁니다. 이건……."

그는 다시 탱크를 가리켰다.

"작년에 케이프 뉴로닉스 특허를 얻은 쿠말로 뉴라켐입니다. 거의 영적인 단계로 진화했다고나 할까요. 화학적 시냅스 증폭기나 서보 칩, 신경 이식 같은 건 전혀 없습니다. 체내에서 같이 자라난 시스템이며, '사고에 직접' 반응하지요. 생각해 보십시오, 형사님. 아직 외계에는 보급도 안 된 겁니다. 유엔에서는 10년간 식민지 반출 금지를 검토하고 있습니다. 물론 개인적으로 그런 법령이 효력이 있을까 싶지만……."

"카니지."

오르테가가 카니지 뒤로 다가와서 물었다.

"상대 격투자는 왜 아직 의식 입력을 하지 않았지?"

"하고 있습니다, 반장."

카니지는 왼쪽 신체 저장 튜브 선반을 가리켰다. 그 뒤에서 묵직한 기계 돌아가는 소리가 들려왔다. 어둑어둑한 뒤쪽을 들여다보니 줄지어 놓여 있는 튜브 뒤쪽 복도를 따라 커다란 자동 지게차가 굴러다니고 있었다. 지게차는 멈춰 섰고 본체에 달린 조명이 갑자기 켜지면서 한쪽을 환하게 비췄다. 포크가 튜브 하나를 집어서 사슬로 얽은 선반에서 끌어내는 동안, 작은 서보가 튜브에 달린 케이블을 뽑았다. 분리가 끝나자 지게차는 약간 물러나서 방향을 돌리더니 다시 빈 의식 입력 탱크 쪽으로 움직이기 시작했다.

"완전 자동화 시스템입니다."

카니지는 쓸데없는 말을 덧붙였다.

탱크 밑에 마치 우주 전함 방출구 같은 원형 구멍이 한 줄로 세 개 뚫려 있는 것이 눈에 띄었다. 지게차는 유압 피스톤으로 차체를 약간 들어 올리더니 들고 있던 튜브를 가운데 구멍에 부드럽게 끼웠다. 튜브의 끝이 90도가량 회전한 뒤 철제 칸막이가 위로 쿵 닫혔다. 임무를 마친 지게차는 차체를 낮춘 뒤 엔진을 껐다.

나는 탱크를 바라보았다.

한참 걸린 것 같았지만, 실제로는 1분도 채 걸리지 않았을 것이다. 탱크 바닥에서 해치가 열리더니 은색 물방울이 위로 분출하기 시작했다. 뒤따라 몸이 흘러나왔다. 몸은 태아처럼 웅크린 채 공기 방울로 인한 소용돌이 속에서 이리저리 뒤척이더니 팔목과 발목에 묶인 와이어가 당기는 대로 부드럽게 팔과 다리를 뻗기 시작했다. 이번 몸은 쿠말로 뉴라켐이 장착된 몸보다 골격이 더 크고 근육이 더 많았지만 피부색은 비슷했다. 얇은 와이어가 얼굴을 위로 당겨 올리자, 윤곽이 강하고 매부리코를 한 얼굴은 우리 쪽으로 느릿느릿 고개를 기울였다.

"샤리아 '신의 오른손' 순교자죠."

카니지가 신이 나서 말했다.

"물론 진짜는 아니지만, 종족 타입은 정확하고 '신의 뜻*'의 강화 반응 시스템까지 갖추고 있습니다."

그는 반대쪽 탱크 쪽으로 고갯짓을 했다.

"샤리아 해병대는 다민족으로 구성되어 있지만 일본계도 상당히 많으니 그럴듯하지요."

"실제로는 별로 정정당당한 대결이 아니군, 안 그래? 최신식 뉴라켐 대 1세기나 지난 샤리아 생명 공학이라니."

내가 말하자 카니지는 늘어진 실리콘 피부에 씩 웃음을 띠었다.

"글쎄요, 싸우는 사람에 따라 다르지요. 쿠말로 시스템은 익숙해지는 데 시간이 걸린다고 들었고, 솔직히 최강의 몸이 항상 이기지는 않습니다. 심리 상태에 더 많이 좌우되지요. 지구력, 맷집……"

"야만성. 그리고 감정 이입 능력 결여."

오르테가가 덧붙였다. 합성 인간도 동의했다.

"그런 거죠. 그 때문에 더욱 흥미진진한 겁니다. 오늘 밤에 구경하고 싶으시면, 제가 뒷줄에 남은 자리 두 개를 찾아 놓죠."

"당신은 해설할 거 아닌가."

땀 냄새와 피에 굶주린 욕망으로 가득 찬 격투장, 흰 조명이 살육의 링을 눈부시게 비추고 어두운 좌석을 채운 관중들의 함성이 점점 커지는 가운데, 카니지가 사용했던 풍부한 어휘들이 스피커를 통해서 귓전에 들려오는 것 같았다.

"물론이지요. 그리 오래 들어가 계시지도 않았으면서."

로고가 새겨진 카니지의 눈이 가늘어졌다.

"이제 폭탄을 찾아볼까?"

오르테가가 큰 목소리로 말했다.

우리가 한 시간 넘게 상상 속의 폭탄을 찾아 선창 속을 뒤지는 동안, 카니지는 재미있다는 기색을 숨기지도 않은 채 바라보고 있었다. 머리 위에서는 링 위에서 학살될 운명의 몸 두 개가 녹색으로 물든 유리벽 자궁 안에서 우리를 내려다보고 있었다. 눈을 감고 꿈꾸는 듯한 표정으로도 그 존재감은 결코 가벼워지지 않았다.

오르테가는 도시에 저녁이 내릴 무렵 미션 스트리트에 나를 내려 주었다. 격투장에서 돌아오는 동안 내내 입을 꾹 다문 채 물어도 한두 마디 대답할 뿐이었다. 내가 라이커가 아니라는 사실을 계속 상기하느라 쌓인 피로가 이제야 몰려오는 모양이었다. 하지만 크루저에서 내리며 어깨를 터는 동작을 해 보이자, 그녀는 충동적으로 웃음을 터뜨렸다.

"내일은 헨드릭스에 붙어 있어. 당신이 만나 봤으면 하는 사람이 있는데, 약속을 잡으려면 시간이 좀 걸릴 거야."

"알겠어."

나는 돌아섰다.

"코바치."

다시 돌아섰다. 오르테가는 몸을 이쪽으로 내밀고 열린 문 안에서 나를 올려다보고 있었다. 나는 들어 올려진 크루저 문에 한 팔을 짚고 내려다보았다. 한참 침묵을 지키고 있으려니 혈관을 타고 아드레날린이 천천히 흐르는 것이 느껴졌다.

"왜 그러지?"

오르테가는 잠시 더 망설이다 말했다.

"카니지는 뭔가 숨기는 게 있어, 그렇지?"

"오늘 이야기한 분량으로 미루어 보건대, 그럴 거라고 봐야겠지."

"내 생각도 같아."

오르테가는 얼른 조종간을 눌렀다. 문이 스르르 아래로 내려오기 시작했다.

"내일 봐."

나는 크루저가 하늘로 날아올라 사라지는 모습을 지켜보았다. 오르테가와 터놓고 상의하기로 한 것은 좋은 전략이라고 확신했지만, 이렇게 감정적으로 얽힐 거라고는 미처 생각지 못했다. 라이커와 얼마나 오래 사귀었는지는 몰라도, 애정의 강도가 엄청났던 것이 틀림없었다. 두 육체를 최초로 서로 끌어당기는 페로몬은 가까이 있는 시간이 길어질수록 일종의 인코딩 과정을 거쳐서 둘을 점점 더 밀접하게 엮어 주는 것으로 추정된다는 이야기를 어디서 읽은 기억이 났다. 인터뷰를 한 생화학자들도 정확한 프로세스 자체를 밝혀낸 것 같지는 않았지만, 실험실에서 이를 인공적으로 연출하려는 시도는 있었다. 과정을 가속화시키거나 외부의 조작을 가한 결과 다양한 결과가 나왔는데, 그중 하나가 엠파틴과 그 파생 물질이다.

화학반응이다. 미리엄 뱅크로프트가 남긴 칵테일 기운이 아직 빠져나가지 않은 상태에서 이런 자극은 위험하다. 나는 분명히 혼잣말을 했다. 이런 자극은 위험하다.

저 멀리 저녁의 거리를 오가는 행인들의 머리 위로, 헨드릭스 호텔 바깥에 서 있는 왼손잡이 기타 연주자의 홀로그래피가 보였다. 나는 다시 한숨을 쉬고 걷기 시작했다.

블록을 절반쯤 갔을까, 커다란 자동 차량이 보도에 바싹 붙어서 옆을 지나쳤다. 밀스포트 거리의 로봇 청소차와 비슷하게 생겼기 때문에 바로 옆에 올 때까지 별 신경을 쓰지 않았다. 다음 순간, 자동차에서 내뿜는 영상 방송이 주위를 둘러쌌다.

······하우스 체험 하우스 체험 하우스 체험 하우스 체험 하우스 체험 하우스 체험 하우스 체험······.

신음하는 듯 낮게 깔리며 중첩된 남녀의 목소리. 마치 오르가즘의 환희에 떠는 합창단 같았다. 폭넓은 성적 취향을 아우르는 영상 역시 피해 갈 수 없었다. 눈 깜짝할 사이에 연이어 스쳐 지나가는 감각의 소용돌이.

진품······.

무삭제······.

완벽한 감각 재구성······.

맞춤 서비스······.

마지막 말을 증명이라도 하듯, 불규칙하게 흘러나오던 영상이 차츰 이성애 장면으로 통일되기 시작했다. 다양한 영상들에 대한 내 반응을 스캔하여 방송 장비에 곧장 다시 송신한 모양이었다. 하이테크다.

영상의 흐름은 반짝이는 전화번호와, 긴 검은 머리와 진홍색 입술에 미소를 띤 여자가 발기한 페니스를 잡고 있는 모습으로 끝을 맺었다. 여자는 렌즈를 응시하고 있었다. 손가락이 내 몸에 와 닿는 듯했다.

헤드 인 더 클라우드. 여자는 한숨처럼 속삭였다. 그곳 체험을 해 봐요. 여기까지 올라올 돈은 없어도, 이걸 살 능력은 될 테니까.

여자는 머리를 숙이고 페니스 위로 입술을 쓸어내렸다. 내 몸에 실제로 하는 느낌이었다. 다음 순간 긴 검은 머리가 양쪽에서 커튼처럼 내려오면서 영상이 끝났다. 나는 비틀거리며 식은땀으로 흠뻑 젖은 채 다시 거리에 서 있었다. 방송 차량은 부릉거리며 등 뒤로 멀어지고 있었고, 이런 광고에 익숙한 행인들이 송출 반경을 피하려고 얼른 옆으로 피해 가고 있었다.

전화번호가 아직도 머릿속에 생생하게 남아 있었다.

곧 땀이 식으면서 몸이 떨려 왔다. 나는 어깨를 죽 펴고 내 상태를 눈치 챈 주위 사람들의 시선을 피하며 다시 걷기 시작했다. 다시 정상 속도를 회복하려는 찰나, 앞서 가던 사람들 사이로 차체가 낮은 긴 리무진이 헨드릭스 호텔 현관 앞에 서 있는 것이 보였다.

신경이 곤두서 있었기 때문에 손이 반사적으로 네멕스를 향하는 순간, 뱅크로프트의 리무진이라는 것을 알아볼 수 있었다. 나는 깊이 숨을 내쉰 뒤 리무진을 돌아 운전석이 비어 있는 것을 확인했다. 어떻게 할까 생각하고 있는데 뒷좌석 해치가 열리더니 안에서 커티스가 내렸다.

"이야기 좀 하지, 코바치."

남자 대 남자로 이야기하자는 듯한 말투였다. 그 소리를 들으니 신경질적인 웃음이 터져 나오려고 했다.

"결정을 내릴 시간이야."

"그러자고. 리무진 안에서?"

"안은 좁아. 당신 객실로 안내하시는 게 어떨까?"

나는 눈을 가늘게 떴다. 운전사의 음성에는 적개심이 담겨 있었으며, 주름 하나 없는 바지 앞섶은 분명 불룩하게 솟아 있었다. 나 역시 좀 사그라지긴 했지만 똑같은 상태이긴 했다. 하지만 분명 뱅크로프트의 리무진에는 거리의 방송 광고를 차단할 수 있는 장치가 있었다. 이건 뭔가 다른 이유 때문이다.

나는 호텔 입구 쪽으로 고개를 끄덕였다.

"좋아. 들어가지."

문이 양쪽으로 갈라지며 헨드릭스의 자동 음성이 살아났다.

"안녕하십니까. 오늘 저녁에는 손님이 없으며……."

커티스는 픽 웃었다.

"실망스럽겠군, 코바치. 안 그래?"

"……호텔을 나가신 뒤로 전화도 없었습니다."

호텔은 거침없이 말을 이었다.

"이분도 손님으로 간주할까요?"

"아, 그래. 호텔 안에 바가 있나?"

"객실이라고 했잖아."

커티스가 등 뒤에서 낮게 중얼거리다, 쇠 테두리를 두른 로비의 낮은 테이블에 정강이를 까였는지 비명을 질렀다.

"미드나이트 램프 바가 1층에 있습니다."

호텔은 자신 없는 투로 대답했다.

"하지만 오랫동안 손님이 든 적이 없어서……."

"객실이라고……."

"입 닥쳐, 커티스. 첫 데이트에는 덤비지 말라는 말도 못 들어 봤나? 미드나이트 램프가 좋겠어. 불을 켜 줘."

로비 건너편 체크인 콘솔 옆의 넓은 벽이 옆으로 미끄러져 열리더니, 그 너머 공간에 불이 켜졌다. 뒤에서 커티스가 비웃는 듯한 소리를 내는 것을 무시하고, 나는 문으로 다가가서 짧은 계단 아래 미드나이트 램프 바를 들여다보았다.

"이 정도면 됐어. 이리 와."

미드나이트 램프 바의 실내 디자인을 맡은 사람이 누구였는지는 몰라도 제목에 지나치게 충실했다. 현란한 미드나이트 블루와 보라색 소용돌이가 그려진 벽에는 온갖 모양의 시계가 자정 몇 분 사이를 가리키고 있었으며, 선사시대의 토기 등잔부터 효소 부식성 램프에 이르기까지 인류가 발명해 낸 모든 램프가 그 사이를 메우고 있었다. 양쪽 벽에는 톱니바퀴 모양의 벤치와 시계 모양 테이블이 놓여 있었고, 한가운데에는 카운트다운 다이얼 모양의 원형 바가 자리 잡고 있었다. 다이얼의 12자 옆에 시계와 램프만으로 구성된 로봇이 움직이지 않은 채 대기하고 있었다.

고객이 전혀 없어서 더욱 으스스한 분위기였다. 로봇을 향해 가는 동안 커티스가 조금 진정되는 것이 느껴졌다.

"무엇을 원하십니까?"

이렇다 할 발성 장치가 눈에 띄지 않는 로봇이 갑자기 말을 했다. 로봇의 얼굴은 거미 다리처럼 얇은 바로크풍 시곗바늘과 로마자로 숫자가 표시된 흰 아날로그 시계였다. 커티스를 돌아보니, 내키지 않는 듯 제정신을 차려 가는 표정이 역력했다. 그는 짧게 말했다.

"보드카. 0도 이하로."

"난 위스키. 객실에서 내가 마시던 걸로. 실온으로 줘. 둘 다 나한테 청구해."

시계는 살짝 고개를 숙이더니 여러 개의 관절이 달린 팔을 위로 뻗어 머리 위 선반에서 잔을 골랐다. 손 대신 주둥이가 여러 개 달린 램프가 붙어 있는 반대쪽 팔이 잔에 술을 졸졸 따랐다.

커티스는 잔을 들어 보드카를 꿀걱 삼켰다. 잇새로 세차게 숨을 내쉬더니 만족스러운 듯 "커" 하는 소리를 냈다. 나는 램프에 연결된 관과 주둥이가 마지막으로 술을 따른 것이 언제쯤일까 생각하며 보다 신중하게 홀짝 맛을 보았다. 녹슨 맛이 나지 않아서 한 모금 그득 들이켰다. 위스키가 뜨겁게 위벽을 타고 내려갔다.

커티스는 잔을 쿵 하고 내려놓았다.

"이제 이야기할 준비가 됐나?"

"좋아, 커티스."

나는 잔을 들여다보며 천천히 말했다.

"내게 전할 말이 있는 것 같은데."

"그래."

금방이라도 폭발할 듯 잔뜩 흥분한 음성이었다.

"부인이 말하길, 자기가 말했던 후한 제안을 받아들일 건지 말 건지 묻더군. 그뿐이야. 마음을 정할 시간을 주라고 하셨으니, 내가 술을 다 마실 때까지 대답해 주시지."

나는 맞은편 벽에 걸린 화성인의 모래등을 가만히 바라보고만 있었다. 그제야 커티스의 태도가 이해되기 시작했다.

"내가 당신 영역을 침범한 건가?"

"건방지게 굴지 마, 코바치. 당신 대답 여부에 따라서 난……."

필사적인 초조함이 담긴 음성이었다.

"어쩔 건데?"

나는 잔을 내려놓고 그를 돌아보았다. 내 나이의 절반도 채 안 되는 근육질의 젊은이는 약기운에 취해 자신이 위험인물이라는 환상에 젖어 있었다. 그 나이 때의 나와 너무나 닮아 보여 화가 치밀어 올랐다. 꺾어 놓고 싶은 충동이 일었다.

"어쩔 거냐고?"

커티스는 침을 꿀꺽 삼켰다.

"난 해병대 출신이야."

"무슨 보직이었지? 홍보?"

손을 빳빳하게 해서 가슴을 밀려다, 문득 민망해져 내려놓았다. 나는 목소리를 낮췄다.

"내 말 들어, 커티스. 피차 이러지 말자고."

"넌 네가 대단히 센 놈이라고 생각하는 모양이지?"

"세고 말고가 아니야, 녀…… 커티스."

'녀석'이라고 부를 뻔했다. 한판 붙어 보고 싶다는 생각이 내 마음 한구석에 있는 모양이었다.

"이건 아예 종자가 달라. 해병대에서 뭘 가르쳐 주던가? 비무장 격투? 맨손으로 사람을 죽이는 스물일곱 가지 방법? 아무리 그래도 기본적으로 자넨 인간이지. 난 특파 부대야, 커티스. 차원이 달라."

하지만 그는 결국 덤벼들었다. 스트레이트로 잽을 날려서 주의를 다른 곳으로 돌린 다음 옆으로 크게 휘둘러 머리를 노릴 생각이었던 모양이었다. 제대로 맞기만 한다면 골이 빠개지겠지만, 한심할 정도로 극적인 효과를 노린 주먹이었다. 흠씬 젖은 약 기운

때문이었을 것이다. 제정신이 있는 사람은 진짜 싸움을 벌일 때 허리 위를 노리지 않는다. 나는 가볍게 숙여 잽과 커브 동작을 동시에 피한 뒤 커티스의 발을 잡았다. 발목을 휙 꺾자 커티스는 중심을 잃고 비틀거리다가 바 위에 대 자로 뻗었다. 나는 그의 얼굴을 단단한 탁자 위에 내리꽂은 뒤 머리카락을 움켜쥐고 움직이지 못하게 눌렀다.

"무슨 뜻인지 알겠나?"

커티스는 숨 막히는 소리를 내며 속절없이 버둥거렸다. 시계 얼굴을 한 바텐더는 움직이지 않고 서 있을 뿐이었다. 부러진 코에서 피가 흘러나와 바 위를 적셨다. 나는 호흡을 가라앉히며 핏줄기가 흘러나오는 모양을 가만히 지켜보았다. 강화 능력이 나오지 못하도록 제어하느라 숨이 가빴던 것이다. 나는 커티스의 오른팔을 붙잡고 등허리 쪽으로 높이 꺾어 올렸다. 버둥거림이 멈췄다.

"좋아. 가만히 안 있으면 부러뜨려 버리겠어. 난 이러고 있을 기분이 아니야."

말을 하면서 커티스의 주머니를 얼른 수색했다. 가슴 안주머니에서 작은 플라스틱 튜브가 나왔다.

"아하. 오늘 밤엔 무슨 약물로 작은 기쁨을 누리셨을까? 발기된 꼴을 보니 호르몬 강화제겠지."

침침한 조명 쪽으로 튜브를 들어 보니, 안에는 미세한 결정 입자들이 꽉 차 있었다.

"군용이군. 이건 어디서 구했지, 커티스? 해병대 제대 기념품인가?"

다시 몸을 더듬어 보니 약물 주입 기구가 나왔다. 자기장 코일과 슬라이드가 달린 작고 앙상한 권총이었다. 결정 튜브를 개머리 안에 집어넣고 다시 닫으면, 튜브가 자기장 안에서 자동으로 정렬된 뒤 가속기를 통해 피부를 꿰뚫을 수 있는 속도로 배출되는 시스템이었다. 세라가 사용하던 단분자총과 크게 다르지 않았다. 피하 스프레이보다 튼튼하기 때문에 전쟁터의 군의관들 사이에서 인기가 높은 제품이다.

나는 커티스를 일으켜 세운 뒤 밀쳐 냈다. 그는 한 손으로 코를 잡은 채 비틀거리며 중심을 잡은 뒤 나를 노려보았다.

"고개를 뒤로 젖혀야 피가 멎지. 젖혀. 이제 안 건드릴 테니까."

"나쁜 새기."

코 막힌 발음. 나는 튜브와 발사기를 들어 올렸다.

"이건 어디서 났지?"

"내 돗이나 발아."

커티스는 나를 시야에서 놓치지 않으려고 고개를 약간만 뒤로 젖혔다. 눈알은 겁먹은 말처럼 희번덕거리고 있었다.

"네돔한데 말애 둘 둘 알아?"

"좋아."

나는 약물을 바에 내려놓고 잠시 무겁게 그를 응시했다.

"그럼 내가 한마디 하지. 특파 부대를 어떻게 길러 내는지 알려줄까? 인간 심리에 내재된 폭력에 대한 본능적 한계를 완전히 태워 없애 버린다. 굴복 의사 인식, 위계질서의 역학 관계, 동료에 대한 의리. 모두 사라져. 신경이 하나하나 꺼지고, 그 자리에 파괴하려는 의식적인 의지가 들어선다."

커티스는 말없이 나를 응시했다.

"무슨 말인지 알겠나? 차라리 널 아까 죽여 버리는 게 더 쉬웠어. 그게 더 쉽다고. 난 자제해야 했어. 특파 부대란 그런 거야, 커티스. 재조립된 인간. 인공물이지."

침묵이 흘렀다. 이해하는지 마는지 알 길이 없었다. 한 세기 반 전 뉴페스트 시절의 청년 다케시 코바치를 돌이켜 볼 때, 그 친구도 내 말을 이해했을 것 같지는 않았다.

나는 어깨를 으쓱했다.

"아직 눈치 채지 못했을까 봐 하는 말인데, 부인의 질문에 대한 답은 '싫다'야. 난 관심 없어. 코뼈 하나 부러지고 이런 대답을 얻어 간다면 너한테도 잘된 일이야. 머리끝까지 약에 취해 오지만 않았어도 그럴 필요까지 없었을 텐데. 대단히 감사합니다, 제의는 고맙게 받았습니다, 하지만 이런저런 일이 너무 많이 벌어지고 있어서 도저히 외면할 수가 없습니다, 이렇게 전해. 일이 슬슬 즐거워지기 시작한다고."

바 입구 쪽에서 헛기침 소리가 들려왔다. 고개를 들어 보니 양복 차림에 진홍색 머리칼의 남자가 계단 위에 서 있었다.

"내가 방해가 됐나?"

모히칸 머리 경찰이 물었다. 느리고 편안한 음성이었다. 펠 스트리트에 있던 덩치 중 한 사람은 아니었다.

나는 바에서 내 잔을 집어 들었다.

"아니오, 경관. 와서 같이 한잔하지. 뭘 드시겠소?"

"도수 높은 럼. 있으면. 작은 잔으로."

경찰은 이쪽으로 다가오며 말했다.

나는 시계 얼굴에게 손가락을 튀겼다. 바텐더는 사각형 잔을 꺼내더니 심홍색 액체를 따랐다. 모히칸 머리는 커티스 옆을 지나치며 호기심 어린 눈길을 보내더니 긴 팔을 뻗어 잔을 받았다.

"고맙군."

그는 술을 한 모금 마신 뒤 고개를 숙였다.

"나쁘지 않아. 잠시 이야기를 좀 했으면 하는데, 코바치. 둘만."

우리는 동시에 커티스를 돌아보았다. 운전사는 증오로 가득 찬 눈으로 나를 쏘아보았지만, 제3의 인물 때문에 긴장감은 어느덧 누그러져 있었다. 경찰은 입구 쪽으로 고갯짓을 했다. 커티스는 다친 얼굴을 움켜잡고 나갔다. 경찰은 그가 보이지 않을 때까지 입구 쪽을 바라보다가 나를 돌아보았다.

"당신이 그런 거요?"

그는 대수롭지 않게 물었다. 나는 고개를 끄덕였다.

"저쪽에서 시비를 걸더군. 상황이 어째 그렇게 돼 버렸소. 제 딴에는 누굴 보호하려고 그런 모양이야."

"흠, 날 보호하는 게 저놈이 아니라는 게 다행이군."

"말했지만 상황이 그렇게 돼 버렸소. 내가 과민 반응을 하는 바람에."

"뭐, 굳이 나한테 설명할 건 없소."

경찰은 바에 몸을 기대고 솔직한 호기심을 담은 눈길로 주위를 둘러보았다. 이제야 얼굴이 기억났다. 베이시티 교도소. 녹이라도 슬 것처럼 배지를 얼른 집어넣던 경찰이었다.

"저 친구 기분이 나쁠 테니 혹시 고발을 해 오면 이 바의 메모리를 꺼내 보면 되겠지."

"그럼 영장은 가져오셨나?"

별로 가벼운 마음은 아니었지만, 농담조로 질문을 던져 보았다.

"다 돼 가. 법률적 절차 쪽은 늘 시간이 걸리지. 빌어먹을 인공 지능들. 저기, 교도소에서 머서와 데이비슨이 보인 태도에 대해서 사과하고 싶소. 가끔 뻣뻣하게 굴 때가 있지만, 기본적으로는 괜찮은 사람들이오."

나는 잔을 옆으로 찰랑찰랑 흔들어 보았다.

"괜찮소."

"좋아. 난 로드리고 바우티스타 형사요. 대체로 오르테가의 파트너로 일하지."

그는 잔을 비우고 나를 향해 씩 웃었다.

"느슨한 협력 관계라고나 할까."

"알겠소."

나는 바텐더에게 잔을 다시 채워 달라고 손짓했다.

"궁금한 게 있는데, 다들 같은 미용실에 다니는 거요, 아니면 조직력 강화 차원에서 그렇게 하는 거요?"

"같은 미용실이오."

바우티스타는 애석하다는 듯 어깨를 으쓱했다.

"풀턴 가에 있는 나이 많은 미용사. 전과잔데. 저장소에 들어갈 때만 해도 모히칸 스타일이 인기가 있었던 모양이지. 아는 머리 모양이 이것뿐이라. 그래도 사람 좋은 노인네고 값도 싸서. 몇 년 전에 우리 중 한 사람이 드나들기 시작한 뒤로 할인을 해 주고 있소. 그러다 보니."

"오르테가만 빼고?"

"오르테가는 직접 자르지."

바우티스타는 도리 없다는 듯한 몸짓을 해 보였다.

"홀로캐스트 스캐너를 장만해서. 공간 감각이 좋아진다나 뭐라나."

"다르군."

"음, 달라."

바우티스타는 잠시 입을 다물고 생각에 잠긴 채 앞쪽을 빨아들일 듯 응시했다. 그는 새로 채운 술을 멍하니 마셨다.

"내가 여기 온 것도 오르테가 때문이오."

"아하. 혹시 우호적인 경고 같은 걸 하러 오셨나?"

바우티스타는 얼굴을 찡그렸다.

"아, 우호적인 건 맞소. 코뼈가 부러지고 싶지는 않으니."

웃지 않을 수 없었다. 바우티스타도 부드럽게 미소했다.

"요점은, 당신이 그 얼굴로 돌아다니고 있어서 오르테가가 가슴이 찢어질 지경이라는 거요. 라이커와 오르테가는 정말 가까웠거든. 벌써 1년째 신체 저장료를 내고 있는데, 경감 월급으로는 쉬운 일이 아니지. 그 뱅크로프트 자식이 그렇게 엄청난 액수로 사버릴 줄 누가 알았나. 라이커는 젊은 몸도 아니고 잘생기지도 않았는데."

"뉴라켐이 있잖소."

"아, 그래. 뉴라켐은 있지."

바우티스타는 한 팔을 휘둘러 보였다.

"써 봤소?"

"몇 번."

"그물 안에서 플라멩코를 추는 기분 아니던가?"

"약간 거칠긴 하더군."

이번에는 우리 둘 다 웃음을 터뜨렸다. 웃음이 잦아들자 바우티스타는 다시 잔을 내려다보았다. 표정이 심각해졌다.

"경고나 협박 같은 건 아니오. 그냥 이해를 하시라는 말이지. 오르테가한테는 아주 힘든 상황이니까."

"나도 마찬가지요. 여긴 내 고향 별도 아니잖아, 젠장."

나는 울적하게 대꾸했다. 바우티스타는 이해한다는 건지, 아니면 그냥 술에 취했는지 모를 표정이었다.

"할란스 월드는 지구와 많이 다르겠지."

"당연한 거 아니오. 이봐, 라이커가 영구적으로 죽은 거나 마찬가지라는 얘기를 아무도 오르테가한테 안 하는 거요? 설마 200년을 살아서 기다리겠다는 건 아닐 텐데."

경찰은 눈을 가늘게 뜨고 나를 쳐다보았다.

"라이커에 대해 들었소?"

"200년형을 받았다고 들었소. 무슨 짓을 했는지도 알고 있소."

바우티스타의 눈빛에 오래 묵은 상처의 파편 같은 것이 스쳐지나갔다. 부패한 동료에 대해 이야기하는 것은 유쾌한 일이 못된다. 잠시 나는 내 말을 후회했다.

지방색. 흡수할 것.

"앉으시지?"

경찰은 우울하게 말하며 주위를 둘러보았지만, 바 옆의 의자는 진작에 치워 버린 모양이었다.

"테이블로 갈까? 시간이 좀 걸리는 이야기니."

우리는 시계반 테이블에 자리를 잡았다. 바우티스타는 담배를 찾는지 주머니를 뒤졌다. 몸이 움찔하긴 했지만, 나는 그가 내미는 담배를 거절했다. 오르테가처럼 바우티스타 역시 놀란 표정을 지었다.

"끊었소."

"그 몸으로? 축하하오."

향기로운 푸른 연기 뒤에서 바우티스타의 눈썹이 존경스럽다는 듯 올라갔다.

"고맙소. 라이커에 대해 말해 준다고 했던 것 같은데."

"라이커."

경찰은 콧구멍에서 연기를 뿜으며 뒤로 물러앉았다.

"몇 년 전까지 신체절도과에서 일했지. 우리랑 비교하면 상당히 섬세한 친구들이오. 몸 전체를 손상 없이 통째로 훔친다는 건 쉬운 일이 아니기 때문에 범죄자들도 한 차원 더 영리한 놈들이거든. 신체를 부위별로 해체하기 시작하면 유기체손상과와 수사 범위가 겹치기도 하지. 웨이 클리닉처럼."

"흠."

나는 애매하게 반응했다. 바우티스타는 고개를 끄덕였다.

"한데 어제 누가 우리의 시간과 수고를 엄청나게 절약해 줬소. 웨이 클리닉을 아예 신체 부위 할인 판매장 꼴로 만들어 놨더군. 물론 그쪽은 전혀 모르시는 일이겠지만."

"내가 현관을 막 나설 때 벌어진 일인가 본데."

"어쨌든. 09년 겨울, 라이커는 보험 사기 건을 수사하고 있었소. 의식 입력용 클론 탱크가 텅 빈 채 발견되고 아무도 몸이 어디 갔는지 모르는 그런 경우지. 알고 보니 남쪽에서 벌어지는 지저분한 소규모 전쟁에 투입되고 있었소. 고위직 레벨의 부패 사건이었지. 유엔 최고회의까지 불똥이 튀었소. 몇몇 쓸모없는 머리가 잘려 나가고 라이커는 영웅이 되었지."

"멋지군."

"단기적으로는. 여기선 늘 그렇지만 영웅은 굉장한 유명 인사가 되지. 라이커도 마찬가지였소. 월드웹 1에서 인터뷰도 하고 심지어 샌디 킴하고 잠시 시끌벅적하게 붙어 지냈지. 연일 기삿거리가 되고. 그 모든 것이 잠잠해지기 전에 라이커는 기회를 잡았소. 유기체전송과로 전출 신청을 했지. 말했듯이 책임이 겹치는 부분이 종종 있기 때문에 전에도 오르테가와 몇 번 같이 일한 적이 있었고 업무는 잘 알고 있었소. 거절할 수가 없었지. 자신이 뭔가를 바꿔 놓을 수 있는 부서로 가서 일하고 싶다고 떠들썩하게 연설까지 했으니."

"그래서 그렇게 됐나? 뭔가를 바꿔 놨소?"

바우티스타는 뺨을 부풀렸다.

"라이커는 좋은 경찰이었소. 아마도. 하지만 한 달 만에 서로 사귀게 되는 바람에 오르테가의 판단력은 완전히 흐트러져 버렸소."

"당신은 탐탁하게 생각하지 않았군."

"허, 탐탁하게 생각하고 말고가 어디 있나. 좋으면 사귀는 거지. 이번 경우에는 그 때문에 객관적인 관점을 유지하기가 힘들어져 버렸다는 거요. 라이커가 일을 저지르자 오르테가는 그쪽 편에 설 수밖에 없었거든."

"그랬소?"

나는 빈 잔을 바 위에 놓고 새로 채우게 했다.

"오르테가가 라이커를 잡아들였다고 들었는데."

"어디서 들었소?"

"소문. 대단히 믿을 만한 정보원은 아니지만. 그럼 그건 사실이 아니군?"

"아니오. 거리의 쓰레기들이 그런 식으로 즐겨 떠벌리지. 우리 끼리 서로 등에 칼을 꽂고 한다는 게 흥미진진한지. 사실 감사과 에서는 라이커를 오르테가의 아파트에서 잡아들였소."

"오오오."

"그래. 정말 자존심 상하는 일 아닌가."

바우티스타는 새 잔을 건네주자 나를 올려다보았다.

"하지만 오르테가는 조금도 내색하지 않았소. 그냥 감사과 수 사에 정면으로 도전했지."

"내가 듣기로는 혐의가 확실했던 모양이던데."

"음, 당신 정보통이 그 점은 맞았소."

바우티스타는 말을 계속할까 말까 생각하는 듯 잔을 골똘히 들여다보았다.

"오르테가는 09년에 목이 날아간 고위직 간부가 라이커에게 함정을 놓았다고 주장했소. 라이커가 여러 사람 열 받게 한 건 사실이니까."

"당신은 믿지 않고?"

"믿고 싶기야 하지. 말했지만 라이커는 좋은 경찰이었으니까. 신체절도과는 아까도 말했듯이 영리한 범인들을 상대하는 곳이 라 아주 신중해야 하오. 영리한 범인 뒤에는 영리한 변호사가 있고, 그런 사람들은 내키는 대로 찔러서는 안 되니까. 유기체 손상과는 깡패부터 시작해서 모든 사람을 다 상대하지만. 아무래도 이쪽이 좀 여유가 있지. 부서를 옮길 때 당신이, 아니, 죄송, 라이커가 원했던 게 그런 거였소. 자유 재량권이라고나 할까."

바우티스타는 잔을 훌쩍 비우고 크 하는 소리와 함께 다시 내려놓았다. 그리고 나를 가만히 쳐다보았다.

"내 생각에 라이커는 지나치게 나간 것 같소."

"어쩌다 보니?"

"그런 거지. 라이커가 취조하는 걸 나도 많이 봤는데, 늘 위태로운 선 위에 서 있었소. 딱 한 번 발이 미끄러지면."

바우티스타의 눈에 오래된 두려움이 떠올랐다. 매일처럼 느끼는 두려움.

"어떤 새끼들을 상대하다 보면 자제력을 잃기가 너무나 쉽소. 정말 쉽지. 아마 그래서 그렇게 된 것 같소."

"내 정보통한테서 듣기로는 두 사람을 영구적으로 살해하고 다른 둘은 스택이 무사했다고 하던데. 그게 정말이라면 지나치게 부주의했던 거 아닌가."

바우티스타는 긍정의 의미로 고개를 끄덕였다.

"오르테가의 주장이 그거였지. 하지만 그걸로 무마할 수는 없잖소. 음, 그게 시애틀의 어느 장기 밀매 클리닉에서 벌어진 일인데, 스택이 무사했던 두 사람은 건물을 멀쩡하게 걸어 나와서 크루저를 잡아타고 도망쳤소. 라이커는 이륙하는 크루저에 구멍을 124군데나 뚫어 놨지. 주위 차량들도 엉망이 됐고. 달아난 둘은 태평양에 떨어졌소. 하나는 조종간에서 죽었고 다른 하나는 바다에 충돌하는 순간에 죽었지. 몸은 바다 속 수백 미터 밑으로 가라앉았고. 라이커의 관할 구역 밖이었으니 시애틀 경찰들은 다른 도시 경찰이 자기 영역에 와서 지나가는 차에 총을 쏴 댄 게 기분이 나빴겠지. 그래서 라이커를 회수한 시체 근처로도 못 오게 했소. 스택이 가톨릭으로 나와서 다들 정말 놀랐고 시애틀 경찰은 믿질 않았소. 사건을 더 깊이 파고들어가 보니 양심에 관한 이유가 위조됐다는 게 드러났소. 누가 정말로 부주의하게 디핑을 한 거요."

"아니면 아주 바쁘게 했든가."

바우티스타는 손가락을 탁 치고 한 손가락으로 나를 가리켰다. 분명 약간 취해 있었다.

"바로 그거요. 감사과도 그렇게 봤지. 증인을 놓친 라이커의 유일한 희망은 스택에다 '방해하지 마시오' 딱지를 붙여 놓는 것뿐이었을 거다. 살아남은 두 사람은 라이커가 영장도 없이 나타나서 으르댄 다음 무작정 클리닉 안으로 밀고 들어왔다. 자기들이 질문에 대답하지 않으니까 플라스마 총으로 한 사람씩 죽여 나가기 시작했다, 이렇게 증언했소."

"그게 사실이었나?"

"영장? 그렇지. 애당초 라이커가 시애틀에서 수사권이 있는 것도 아니잖소. 나머지 부분? 그거야 누가 알겠소?"

"라이커는 뭐라고 했지?"

"자기는 안 그랬다고 했지."

"그뿐이었소?"

"아니, 긴 이야기요. 밀고를 받고 클리닉에 가서는 일단 가는 데까지 가 보자는 심정으로 허풍을 치고 안에 들어갔는데 갑자기 저쪽에서 먼저 총을 쏘기 시작하더라는 거요. 총격전 와중에 자기 총에 누가 죽었는지는 모르겠지만 머리는 겨냥하지 않았다고 주장했지. 아마 클리닉에서 직원 둘을 희생시켜서 그가 도착하기 전에 머리를 날렸을 거라고. 디핑 건은 전혀 아는 바가 없다고."

바우티스타는 희미하게 어깨를 으쓱했다.

"경찰은 디퍼를 찾았고, 디퍼는 라이커에게서 돈을 받고 한 일이라고 했소. 거짓말 탐지기도 통과했고. 그런데 문제는 라이커가 가상 링크로 연락해 왔고 직접 만난 적은 없다고 말했다는 거요."

"그럼 누군가 신원을 위장하고 연락했을 수도 있잖나? 쉽게."

"그렇지."

바우티스타는 기분이 좋은 모양이었다.

"그런데 그 디퍼가 전에도 라이커를 위해 일한 적이 있다. 그때는 직접 만났다고 증언했소. 이것도 거짓말 탐지기를 통과했지. 라이커가 그 디퍼를 알고 있었다는 사실 자체는 분명해진 거요. 감사과는 라이커가 지원 인력을 데려가지 않은 이유를 당연히 의심하지 않을 수 없었지. 라이커가 미친 사람처럼 총질을 해 대면서 크루저를 떨어뜨리려고 하는 걸 봤다는 증인들도 있었소. 아까 말했지만 시애틀 경찰도 감정이 좋지 않았소."

"구멍을 124개나 뚫었으니."

"그렇지. 많이 뚫은 거지. 라이커는 정말 그 둘을 잡고 싶어 안달이 났던 거요."

"함정이었을 가능성도 분명 있군."

"그렇지. 그럴 수도 있소."

바우티스타는 약간 정신을 차리더니 화난 목소리로 말했다.

"수많은 가능성이 있지. 하지만 부인할 수 없는 사실은 당신, 아니, 죄송. 라이커가 지나치게 나갔다는 거요. 가지가 뚝 부러졌을 때 아무도 밑에서 잡아 주는 사람이 없었다는 거지."

"그럼 오르테가는 함정이었다는 이야기를 믿고 라이커 편에 서서 감사과와 대립했군. 결국 지고 나서……."

나는 내 몸 쪽으로 고갯짓을 했다.

"라이커의 몸이 시청 공매로 나가는 걸 막기 위해 임대료를 계속 지불했고. 그리고 새로운 증거를 찾아 나섰다?"

"맞았소. 오르테가는 벌써 항소도 제기해 놨는데, 의식을 다시 꺼내서 증언을 들으려면 형기 시작 시점부터 최소 2년이 지나야 하거든."

바우티스타는 뱃속 깊은 곳에서부터 한숨을 내쉬었다.

"그 때문에 미칠 지경인 거지."

우리는 잠시 말없이 앉아 있었다. 바우티스타가 문득 입을 열었다.

"자, 이제 가 봐야겠소. 라이커의 얼굴에다 대고 라이커 이야기를 하려니 기분이 이상하군. 오르테가가 도대체 어떻게 견뎌 내고 있는지 모르겠소."

"현대를 살아간다는 것의 일부분이지."

나는 잔을 비우며 말했다.

"그래, 그렇겠지. 지금쯤은 익숙해질 때도 됐는데. 인생의 절반을 다른 사람 얼굴을 뒤집어쓴 피해자들을 상대하면서 살아왔으니. 악당들은 말할 것도 없고."

"그래서 당신은 라이커를 어떻게 생각하지? 희생자, 아니면 악당?"

바우티스타는 이맛살을 찌푸렸다.

"그건 올바른 질문이 아니오. 라이커는 좋은 경찰이지만 실수를 저질렀소. 악당은 아니지. 희생자도 아니고. 그냥 실수로 인생 망친 사람일 뿐. 내가 살고 있는 지점도, 솔직히 그 경계에서 그리 멀리 떨어져 있진 않소."

"그렇지. 맞아."

나는 얼굴 양옆을 문질렀다. 특파 부대의 화술이 이렇게 빗나가서는 안 된다.

"좀 피곤하군. 당신이 산다는 곳, 나도 많이 가 본 곳 같소. 이제 잠을 좀 자야겠어. 가기 전에 한 잔 더 드시려면 드시오. 내가 계산할 테니."

"됐소."

바우티스타는 남은 술을 마저 비웠다.

"고참 경찰의 규칙이지. 혼자 마시지 말라."

"나도 차라리 고참 경찰이 될 걸 그랬군."

나는 약간 비틀거리며 일어섰다. 라이커는 골초였는지는 몰라도 주량은 그리 많지 않은 것 같았다.

"혼자 나가도 되겠지."

"물론이오."

바티스타는 일어서서 몇 걸음 걸어 나가다가 돌아섰다. 정신을 집중하느라 얼굴을 찌푸리고 있었다.

"아, 참. 혹시나 해서 말인데, 난 여기 안 온 거요."

나는 염려 말라는 듯 손짓했다.

"여기 온 적 없소."

그는 미소 지었다. 갑자기 확 젊어진 듯한 인상이었다.

"그렇지. 좋아. 기회 있으면 다시 봅시다."

"그럽시다."

나는 그의 모습이 사라질 때까지 물끄러미 지켜보고 있다가, 내키지 않는 기분으로 얼음처럼 차가운 특파 부대 강화 능력으로 전신에서 취기를 쓸어 냈다. 기분 나쁠 정도로 다시 말짱한 정신으로 돌아온 뒤, 나는 커티스의 약물 튜브를 바에서 집어 들고 헨드릭스와 상담하기 위해 객실로 올라갔다.

(2권에서 계속)

강화 관절power knuckles 주먹에 끼는 쇠로 된 관절. 격투용.

궤도 진지orbital 할란스 월드는 화성인의 '궤도 진지'로 둘러싸여 있는데, 인간이 정착하기도 전에 설치된 이들은 어느 정도 이상의 기술 수준을 갖춘 비행 물체를 무조건 쏘아 떨어뜨리도록 프로그램되어 있다. 이 궤도 진지는 작가의 2005년도 발표작인 「깨어난 분노(Woken Furies)」에서 주요 소재로 다뤄지고 있다.

극저온 가사 상태cryogenic suspension 늙지 않는 상태로 수십 년 동안 인간을 저장하여 오랜 시간이 걸리는 성간 우주여행에 보내는 기술. 본 작품에서는 몸 자체를 수송할 필요 없이 의식만 전송하므로 시대에 뒤떨어진 기술로 묘사된다.

극저온 수송선cryoshi 극저온 가사 상태의 인간을 실어 나르는 수송선.

뉴라켐neurachem 시력, 청력 등 신체의 반사 신경 능력을 향상시키는 일종의 인공 합성 호르몬.

니들캐스트needlecast 방송(broadcast)과 대비되는 말. 브로드캐스트는 전파를 사방으로 송출하지만, 니들캐스트는 바늘처럼 한 방향으로만 전파를 집약시켜 원거리 전송, 심지어 행성 간 전송까지 가능하게 만드는 기술이다. 작가 모건이 구상한 미래에서 인간은 직접 행성 간 여행을 하지 않고 니들캐스트를 통해 의식 즉 스택을 다른 행성으로 보내는 방식으로 전 우주를 누빈다.

단분자총shard pistol 단분자 크기의 무수한 파편을 발사하여 어떤 보호 장구도 무력화시키는 화학 공격용 총. 사용하는 화학물질의 종류에 따라 수면탄, 독거미탄 등이 있다.

디지털 인간 저장D.H.S Digital Human Storage의 약자로, 작가 모건이 구상한 미래에서 인간의 '의식'은 데이터이며 디지털 형식으로 저장, 전송이 가능하다. 이를 파괴하여 영구적 사망(Real Death)에 이르게 하는 것은 오늘날의 살인과 동일한 범죄이며, 모든 형벌은 징역에 해당하는 '저장형'으로 대치된다. D.H.F Digital Human Freight의 약자로 디지털 인간 운송을 뜻한다.

디핑dipping 니들캐스트를 통해 위성을 거쳐 목적지로 향하는 전파를 중간에서 가로채는, 일종의 해킹으로 묘사되고 있다.

마인드바이트mindbite 디핑을 통해 뽑아낸 의식.

머지 나인 Merge Nine 약물의 명칭.

메트족Meth 성경에 나오는 인물 중 최고령(969년)을 살았다고 하는 Methuselah(므두셀라)에서 따온 말. 엄청난 경제력과 권력으로 몸을 계속 갈아입으며 불로불사를 누리는 소수의 지배자.

바이오캐빈biocabin 일반 사창가.

버블팹bubblefab 투명 소재로 만든 가상현실 또는 네트워크 접속실

인데, 풍선 모양을 본떠 지은 이름이다.

베이시티Bay City 오늘날의 샌프란시스코. 레이먼드 챈들러에 대한 오마주로 읽힌다.

베타타나틴betathanatine 일명 '사신(Reaper)'으로 불린다. 가사 상태를 체험하게 하는 약물로서 심장 박동을 극히 느리게 하기 때문에 레이더 감지를 피하는 전투 약물로도 쓰인다.

사이어Sia 경찰을 뜻하는 지구의 속어.

삭제, 삭제형 Erasure 스택의 정보를 삭제하는 형벌. 오늘날의 사형에 해당한다.

샤리아Sharya 코바치가 전투를 벌였던 행성의 이름.

송스파이어Songspire 화성에서 자라는 식물의 이름.

스컬워크skullwalk 타인의 의식을 체험하는 오락. 현대의 유명인 가십의 대안으로 묘사된다.

스택cortical stack 대뇌피질 기억장치. 인간이 태어나면 뇌에 끼워 넣는 칩. 모든 경험 정보를 저장한 한 인간의 영혼. 줄여서 일상적으로 '스택(Stack)'이라고 부른다.

스티프Stiff 베타타나틴의 속어.

신의 뜻 Will of God '신의 오른손' 순교자들이 개발한 신경 강화 능력으로서, 구식이지만 파괴력이 뛰어난 것으로 묘사되고 있다.

신의 오른손 Right Hand of God 과거 라이커가 학살했던 샤리아 전투의 종교 투사.

신체절도과Sleeve Theft 경찰청 수사과의 한 부서.

아맹글릭Amanglic 미래의 지구에서 사용되는 언어.

앨커트래즈Alcatraz 샌프란시스코 앞바다에 있는 섬으로 철통같은 보안을 자랑했던 교도소로 쓰였다. 현재는 관광지. 이곳이 이 책에서는 철통같은 보안을 자랑하는 스택 보관 시설로 쓰이고 있다.

약물관리반Controled Substancees 경찰청 수사과의 한 부서.

얼터드 카본altered carbon 기억장치인 스택을 은유적으로 일컫는 말로, 탄소(carbon)가 인체의 주요 구성 성분이므로 인체의 변형된 상태를 뜻하는 것으로 보인다.

영구적 사망 Real Death 스택(기억 장치)을 파괴하여 의식이 완전히 사멸한 죽음.

외계offworld 외계인. '메뚜기'라고도 한다.

웨트웨어wetware 신체에 이식하는 기계 부품을 말한다.

유기체 손상 Organic Damage 오늘날의 폭행 혹은 살인에 해당하지만, 미래에는 몸이라는 유기체의 손상일 뿐이다.

의식 입력re-sleeve 다른 몸에 다시 의식을 집어넣는 것.

이해의 날 Understanding Day 화성에 문명이 존재했다는 가설이 이 책의 미래에는 완전히 진상이 해독되지 않은 사실로 받아들여지고 있는데, 심지어 최초의 우주 이주선은 화성인이 남긴 우주 지도에 희망을 걸고 우주로 떠났다고 되어 있다. 이 모든 화성 연구의 시발점이 되었던 것은 고래와 의사소통이 가능해지고 고래에게 '종족적 기억'으로 남아 있는 먼 옛날 화성인에 대한 기억을 알아내면서부터다. 이날을 '이해의 날'이라고 기념하는데, 본문에는 자세한 앞뒤 설명은 되어 있지 않고 그냥 암시 정도만 되어 있다.

익스피리어experia 영화가 발전한 미래형 오락 미디어.

일루미늄illuminum 빛을 발하는 방사성 물질로 조명 대신 흔히 사용된다. 빛(illuminate)과 금속에 자주 붙는 어미인 'inum'을 합성하여 만든 조어. 반감기가 있기 때문에 오래 지나면 침침해진다.

입자총particle blaster 빔을 발사하여 대상을 태우는 총.

준궤도 비행suborbital 인공위성처럼 회전 궤도까지는 가지 않지만 대기권 밖으로 나갈 정도의 빠른 속도로 비행선을 쏘아 올려 목적지까지 가는 기술.

중력 조절기gravity harness 몸에 매고 중력을 조절하여 공중을 날 수 있는 장비.

지상 자동차ground car 20세기형 일반 자동차.

컴링크comlink 오늘날의 전화에 해당한다.

쿠말로Khumalo 최신 뉴라켐의 이름.

퀠주의자Quellist 식민지 여성 혁명가였던 퀠의 정신을 이어 받은 사람. 낡고 타락한 사회 구조가 철벽처럼 공고해지고 기득권이 전횡을 누리는 지구와 달리, 할란스 월드는 농노제를 갓 벗어난 초기 자본주의로서 아직 사회 변혁이 거듭되는 곳으로 묘사되고 있다. 현재와 미래를 각자 외계와 지구에 투영시킨 어두운 세계관을 읽을 수 있는 부분이다.

터마이트 수류탄termite granade 대전차 폭탄으로 사용된다.

테트라메스tetrameth 신경계에 작용하는 약물.

특파 부대 정신 훈련 Envoy Conditioning 동양의 '선(禪)'을 응용한 각종 강화 프로그램. 이 훈련을 받은 자는 이후 공직에 취임하지 못하게 할 정도로 아주 강력한 능력으로 묘사되고 있다. 고도의 능력자들이라 권력까지 부여하면 위험해진다는 의미로 파악된다.

특파 부대 Envoy Corps 유엔령 방위군 중에서도 행성 간 전투에 투입되는 엘리트 특수 부대.

하우스the House 카르텔화된 고급 매춘 시설.

할란스 월드 Harlan's World 코바치의 고향 별 이름.

합성 인간artificial sleeve 인공적으로 합성한 신체.

호러 박스horror-box 격투 시에 무서운 영상을 출력하여 상대를 겁먹게 만드는 장비로 묘사된다.

밀리언셀러 클럽을 펴내면서

지난 수백 년 동안 소설은 기묘하면서도 교양 넘치고, 자유로우면서도 현실에 뿌리 박고 있으며, 흥미진진하면서도 감동적인 이야기로 독자들의 사랑을 독차지해 왔다.

민담이나 전설 등에 비해 비교적 최근에 탄생한 이야기 형식인 소설이 순식간에 이야기 왕국의 제왕으로 올라선 것은 현대인들이 살아가면서 느끼는 희망과 절망, 불안과 평화 등 온갖 삶의 양상들을 허구 속에 온전히 녹여 내어 재창조함으로써 이야기를 읽는 기쁨과 더불어 삶을 재발견하는 즐거움을 주어 온 까닭이다.

사실 이야기를 읽음으로써 삶을 다시 생각하고, 삶을 생각함으로써 이야기를 다시 만들어 온 것은 인간이라면 피할 수 없는 숙명이다.

그런데도 최근 이야기의 제왕이라는 소설의 위기를 말하는 목소리가 점점 늘어나고 있다. 만약에 이 말이 사실이라면, 그리하여 사람들이 소설을 점차 외면하고 있다면, 핏속에 스며들어 있으며 뼛속에 틀어박힌 이야기 본능이 무언가 다른 것에 홀려 있음에 틀림없다.

사람들은 이제 이야기를 소설이 아니라 거리에서, 인터넷에서, 영화에서, 드라마에서, 광고에서, 대중가요에서 즐기고 있는 것이다.

'밀리언셀러 클럽'은 이러한 소설의 위기를 넘어서려는 마음에서 기획되었다. 국내뿐만 아니라 전 세계 각국에서 독자들의 사랑을 한껏 받은 작품들을 가려 뽑아 사람들 마음을 다시 소설로 되돌리고 이야기를 한껏 즐길 수 있도록 배려하였다.

'밀리언셀러'라는 이름을 단 것은 소설이 다시 사람들의 마음을 끌어 널리 읽히기를 바라기 때문이고, '클럽'이라는 이름을 단 것은 소설을 사랑하는 독자들이 이 작품들을 가운데 놓고 오랫동안 이야기를 나누기를 바라기 때문이다.

앞으로 '밀리언셀러 클럽'에는 예로부터 오늘날까지, 동양에서 서양까지 시대와 장소를 가리지 않고 널리 독자들의 사랑을 받아 온 작품들 중에서 이야기로서 재미에 충실할 뿐만 아니라 인간 본연의 모습을 확인시켜 줄 수 있는 소설들이 엄선되어 수록될 것이다.

이 작품들이 부디 독자들을 소설의 바다로 끌어들여 읽기의 즐거움을 극대화함으로써 이야기 본능을 되살려 주어 새로운 독서 세대를 창출하기를 바라는 마음 간절하다.

옮긴이 | 유소영

전문 번역가. 딘 쿤츠의 제인 호크 시리즈 『사일런트 코너』, 『위스퍼링 룸』, 로버트 브린자의 에리카 경감 시리즈 『나이트 스토커』, 클리브스의 형사 베라 시리즈 『하버 스트리트』, 존 르 카레의 『민감한 진실』, 『나이트 매니저』, 제프리 디버의 링컨 라임 시리즈를 전담으로 번역하였으며, 퍼트리샤 콘웰의 법의학자 케이 스카페타 시리즈 『법의관』, 『하트잭』, 『시체농장』, 『데드맨 플라이』를 우리말로 옮겼다. 그 밖의 역서로 존 스칼지의 『무너지는 제국』, 리처드 모건의 『얼터드 카본』, 존 딕슨 카의 『벨벳의 악마』, 발 맥더미드의 『인어의 노래』, 논픽션 『어둠 속으로 사라진 골든스테이트 킬러』 등이 있다.

얼터드 카본 1

1판 1쇄 펴냄 2008년 8월 30일
1판 2쇄 펴냄 2022년 4월 26일

지은이 | 리처드 K. 모건
옮긴이 | 유소영
발행인 | 박근섭
편집인 | 김준혁
펴낸곳 | 황금가지

출판등록 | 2009. 10. 8 (제2009-000273호)
주소 | 06027 서울 강남구 도산대로 1길 62 강남출판문화센터 5층
전화 | 영업부 515-2000 **편집부** 3446-8774 **팩시밀리** 515-2007
홈페이지 | www.goldenbough.co.kr

도서 파본 등의 이유로 반송이 필요할 경우에는 구매처에서 교환하시고
출판사 교환이 필요할 경우에는 아래 주소로 반송 사유를 적어 도서와 함께 보내주세요.
06027 서울 강남구 도산대로 1길 62 강남출판문화센터 6층 민음인 마케팅부

한국어판 ⓒ 황금가지, 2008. Printed in Seoul, Korea
ISBN 978-89-6017-145-9 04840
ISBN 978-89-6017-144-2 04840 (세트)

㈜민음인은 민음사 출판 그룹의 자회사입니다.
황금가지는 ㈜민음인의 픽션 전문 출간 브랜드입니다.